ZUO ZHUQUE
YOU BAIHU

周大新中篇小说自选集
左朱雀右白虎

时代出版传媒股份有限公司
安徽文艺出版社

周大新◎著

（摄影：张敏杰）

　　周大新，1952年生于河南邓州。1970年从军。1979年开始发表作品。出版长篇小说《第二十幕》等九部十一卷，中篇小说《向上的台阶》等三十三部，短篇小说《金色的麦田》等七十余篇，另有散文、剧本等诸多作品。已推出《周大新文集》二十卷。曾获得全国优秀短篇小说奖、冯牧文学奖、人民文学奖、解放军新作品一等奖、茅盾文学奖、老舍散文奖、南丁文学奖、中国出版政府奖等奖项。作品曾被译成英文、法文、德文、日文、阿拉伯文、西班牙文、希腊文、越南文、捷克文等十几种文字。

ZUO ZHUQUE
YOU BAIHU

左朱雀右白虎

周大新中篇小说自选集

周大新 ◎ 著

时代出版传媒股份有限公司
安徽文艺出版社

图书在版编目（CIP）数据

左朱雀右白虎/周大新著. —合肥：安徽文艺出版社，2019.6
（周大新中篇小说自选集）
ISBN 978-7-5396-6578-8

Ⅰ．①左… Ⅱ．①周… Ⅲ．①中篇小说－小说集－中国－当代 Ⅳ．①I247.5

中国版本图书馆 CIP 数据核字(2019)第 024335 号

出 版 人：段晓静	选题策划：岑 杰
特邀策划：华阅大新	统 筹：张妍妍
责任编辑：姚爱云	装帧设计：金 帆　张诚鑫

出版发行：时代出版传媒股份有限公司　www.press-mart.com
　　　　　安徽文艺出版社　www.awpub.com
地　　址：合肥市翡翠路 1118 号　邮政编码：230071
营 销 部：(0551)63533889
印　　制：安徽新华印刷股份有限公司　(0551)65859551

开本：880×1230　1/32　印张：14　字数：300 千字
版次：2019 年 6 月第 1 版　2019 年 6 月第 1 次印刷
定价：39.00 元

（如发现印装质量问题，影响阅读，请与出版社联系调换）

版权所有，侵权必究

自　序

在中国文学界,通常把3万字以上13万字以下的小说,称为中篇小说。它是中国独有的一个小说品种。在国际上,小说只分为短篇和长篇两种,把页码少的称为短篇小说,把页码多的称为长篇小说。

我觉得中国文学界的这种分法有道理,事物总是有大、中、小之分嘛,小说按其长度做个区分是对的。也是因此,我在写小说的过程中,经常根据自己掌握素材的多少,来决定小说的长度,在写短篇小说和长篇小说的同时,也写了不少中篇小说。收在这套作品集里的作品,就是其中的一部分。

小说总是要涉及具象的生活,要选择题材。我的中篇小说在题材上,主要指向三个方面:一是乡村生活,这与我在乡村长到18岁的经历有关系;二是军旅生活,这与我先是在野战军当战士、副班长、班长、排长、副指导员,后到团部、师部、大军区和总部工作有关系;三是市镇生活,这与我年轻时在小镇求学且后半生在多个城市居住有关系。

小说里总是要有人物出场。从我的中篇小说里走出来的人物很多,按年龄来分,什么年龄层次的人都有:既有耄耋老者,也有风华少年;既有壮健汉子,也有妙龄姑娘。其中的女性形象要更多更丰满一些。按身体状况来分,有健康人,也有残疾人。按心理状态来分,有心理正常的人,也有心理病态的人。按职业来分,那就更复杂,教学的、种地的、杀猪的、做银饰的、当官的、卖棺材的、当战士的、当将军的,啥样职业的人都有。

小说里既然有人,就会发生故事。没有一点故事的小说应该改称散文。我从小喜欢听故事,所以我的中篇小说里的故事性还是很强的。我一向认为,把读者吸引到自己的小说文本里,是小说家必须要有的本领;读者拿到你的小说若是翻几页就扔下了,那你有再好的思情寓意也不能传达给读者。

小说里的故事应该负载精神内容,要有形而上的思考,有超越生活现实的理性思索。没有一点故事的小说很难说是好小说,只有故事的小说也不是好小说。小说的故事必须有精神负载,对读者有新的思想启示。我的中篇小说就思考的内容来说,有关于生命的诞生与死亡的,有关于人生奋斗和得失的,有关于人性探索的,有关于社会公平正义与制度设计的,有关于人与自然关系的。对许多我疑惑的感兴趣的问题都有追问和思索。

  小说总要讲究叙述方式,不同的叙述方式所产生的阅读效果是不同的。衡量一部中篇小说的艺术价值,其叙述方式的创新占有很重要的地位。我的中篇小说在选择叙述视角、确定叙述语言、创新结构样式、掌握叙述节奏时,都尽了最大努力,力图做到陌生化,力争不重复前人、同时代人和自己,很想给读者带去新的阅读享受。

  小说创新是无止境的,中篇小说在艺术上的创新当然也是无止境的。我在中篇小说的创作上虽然做了些努力,但当把她们集中起来排着队让大家过目时,我还是心怀忐忑的:你们会喜欢她们吗?

  但愿她们的姿色能令你们满意。

  感谢安徽文艺出版社出版了这套书!

  如果我还能写出中篇小说,自会继续努力。

  谢谢打开这套书的朋友们!

周大新

己亥年早春于北京

目录

自序 / 1

紫雾 / 1
家族 / 41
左朱雀右白虎 / 92
河里太阳 / 146
香魂女 / 219
银饰 / 258
旧世纪的疯癫 / 328
铁锅 / 403

紫　　雾

世上事难说难解处太多,譬如这柳镇丘洞的喷雾,就很有些怪。

柳镇西有一石丘,方圆二百来平米。柳镇位于南阳盆地中心偏南,四周平川,独这石丘突兀,就已见怪。更怪的是丘上还有一洞,投石入内,从不闻落底声;洞壁光滑生苔,从无人下去过。洞内终年吐一缕白雾,无风时,升腾如柱,高可凌空;有风时,雾柱弯而不断,或成三角,或成方框,或成圆环;下雨下雪时,雨点雪花,在离雾柱一两米处,全自动消失,干活人想避雨雪,只需往雾柱旁一站,雨点雪花就绝不沾身。这还不是其最怪处,最怪的是丘洞有时会突然喷出一团发光耀眼的紫雾,且在喷的同时发一闷重声响,似喊似叹,令人心惊。每逢这时,柳镇人就有些发慌,喷出紫雾的当晚,镇上肯定要出祸殃,或人伤人亡,或人疯人痴,或见血见泪,或见火见水。

多年来镇上的诸多祸事,都是在丘洞喷出紫雾后发生的。别的不说,单是镇上周家和龚家的那几桩事,哪一桩不是如此?

周家和龚家是北街对门的街坊。

周家传至周龙坤他爹这代,已很是破败。周龙坤长成半大小伙时,书自然是读不起,就给一家茶馆挑水。挑水这活儿要说挺重,一天几十担水,井在镇外,往返折合几十里路,但龙坤身壮,且天性爱唱爱闹,依旧活得快活,常常站在井台上,抹一把汗,亮开嗓子唱柳镇男人们常唱的《娶媳妇》:"小伙子今年一十八,嘴上的胡子快黑了。媒人媒人啊你听着,给说个媳妇来家吧!媳妇进门你不要慌,先要磕头拜花堂。拜完花堂你不要急,轻轻拉她进洞房。进了洞房你不要忙,接下来还要闹新房……"

他十九岁那年,龚家开鞭炮烟花作坊发了,要雇伙计,每月给六升苞谷、八升高粱。周龙坤觉得干这比挑水强,就进了龚家作坊。

龚家几代都做鞭炮烟花,不过只勉强糊口,直到龚老海这一代,才慢慢兴旺起来。那时候刚好北京城里热闹,一会儿这个当总统,一会儿那个坐金殿,换一个头头传一道令:放鞭炮烟花庆祝!所以邓州府和柳镇地界,就鞭炮不断响,烟花不停亮。这一来帮了龚老海,他的鞭炮烟花作坊便日趋红火,雇人多时能达七个,一天能做五百响鞭炮二十几挂、大小烟花十几筒。不久,龚老海就盖起了一溜七间带前廊的大瓦屋。

那瓦屋坐东朝西,屋基是请邓州城里的阴阳师定的。据说那阴阳师在龚家住了三天,三天夜里阴阳师都看见一对白老鼠在龚家院中的一块空地上又跳又叫,于是就把房基定在了那片空地上。定好后阴阳师对龚老海说,住这屋准定家发财旺,只是人丁上怕要女多男少。龚老海想了两天才下决心:盖!只要不绝种就行!那瓦屋盖得可是排场,四个角全用青石板砌成,四面墙上的青砖都是一尺见方,房子进深有三丈,一色的杉木檩条柞木梁。房子盖好,领头的瓦工夸下口:包住五百年!这话还真不假,七八十年过去,如今那房子仍是砖没走缝、檩没变形,在柳镇一直是最为气派的。

龚老海当年把这七间房子留下两间一家人住,其余五间当了作坊。宽大敞亮的作坊里整天忙忙活活。裁纸的咻咻啦啦,糊烟花泥筒的噗噗唧唧,试放鞭炮的乒乒乓乓,闹得半条街都不得安宁。龚老海跟他爹学到了祖传绝招,因此他家的鞭炮质量可靠,哑炮特少,响炮脆响,最小的也像枪子叫,倘在院子里放,带一点瓮声,能震得人耳朵疼。他家的烟花品种繁多,燃着后有的梨花、桃花交叉喷,有的既涌"黄金"又涌"白银",也有的先喷火树一丛再喷青竹一竿,还有的喷出的珠花一会儿像牛一会儿像人。所以龚家作坊吸引的买主越来越多,南起襄樊,北到宛城,东达信阳,西至商洛,都有鞭炮烟花贩子远来购货。

周龙坤进了龚家,龚老海分派他卷炮筒。鞭炮制作一共有七道工序:配药、裁纸、卷筒、装药、试放、编挂、包装。龙坤分在这道工序里,就和裁纸的人紧挨着干活。那裁纸的就是龚老海的闺女絮儿。絮儿也已十六七岁,长得很是耐看,眼睛黑明瓦亮,鼻子葱白,小嘴,两根粗辫子耷拉到腰上,高挑个,模样在镇上是数得着的。这絮儿爱嬉闹、爱说话、爱唱歌,她只要一到姑娘群里,不是胳肢这个一指头,就是捶打那个一拳,再不就是两片薄嘴唇不停地同女伴们逗着笑,有时还压低嗓子唱几句《娶媳妇》:"帐子掀开沉住气,要把被褥铺仔细。床头摆好鸳鸯枕,慢慢抻开红绫被……"把姑娘们羞得咯咯咯地闭不拢嘴。她平日被爹逼着在作坊里裁纸,身边雇的人都是四五十岁男的,很少跟她搭话,她便总觉着闷。

周龙坤一去,她自然高兴,因为两家住对门,她和他自小就熟,知道他也爱闹、爱说、爱唱,和自己对脾气。

周龙坤学卷炮筒学了七天,七天后他就可以单独干了。那时候卷炮筒没有机器,就是一条长凳,卷筒的人坐在长凳上,手中拿着一根光溜溜的小木棒,俯着在凳上卷,做多大的鞭炮,就用多粗的木棒,纸筒卷好,用糨糊粘罢,抽出木棒,一个炮筒就算做好。干这活不重,所以龙坤常常边干活边和絮儿扯东扯西,扯到高兴处,两人就一齐哧哧地笑。龚老海因为专管装药,在隔壁的屋里干活,也就听不见絮儿和龙坤的嬉闹。

龙坤虽然调皮,可手艺上也不马虎,卷炮筒越来越熟,最后熟到不用眼看也能卷得又瓷实又整齐又快速,这样就能腾出眼睛看着絮儿和她闲扯。那絮儿是站在一条木案前裁纸的。因纸分两种,一种粗纸,一种彩纸,分别摆开了,而且因鞭炮大小不同,裁的纸宽度不一样,也要分别摆开,所以她不能坐,总是在木案前来回走动,扭动着纤长柔软的身子。周龙坤手上卷着炮筒,嘴上同絮儿说着话,眼睛随着絮儿那凹凸有致的身子来回转,这样转着转着就转出了毛病。偶有一日,他把目光盯在絮儿那圆突突的臀上,絮儿回首,二人眸子一碰,当啷一声就迸出了火星。

两人这样地相处下去,就越来越热。絮儿说,她想用指甲花染染指甲,龙坤听后就跑到河堤上,到处去掐指甲花。絮儿说,她真想捉一只斑鸠来养着,龙坤就到处爬树找鸟窝。絮儿说,她太想吃个野甜瓜,龙坤就跑到田埂上,把那些野瓜秧翻了个遍。絮儿对龙坤也越来越心疼。龙坤家饭食差,他又正是贪吃的年纪,总是不到晌午就叫肚子饿,絮儿就常常揣个白馍在兜里,趁没人时塞给他,让他三口两口吃下去;龙坤十冬腊月没袜子,光脚穿双旧棉靴,絮儿看见,就偷偷拆了自己的一条衬裤,给龙坤做了双棉袜子;龙坤冬天手上老裂口,絮儿就在家里给他偷偷割来一块腊猪油。在作坊里,絮儿裁纸裁累了,龙坤就说:"我来试试这裁纸刀!"龙坤卷炮筒卷得腰有些疼,絮儿便上前讲:"我卷一阵你看看!"如此一来二去,两人就离不开了。龚老海整日忙着照顾作坊,依旧未留意絮儿和龙坤的关系。

到了次年夏天,有天傍黑收工时,龚老海买来的一车鞭炮纸运到,龙坤去扛,扛时因怕汗湿布衫,就光了脊梁。纸扛完,龙坤自然浑身是汗,肩头上还粘些纸屑,絮儿看见,就有些心疼,那会儿屋里刚好没人,就上前用自己的手帕给他擦肩背上的汗和纸屑。擦着擦着,一股柔情泛起,就耐不住用手抚摩起龙坤那又黑又宽的肩来,而且笑着捏捏他的胸肌,低声说:"肉真瓷实!"她这一抚一捏,龙坤先是身子一个激灵,跟着就猛地转身,一下子把她揽到怀里,一只手不由分说就撩开了絮儿的衣衫摸了上去。这个界限一过,两个人此后就越发热了,热着热着是更加胆大,有天后晌,和他俩同屋干活的另外两个卷炮工出去有事,屋里只剩下了他们,两人就又忍不住了。他们掩上门,不敢插闩,怕插上引起别人疑心,门一掩上就又抱在了一起。站那里抱着亲还嫌不够,龙坤胆大包天,还敢把絮儿平放在裁纸的木案上,他倒不是想干出格的事,而是图摸絮儿的身子方便。絮儿后来给会掐指算命的老五奶奶说,她一仰躺在裁纸的木案上,就看见屋梁正中爬出两只白老鼠,两只白老鼠各叫一声,就又缩回了头。她当时觉着怪,可嘴被龙坤的唇堵着,说不出话。不过半袋烟工夫,忽然门被推开,龚老海一下子走了进来。也是活该出事,龚老海平日这个时候根本不进这个屋的,偏偏他那天想起要来看看炮筒还有多少,门猛一被推开,絮儿就一下子坐起身来,要是周龙坤当时脑子灵醒,两手赶紧缩回,然后编个借口,比如说絮儿晕了什么的,差不多也可以糊弄过去,因为龚老海刚推开门,猛一下还不能看清屋里的东西,可偏偏龙坤那一阵被吓呆,身子一动不动,一只手还放在絮儿的两条大腿中间。这下完了,龚老海一看清这个场面,就"嗷"的一声冲了过来,抡拳就照龙坤的脸上、胸上、背上、腰上捶打。那龚老海卷鞭炮出身,力气大得吓人,周龙坤哪经得起他打?再说龙坤也不敢还手,他心里早就把龚老海当成了岳父。不一会儿,龙坤便被打得在地上乱滚。絮儿一开始被骇愣在那里,坐在裁纸案上一动不动,龙坤在地上滚动才使她醒过劲来,她一下子跳下木案,朝地上的龙坤扑去,用身子护住他,然后回过头来哭着说:"爹,不怨他,是我自己愿意的。求你别打他,我愿嫁给他!"龚老海骂一声:"贱东西!"扑上前又要打,可絮儿死死趴在龙坤身上,龚老海脚踢不成拳捣不成,没法,就喊来了絮儿的哥哥,硬把絮儿扯开。接着又打,边打边叫:"你个穷小子,敢动我的闺女!老子叫你知道我的厉害!"周龙坤在地上滚着哀求:"龚大伯……我和絮儿是真好……求你了……你要答应我娶她……我一辈子给你当牛做马……"周龙坤越说这话,龚老海打得就越狠,他哪能看得起姓周的那穷家破业?被哥拉住的絮儿一开始只是哭,慢慢就咬起了牙,后来趁她哥不注意,猛挣开手,上前抓了裁纸刀,一下子冲到龚老海跟前叫:"爹,你要再敢动手打,可要小心我的刀!"龚老海惊愣了,絮儿她哥也惊愣了,这当儿,絮儿一手扯起龙坤,一手拿着刀,护着他出了门。

那场事后,周龙坤在家躺了半月才能动。他爹他娘觉着这是输理的事,也不敢去龚家论什么理。龙坤伤好之后,不能再去龚家干活,只好仍给茶馆挑水。不久,龚老海就找来媒婆,给絮儿找了婆家,男方是西街的郑家儿子。郑家开着一个造纸作坊,家业与龚家不相上下,龚老海颇满意,自此他从郑家买鞭炮纸就更便宜方便。那郑家儿子小絮儿三岁,长得也颇周正,只是左脚和左手都多长了一个指头。絮儿听说后死活不从,可龚老海那时已不让絮儿出门,她也只能哭哭罢了。周龙坤听到这个消息倒十分平静,依旧挑着水桶在街上晃晃着走。只是偶尔地,有人看见他挑了水在街上止步,低头去看石板缝的蚂蚁,双眸久久不动。

一月之后的一个正午,几个在镇西石丘旁拾柴的孩子,忽见那丘洞里喷出一团紫雾,同时传出似喊似叹的响声,这几个孩子吓得没命地向镇上奔去。人们闻声纷纷出门看那紫雾。几个老人面雾作揖。独有会掐指算命的老五奶奶脱下上身的外衣,拿一柳条,往自己的身上抽打,竟抽二十下方住手,身上竟是血痕露出。有人问其故,只答:"不可说!"

那天半夜时分,镇上人猛被一阵哭声和喊叫惊醒,几个爱探底细的人就去寻那哭声和喊叫的出处,径寻到龚家作坊,从窗外往里一看,只见周龙坤被悬吊在房梁上,龚老海正咬牙瞪眼站在他面前,絮儿站在一旁,她的娘、哥哥把她死死拉住,龚老海咬牙切齿叫道:"这个狗东西!竟想来拐跑我的闺女!老子要让你知道龚家门槛的高低!"叫罢从墙角拉过一个卷炮筒的长凳,放在周龙坤的脚下,被悬吊腾空的龙坤一见长凳,就把两脚踏了上去。这当儿,龚老海上前三下两下扯掉了龙坤的鞋袜,又回头拿过絮儿平日裁纸的那把刀,猛地一下剁在龙坤右脚上。刀落的同时,龙坤惨叫一声,右脚狂抖着乱晃,把大串大串的血珠甩到刷了白灰的墙上……两个脚趾被砍下,先是带了白色的骨碴静躺在凳上,转眼间就被鲜血涌着而不停地动弹起来。絮儿见状,"啊"一声晕倒,她娘忙掐住了她的人中。龚老海不去理女儿,却慢腾腾地对儿子老大说:"给他包住放下来!"那龚家老大便找来块白布,扎住了周龙坤流血的脚,然后把他放下地:一放下周龙坤就躺倒了。龚老海走到条凳前,抓起周龙坤的那两个脚指头,"啪"一下扔给了卧在门后的狗。那狗先是闻了闻,跟着伸爪扒了扒,最后舌头一卷吞进了嘴,咯嘣咯嘣嚼吃了。周龙坤眼瞪着那狗,牙咬着,手抠进地……龚老海朝龙坤挥了挥手叫:"给我爬出去!下次再敢迈我的门槛老子再剁你仨指头!"周龙坤听罢嘴一动,"咯嘣"一下把两颗大牙咬碎了,他一边吐着碎牙一边往外爬……

后来镇上人才知道,那天夜里龙坤摸进龚家,窗下轻轻叫应絮儿,絮儿刚翻过窗子扑进龙坤怀里,正寻路准备一同逃走,不想一对白老鼠突然从墙缝里钻出,叽叽吱吱叫起来,叫声又大又急,龚老海就是被这白老鼠的叫声惊醒的……

周龙坤在被砍掉脚趾的第三天夜里,就拄一根木棍跑出了柳镇,一去好多年。听说一开始在四乡里讨饭,后来在白河上拉纤,后来进了别廷芳的民团,直到一九四八年柳镇解放,他才领着一个女人和一个叫周士高的儿子回来。

周龙坤因为右脚上少两个指头,走路自然不稳,一摇一晃,加上出去的年头太多,所以那天傍黑他挂一把盒子枪回到柳镇街上时,没有人知道他是谁,最后还是龚老海"哦"了一声,认出了他。周龙坤只看了龚老海一眼,就扭过身,领着老婆孩子进了自家的屋门。那时镇上人就估计,周家和龚家还有些事要生出来。果然,没多久,就开始搞土改、划成分、分浮财。周龙坤那时当了柳镇的主任,整日满脸肃穆地召人开会、抄家,镇上的富户见了他就身子发抖。抄龚家作坊是在一个上午,周龙坤搬出龚家的一把太师椅,跷腿眯眼坐在门口,阳光温温地洒在他的身上。他双手悠闲地把玩着那把二十响的盒子枪,静看着手下人抄。光作坊里存下的鞭炮和烟花就搬出几十箱,周龙坤当时面色阴沉地下令:"放!"于是人们就把鞭炮一挂一挂扯开,绑在街边的树上;把一筒一筒的烟花,在街面上摆成行,然后几十个人一齐点火噼噼啪啪、哧哧啦啦,直放到傍晚才勉强放完。街上到处是鞭炮纸屑和烟花泥筒,全镇都笼罩在一股呛人的硝味之中。龚老海心疼得抱头蹲在那里呜呜大哭,但周龙坤阴着脸说这叫"庆祝"!周龙坤自从重回柳镇后就一直阴着脸,谁也没见他再笑过。

接下来,周龙坤把龚老海定成资本家,并且给他戴上高帽子在会上斗争了三回。后来县上来人,又把龚老海改定成小业主,但同意把龚家大院没收,另外在镇边拨给他们三间草屋住。龚家搬完家的那天夜里,周龙坤让龚老海留下,然后又派人把絮儿从西街找了来。絮儿那时已给郑家生了三个孩子,人变得又黄又瘦。她进屋后只看了周龙坤一眼,就低下了头,那时候周龙坤已经把手下人支走,插上了门。他慢腾腾地在床沿上坐下,跷起右脚,低沉地朝龚老海说:"来!麻烦你把我的鞋袜脱了!"龚老海站着不动。"听见了没有?"他朝龚老海吼,边吼边掏出枪,朝龚老海脚前地上"啪"地扣了一响,子弹咻一声钻进了地里,龚老海吓得一哆嗦,膝头一软,就跪下了。这时周龙坤就把双脚伸到龚老海面前,让他脱鞋袜。龚老海抖抖索索地刚要伸手,一直站在一旁的絮儿走过来说:"周主任,我给你脱!"周龙坤用手把她一拨拉,叫:"用不着你!"龚老海跪着脱下周龙坤的鞋袜,周龙坤指着右脚上那两个断趾,说:"龚老海,你当初不是讲过,我要再迈过你的门槛,你就要剁我仨指头吗?剁吧!我现在已经进到你屋里并且坐到了床沿上,你怎么不剁呀?剁吧,剁两刀我看看,我记得你剁指头的刀法很好!"龚老海脸色煞白,一直跪着,一声没吭。周龙坤又猛地伸手把絮儿揽在了怀里,说:"龚老海,你不是不让我挨你的闺女吗?我今天就偏要挨一下试试,你抬头看着!"他边说边把絮儿抱放在腿上,三下两下就撕开了絮儿的褂子。絮儿拼命地想挣开,边挣边哭叫:"放开我,畜生!"无奈周龙坤的力气大,她怎么也挣不开。"龚老海,你看着!我要亲她了!"周龙坤说罢就伸头往絮儿怀里钻,不防絮儿猛地张嘴咬掉了他的半个耳朵,疼得他"哇"一声把她松开了。絮儿跳下地,发疯似的去开门,周龙坤一手捂着耳朵一手拿枪瞄准了絮儿的后背,絮儿把门打开时枪响了,不过枪子还是"咻"一声钻进了地。

从那以后,周龙坤开始在龚家作坊里办公。只是后来他慢慢不再挎枪。又过了一些年,镇上时兴办工厂,周龙坤大约是因为自己做过鞭炮,就想起要办一个鞭炮烟花工厂,就安在原先的龚家作坊里,他兼任厂长,用的人还是龚家作坊的那些人。龚老海和他的儿子龚家老大一开始不愿干,说他们愿意种田。但周龙坤只让人传一句话:"干不干是对革命的态度问题,不干就要在全镇大会上说清楚!"龚老海最怕大会批判,只得乖乖地和儿子来了。工厂取名叫东方红鞭炮烟花厂。因为有龚家父子在,工厂开始时办得还挺赚钱。那时私人买鞭炮烟花的很少,买主大都是公家的单位,什么报喜了、欢呼了、万岁了、专政了,镇上各个公家单位都要放鞭炮烟花,买时自然也都舍得花钱。厂子能赚钱,想到厂里干活的人也就多。周龙坤捷足先登,让他的儿子周士高进厂当了会计。

周士高当会计,最大的困难是不会打算盘,周龙坤便决心让儿子学会打算盘。柳镇算盘打得最好的是龚家老大。周龙坤把龚家老大找来,命令他每天下工后教士高打一阵算盘。龚家老大自此天天进士高的记账屋教他。一段日子过后,倒是年轻的士高有些过意不去,说:"龚大叔,你干一天活,怪累的,先回去歇歇,我吃了饭去你家里学。"龚家老大也就点头答应。从那以后,每天吃了晚饭,士高就胳膊下夹个算盘去龚家。就是在这时,士高认识了龚家老大的大女儿素素。

素素生性腼腆,学只上到初中。素素家平日难得有客人来,邻居们都怕和她家打交道会惹出麻烦,如今士高来到,素素便喜出望外,十分热情。当爹给士高讲时,她就在一旁纳鞋底。士高的指头笨,算珠往往拨错,素素看见就抿嘴笑,酒窝里显出一丝着急;有时忍不住,就轻步上前告诉他,要用指头肚拨。素素很小就跟爹学会了打算盘,而且打得很熟,做士高的老师是没问题的。有时士高去龚家,若龚家老大刚好在垫羊圈或干别的什么,素素就过来教他。两个人就着一盏油灯,头挨头趴在桌上,一个说一个听,一个念数一个拨珠。心地单纯的素素办什么事都很认真仔细,教士高学算盘自然也是这样,这种那种口诀,这样那样打法,都细细讲解,反复示范。

士高跟着素素学算盘,一个诚心学,一个诚心教,慢慢就有些感情生出。一日晚饭后,士高去时,素素家的人走亲戚家还没回来,只有她一人在。那晚素素教士高如何拨珠拨得快,她先在算盘上哗哗好快地拨一阵示范,而后让士高练,士高却怎么也拨不快。素素就又拨一阵让他看,他看一阵就有些奇怪地上前捉了素素的手说:"你这手上戴有什么东西吧?"素素便掩了口笑,士高把素素那又白又嫩的手放在掌中看,开始双眸平静且带了笑意,渐渐目光中就增了热力,而且脸迅速充血变红,身子略略发抖,呼吸开始变粗……单纯的素素没有注意到这些变化,只是低低笑着任他捉了自己的手看。突然之间,他猛一下把素素的手指放进了自己嘴里,急切地用舌头在上边舔。素素被骇得脸一下红透,想缩回手已缩不回来。士高的呼吸越来越粗,舔的范围也越来越大,跟着就又亲起人家的手腕、小胳膊,最后一下子抱住人家的腰,硬把嘴贴到素素的脸上。素素一声没吭,只是想挣开,挣着挣着身子一抖,骨头突然变软,一下子又贴回了士高身上。起先只是士高抱着素素的腰,后来素素就也抱紧了士高的腰,两个人越抱越紧,险些把煤油灯碰翻,直到屋后响起龚老海的脚步声,两个人才急忙分开,揉揉红极了的脸,趴那里装着打算盘。

两个人这样的亲热以后还有过几回,可惜好景不长,待士高学会了算盘之后,周龙坤就再不让他去龚家了。但恋人会面自有办法,素素常常借口找爹找爷跑到厂里,进去就直奔士高的记账屋,士高那时就睡在记账屋里。周龙坤看见素素进厂找士高,曾把儿子叫去骂一顿,说:"以后再见你和她来往,小心我砸断你的腿!"有天傍黑,紧挨龚家大院住的老五奶奶无意中看见周龙坤站在街边暗影里,一直望着素素悄步走进厂门进了士高的记账屋。老五奶奶因听到过周龙坤骂儿子的话,当时就很为士高和素素担心,以为周龙坤这下肯定要上前堵了门,把两个年轻人当面教训一顿。不料周龙坤突然从暗影里闪出,哼着小曲向厂子里走去,屋里的士高和素素听见这哼唱声,立刻就把灯吹灭了。这灯一灭,周龙坤走过记账屋时就叹一口气,高声说:"这孩子走了也不把门关上。"边说边探手拉上门,也不向屋里看,"啪"一声就用铁锁把门锁上,随即就走出了厂门。老五奶奶在院墙外看得糊里糊涂,不知周龙坤这是想等一会儿再来抓,还是他压根就没看见素素进那屋。老五奶奶平日颇喜欢士高和素素,因此就担心他们出不了门,便在小半夜时从工厂的边门进去,径直走到记账屋的后窗户,心想要是他们想翻窗户出来,她还可以在外边帮帮忙。龚家大屋当初盖时窗户安得离地面很高,人若从窗里往外爬可是艰难。老五奶奶隔着窗户听了一阵,只听得屋里士高平日睡的那张床咯吱咯吱乱响,士高像牛一样地喘息,素素低声呻唤着疼……过了一阵忽又听见周龙坤哼着小曲走到大门进厂里来,老五奶奶闪到暗处,看见周龙坤哼着小曲走到记账屋门口,"叭"一下开了门上的锁,开完后又高声嘟囔:"这孩子怎么这时候还不回来?"嘟囔完就喊着士高的名字走出了厂门。这时记账屋门轻轻一响,素素就闪了出来。后来士高就顺顺利利送她回了家。那一晚老五奶奶看得糊里糊涂,像钻进了漫天大雾。

又过了一段日子,见素素的脸上现出蝴蝶斑,腰身渐渐粗起来了,又见好事的女人们在她背后咬耳朵挤眼睛,老五奶奶的担心就更重了。

那是一个下午,镇中的十几头驴在莫名其妙地一齐大叫一阵之后,人们发现,镇西的那个丘洞里,又突然腾起一团紫雾。那团紫雾冲出洞口之后,缓缓旋转上升,至数十丈高方"砰"的一声散开,融入空中,在那紫雾旋转上升时,洞里发出一声闷响,宛如人的叹息。老年人见此景状,就变了脸色,知道柳镇又有祸事要出,纷纷跑到老五奶奶处讨主意。老五奶奶并不开口,只慢慢脱了上衣,拿一根柳条,直向自己身上乱抽,竟抽二十下后,方住手,这时她的脖上、肩上血痕暴起。有两个老头仍不走,只问五奶奶会出什么祸事,五奶奶最后张口只说一句:"早闩门,早上床!"不少人家遵了这个嘱,早早安歇。

这天半夜,老五奶奶被一阵哭声惊醒,出门寻声,寻到鞭炮烟花厂。隔窗一看,那哭着的竟是士高。士高他爹静坐在太师椅上,两边坐着士高另外两个远房叔叔。士高说:"我要娶素素!"周龙坤一边用手摸着他右脚上的两个断趾处,一边冷冷答了两个字:"不行!"士高大吼:"不答应我就死!"周龙坤点烟吸了一口,冷冷地说:"死吧!"士高于是就从口袋里摸出一小瓶农药,周龙坤冷眼看着没吭一声。士高拧开盖看了半晌不敢往嘴里边送,最后勉勉强强举起瓶,见爹还不拦,就猛一下扔掉药瓶哭开了。周龙坤换了软和声调说:"哭什么?我又不是不给你说媳妇!咱柳镇的姑娘,除了龚家的你随便挑,挑上哪个我都给你娶,花多少钱我也愿意!素素算什么?娶谁也不能娶她!就这样定了。回去吧,你娘还在屋里等你!"

士高抽着鼻子走出屋不大时辰,龚老海和他儿子走了进来,龚家老大一进屋就"嗵"的一声朝周龙坤跪下,说:"周主任!周厂长!素素和你家士高有了孩子,这是丢人现眼的事呀!我已经教训了素素,不管怨谁,事情已经出了,现在只有一个法子能遮众人眼睛,求你同意让他俩结婚吧!权当让素素给你当个使唤丫头,只是给她一个做人的名声……求你了!"周龙坤指着他右脚上的两个断指头说:"这可要问问它!"回手又指着龚家老大的鼻子说,"你要胆敢把你闺女肚里的东西硬赖到我儿子头上,我可是不会饶你!"说罢就笑看着龚老海,从嘴角喷出一股惬意来。那龚老海当时两眼挤得只剩一条缝半句没吭,只是手在抖动,上前踢了一脚跪在地上的儿子,转身就走。龚老海和儿子刚刚走出厂门。周龙坤就笑开了,笑声又长又尖……

老五奶奶回屋,不大工夫,就又听街上有人嚷:"跳河了!跳河了!……"于是又出屋,街上已有不少看热闹的人,原来是龚家老大拉着一头牛,牛背上趴着浑身透湿的素素,牛一边走素素一边哇

15

哇向下吐水。牛后边跟着素素妈和龚老海,素素妈走一步哭一声:"我的乖乖呀!……"

七天后,龚老海让东街头好打兔子的光棍汉侯老二把素素领走了。侯老二那年三十八岁,脖子上有一痣,痣上长毛,发黄,好长。素素进侯家三天,生下一个死孩子,侯老二拿起猎枪,朝天放了三响。

素素嫁给侯老二不到俩月,周龙坤便托媒人给士高说了媳妇,而且不久就举行了盛大的婚礼酒宴,酒席摆到七十多桌,柳镇除了龚家很少有人不到场送贺礼的。新娘子长得倒也漂亮,新房里摆设自然排场,只是那士高却再也没笑过。直到两年之后,那媳妇生下一白胖小子,士高抱起儿子时,脸上才露了一丝苦笑。士高将儿子起名为周素,常常抱了他坐在记账屋发呆。

日子无声无息地流着,周素在慢慢长高,他的弟弟、妹妹们也一个一个相继来到世上。周士高照样默默地在鞭炮烟花工厂当着会计,偶有空闲,便坐在账桌前,无休无止地拨着算盘。已经显出老相的周龙坤,也依旧兼着东方红鞭炮烟花工厂的厂长,常常双手叉腰,很威风地指挥这儿指挥那儿。只是这时厂子越办越糟,工人们大都不按时上班,上了班也不真心干活,干了活出的产品质量也不能保证,鞭炮中的瞎炮越来越多,烟花中的彩花愈来愈少。不过,这景况倒并不影响周家的日子,周家一家照样穿得周周正正、支支棱棱,周家的厨房依旧整日煎炒卤炸,香飘四街。

谁也没想到日子还会再变,忽然之间,上边来了公文,先是说要给地主、富农摘帽子,像龚老海这种小业主以后不再算什么问题;接着又说要民主选举领导,镇上人哗一下起来,把周龙坤的主任和厂长统统选掉,说他贪占了大伙的钱,是地道的官僚主义者;最后连周士高的会计也一下罢免了,周家突然间又变成了平头百姓。周龙坤惊愤成疾,吐两口血,一下子卧病在床。

这之后不久,上边又传下话来:允许百姓经商办厂。这次老龚家高兴了,龚老海拄杖上街,抖一头白发连连叫:"这下好,这下好!"没过多少日子,龚老海和他的儿子、孙子、孙女们,就操持着要重办鞭炮烟花工厂。恰好,这时东方红鞭炮烟花厂要找人承包,条件是每年向镇上交钱五千元。一般人都嫌这个数目太大,不敢伸头。最后龚老海一捋白须,拐杖一举,叫:"我家包!"

几日之后,龚老海一家就又搬进了厂,那几间大屋,经粉刷又和新的一样,东方红厂又变成了龚家大院。龚老海和他大儿子做鞭炮烟花出名,包装纸上只要一打"柳镇龚记"几个字,四乡的人都愿买。加上这年头人们手上有些余钱,遇上红白喜事、年节生日,就都要讲些排场,鞭炮烟花放得特多,所以龚老海的厂子很快就兴隆起来。没有三年,老龚家就又发了,买了裁纸机、卷筒机、大汽车、电视机、大沙发,开了批发部、零售部,银行里还存有几万块。可相反,与龚家对门的周家却日趋败落。周龙坤下台后身子不断有病,周士高除了当会计别的都不懂,周素兄妹几个全在上学,只靠周素娘做点田里活,钱只有出的没有进的,慢慢原先的那点家底就空了。到最后,上高中的周素连学杂费都无法交出,周素娘只得四处登门告借。

家境的这种迅速变化,给了年轻的周素很大刺激。这周素改了周家男人又黑又高又粗的门风,长得秀气白净,一副读书人的身坯。五岁时老五奶奶曾给他算过一次命,五奶奶掐罢生辰八字,先批四句:"一生做事少商量,难靠祖宗做主张。独马单枪空出做,早年晚岁硬无强。"而后言道,"此命为人性荣,心无所亏,做事有始有终。池塘鸳鸯好寻食,易聚易散,骨肉六亲不得力。财帛风云,操心费力才极早限奋寒窗;胸藏大志,原业破尽才极中限重立家。且过四十船顺风,五十之后方安稳。末限滔滔事业兴,妻宫硬配,子女伴鸳送终。寿元七十,卒于五月。"老五奶奶的这些话日后是否都能应验,不得而知,但其中的"奋寒窗"和"胸藏大志"两句,已经言中。周素在校读书确实肯下苦功,早有将来成就一番事业留名身后的夙愿,而且暗暗为自己定下两条路:其一,搞新技术研究,经大学生、研究生、研究员这条路,出一批新技术研究成果,让自己的名字载入中国科学发展的史册;其二,搞实业,经创办家庭作坊、小型农产品加工厂、大型跨省跨国农产品综合利用公司,跻身中国和世界著名实业家的行列。这两条路的选定虽然带有幻想成分,但他在努力做着准备,课余时间,常读有关这两个方面的书。但万没料到,一场高烧,极轻易地就把第一条路堵死了。那是高考临近的前一天下午,他帮娘往地里拉粪。他原想借此让脑子休息休息,未料出汗太多,又过早用冷水擦身,第二天就发烧病倒。两日后高考开始他拖着病体走进考场,只做两题便又晕倒,他从昏迷中醒来时,两门课已经考完了。

周素高考不中,家里又无钱再供他复习重考,他倒没有怪这怨那,遂决定走第二条路。他病好后只歇了一天,就开始四下里跑着借钱,想先买一台榨棉籽油的机器,开个油坊。由此积累资金,再实行原来的计划。未料因他爷爷周龙坤当官时失了人缘,加上眼下他家太穷,没有还钱保证,并无一家愿借给他钱。几天空跑之后,脸气得就有些发青。恰好这时,龚老海的重孙女小枫来找他,问他愿不愿到她家的鞭炮烟花厂里当画封工。小枫和周素是同级不同班的高中同学,那年也没考上大学。她在学校时知道周素也颇爱美术,闲时常画画,人呀、兽呀、花呀、鸟呀,几笔就能勾出来,很受美术课老师的称赞,而眼下她家的厂里正需要一个会画画的人,所以便来问他。这年头人讲衣裳,卖东西则讲包装,过去龚家卖的鞭炮烟花,至多是表面裹一层彩纸罢了,如今有些不行。所以龚老海想找一个会画画的人,为他设计包装纸。周素一听,先是一愣:大志不成反要去当雇工?但转念一想,这倒也是实行原来计划的路子,先当雇工挣钱,而后再买榨油机开油坊!大丈夫能屈能伸!于是就问:"干一月多少工钱?"小枫说他们家雇的人,头一年都是一月八十。周素听罢一捶腿,说:"行!"

卧病在床的周龙坤,一听说孙子要去老龚家当雇工,当时连咳一分钟,吐一口带血的痰,硬撑起身指着周素骂:"杂种!饿死也不准去他家干活!我们和他们势不两立!老子当初就受他家的剥削,现在他还想再剥削我们?他想得倒美!"可周素只冷冷看了爷爷一眼,说了句:"我的事你少管!"便转身走了。周龙坤一口气倒憋回去,脸青紫,胸鼓起好高,慌得周士高急忙去捶他的背。

小枫回去给她爷爷龚家老大说周素愿到厂里当画封工,龚家老大当时就眼一瞪,叫:"不行!咱就是雇条狗也不雇他周家的人!"倒是龚老海听罢,发白的眉梢抖了一下,"嗯"一声,顿一顿拐杖,说:"叫他来!"

周素到工厂干活的那天上午,冬阳高照,和暖异常,龚老海穿一身簇新的羊皮里子棉衣棉裤,足蹬一双旧式翻毛皮鞋,端坐在当年周龙坤常坐的那张黑漆斑驳的太师椅上,召见周素。龚老海戴上老花镜,把周素上上下下打量了一阵,两只拳头莫名其妙地攥了又攥,这才开口说:"凡到我家厂里干活的人,都要听招呼!你眼下到厂里来,先做画工,设计些包装封纸,日后也可能会叫你干点别的,不论是啥事,只要叫你干的,你就要干!这是我们的规矩!你要愿守这些规矩,就签合同,不愿,这会儿还可以走!"周素听罢,微微含笑点头,答:"愿!"

从此以后,周素每天就去龚家大院上班,画各种各样的鞭炮烟花封底。他干活的那间房子,恰好就是当年他爷爷周龙坤卷炮筒的那间。龚老海已不再亲手干活,常挂拐杖在厂里转,对儿子、孙子、重孙子、重孙女和雇工们指点指点。周素去后,他不再在厂里转,而是搬来那张太师椅,坐在画封屋里,看着周素干,而且让小枫跟着周素学,周素画一张什么样的,也让小枫画一张什么样的,逼着小枫学周素的手艺。那小枫到底是高中毕业,聪明机灵,跟周素学画学得很快,周素因为和她是同学,也很愿教她。两人在一起画画,当然就要说些学校的旧事,说着说着高兴起来,就要笑一阵。每当这时,在一旁坐着打盹的龚老海,总要咳嗽一声。对此周素倒没感到什么,小枫可就不满意了,那姑娘伶牙俐齿,啥话都敢说出来,她常常扭头朝龚老海叫:"太爷爷,你咳什么?你不能坐到别处去吗?!"龚老海听了重孙女的话,却也不生气,只说:"别屋里都有一股炮药味,我坐这屋里好受。"

周素虽不知道周龚两家过去那些事的详情,但从爷爷、爹爹和街上人的嘴里,也大略地晓得两家积有旧怨,因此在他来龚家干活之后,就很想借机缓和一下关系。他每每见到龚老海,都是很亲热地唤他"太爷爷"。有天后晌,当规定的画活干完之后,周素看着坐在椅上闭目养神的龚老海,就很尊敬地说:"太爷爷,我给你画一张像,做个纪念如何?"龚老海当时微微点头:"好!"周素便细心地画开了,他想借此和这位老人把关系融洽起来。接连用了几日的工余时间,周素把画像画成了,画像上的龚老海显得富态、威严,栩栩如生,周素自己很觉满意。给龚老海一看,龚老海也连连称赞:"画得好!画得像!我会永久保存留作纪念。"但第二日上班,周素意外发现龚老海的太师椅旁有一堆纸灰,纸灰中有一未燃尽的纸角,却正是他给龚老海画像的那张纸,不觉一愣,是烧了那张画还是相同的纸?他疑疑惑惑地不好去问。

半年日子过去,小枫已经学会了画,两人在一起干得更快了。不想有天后晌,龚老海和龚家老大突然把周素叫去说:"这画封的活让小枫一人干,从今天起你负责装卸汽车和试放产品。"周素听后虽是一愣,可也立即点头说行,这倒不全是因为龚老海当初说过"叫干啥就干啥"的话,实是因为周素也想借此机会熟悉一下这个家庭工厂全面的管理情况,为自己以后办厂打下基础。只是小枫有些不满,站出来抗议:"他在这里画得好好的,为何叫他走?"龚老海就温和地对重孙女解释:"厂里的活都要人去干,再说,给他换工作也同时月加二十块钱!"

自此,每日前晌,周素便把包装好的产品一箱一箱地往汽车上装;后晌,又把汽车拉回来的各种炮纸、配火药的原料、做烟花筒的黏土、机器用油等,一一卸下扛进库房;傍黑时,试放各种新做的鞭炮烟花。那时龚家新添了好多过去没有的品种,都是龚老海和龚家老大亲手试做成的。比方鞭炮中,就新添了滚地雷、空中啸、三连珠、摔炮、拉炮、坐力炮。烟花中添的花样就更多,满天红、蝴蝶飞、降落伞、九朵菊、爬地狗、上天鸟,足有十几种。每做一样,每出一批,都要抽出一个两个试放一下。这两样活周素倒是都能干得。装车卸车,累是累了一点,但干完之后,则可坐下看书。只有一点周素觉得奇怪:每当他浑身淌汗地扛起东西往仓库走时,龚老海总搬个太师椅坐在附近,面带笑意,双唇不知何故老舒服地咂着。对于试放鞭炮烟花,周素更觉得有趣,每次他在厂院里试放时,镇上的孩子都要围上来看,遇上好听、好看的,就都拍手,反之,又一同叫唤。可他不知,干这活常常带险,往日这试放的活儿都是由最有经验的龚家老大干的,龚老海从不让他家的孙儿孙女们沾手。

有天头晌,老五奶奶迈着她那三寸小脚,去龚家大院串门,恰好看见龚老海正坐在屋里亲手给一筒烟花装药,就走进去看。龚老海这些年已经不轻易动手做了,除了是做过去从没有做过的新东西。五奶奶看见龚老海的双手老在哆嗦,不时把药洒了,而且牙齿不停地磕碰,于是就说:"老海,看来你真老了。""是呀,是呀。"龚老海急忙点头。两人在拉呱时,五奶奶就看见一对白老鼠从屋梁上探出头来,叽叽吱吱乱叫,五奶奶听得很烦躁,龚老海挥胳膊吓了它们两回,也没有把它们吓跑。老五奶奶抬头看了那对白鼠一眼,身子莫名其妙地一抖,立时站起身说:"老海,你忙,俺走了!"走时脚步匆匆,全不似刚才来时。

那天吃了午饭不久,人们正在歇晌,一个粗重撼人的响声突然从镇西传来,众人抬头看时,只见一团耀眼的紫雾已从丘洞那儿升上天空。老人们自然又是一阵紧张。老五奶奶还是如往常一样,立即脱了上衣,拿一根柳枝向自己身上抽去。竟抽二十下方住手,肩上背上于是又有新的伤痕绽出。年轻人看见,就都笑说:"神经病!"

龚家鞭炮烟花工厂因为不实行歇晌制度,吃了午饭就忙,加上厂院里机器轰响,也就没人知道丘洞喷紫雾的事情,人心仍旧安定,工作依然照常。

傍黑时分,周素开始在厂院里像往常一样试放鞭炮烟花。起初,几挂鞭炮和几筒烟花试放得都很好,站在远处看热闹的孩子们直拍手笑。最末一筒烟花是龚老海亲手递给周素的,周素接过后,像刚才试放其他烟花一样,把它平放在地,而后侧身半蹲那里,做好跑开的架势,这才伸出手上燃着的香烟头去点那筒烟花的药引。一般烟花的药引都燃得很慢,从点着到引燃火药放花有足够的时间让点火人跑开,可万没料到,周素刚把香烟头伸到药引上,那烟花筒一动,就突然射出一支烟花箭,直向他的右眼射来,亏他年轻灵便,头飞快扭了一下,那火箭才没射到眼珠,只射到了眼角上,疼得周素大叫一声,双手捂住脸。他的叫声未落,那花筒"呼"一下放出好强好亮的白炽火花,呈扇形全喷在了周素身上,而且那花筒还绕着他的身子滚了一圈,把他全身的每个地方都喷上了火,周素叫着在地上滚了几滚。第一个扑上去扶他的是站在附近看试放的小枫。周素的脖子、两只捂脸的手、背和脚脖,凡衣服未遮的地方,都被烧起了泡,全身的衣服也都被烧满了洞洞,小枫一看就吓哭了,龚家一家人也都慌张地围上来。倒是龚老海脑子没乱,让他家的汽车司机把车开过来,指挥儿孙们把周素抬到车上,送往镇医院。

周龙坤听说孙子受伤,从病床上挣起身子,让儿子、儿媳搀着来到龚家大院,对龚家老大叫起来:"为啥把我的孙子弄伤?老子非到法院告你们不可!"最后是龚老海上前冷冷地说:"你的孙子在我这里受了工伤,我们给他治伤就是,你闹什么?你们要打官司可以,不过要先看看这张合同!"说着就递上一张纸,周龙坤看完那张合同,愣了,原来周素签的那张合同上已经写明:"做鞭炮烟花时有危险,我自愿到厂里工作,若有工伤,厂方负责医疗费,本人不怨厂方。"周龙坤只得气哼哼地走了。

周素受伤之后,到医院里照料他的,只有小枫。龚老海和龚家老大反对说:"医院里有护士,反正花多少钱咱家出就是,不必再去看护。"但小枫杏眼一瞪,叫:"他是我的同学,又是我动员他来咱厂的,如今他伤了,我不去看护,把良心放哪里?"龚老海和龚家老大就只好随她。周家这边,周龙坤不准任何人去探望孙子,而且一个劲地躺在床上骂:"这个小杂种!我当初不让他去龚家干活,他贱着总要去,去。好!让他伤去!死了才好!"连周素娘去看儿子,也是偷偷去的。

周素住院,开头几天下不来床,纱布又把眼也缠了,拉屎撒尿怎么办？镇医院的护士极讲卫生,能把便壶给你端到床前就算不错,哪还敢奢望更多？侍候周素拉屎撒尿的只有小枫。小枫姑娘还真行,把尿壶往周素的被窝里一塞,就去解他的裤带。一开始周素羞得很,死也不让,但他自己两手背上有伤又动不成,憋得只好尿在裤子里。后来是小枫哭着求他："把我看成你的妹妹不就行了？"感动得周素双眼噙泪,这才算答应让她帮忙。最后纱布解开时,看见周素的眼角和颈上都留了疤,小枫就又禁不住扑在他的身上哭了,边哭边说："全怨我！全怨我！要不是我去找你来厂里,你也不会落这些疤！"周素当时心里虽也难受,可还是硬撑住,拍着小枫的肩宽慰："没啥,没啥,不就是一些疤嘛！"可说着说着,忍不住就也掉下两串泪来。两人这么一哭,心倏忽间就显得更近。一天晚上,周素娘来看儿子,一见儿子的疤痕,就哭着说："天爷呀,你这个样子,以后还有哪家闺女愿跟你过日子……"周素娘哭诉未完,一旁的小枫竟猛扑到她怀里叫："婶子,要是你不嫌弃,我就做你的儿媳妇！"这一下把周素母子惊得一怔,噤了声,睁大眼,最后还是周素开口说："小枫,不能瞎说！这可是一生的大事,你不能因为可怜我就这样说。"小枫听了,就噘起嘴,连连跺脚,叫："谁可怜你了！谁可怜你了！在学校时我得空就找你说话,你都一点也不明白吗？半点也不懂吗？"这一说周素又愣在那里了。

　　周素出院前,龚老海拄杖去看过一回,他进门时周素和小枫正头挨头看一本书,他咳了两声,周素和小枫才抬起头,两人眼中就漾着一股幸福。龚老海从医院回去的当晚,就把龚家老大和小枫的爹找来,威严地告诉他们："要尽快给小枫说个婆家！"当儿、孙听完出门之后,不知何故龚老海蓦然抬手打了自己两个耳光,耳光打得很响,嘴角竟渗出一缕血丝。

周素出院后,小枫找了她太爷爷、爷爷和爹一再要求,说周素刚出院身体不好,应该到画封屋干活。龚老海很痛快地点头应允。小枫、周素两人在一间屋干活倒是高兴,一幅画你画一笔我画一笔,又说又笑,龚老海不在屋里坐时,还可以抱吻一下。每当小枫那丰满健壮的身子偎在周素的怀里,周素的双手在她那光洁如缎的肌肤上游动时,就总是呢喃着发誓:"我这辈子一定要让你幸福!要让你当一个大实业家的夫人!"但他们没欢喜上一个月,龚家老大有天突然把小枫叫到记账屋说:"给你找了个对象,是镇上税务所陈所长的儿子,你——"小枫没听完就跺起了脚叫:"我找对象用不着你们操心!我已经找好了!就是周素,我要和他结——"龚家老大没容她说完,就朝她抡起了巴掌。几个耳光打过,小枫要跟周素的消息就也在镇上传开。镇上人便有些奇怪:为何龚家女子代代都要和周家男子缠在一起?后来就有人请教老五奶奶,老五奶奶盘坐蒲团,双手抚膝说出端详:龚、周两家的屋宅同在一条黄龙身上,龚在龙头,周在龙尾,龙头有俯有仰,龙尾时抬时落,故周、龚两家交相富穷,昨龚富周穷,今周富龚穷,不时变化。且龙身上蓄血下蓄精,血气易育女,精气易育男,所以龚家男儿少女儿多,周家女儿少男儿多,龙身一动,血与精合,龚家女儿自然要找周家男儿相配……

小枫挨了爷爷的耳光,自然不服,就又哭又闹,龚家老大盛怒之下,就把她关起来了。一开始是劝,让小枫她妈、她奶奶来劝她忘了周素,小枫不干。接着就把小枫她姑奶和姑姑,也就是絮儿和素素叫回来,让她们给小枫讲周龚两家的世仇,不知那两人是怎么讲的,反正讲着讲着三人就都放声大哭,哭后小枫仍没变心。没办法,龚家老大就又开始打。最后倒是龚老海进屋喝住儿子:"有话慢慢说,动手干什么?"接着对小枫语调极温和地说,"如今婚姻自由,谁也不能干涉,你既是选中了周素,我们作为老辈,当然也同意。只是他既然要做我们龚家的女婿,就要为咱们龚家厂子多出些力。从明天起,他还是要从画封屋出来,管着装卸车和试放,你说行吧?"满脸是泪的小枫这时就咬了咬牙,说:"行!"龚老海当时用手轻拍着重孙女的后背,双眼慢慢地眯起。

几天后,周素就又干起了原来的行当:装卸车和试放。因知晓龚家老人已同意小枫和自己相爱,周素的心里就装满了欢欣、甜蜜,干起活来十分精神有劲,而且他已决心帮助龚家办好这个鞭炮烟花工厂。他看出龚家经营厂子的办法,基本上还是家庭作坊式的,必须来一番改造才能更快地发展。他结合自己平时读的企业管理方面的书和最近有意学习的鞭炮烟花制造知识,打算向龚老海和龚家老大提出四个方面的建议。其一是关于产品品种,要分三类:一类是供中、下层社会的人们喜庆、祭祀用的,以价廉质稳为原则;一类是供上流社会和大型社团纪念、消遣用的,以价昂物华为原则;再一类是供出口用的,以量少质优扬名为原则。其二是关于产品包装,要分艳丽和华贵两种,包装纸要设计后交印刷厂成批印制。其三是关于工人潜力的利用和工艺水平的提高。其四是关于车间的设置和安全生产。他甚至想得更远,想待这个厂积累雄厚的资金之后,劝他们进行跨行业经营,兴办农产品综合加工利用公司,对南阳盆地各类农产品进行一级、二级、三级开发利用,他可以以女婿的身份出任某一个加工厂的经理。如果继续成功的话,还可以再投资办其他企业,譬如南阳盆地地下的石油开发、伏牛山水晶石石墨石的挖掘等。那时,龚家庞大的母公司,会对南阳盆地和整个中原的振兴起举足轻重的作用;周素,作为这一切的设计者,也许会青史留名。每当他装完卸完汽车坐那里冥想这一切时,就禁不住兴奋得满脸通红。而且,当他在脑海里设计那遥远的将来时,一组连续的画面总不时地在眼前闪现——一座精致的青砖小楼,围着不高不低的院墙,楼前有绿树,楼后有花圃,院门铁栅式,他驾着一辆白色轿车缓缓驶抵楼前,车轮沙沙,轻轻一按喇叭:嘀嘀。怀抱婴儿的小枫立即从楼里奔出,"叫爸爸!叫爸爸!"那婴儿挓挲着粉红的小手向他扑来,他伸开双臂,将小枫和那婴儿一齐揽在怀里……常常是龚家老大叫他干活的喊声,把他从想象中惊醒。

自从周素重新负责装卸车和试放之后,龚老海也开始每天都亲手做鞭炮、烟花了。因为他做的都是新品种,所以周素每天傍黑都要进行试放。每次试放前,小枫总要特意跑到周素身边低声嘱咐他:"小心些!"对此,周素总是一笑:"没啥!"不过他心里对试放这活也越来越怵,因为不知何故,几乎每天傍黑试放,都要出点险情,不是鞭炮提前爆响,而且响得厉害,险些把他的手炸伤,就是烟花提前喷火,差点把他的眼烧瞎。但他又想,既是试放,发生这些事也属正常。一日傍黑,试放一种"半天雷",炮身粗短,重如一只半大红薯。他把炮在地上放好要去点时,站在一旁的小枫突然扔过来一节竹棍,叫:"把火绳绑在竹棍上!"周素依言做了,刚把竹棍上的火绳挨着药引,那"半天雷"就蓦然炸响,声如炸雷,将原地崩出一个坑来,倘若不用竹棍,周素的一只胳膊怕要被炸飞。围观试放的人皆被惊住,许久之后才发一声感叹:这炮真响!龚老海拄杖缓缓走来,看一眼地上那坑,而后转对周素含笑说:"看来这炮药装得有些多,让你受惊了!你干这活确实不易,每月给你再加三十元工钱!"周素听罢,心中一热,很有些感激,说:"谢谢太爷爷,年轻人干这种带点险的事,没啥!"小枫一直默站一旁,待龚老海走远、围观的人散尽之后,她才疾步走到周素面前,低而恳切地说:"你回去吧!不要再在这厂里做工啦!"周素当时一愣,问:"为什么?""别问为什么,你只管算清账回去吧!""是不是怕我再出危险?放心吧!这是鞭炮烟花厂,又不是地雷、炸弹厂,试放还能出多大危险?再说,你在这里,我——"周素还没说完,小枫又猛地上前抓了他的手摇着,用几乎恳求的声音说:"你走吧,走吧,去别处挣钱实现你的计划吧,别在这里了!""你呀!"周素轻抚着小枫的脸颊,依旧轻松地笑着说,"我不仅不能离开这个厂,我还要设法使这个厂更快地发展起来,我要为你创造一个根本不曾想过的将来——"小枫听到这里,脚狠狠一跺,猛地转身跑开了。在她的脸颊离开他的手的那一瞬间,他觉得手指触到了一滴水,他想看清那是不是她的泪,可惜,天太黑。

几天之后的一个傍晚,周素在试放烟花时,又出了一件更险的事:他刚把一筒表面看去十分平常的烟花点着,只听"哧"的一声,亏他反应快,听出不对头,呼一下就转身趴下了,他刚趴下,烟花筒就轰然爆炸,筒上的干泥块子像弹片一样带着刺耳的啸声乱飞,周素要不是趴得快,离那么近,只要有一片泥块打在胸口,也完全可以把他打死。这件事发生时,小枫就站在记账屋门口,她脸色发青,既没上前扶周素也没惊叫。是龚老海拄杖跑到周素跟前扶起了他,一连声地说:"真是意外!真是意外!看来以后的烟花药不能这样配了。请你原谅!请你原谅!从今日起,每月给你再加二十块!"周素当时笑着掸土说:"不用,不用,一点意外,没啥,没啥。"

就在出这件事的那天夜里,小枫一抿鬓发走进记账屋,语气平静地对龚老海和龚家老大讲:"太爷爷,爷爷,这些日子我细想了想,我不愿跟姓周的结婚了。他们家太穷,我不愿再去过苦日子。再说,他身上的那些疤,也太难看!我还是愿去你们当初说的陈家。""真想开了?"龚老海有些出乎意料,语调中仿佛抑着欢喜。"真的!"小枫平静地颔首。"那好,那好,既然想开了,就按你想开的办!"似乎有一缕笑意很快消失在龚老海额上那丛密集的皱纹里。"太爷爷,我有两个要求,想求你答应。"小枫接着又说,"一个是这婚事既然家里同意我也同意,要办就早点办,也免得姓周的再来搅我的心;一个是我同姓周的总算也好过一场,我知道他爱画画,求太爷爷还让他到画封屋里干活。"龚老海听罢立刻就答:"好,这两条我都应允!头一条,明天就找人择定喜日子!第二条,从明日起你不必再去干活,只管在家做嫁妆,画封屋里的活让姓周的去干,不让他再装车和试放了,而且他的工资也不变。"小枫当时又说:"我这里有一封给姓周的绝交信,烦你转交给他,我不想再见他了!"龚老海伸手接过,说:"行!"

第二天,龚老海在对周素交代完让他仍回画封屋干活之后,掏出了小枫的那张纸条,和颜悦色地说:"小枫让捎给你的。"周素急忙接过,脸红红地去画封屋拆开看,只看一眼,就眉扬起、脸煞白,揉揉眼,又看一遍,再看一遍,仍是她的字,还是那句话:"我不愿再见到你!"他蒙住、怔住、呆住:怎么变得这样快?!他直立许久,才又一拳砸到墙上,咬牙低叫:"水性杨花的女人!"他踢开画封屋里的一条凳子,猛地向门外走,原想立刻去找小枫责问,而后到记账屋结清账目,从此永远离开龚家这个厂。但脚迈门槛时又蓦地停止:你有何权责问?走,离开龚家可以,可再上哪里去挣这每月一百多块钱?而没有钱,又拿什么去办榨油坊?没有油坊积累资金,又怎能去办农产品综合加工利用公司?又用什么去办跨行业的诸多企业?大实业家,青史留名,盆地勃兴,岂不都成一句空话?他又缓缓收脚,从牙缝徐徐吐出一口气,重重跌坐在凳上,良久,猛地伸手提起画笔,饱蘸红色颜料,在一张白纸上挥写一字"忍"!笔锋力透纸背!他写完掷笔在桌时,看见龚老海悄无声息地走进门,径在那张太师椅上坐下,双眼微微眯起。

自此,周素再不出画封屋,更少言语,只闷头画封,按时上下班,脸,也就慢慢瘦了下来。

小枫也从此再没出过闺房,说是她整天在忙着做嫁妆。喜日子看定在二十天之后,陈家也很高兴结这门有钱的亲家,巴不得立刻就把媳妇娶到家。喜日到来的前一天头晌,老五奶奶去看小枫的嫁妆,进屋就惊呼一声:"唏!"那嫁妆真是气派:光缎子被就有十床,黑呢子衣服整四套,皮鞋深勒浅勒七八双,毛毯、线毯四五床,大花床单有四条,针织线衣有十套,黑漆箱子有三对,大小柜子六七个,更加上那些新派东西,什么电视机、收录机、洗衣机、自行车……老五奶奶看着,摸着,感叹着:"天爷呀,想当初老子来柳镇,我老娘只给我一个缺了仁齿的枣木梳,外加十个洗衣服的干皂荚,看看你们今天多有福!"老五奶奶感叹罢,走到小枫身边,抬手在她头上正绕三下反绕三下,而后开始她常对那些要做新娘的姑娘说的话:"正绕三,反绕三,你的命里有金砖;大金砖,小金砖,抱砖不如保住汉;汉有高,汉有低,高低都能撒种哩;种有儿,种有女,有儿有女有福气——"老五奶奶刚说到这里,一对白老鼠突然蹿上房梁,叽叽吱吱一阵乱叫,惊得老五奶奶一呆,忘了下边的词,而且眼皮也跳了起来,她仰脸向屋顶,双眸微闭片刻后,捉住小枫的那又冰又凉的手,匆匆说了几句恭喜话,便出门走了。小枫当时坐在那些嫁妆旁,两眼怔怔没吭声,只眉梢一动,闪出一丝似讽非讽的笑来。

随着小枫喜日子的临近,周素的心也一日比一日疼得更甚。这些天,他曾不断地回忆检点自己,想找出究竟在哪些地方伤了小枫的心,遍想不出之后,就越发地恨起突然变心的小枫来。这种恨在心里发酵之后,迫切地想找一个发泄口,他几个晚上在龚家大院逡巡,想找小枫痛骂一顿,无奈小枫不出门。每天夜里一躺下,那幅咬噬他心的画面就总要出现:一张漆成粉红的新婚床上,小枫正缓慢而优雅地脱着衣裳,那陈姓新郎,正迫不及待地扑向小枫。他的牙被这幅画面折磨得咯咯乱响。喜期临近的头一天前晌收工时,他深一脚浅一脚地向记账屋走,他想找龚老海或龚家老大请几天假,他担心自己在这院里再待下去,看到小枫的那些嫁妆,看到陈家来迎亲的人,会有不理智的行为。龚老海听完他要请假的要求之后,慢慢捋胡须,微眯眯眼说:"明日是我家大喜的日子,也是这家最忙的时候,因此所有工人都不准请假,谁若擅自不来,扣发本月工资,且解除雇用合同!你作为小枫的同学,更不能请假不到。我还有两件事请你办:一件,我专为小枫的出门做了一挂两千响的长鞭,想请你后晌画一幅漂亮的封纸包上,明早迎娶的彩车来到时当众启封燃放;另一件,想请你晚饭后为小枫捆扎嫁妆,以便于明天送亲的人抬。你办事心细且是小枫的同学,我信得过你!当然,我也不会让你白白加班,今晚给你加班费五十元!"周素听罢,气煞,原想转身就走,但脑里的那个事业规划,又迫使他抑下这冲动,硬把那个"忍"字再塞胸中,罢,就给你干。他勉强点一下头,走出门,刚迈出门槛不远,屋里突然传出龚老海一声大笑,笑声长而闷,尾音上挑,夹两次咳,透出无比的畅快。周素被那笑惊得几乎止步,他从未听龚老海这么笑过。

后晌,秋阳发红,缓缓在西天运行,遥远处伏牛山的山脊在天边成一黑浪,渐渐与斜阳接近。柳镇因了这龚家的喜事,笼在一股欢喜宁静的气氛中。就在这时,忽有闷重的两记响声传进镇上,那响声出奇地大,惊得镇中的牛、马、猪、羊、狗、鸡、鹅、鸭一齐大叫,众人仰头循声看时,只见一巨大的紫云团从镇西丘洞升起,云团紫得发亮,仿佛还夹有火光。紫云团在几百米高空弥漫开,几乎把柳镇的上空遮住。年轻人只觉新奇,齐跑往丘洞边看,老年人则一个个十分惊慌。老五奶奶见状,仍如往常,脱下上衣,拿一柳条,直往自己身上抽,不过这次是抽了三十下方住手。

晚上,柳镇街上异常冷清,因了后晌的那大团紫雾,不少人家早已吃过饭闩上门,街上只有一些年轻人在那里游晃。仅有龚家大院仍灯光明亮,人声喧嚷,一派喜象。龚老海虽也听说丘洞冒了紫雾,但他相信一喜冲三邪,祸不会降到龚家头上。周素下午为两千响长鞭画一对戏水鸳鸯的画封,晚上,龚老海朝他指了指龚家大屋最边上的一间,说:"小枫的嫁妆都在那间库房里,走,我告诉你怎样捆扎!"周素机械地随他进了那屋,一看见那五光十色的陪嫁东西,一股火就蹿到了脸上。他的目光每触到一件嫁妆,眼前就现出一幅幻影:那是个梳妆台,小枫正坐台前梳理她那漆黑闪光的长发,粉嫩的脖颈一晃一晃,姓陈的新郎正一脸喜色地把发卡夹在小枫头上。那是一个双人沙发,小枫正偎在姓陈的怀里笑闹……一幅幅幻影越来越紧地揪着他的心。"还可以吧,这些嫁妆?"龚老海的一声问话把他从痛楚中暂时拖出,他扭头看一眼对方,想弄清龚老海是否注意到了自己的失态,但这一眼让周素发现了龚老海望自己的眼神有些奇怪:仿佛是一种玩弄什么东西后的舒坦!

周素咬牙从脑里赶走幻影,机械地按照龚老海的交代捆扎着那些嫁妆。后来龚老海笑着咂了下嘴唇,说:"你慢慢干吧。"就转身走了。周素于是就又进了那一幅幅折磨他的幻影中。差不多将一半嫁妆捆扎完之后,周素出去小解,路过记账屋门口时,忽听门缝里传出龚家老大的一句抱怨:"怎叫周素去捆嫁妆?他能捆好?"接下来是龚老海压低了的声音:"是我专门叫他来捆扎的,专门!

懂吗?"周素闻言倏然一愣:专门?为什么专门?"哗啦"一声,脑里裂出一道缝,两个黑色的大字出现在脑海:折磨!啊,懂了!怪不得你看我时是那种眼神!哈哈,折磨,几乎在那个判断闪现的同时,一股强烈的气恨由心底涌起,迅速膨胀,这气恨使他的身子开始哆嗦,他感觉到身上的血管全都暴起,由心脏向外输出的血流在加急,手指被一种莫名的亢奋弄得不住抖动,一个强烈的愿望在心中翻滚:毁坏一点什么!当他重又走进放嫁妆的库房时,便朝最先碰到脚的一个放皮鞋的纸盒猛地踢去,纸盒飞起撞到墙上,又碰落到墙角的一个缸旁,发出"哐"的一响。这一声把周素的目光一下引到墙角的缸上,那里并排放着七口大缸,上边一律贴着红纸条:"火药,严禁烟火!"缸上一律加盖着石板。他的双眼在那排缸上凝定,足有十分钟没动,随之一个从未有过的念头跳到眼前:娘的!点了这些火药!毁了这些嫁妆!毁了这龚家大屋!毁了这一切!你们折磨我,我也要让你们知道知道我的厉害!这个念头的生出,顿时让他体验到了一种报复的快意。他的眼球开始变红:娘的,干!

这个念头一经固定,他便放慢了捆扎速度,他要故意拖延时间!他捆捆解解,解解捆捆,其间龚老海来看过两次,后来他大概打熬不住,便让看门的老头来陪着周素,自己先去睡了。周素依旧磨蹭,直磨蹭到那看门老头也哈欠连天,嘟囔着:"你干完自己关上门吧,我去睡了。"周素这才无声地冷冷一笑。他先轻步出门,见龚家大院悄无声息,全都睡了,这才快步进屋迅速拆开那挂两千响长鞭,把那张画有戏水鸳鸯的红封纸撕碎扔下,并搬开一口火药缸上的石板盖子,把长鞭的一半放入缸内,另一半耷拉在缸外,而后从库房的另一个木柜里拿出一把鞭炮药引,三股三股地连接起来,变成一根导火线。他根据平时试放鞭炮烟花时的经验,把导火线接得很长,计算好在自己返回家中二十分钟之后,这些药引才能燃完起爆。当一切安顿好后,他擦燃火柴点着药引,便悄步走出了龚家大门。

　　已近午夜,街上更加空旷冷清,一两声狗叫从镇外传来,慢慢消失在幽暗的街道两旁。当周素就要迈过街道时,一股夜风裹着一些纸屑陡然吹过,使他的身子一个激灵,心里也顿时咯噔一声,紧张炽热的脑子霎时有些清醒:你这是在蓄意杀人!这个意识出现的同时,他打了个寒噤。立刻,小枫和她弟弟、妹妹以及龚家其他一些人的面影在他眼前一一晃过,你怎能害死这些无辜的人?不,不能!一条条断腿、一只只断臂在他眼前乱飞,鲜红的血分明地沾满了那些瓦砾,他的心抽搐了一下,身子不由自主地转了回去,一股巨大的拉力扯着他的双腿。他不敢再犹豫,加快步子跑回库房,那药引正哔哔燃着缩短,差不多快近四分之一了。他急忙抬脚想去踩灭,他的右脚刚落到药引上,高度绷紧的神经突然感到背后有脚步声。糟糕!龚家来人了!只要龚家人看到这个场面,发一声喊,片刻之后就会引来无数麻烦,那时如何张嘴去辩?他觉出一股冷汗顺了脊背下窜,他惶恐地扭头一看,原来是小枫站在门口,他望着小枫那张苍白的脸,舌竟僵在口中,他只担心她会发现他脚下的药引,发现药引连着鞭炮和火药缸。还好,小枫没往别处看,只望定他的眼平静地说:"你该回去了!""哦,哦。"周素微弱含糊地应道。"回去睡吧!"她又催。周素于是只好移步向门口走,一出门槛就加快了步子,他估计小枫发现那药引后会发出一声惊呼,然而没有,但愿她不向地上看!

当周素又走出龚家大门来到街上时,神经的松弛使他瘫软地蹲在了地上。夜更深,风愈冷,一两声猫头鹰的叫声从暗黑的夜空飘过,应和着从谁家窗隙门缝漏出的鼾声。周素身子软得只想就躺在这街上睡去,但他不能!他侧耳倾听龚家大院的声息,待院中又是一片寂静后,他又急忙站起了身,他要重回那间库房,要把那些药引拆掉,把那挂鞭炮封好,把火药缸盖上。

看门人睡得很死,周素又顺利进了院子,悄步向库房走。离库房还有十几步时,浑身的汗毛突然一竖,鼻子闻到了一股药引正燃时所飘出的轻微硝味。是的,是硝味!进厂这么多日子,他已对这种味道十分熟悉。糟了!一定是自己刚才未把燃着的药引全部踩灭,致使它这会儿又燃了起来!天呀,已过了这么长时间,药引要燃也快燃完了!想到这里,他不再怕脚重弄出声响,三步两步跑到门边,隔门缝一看,果然,那药引正咝咝燃着,已近鞭炮,快到缸沿。他猛地推门想冲进去掐灭药引,但门一推他才发现:屋门竟被锁住!毁啦,小枫大约怕我偷她的嫁妆,把门锁上了!现在要砸锁开门去掐药引已经来不及,不容犹豫,也不敢迟疑,爆炸马上就要发生,周素猛然张嘴大喊:"快呀——快跑呀!库房着火了——!"这粗哑瘆人的声响陡然升上夜空,迅速向四下蔓延开去,那喊声失控失真,连周素自己也辨不出那是自己的声音。喊声迅速把镇上所有的狗儿惊醒,吠叫连天,更添一种急迫。周素没管别的,只连声大喊,边喊边猛力挨个擂着龚家的屋门:"快呀——着火了——!"

最先跑出睡屋门的是龚老海,他知道鞭炮烟花厂失火的厉害,赤脚、赤膊,只拿一根拐杖,出门就喊:"快跑!"

出来了,龚家的人全都只穿着内衣跑出来了。最后一个出来的是小枫,只有她穿得整齐,她是被她爹拉着跑出来的。

"快向街上跑!"周素仍在声嘶力竭地喊。他的喊声刚落,就听"啪"的一声,鞭炮响了。周素知道,药引已经全部燃完,那挂长鞭已开始响了,很快,火药缸就会爆炸。他推着揉着龚家的人向大门外的街上跑。当他最后把小枫推到街上时,只听"轰隆"一声,地面猛地一下摇动,龚家那七间大瓦屋连同他们后来又盖的六七间房子全都坍塌,连院墙都塌了,整个院子顷刻间变成了平地。那响声真是可怕,柳镇所有房子的墙都在那响声中晃了晃,街上好多人家的窗户玻璃都被震碎,所有的动物一起喊叫,上千只老鼠被惊得蹿至街上,镇中古榆上的铁钟被震得叮当乱响。在房子倒塌的同时,大火烧起来了,火头猛烈鲜红,舔热了半个天空。原在街边树上睡了的麻雀,被这响声震迷,箭一般地向那火堆上扑去。

龚家一家人都呆呆立在那里,一个个腿都像在抖,龚老海被他儿子龚家老大搀着,满脸淌汗,身子在颤。那会儿全镇的人都在向龚家人站的地方跑,跑近后却都又蓦地止步,默不作声,只惊骇地看。最先跑到龚家人身边的是周素的爷爷、奶奶、爹、娘、弟、妹,他们离得最近。周龙坤是让儿子周士高从病床上搀出来的,这会儿望着龚家大院的那副惨景,也双目瞪大发着愣。人群中一片寂静,谁也不知道该说什么,人们都只盯着在倒下去的房基上燃着的大火。大火中,不时响起鞭炮的爆声,不断有烟花从破砖烂瓦中喷出五彩的火花。

是龚老海最先把眼睛从燃烧的屋基上转开,他先是逐个看了一眼自家的一家人,最后把眼望定脸色发青、双目发直呆立在那里的周素,哑声说:"是你把我们喊醒,你救了我们全家!这救命大恩龚家当世代相报,眼下,你先受我们全家一个头!"说罢,"嗵"的一声,就先双膝跪了地,他的那些儿孙除了小枫,也都跟着"哗啦"一下,全朝着周素跪了。周素两眼发直地看着面前跪下的龚家一家。那时候四周围来的那些镇上的人,包括周龙坤、周士高和周素娘,都无声地立在那里,发着愣。周素站着站着,腿就开始哆嗦,眼里也汪出了泪,慢慢就听他说:"起来!你们起来!该跪下的是我!"说着,扑通一下,便在龚老海面前跪下了。四周人都不明缘由地瞪起眼来,周龙坤、周士高和周素娘都慌慌地向前挤了挤。这时候周素就开始说,说他如何发怒,如何安排,如何点火,如何去踩又没踩灭药引,直把龚老海惊得一张没牙的嘴全部张开,龚老海仍旧跪在那里,带了白苔的舌头在口腔里晃动,又一层黏稠油亮的汗珠从额上的皱纹中渗出。周龙坤、周士高和周素娘都被周素的这番话钉在原地,只能抬手把胸口捂住。人群中鸦雀无声。就在这当儿,只见一直未跪的小枫噔噔走到周素身边,用脚猛在他的腰上踢了一下,叫:"起来!你跪什么?没你的事!那导火线你早把它踩灭了!后来是我又点上的!我点上后又把门锁上了!要不是你喊,我们龚家这会儿就舒服了!你喊什么?你这个浑蛋!我早就盼着这天!自从我答应去陈家当儿媳妇时我就在盼!就是你不连那导火线我也要连的！我的决心早下定了！下定了！太爷爷,这会儿你知道我为什么要把嫁妆放到库房了吧？你明白了吗？"小枫又猛地转向龚老海喊。

龚老海的眼睛已经瞪得不能再大,脖子梗得很直,下巴一晃一晃,双膝仍在那里跪着,只是身子在慢慢向下萎缩。周龙坤大约是受不了这接连的惊吓,身子发软地歪在了周士高身上。四周的人依然噤声无言,只有坍塌下去的龚家大屋里,不时爆出鞭炮声,不断有烟花喷出来。就在那火光中,人们注意到,有一对白鼠在碎砖烂瓦间跑,它们并不离开那到处是火的地基,只在那上边又跳又叫,像是快活极了。

老五奶奶站在人群里,双眼微闭,嘴角挂一缕笑意。

又一串鞭炮从瓦砾中炸响,声极脆。

又一筒烟花从废墟中喷起,五彩的……

家　　族

日头在天顶稍待了一霎,就开始向西滑。于是五爷的左脸上就沾了些黄;有几条横纹抖了一阵,又渐渐停下;两只浑黄的眸子凝了,直盯在那口空棺上。

那是一口黑漆棺材,榆木,薄底薄盖,四抬。

两个儿子和女婿正用条凳把那空棺支起来,让它头对院门,做着起棺的准备。棺前壁那个巨大的"奠"字,在日光下显出几分狰厉。

正屋里间,传出一声女儿轻微的呜咽。

(五子,你过来,爹把这个东西送你,你要好好保管!爹,这是啥?算盘!算盘?怎么没有珠儿?五子,你大了就会懂的!记住保管好,常看看它,记住了吗?……)

五爷猛地把头摇摇。

周五爷那个家族,很有些怪,隔那么一代,就总要出个傻子,这事柳镇的老辈人都知道,族谱上也有记载。

五爷是独子,不傻,按推理,下一代又该出了。所以五奶奶一嫁过来就有些慌。婚后不久,便在一个薄雾轻笼的早晨,扛一篮祭品,迈着带了弹性的步子,进了送子娘娘的庙门。她先小心而虔诚地在娘娘坐像前那个中间已烂了两个洞的蒲团上跪下双膝;然后摆上祭品:八个白面蒸的供香馍、一只炖鸡和一条炸熟的鲤鱼;然后点上一把棒香插在那个青色陶质香炉里,开始向娘娘恳求:您老开恩,赐俺一门儿女,只是不要傻子,倘若您老应允,俺初八、十八、二十八,逢八就来孝敬您……五奶奶话未说完,正燃着的棒香啪啪倒了四根,最后一根倒得有些勉强,晃悠了三下才最后倒下。五奶奶不知道这是不是一种回答,疑疑惑惑地回家,心绪不安地等待。

一些年后,真相大白:五奶奶生下三男一女,老大是男,叫大德;老二是女,叫云娇;老三是儿,叫小德;老四也是带把的,可惜长到十七岁,还只会说一个字:呀。于是五奶奶顿脚叫:送子娘娘你坏良心哟!啃了我的鸡,吃了我的鱼,临了还要塞给我个傻儿子,你不怕伤天害理?……

几年前的一个凌晨,天还不亮,正在梦中的五爷和五奶奶,忽然被睡在隔壁的小儿子呀呀叫醒。五爷用胳膊撞撞五奶,说:"你听,这傻小四不睡觉又在瞎倒腾啥?"五奶奶揉揉眼皮:"怪!这孩子平日都是一觉睡到天亮,没有这么早就醒的。"小四的叫声越来越响,且伴有脚步声,仿佛在屋内跑步。五爷就气得隔了墙骂:"你个小东西在干啥?快睡!"可那小四并不理会,叫声依旧。五奶奶就只得摸索着披衣下地。长子、二子和女儿都已结婚分开另住,只有这傻儿子还在跟着父母过日子。五奶奶推开隔壁的门,只见傻小四正在屋里跑,正跑一圈,倒跑一圈,边跑边叫:呀、呀、呀,直跑得热汗淋漓。五奶奶有些纳闷:这孩子是怎么了?平日可没见他这样干过。她喊了一声:"小四,你傻跑什么?"小四却只对她笑笑,依旧在跑,直到后来五爷拎了木棍进来,傻小四才止步。五奶奶回到床上躺下时,仍在自言自语:"有些怪,这孩子平日没这样干过!"五爷有些火:"怪什么?一个傻东西办事还能不怪?""什么叫傻东西?"五奶奶立刻反驳,"我知道你一直在嫌弃他,你总觉得他丢了你的人!可那是我愿生的吗?还不是你们周家积的德!我当初就是跟一个和尚睡,也不会生出个傻子来!""又来了,又来了,算我说错行了吧?"五爷败下阵来。

五爷仍站在原地。两三只雀儿从空中飞过,黑色的影儿在棺顶一掠。他直盯着两个儿子和女婿在棺前的动作,直到棺材两端的抬杠绑好,大德扭头对他说了一句:"爹,好了!"他才慢慢地移了步子,绕着那空空的棺材走了一遭。

(五子,你过来,爹把这个东西送你,你要好好保管!爹,这是啥?算盘!……)

他的脚掌重重磕着地皮。待一遭走完,他猛地转头,向女婿乔明低喝了一声:"拿鸡!"

堂屋里间,又传出一声低低的抽泣。

五爷在这柳镇上很有名气。因为他有一门家传的手艺:做"冥宅"。"冥宅"就是俗称的"棺材"。五爷一辈子不知道做过多少口棺材。哪家有了丧事,只要来找五爷,说:"请您老给定个宅。"五爷二话不说,只点一下头,把烟锅搭搭朝腰里一别,就拎了木匠家什,去到那家。到后再看一眼丧家备下的木头,问:"要几抬?"不论四抬棺、八抬棺、十六抬棺或是三十二抬棺、六十四抬棺,五爷都能做得漂漂亮亮,而且不论是枣木、青冈木、松木,还是榆木、桐木、槐木,五爷做好漆成后,看上去都像上等的柏木棺材。五爷特别擅长漆工,单是一种黑漆,就能漆出三种色调、三种氛围、三种情绪来:"敬黑",就是先在做好的白茬棺木上涂一种他配制的黑颜料,而后再刷黑漆,漆出后看上去黑明铮亮,直让人感到有一种什么肃穆的东西透进来,顿生一种尊敬,这种颜色多适于寿终正寝的有德行的老人。"悲黑",就是直接在白茬棺木上连刷两道半黑漆,刷时漆刷与棺板成一定角度,这种黑让人看去立时生出悲来,这颜色多适用于夭折的孩子和病故的中年人。"败黑",就是先在白茬棺木上涂一种他配制的白颜料,然后再刷黑漆,这样漆出来的棺材让人看后会生出几分怕来,这颜色多适于有过失而死的人,比如与人通奸被发现而自杀的女人等。

五爷给人定"冥宅",酬劳嘛,自然有一些,丧家多是在他做的过程中,每顿饭给他摆上四个菜,放上一瓶宛城白干,结束时,往他兜里塞上十块八块烟钱。多了五爷也不要,五爷说,这叫积阴德。

但五爷现在已经不大给人定宅,年纪大了,那活干起来太吃力,再说手艺早已传给了儿子、女婿,有丧事让他们去干吧。五爷现在常常坐在老屋的南墙根,椅边放一张木桌,桌上摆了瓷壶和烟簸箕,渴了,对了壶嘴喝几口;烟瘾来了,往烟锅里面按上烟丝就吸,生活嘛,倒也惬意。

那日,五爷坐在山墙边晒太阳,五奶奶在一边濯着韭菜。五爷说:"哎,听见了吗? 我这两夜里总做梦。""做梦有啥稀奇!"五奶奶白他一眼。"总梦见爹交给我的那个无珠算盘。""是那个框子?""嗯。""你爹也真是,上吊前还要把那个烂东西塞给你!""那不是……"

"爹、娘。"五爷正要讲下去,话忽然被人打断,扭头一看,是分住在另一条街上的儿子大德。"有事?"五爷望着儿子。

"嘿嘿,有点小事。"大德晃了一下他那粗大的身子。他因为是头生子,把五爷和五奶奶当初积在体内的精华都吸了来,所以长得极是高大壮实,做一件褂子差不多要丈把布,五奶奶常常惊呼:"乖乖呀,你这么个长法,我可怎么养活你!"

"说吧。"五爷抿一口茶。

"七贤在卖蝈蝈笼子。"大德没头没脑地这样说,"一天能赚四块多。"

"他卖他的,与我们何干?"五爷的眉蹙了起来。

"嘿嘿,我也想开个店。"

"啥店?"五爷的眉蹙得越发紧了。

"棺材……店。"大德说得吞吞吐吐,而且声音很轻,像怕把爹惊着。

五爷的双唇慢慢张开,有一颗黄黄的牙齿露出来,潮红的舌尖一动,又停住,双眼直盯着儿子。

大德被爹的目光盯得有些难受,就低下头,默默地用手晃动着弃放在身旁的一个碌碡,那碌碡在他手下轻巧地摇晃着,俨如小孩手中的拨浪鼓。大德的力气全镇闻名,当年他结婚时,正逢下雨涨水,车和轿都没法使用,而预先选定的喜期男女两家又都不愿更改,恐改换日子会招来祸祟,于是新娘就只好用人去背。这背新娘的人自然得是大德。大德便拿一把油布雨伞去了岳丈家。两家相离二十来里,大德没让新娘脚踮一下地就背了来。中间蹚过几条

45

河沟时,大德都是把新娘捧放到肩膀上边。据说新娘子韭叶原先对这门婚事还不太满意,但这一背让她对大德满心欢喜。三天回门后韭叶妈不放心地问女儿大德有些什么毛病,韭叶只管摇头,问到最后,韭叶也仅羞红着脸说了一句:就是身子太重。也正是因为大德有力气,当初五爷向他传授做冥宅手艺时才传得最仔细——干这活首要的是力气。大德也学得最认真,差不多全承袭了爹的那套手艺。

"这主意是你想的?"五爷终于开了口,话音沉而低。

"我……嘿嘿。"大德有些惶恐,"也是……"

"知道棺材是什么吗?冥宅!冥宅都敢拿来做买卖,亏你想得出!"五爷的声音提高了,"连死人住的地方都拿来卖钱了?"

"叫喊什么?有话不会跟孩子好好说?"五奶奶插了嘴。

"阴德!你连积阴德都忘了,阴德!知道吗?"五爷跺起了脚。

"那……那……就算了……"大德慌慌地后退着。

日头又斜下去了一点,空棺在地上的影子有些变长,五爷左手拎一只公鸡,右手攥一把菜刀,刀刃在鸡脖子上轻轻一抹,一股殷红的血顿时喷出。五爷于是就拎了那鸡,沿空棺走了一圈,步子阔大、急切,鸡血于是也急急地滴下去,在地上溅起几点灰尘,很快红成一个圆,围了那空棺。五爷站在圆圈外,慢慢地扔了刀和鸡。

(五子,你过来,爹把这个东西送你,你要好好保管!爹,这是啥?算盘!……)五爷望着空棺,眸子又慢慢凝住。

堂屋里间,又飘出一声女子的低泣。

那几天五爷受了点风寒,总咳嗽。一日傍黑,他正坐院子里咳,忽觉有一只轻轻的拳头在背后捶,捶得又柔又悠,使他顿时觉到了一阵舒服。扭头一看,原来是女儿云娇提个篮子蹲在背后,于是就立刻面露笑意,朝屋里叫:"她娘,娇儿回来了。"五奶奶听见了,就一边扯围裙,一边眉开眼笑地走出来,接下来自然是母女间的亲热问候。因为只有一个女儿,五爷和五奶就特别地对云娇增了几分爱意。最初的问候过后,云娇就提起手中的篮子晃晃,甜甜地说:"爹、娘,俺给你们带了点刚割下的韭菜和小葱来,你们尝尝。听说爹咳嗽,我还特地带了点荷叶,待会儿拼两个鸡蛋煎煎,那东西吃了止咳,可灵验了。""看看,看看,到底是娇儿想得仔细,在记挂着你。"女儿的话音刚落,五奶奶就对五爷开了口,"你平日总说两个儿媳好,可她们谁记挂你咳嗽了?"五爷于是就笑,没笑完却又咳起来。云娇见状,又立刻蹲下,在爹的背上轻轻捶,边捶边柔柔地说:"爹,你以后可要注意身子,你们二老多在一天,俺们做儿女的心就多安一天,虽说我们大了,可你们终究是个靠山。"这番话说得五爷的眼眶竟有些热,一颗老泪差点要滴出眼窝。云娇的会说话,不仅在周家兄妹中,就是在全镇的女人中,也都是数得着的。云娇要想找人办事,常是几句话就说得对方心动。云娇的丈夫乔明,就是她用一盆水加一番话得来的。乔明当初算是柳镇长得最俊的小伙,而且和云娇一样也是初中毕业。镇上很有几个漂亮姑娘在追他,他自然不会注意到长得平平常常的云娇望他时的热烈目光。可云娇不慌,她只是暗暗观察,待发现乔明每天傍晚都要从自己门前走过一趟时,她便预先准备了一盆脏水。那日傍晚,乔明刚走到云娇门前,云娇便"哗"一下把那盆脏水全泼到乔明身上。

乔明被泼呆在那里。这当儿,云娇就哎哟着跑上去,一边后悔不迭地带着哭音叫:"天哪,是我眼瞎了,咋能泼到你身上!"一边就不由分说地把乔明拉到了自己屋里,而且不由分说地替乔明解扣脱衣,又不由分说地脱下自己的外衣披在了乔明身上,跟着便是替乔明洗衣烤衣,边洗边烤。云娇叹了口气:"唉,也亏得了这盆水,要不,俺啥时能给你洗烤个衣裳,像你这样漂亮的人,俺能给你洗一次衣裳也算是福气!俺常常做梦,总梦见给你做饭洗衣,没想到这会儿成了真的,算是老天爷成全了俺一回!"几句话说得乔明胸腔发热,血流加速,禁不住就抓了云娇的手说:"你真是个好姑娘!"云娇当然不会放过这个机会,就软软地向乔明的怀里倒去……

当五爷眼窝里的那颗老泪刚刚化成雾时,云娇又轻描淡写好像顺口说出来的一样讲:"爹,有件小事想同你商量,乔明不是跟爹学过做冥宅的手艺吗?现在是个手艺都能挣钱吃饭,所以俺俩合计了一下,也指望靠这个手艺赚点油盐钱,想开个葬品店,你说行吗?"

五爷的身子微微一震,他未料到女儿也会提这个问题,嘴慢慢张开,又缓缓闭上,许久,才吐一口痰,说:"娇儿,做这种生意,是坏阴德的事,我怕不会有好结果,所以嘛——"待看到女儿脸上的失望神色,五爷又有些不忍,便稍稍改口:"不过,你们要是真想干,我也不拦——"

"太好了!"云娇听到这话,立时高兴地把脸贴在五爷肩上。

"啊,爹,谢谢你的同意。可你不知道,开葬品店只是我要走的第一步,我还有更大的计划!这计划我现在还不能跟你说,说了你也不会懂的！没有人注意到丧事办理这个角落,可这个角落里也能干出名堂！爹,你不会晓得,三个月前的那个下午,镇长他们坐在王老四的茶馆里,议论着镇上哪几家将会发达。他们说到了黄家,说到了秦家,也说到了杨家,可一次也没提我们周家。没有人看得起我们周家,我就偏要干出个样子让他们看看！我相信我能成功,我掂量过我的家底,我读过这方面的书,我去过城里的火葬场和公墓,我一定能干成！"

"可是娇儿,"五爷拍拍女儿的头,"有件事我得告诉你,咱们家做生意可是不大利,当初你爷爷贩烟叶,钱听说赚了不少,可人最后是上吊死的,连他为啥上吊都没人知道。"

"放心吧,爹,我可不是我爷！"云娇站起身子,甩了下头发说。

云娇的"平安葬品店"开张三天,大德便也放胆在门前挂起了一个木牌,让儿子在牌子上用毛笔写了"周记棺材店",而且立刻借了些钱,买些木头到家,开始做棺材。对云娇开店一事知道得最晚的,是老三小德。十天之后的一个中午,小德的妻子秋娥去杂货店灌醋,才无意间瞥见了云娇和大德门前的招牌,于是就快步回家,进了院门便对小德叫:"嗨呀,我的妈哟！你们周家净出能人！这不,你哥和你姐竟然开了棺材店！乖乖,靠卖棺材赚钱,他们不觉得丢人,我还觉得脸红哩！"秋娥对小德说话,常用"你们周家"几个字开头。这主要因为小德的身材与大德相反,长得颇矮颇瘦,使腰身丰满结实的秋娥总觉得跟了他有些憋气,于是说话时就常用"你们周家"几个字表示轻蔑。小德听秋娥说姐姐、哥哥都开起了棺材店,自然是不信,就笑笑:"又在瞎扯！"

"谁瞎扯了？不信你去看看！"秋娥一把就把小德从椅子上扯了起来。片刻之后，小德面孔发红地从外边走回。"怎么样？我没说错吧？你们周家的人还能干出什么有模有样的事来？卖棺材，咯咯咯。"秋娥拍着腿笑起来。小德的脸于是就越发地红。半晌，才解释似的嘟哝："他们大，咱小，不好劝的……"

日子不知不觉地流着。几个月之后的一天，秋娥去街上买菜，回来后忽然间竟叹了一口长气："唉，真没想到。""没想到啥？"正准备去给牛添草的小德有几分诧异。"你没看见，姐和大哥两家人都穿上了支支棱棱的新衣裳？没看见大嫂还买了一条拉毛围巾？对门的小良妈告诉我，他们两家这些日子至少都赚有上千块钱。听说姐家还要买毛毯，是用塑料兜装着的那种，哼，显摆得她！"

"是吗？"小德好像也有些意外，愣愣地望着妻子，半晌，才又说一句，"他们买他们的，与咱有啥相干？"

"有啥相干？"秋娥闻言就又跳起了脚，"你说得倒轻巧！人家都过得那么红火，咱就这样过？跟着你这个窝囊蛋，能享着福？"小德没想到秋娥又发出这一通火，于是呆住，最后才嗫嚅了一句："那你说咋办？"秋娥不再作声，只坐在锅灶前，直直地望着灶膛，不停地摔打着烧火棍。小儿子趔趔着上前要去吃奶，被她啪地在屁股上打了一掌，而且骂："吃，吃，都只长了个嘴，脑子哪？脑子哪？"小德于是轻手轻脚地上前，抱起儿子向门外走。

自那以后，小德就常见妻子去大哥的棺材店里坐。一天，她从大德店里走出，脸上很带了几分兴奋，进门就朝小德喊："我说，咱们也干！"

"干啥?"小德一愣。

"开个棺材店!"秋娥很果断地拍了一下腿,"我弄清了,如今棺材的销量很大,四乡几百个村子,老头老婆们死了都怕火葬,都买棺材,一口棺材本钱只要一百来块,可以卖到二百五到三百四,好一些的能卖五六百。这钱咱为啥不赚?你过去不是也跟着你爹学过做棺材手艺吗?干!"

小德一开始还有些犹豫,但秋娥在他的肩上打了三掌后,决心也就定了。他找出当年爹送给他的那套多已生锈朽坏的家什,连夜修理。他当初因为身子瘦弱,对做棺这门手艺不是很有兴趣,不像哥哥那样认真学习,所以在开始动手做第一口棺材前,他只好以串门闲聊为借口,常去姐的店里坐,看姐夫的操作。这期间,秋娥就去娘家借了一些钱,把准备给爹娘做冥宅的一方多木头拉来垫底,并且还把家里朝街的三间房子腾出,做了工作间和店堂。一个月后,秋娥就把一个方方正正写有"谦恭冥宅店"的木牌挂在了门前。

一块云晃过来,遮住了西滑的日头,于是空棺的影子,就倏忽间失去,五爷的那张脸,也顿时添了几分冷厉。他手提着一挂鞭炮,从中扯下五个大的,把剩下的扔下地,而后擦燃火柴,点燃一个,猛地扔向棺头,"啪!"一股灰尘在棺前腾起;跟着又依次点上,分别扔向棺尾、棺左、棺右,最后一个扔在棺盖上,鞭炮炸响后引起一阵空洞的瓮声——五爷的这种放鞭法叫作镇棺,意在警告棺内的东西:休得出来!炮扔完,五爷站那里,直瞅着几缕淡蓝色的烟雾向远处隐去。

（五子，你过来，爹把这个东西送你，你要好好保管！爹，这是啥？算盘！算盘？怎么没有珠儿？五子，你长大了就会懂的……）

云娇放下刚买回的两桶黑漆，仰起脸，喘一阵气，扑通一声坐到椅上。喘息在慢慢平下去，笑意又渐渐从嘴角升起。

云娇这些天总忍不住想笑：生意出乎意料地顺利！自开张以来，已先后卖出三十来口棺材，赚得了三千多块钱，这种速度是她当初没有料到的，她很想把这喜悦装到心里，可它们又常常径直跑上脸来。

丈夫和雇来的一个木工就在隔壁做活，斧凿声不停地响过来，叮叮当当、咚咚哐哐，这声音别人听了会心烦神躁，云娇听了却觉得悦耳异常，她如今若半日听不到这声响，就会感到心绪不宁。

就在这种叮当声中，云娇倚在椅上，微微合上了眼睛。周经理，我们是宛城电台的记者，你能不能向我们谈谈你今后的打算？当然当然。我眼下正在攒钱，我准备在我的钱攒得差不多时，买下镇东的那块礓石地，我要在上面盖一个乐园。乐园？对！叫"最后的乐园"！最后的乐园？对！所有刚刚去世的人都可以进园做最后一次歇息，他们的遗体被运进乐园内，将在洗浴、换衣、化妆后，躺在一张镀铬眠床上，那床下是两道铮亮的铁轨，铁轨铺设在一条长廊内，长廊两侧，有花坛、草坪、山丘、小河、房屋、田地、树林。在这些花坛边、草地上、山半坡、小河畔、房屋前、田地间、树林里，到处都立着一群群雕像。雕像中有捏泥人玩的孩子，有在河中游泳的青年，有在田中干活的成人，有在林边散步的老人，死者将在这里最后回忆一次自己的童年、青年、壮年、老年生活，然后去到阴间。当眠床穿过长廊之后,铁轨会分岔两股,一股通向火葬场,那里有最好的焚尸炉,有各式各样的骨灰盒,有巨大的吊唁堂和存放骨灰的灵堂,所有愿意火化的人都可永远睡在这儿。另一股将通向公墓,那里有各种规格的棺材和松柏遮天的墓地,所有愿意土葬的人都可永久在这里歇息。你估计最后的乐园建成需要多长时间?不会很长,不会很长……

斧凿的叮当声突然停止,四周一下子变得十分静寂,就是这种静寂,让云娇从恍惚中醒来,她揉揉两眼,起身向隔壁的工作间走去。

雇来的那个木工已经回家吃饭,工作间里只剩下乔明静静地坐在棺板上向窗外看。云娇轻步向丈夫身边走去,聚精会神的乔明没有发现妻子的到来,双眼依旧直直地盯着外边。云娇略略俯了身,顺着丈夫的视线看去,原来街对面站着一个穿淡绿上衣的漂亮女人,那女子正立在杂货铺的柜台旁嗑着瓜子,粉红的小嘴不时地把瓜子皮优雅地吐到地上。贱人!这又是茶馆老板的那个小姨子,你看那身打扮,专门招惹男人!"你在看啥?"云娇轻柔亲热地开口。乔明闻声一惊,慌忙收回目光,扭头望着妻子那微微含笑的脸庞,尴尬地做着掩饰:"呵呵,看天,你看这天多蓝!""可不,真蓝。"云娇微笑着附和,并不戳破丈夫的谎言。她知道一旦把事情戳破,只会让丈夫脸红,只会使丈夫的心更与自己隔上一层。她知道怎样控制自己的男人。结婚之后,她一直为自己拥有这样英俊的丈夫感到骄傲,但也知道,自己的丈夫不是那种感情十分专一的男人,所以一直很好地监视并控制着他。她自信没有哪个女人能从她手中把乔明的心夺走。

"我刚刚又买了两桶黑漆。"云娇软声同丈夫说,与此同时,一只手抬起,抚在丈夫的头上,轻轻地揉着,她懂得这个动作很快就可把丈夫的心收回到自己身边。果然,片刻之后,乔明一边应着:哦,哦,一边就伸手捉住了云娇的腕,在那里抚,而且不久,就用了力,把云娇拉到了自己怀里。

隔壁的住房里,女儿小芬在那里欢叫着什么。云娇眯了眼,任丈夫的手在自己的肌肤上缓缓移动。半晌,她才又轻轻开口:"她爸,我总觉着咱们干的这个行当是个冷门,做冷门生意最容易干成,咱们要下番力气,干出个名堂,让镇上人看看!你说行吗?"

"当然……行。"乔明含糊地应了一声,搂着云娇的手,又用了些力……

鸡叫二遍的时候,韭叶翻了个身,脖子触到了丈夫那冻得发凉的胳膊,她晓得丈夫又在睡梦中把胳膊伸到了被外,于是就睁开眼睛起身,小心地把丈夫那粗壮的胳膊塞到了被内。之后,又看一眼另一张床上的两个孩子,这才躺下去。

大德那只被冻凉的胳膊很快暖和过来。这些天,每天晚上丈夫睡觉都像死了一样。他太累了!

因为四乡的人都知道大德继承了父亲的手艺,所以他的棺材店开业以后,生意还颇为兴隆,有时一个月里,就接连卖出六口,由于销得快,大德为了不缺货,就连明彻夜地干,除了吃饭,一天到晚,就那么锯、砍、凿、刨。韭叶插不上手,至多是刷漆时,她才能抢着替丈夫干上一会儿,不过大德又常常说女人闻漆味久了不好,总从她手里把漆刷夺过去。看看帮不上忙,韭叶就想法在生活上多体贴丈夫,让他吃好、睡好,而且责任田里有活儿,就总是自己一人去干,不让丈夫再操心沾手。

韭叶觉得丈夫的胳膊已经暖热,就又慢慢移开身子,想让丈夫再舒舒服服睡个黎明觉,没想到离开时头一抬,脑后的头发一扫,把床头小桌上那个喝水的搪瓷杯撞落了地,"当啷"一响。响声过后,两个孩子只是翻动了一下身子就又睡去,丈夫却一下子睁开眼睛。韭叶后悔极了,该死!你个破缸子,看我不扔了你!

大德眨眨眼睛,扭头看一眼窗纸上些微的曙色,就伸过带了厚厚硬茧的大手,把妻子揽了过去。

"天还早,你再睡会儿吧。"韭叶附在丈夫的耳边小声说。"快亮了,还睡啥?"韭叶感觉到丈夫把自己越揽越紧,他心脏的跳动,也已渐渐加急,而且有一只手,已在解她的胸衣,她的心顿时也有些醉,脸更紧地向丈夫胸前贴去。但是片刻之后,她就又立刻抑着自己推开了丈夫的手,用柔而微的声音说:"算了,你这些天太累,这是要伤身子的,晚上再……行吗?"大德含糊地嗯一声,手又执拗地伸过来,就在这时,外边的店门突然被人拍响:咚咚。

"谁?"大德抬头,十分不高兴。

"东王庄的,来买棺材!"一个粗粗的声音飞进来。"噢,请稍等。"一听说来买棺材,大德立时将眼前的一切忘掉,一骨碌爬起身,三两下穿好衣服,趿拉上鞋跑出去。

"请进……坐下歇歇……还有三口现成的,你们挑挑。钱嘛,老价……怎么,现在就走?……后晌就葬?来,绑住这头,我们一起抬……别忙,慢,小心碰掉漆,扶好车子……路上小心,慢走……"

韭叶躺在床上,静静地听着外边的声音。又卖出了一口。当那声音逐渐消失时,她坐起了身,她知道,丈夫马上就又要抡斧劈砍了,不能让他空腹干活,得炖碗鸡蛋糕先让他吃了。

她麻利地穿好衣服,边拢着头发边走进灶间,这时,店堂里边,已传出了钝重的斧响:梆、梆、梆……

日头又从云团中挣出,于是五爷手中的那碗黄酒,色就越浓。五爷扭头依次看了大德、小德和乔明一眼,而后把酒碗捧向嘴边,三口喝罢,向大德递去;大德接过,也喝三口,又向小德递去;小德喝罢三口,又向乔明递去——这叫同心送棺酒,送棺人同喝一碗酒,不管途中出了何事,都要同力承住。五爷见乔明喝完三口,就猛地挥了一下手,跟着,这父子四人,就一齐向棺材跟前走去,五爷和大德在棺头,小德和乔明在棺尾。五爷往手心里吐一口唾沫,两手对着搓。

(五子,你过来,爹把这个东西送你,你要好好保管!爹,这是啥?算盘!算盘?怎么没有珠儿?五子,你大了就会懂的……)

堂屋里间,又传出一阵女子低低的呜咽。

那天早上五爷起床后,先吸了一锅烟,这才开口对五奶奶说:"昨夜里又梦见了他。""谁?"五奶奶从案板前扭过身。"我爹。""又是那个吊死鬼!"五奶奶的嘴角撇了撇。"你怎能这样骂?"五爷搕搕烟锅,"他上吊是不得已!""你咋会知道不得已?你那时才几岁?"五奶奶撇了撇嘴。"我爹那时做烟叶生意,赚了好多钱,光驴就买了八头,每次去汉口跑生意,八头驴驮了烟叶排一队,好威风,这些我都还记得。他要不是遇见不得不上吊的事,他不会死!""究竟遇到了什么——"

"呀,呀,呀。"傻小四打断了五奶奶的话,呀呀叫着跑进来,在屋里兜着圈子,正跑一圈,倒跑一圈,边跑边叫:"呀,呀,呀……"

"小祖宗,你要干啥?"五奶奶无可奈何地喊。

"滚出去!"五爷坐在床沿吼。

小四朝爹笑笑,脚依旧在跑,正一圈,倒一圈,把地面的灰尘全搅起来,在屋里边翻。

"杂种!"五爷恨恨地举起烟锅,朝小四抢过来,小四轻巧地躲过,呀呀叫着跑出去。

"你知道了吧?他们兄妹三个都开了店!"五爷又把烟锅里的烟丝按满。

"知道了。"五奶奶心不在焉地应道,眼盯着小儿子双脚跑出的两个小圆圈,说:"这孩子叫得有些怪!"

"一个傻子,什么怪不怪的?"五爷乜了乜眼,"可我总是想棺材是卖不——"

"有些怪。"五奶奶没再理会五爷,仍在自言自语,双眼依旧紧盯着小四双脚跑出来的那两个圆圈……

一股热风夹着那边咸菜店里的酸味和咸味刮来,在大德那赤裸的亮着油汗的上身抓了一下,他觉着了一点点舒服,便双手上举,坐那里伸了个懒腰。

太累了,干一天木匠活儿,又是锯,又是凿,又是砍,身上的筋、骨、肉,不知抖动了多少遍,这阵儿都有点酸了。

大德的目光向街西的小德店门扫一眼,微微叹了口气。这些天,因为三店并立,买主一分散,钱就不如当初赚得多了。于是,大德对这棺材生意的前景,就渐渐生些忧出来。

他默默地摇着蒲扇,让一股一股热风在胸口上舔,有两只早出的蚊子飞过来,在身边叫,叫声自在悠闲,顿时又给他添了几分烦。他扬起巴掌猛地打去,"啪",蚊子没打到,倒是打了自己一个耳光。手中的蒲扇越摇越缓,三两颗星从对街的屋脊后闪出,在那里眨眼。街那头响起一声牛叫,叫声嘶哑,在空气中快速地向远处传。

"他爹,给,碗。"妻子轻步走过来,把碗放到他的手上。捞面条,大海碗,盛得很尖。他用筷子挑了一下面条上的那层青青的菜叶,下边露出两个荷包蛋,他抬头:"又——""快吃吧!"韭叶柔柔地说一句,又向他碗里扔进几瓣剥过的蒜,便拿起蒲扇,在一边给他扇。

大德抬头:"别给我扇,你快去吃吧!"韭叶白了他一眼,说:"谁给你扇了?俺刚才做饭,热一身汗,扇扇凉快!"话虽这样说,然而那扇起的风,却又明明朝着丈夫飞。

他只好大口地吞面条。

"哥,还在吃?"一声喑哑的招呼,从黑暗中传来。大德定了睛看,是弟弟小德,就起身把凳子让过去:"坐!吃了没?""吃了。"小德在凳上坐下,熟练地从腰间摸出烟袋,往烟锅里按着烟叶,眼睛,便在那摆着棺材的店堂里扫。

"再吃碗吧,你嫂子做的捞面。"大德一边从裤兜里掏出火柴递上,一边又做着通常的礼让。自分家后,虽然离不远,但因为都有孩子和诸多的家务事忙碌,弟兄俩实难得坐在一处。

"哥,俺来,是有件事同你商量。"小德的眼珠在烟头的明灭中一晃一晃,"你知道,我也凑合着开了个棺材店,可近日里买主不多,钱上就有些周转不开,所以我想来跟你商议,近一段日子你是不是就先不急着卖,反正你已经赚了些钱,把一些生意先让给我,行吧?"

"哦?"蹲在那里吞着面条的大德,在黑暗中立时就停了筷子。原来是这样!既然知道买主不多,当初你为啥也硬要干?你认为这碗饭好吃吗?现在让我停下,那我的钱就能周转开了?"这件事情嘛,当然可以办,只是你看见了的,我店里也压着货,手头上其实也不宽裕,前些日子挣那几个钱,早就花出去了。"

"哥要是不帮忙,我的店怕是很难支撑下去了。"小德的声音顿时有些抖,"我想我们兄弟间,该互相帮衬点,你说呢?"

大德听见弟弟的声音一变,心中就也一颤,立时就想起小时候,常常带着弟弟在街上玩,有时弟弟受人欺负,自己就冲上去相助;而当自己有时同伙伴闹开了时,弟弟也总是挥舞着拳头站在自己一边。你是哥哥,应该给弟弟帮助!"好吧,那我就先停一段再卖。"他抬起头说。

"那可是真——"小德闻言,就欢喜地站起身,搋着烟锅,"要是有买主来,你给他往我那边店里指一指就行!"大德无言地点点头,看着弟弟的身影在黑暗中一点一点消失,这才又叹口气,慢慢把嘴凑到碗边……

五爷把手心里的唾沫擦干,而后从唇间吐出一字:"上!"四人就一齐弯腰,将抬杠头放在肩上。五爷又喊一声:"起!"四人一用力,空棺顿时离座。几乎在空棺离座的同时,请来的七麻子吹响了第一声唢呐:哇——声音极尖、极亮,直把远处老桑树上的三只喜鹊惊得直蹿天上。

(五子,你过来,爹把这个东西送你,你要好好保管!爹,这是啥?算盘!……)

五爷两手抓牢抬杠,双眼迷茫地望向空中。

那天早晨天已经很凉,街上赶早集的人,大都已把棉袄穿上,然而在云娇的店里,却照旧弥漫着一股热气。刚刚起床,云娇就和乔明在店里锯一块木板,木板绑在两条凳上,夫妻二人各坐一边,抓了锯,一来一去地拉着。乔明的两臂,不时地凸出一块块肉来,而云娇的两只奶子,则随了那锯的来去,啄米鸽子似的跳着。汗从两人的脸上,急切地往下滚,几缕乳白色的水汽,从两人的脖子上腾起,掺进店中的空气里。

"嗬,一大早就干?"随了这声问话,大德和韭叶走了进来。云娇扭头一看,就急忙松了锯,一边拍打身上的锯末,一边让着:"哥、嫂,你们快坐。家里侄儿侄女们都好吧?我这些天总在瞎忙乎,也没有过去看你们。给,烟。"他们一大早跑来,是有什么事吧?而且两人一起来,会不会是为了棺材生意?"乔明、云娇,我和你嫂子来,是有点小事想和你们商量。"大德望了妹妹和妹夫一眼,"你们知道,小德也开了个店,前一段他求我把生意停停,让他卖,结果我那里就积了不少货。眼下快到年底了,办啥事都要钱,所以嘛,想请你们这段日子把生意停停,让我那儿把积压的棺材先卖出去,中吗?"

"哦。"云娇一愣。原来是这么回事!你们可真会想主意,让我们停停;眼下正是生意的旺季,我们停下让你们赚钱?既然你们怕赚不了钱,当初为啥还要跟在我的后边凑热闹开店?干不成就别干!叫我停下你们干,能说得出口?当然,你不能开口拒绝,你是妹妹,这话让乔明说!云娇抬起头,极快地向丈夫投去一瞥。虽然只那么一瞥,乔明已明白了她的意思。不过遗憾的是,那眼色,已让细心的韭叶捉到。

"大哥、大嫂,"乔明慢吞吞地开了口,"眼下快到年底,我们也在等着用钱,生意确实不能停;再说,严冬要来,一些有病的老人常常迈不过这个关口,正是咱们这门生意的旺季,我看咱们就一起卖吧!"

大德抬起头,有些意外地看着妹夫。眼角里隐隐闪过一丝厌恶。他对这个妹夫不甚喜欢,当初妹妹云娇刚出嫁不久,有天傍晚,大德去镇外的河边洗澡,就撞见他和一个洗衣姑娘调笑,而且闹到后来,竟上前抱了人家,在人家的两条大腿上乱搓。当时气得大德真想上前给他几个耳光,但一想,事情若闹大,最后苦的是自己的妹妹,才算没有发作。此刻妹夫的这句话更让他感到了不快,但他知道这家里当家的其实是云娇,于是就把眼睛转向了妹妹。

"哥,要我说,乔明讲得也有道理,眼下快近严冬,正是棺材销售的旺季,咱们一起卖,顾客到哪家就算哪家的,行吗?"云娇微笑着望了望哥哥。你有点过分!忘记了小时候哥常背你,给你摘枣,给你摘梨?可是生意做做停停,什么时候能买到那礓石地?

韭叶无声地看了一眼丈夫:走吧,你、你难道没有看见你妹妹那眼色?

大德直直地看着云娇,他显然未想到她会这样回答,他觉得有一团东西哽在喉里,把脖子憋得难受。好呀,既然你们不讲情面,那就罢了,罢了!"行! 咱们就一起卖吧!"大德说完这句,猛地起身向门口走去。

"哥、嫂,在这儿吃早饭吧,难得聚在一块,你们这就走?"云娇扶着门框喊,语音热烈、亲切……

半月后的一日,吃罢午饭,秋娥横了横心,拿过前几天给自己买的那件月白衬衫,快步向姐姐云娇家走去。

大德的店恢复营业后,小德、秋娥家的生意,一下子就冷落下来。云娇的店开得早,大德的手艺好,买主们多是去光顾那两家,小德和秋娥就不免有些急躁,再去求大哥停业?情理上已说不过去,于是就只有去求姐姐了。

秋娥原想叫小德去,但小德说大哥既然都未能说动姐姐,我去也白搭,于是秋娥就决定自己来。临来前,她也确实有些踌躇,她对这个婆家姐姐,是早在自己的新婚之夜就有了成见的——

那晚,当闹洞房的客人们都走了之后,秋娥羞红着脸走出洞房门,按照妈妈预先在家的交代,去厨房用淡盐水漱嘴。刚走进厨房,忽然听见从隔壁传出来两个女人的声音,她立刻辨出:那两人一个是婆婆,一个是云娇姐姐。母女俩正在轻声议论秋娥,秋娥自然就要侧了耳听。婆婆显然在夸新来的媳妇,说秋娥相貌在这镇上是数得着的。不想云娇立刻反驳:她漂亮什么?你没看她那胸脯子,瘪塌塌的,我真担心她将来的奶水喂不活孩子!这一句话把秋娥气得差点喘不过气来,使她至今一直牢牢记在心里。当她的儿子出世并且被喂得白白胖胖之后,有几次秋娥真想当了云娇的面问她一句:我的儿子是谁的奶水喂大的?

进了云娇的店门,一看见她和乔明正在棺材前刷漆,秋娥就亲热地高叫一声:"嗬,正忙哪?正晌午头,也不歇歇?"

云娇闻声回过头,也热情至极地笑笑:"哟,是秋娥呀!可是稀客,快坐!"她来干啥?平日她可是不登我家门的,是不是又要借钱?再借钱可要给她算上利息!要不然她总来!南街四秃子借出去的钱,都是月息三分!

"姐呀,给!前几日西街的桂花进城,我让她给捎了两件衬衫,一件我穿,一件给你,你穿上试试!"秋娥微笑着把手中的那件月白衬衫递到云娇手里。

"嗨呀,让你花钱,真是的!"云娇很欢喜地把衬衫拿在手里。这衬衫肯定是她给自己买的,穿上小了,就又拿到这里来讨好!哼,给我买的,鬼才信!你无事不登三宝殿,今儿拿这个衬衫当见面礼,看来借钱是肯定的!借可以,月息三分!"我说秋娥呀,姐这里有衣服穿,前几天你姐夫才给我买一件,你把这拿回去吧!"这衬衫能值多少钱?四块?五块?八块钱顶天了!就说送礼,拿这点东西也不嫌寒碜?

"哟!还跟我讲客气呀?"秋娥立时笑了,"姐夫给你买是他的心意,我给买是我的心意,不管好坏,我想你都不会嫌弃。"好你个云娇,你当我真想给你送这衬衫的?这衬衫买来,一天还没穿,要不是为了店里的生意,你休想!

"那当然,那当然!好,我就收下了。"云娇笑着把衬衫放到旁边的桌上。

"姐,姐夫呀,俺今儿个来,一个是为了看看你们,二来也有点事想求你们。事嘛,也不是什么大事,就是这些日子,俺家的生意遇了难题,借了人家钱回来买木头做棺材,可棺材做出来没人买呀,都搁在店里,再照这样下去,俺可就要喝西北风了。所以呀,俺来求你们这段日子是不是先停停卖货,让我们那边把存货卖卖。"

一丝终于探明根底的微笑出现在云娇脸上。哦,原来是这个目的,用一件衬衫来换生意的兴隆,想得可真不错!她瞥了一眼丈夫,想让丈夫像上次那样出面把事情了结,但那一眼瞥过去,又让她心头一跳,原来乔明的目光正直直地盯着秋娥那高高鼓起的两个奶子,这使云娇立时下了尽快让秋娥离开的决心。"其实呀,我们也没有赚到什么钱,不过,你要是来借钱的话,我手上再紧也要给你点,只是这生意,不好停,做生意讲究一鼓作气,脉气中断,就是坏事,我想秋娥妹子是明白人,懂得的!"云娇笑得十分诚恳、亲切。

秋娥愣在那里,她没料到一件礼物加上一番恳求,得来的竟是这样干脆的答复。有一霎,她气得一句话也说不出,半晌之后,才勉强一笑:"那是,那是。"说罢,就慢慢转身向门口走。好你个云娇!这次算你能,让你打了脸,算我发贱登了你的门!咱们走着看,山不转水转,到时候你休怪我无情!那件衬衫算是送你的一件寿衣,你穿吧!穿吧!穿了你可要小心早早死!

四抬棺在五爷和大德、小德、乔明的肩膀上轻轻颤动,尽管是空棺,十分轻,但五爷依旧迈的是双叠步,七麻子的唢呐伴着五爷的叠步响,响得抑抑扬扬,呜呜咽咽。棺出院门,五爷喊一声:"停!"两个跟在棺后的男子,立时把两条长凳塞在棺下,空棺又徐徐下落。五爷放下抬杠,回身,面朝棺头,低沉缓慢地说:"我周家此次送你出门,你当永不再来!事过一过二,不可过三!从此我们两下相安!"

堂屋里间,又传出一个女子抑低的哭声。

(五子,你过来,爹把这个东西送你,你要好好保管!爹,这是啥?算盘!算盘?怎么没珠儿?五子,你大了就会懂的……)

五爷眨了眨眼,把双眼中那丝茫然赶走,而后喊一句:"桃树枝!"……

那天,小德从新做的棺材里站起身,向秋娥响亮地喊:"挤一点蓝颜料来!"他右手握一杆画笔,左手端一个颜料盘,俨然一个画家。秋娥闻声,答着"来了",就手拿一管蓝颜料走来,向丈夫手中的盘子里挤了弯弯曲曲的一段。小德调好颜料,便又蹲下去,用笔在棺材里壁上小心地画一双鞋子。

他这是在做冥宅壁画。这一招是他在万不得已时想出来的。

自从秋娥在云娇那里遭了拒绝之后,夫妻俩就一直在琢磨打开自家货物销路的法子。两人憋了一口气,一定要和云娇比比!一日,小德突然记起,有一次拖拉机在镇南的田里犁地,犁铧挂起早年深埋在地下的一口棺材的盖,他和不少人去看,发现那棺材壁上画着一些日用家具和楼阁亭台。这个记忆启发了他,于是他便决定,在棺材的内壁画上画,以增强自己货物的吸引力。小德上小学和初中时学过画画,又跟镇上的一个画匠学过几天。尽管画起人物来不太有神,但画起桌、椅这一类静物来,还有几分相像。他一般是在棺内的前壁画吃、穿用具;左壁画房屋家具;右壁画粮囤仓库;后壁画一辆马车。而且在棺外前壁,过去一般贴"奠"字的地方,用白颜料画一牌坊,牌坊前画一拱桥,让人一看,会觉着人过奈何桥其实并不可怕,原来是进那种有巨大牌坊的好地方。

小德的这个新招,立刻见了效果,近几日几个买主都被他的壁画吸引到店里,已经有四口棺材卖出。小德为了让更多的人知道他的创新,除了画好壁画的棺材盖子启开任人参观外,还特地在店外挂了一个木牌,上边用白底黑字写着:请买"谦恭冥宅店"的棺材,棺内绘有精美壁画,画上吃、穿、住、行一应用物齐全,将永伴死者,可做永久祭物,寄托孝心、哀意!

这广告引起了更多人对壁画棺材的注意。小德估计,买主还会逐渐增多,所以他不敢耽误,常常一整天都蹲在棺材里画着,吃饭时由秋娥先递一条毛巾让他擦手,而后递给他饭碗,吃完了就又蹲下干。

天逐渐地暗下来了,秋娥从厨房里走出,粗声大气地喊:"他爹,停了吧,天黑,别把眼使坏!"小德在棺内瓮瓮地应一声,站起身。秋娥上前,先接了画笔和颜料盘,放到一边,而后伸出两只极壮的胳膊,去抱男人出棺。由于小德身子低,加上又怕弄坏已画好的壁画,每次出棺、进棺,都是秋娥把丈夫抱起。这会儿,小德两手抱了妻子的脖子,秋娥稍一用力,就把他抱了出来,在他双脚就要落地时,小德顺势在妻子的脸上亲一口,说:"在棺材里蹲了一天,还真有点想你!"秋娥在丈夫的背上拍了一掌,骂:"滚,让孩子们看见!"

小德笑笑:"你别先忙着端饭,有件事同你商量,我刚才边画边想,咱是不是再使一个新招:送货上门!谁来买棺材,只要交下钱,咱就雇个人用马车或架子车给他家送去,这样估摸着会争得更多的买主,而咱哪,只需给送棺的人一点脚力钱,一趟也就是七八元,你觉得这主意咋样?"

秋娥先站那里思量了一会儿,而后挥掌向丈夫的肩上重重拍了一下,说:"中!"

云娇把最后一朵白花在花圈上缀好,便退后一步,注目欣赏着,还可以!她满意地弹去身上的纸屑。

又一个大花圈做好,今天,就可以出租了。这是云娇想出的又一个吸引顾客的主意。为了扩大营业额,把更多的顾客吸引到店里,这段日子,她想出了三个新招:一个是增做式样新颖的骨灰盒。这就可以把镇上那些愿意火化的识字人的生意揽过来。另一个是免费给丧家放哀乐。云娇专门买了录音机和哀乐磁带,哪家来买棺材,云娇就雇了三拐子提上录音机去。丧家们颇欢迎这事,因为这可以免去请响器班子的花费,而且还显得雅气。再一个就是制作出租花圈。不少丧家都讲究排场,愿意在葬礼上多摆花圈,可又有些心疼钱,云娇于是想出这个主意。自家做出二十来个花圈,放在店里,丧家在来买棺材的同时,可以把花圈租走。

这三个新招迅速扩大了云娇店的影响,原本就兴隆的生意越发兴隆起来,现在,差不多四五天就可卖出一口,连几十里外的人家,有了丧事,也赶来平安葬品店办货。为了加快棺材的制作速度,云娇又雇了一个木工来家,如今工作间整日锯响斧叫,极是热闹。

此刻,云娇望着那花圈,脸上禁不住又浮出了笑。

花圈在她笑眼中慢慢退走,一个巨大的富丽堂皇的牌坊缓缓移到眼前,牌坊正中,写着五个镀金大字:"最后的乐园"。

白色的遗体沐浴间、黑色的寿衣更换室、红色的遗容整理室、锃亮的镀铬眠床、长长的铁轨、雕梁画栋的长廊、风景区、雕像、巨大的殡仪馆、松柏掩映的墓地、黑色的运送参加葬礼客人的轿车、身穿白色服装的漂亮殡葬人员、甬道、草坪、花坛、树林。周经理,祝贺你,祝贺"最后的乐园"开业。谢谢!在"最后的乐园"开业之时,你能给我们说点什么吗?说什么呢?我只想说,我想让人死后的灵魂舒坦。人一辈子最大的事无非三件:出生、延长寿命和死亡。对于前两件事,已经有那么多的人在帮助、研究,我只想来关心这最末一件事,要让人死后舒坦,让人死得圆满——

"呀,呀,呀。"傻小四的叫声突然把云娇惊得睁开眼睛。"饿了吗?小四?"云娇望着奔进屋里的小弟,问。

"呀,呀,呀……"傻小四并不理会姐姐,只在屋里转着圈跑,正跑一圈,倒跑一圈,边跑边叫。

云娇惊异地看着小弟。他平日并不这样边跑边叫的。

"呀,呀,呀……"小四抹一把嘴角的涎水,边跑边向姐姐笑……

五爷拿一把桃枝,缓步走向院门,先双手握枝,上举,而后弯腰,把桃枝摆放在门槛外,一枝连一枝,直把院门封死,这才慢慢直起身。

堂屋里间,又传出一阵女子的抽泣。

五爷又一步一步走向空棺。

(五子,你过来,爹把这个东西送你,你要好好保管!爹,这是啥?算盘!……)

一股旋风突然滚来,在棺前一站,抓起一把土粒和鞭炮纸屑,向远处旋。

那些天,大德整日都在发呆!他是被妹妹和弟弟的那些新招惊呆的。他只知道把棺材做得结实,凭手艺卖点钱,可从来没想到,做棺材生意还有这些招数,他已被妹妹和弟弟一连串的新法弄花了眼:云娇刚开始出租录音机放哀乐,小德和妻子秋娥就又在店里兼卖各式寿衣;小德和秋娥刚开始雇人向丧家免费运送棺材,云娇已在四乡的亲戚熟人中物色眼线,随时通报死人的消息,一旦得了消息不待丧家出面,货已送上门去。

大德被这局面弄得束手无策,他曾想把妹妹、弟弟的那些招数学过来,但又怕别人说他用此法抢生意不道德。可要想别的吸引买主的新招数,又实在想不出来。

他已有两个月没卖一口棺材了。

这事给了大德很大的刺激:这么说,我到底不如云娇和小德?他常常坐在自己做出的那些棺材前,默默地抽着旱烟,一袋接一袋。韭叶望着丈夫日渐消瘦的脸庞,心里自是十分难受,难受之余,自然要对云娇当初的不留情面生出一股恨意。这之后,她便暗暗决定,说服丈夫别再做这种生意。

常常在夜间,韭叶偎在丈夫的怀里,用柔柔的声音,反复向丈夫说着一个道理:过去,咱只种庄稼不做生意,日子不是也过得挺安稳吗?这会儿你何必要为做这生意伤透脑筋?只要一家人个个身子壮实,把咱那几亩责任田种好,屋里不缺吃的,不就行了?咱还图什么呢?世上的钱挣不完哪!

妻子的反复劝说,到底化掉了丈夫心中结着的疙瘩。于是在一个早晨起床后,大德走出门,取下了招牌,正式宣告"周家棺材店"的倒闭。他在提了那招牌进屋前,向云娇和小德的店默默各看了一眼,目光在云娇的店门上停得最长。"让你们去发财吧!"他含糊地自语了一句,而后进屋,拿了斧,将那招牌砍烂剁碎。

取下招牌的当天,大德就又和妻子韭叶一起,扛了锄下地,两人干活时都避免再谈开店的事。大德在家里憋闷了多天,如今猛一回到田里,倒也觉得心头一轻,情绪有些好转,只是从田里回家后,一见屋里未卖出的六七口棺材,就又有些发呆。韭叶于是在心中决定尽快把那些棺材低价卖给小德。

一日,大德下地后,韭叶就去了小德的店,小德听完嫂嫂的话,心里很犹豫了一阵。买,自然是想买,那都已是成品,拉过来只需把内壁打光,绘上画,就可以卖。但又觉价钱不好讲,价高了,自己忙活一阵,赚不了几个钱;价低了,外人知道,会说当弟弟的在哥哥危难时还要压价赚昧心钱。思来想去,他最后向嫂嫂摇头,说:"嫂子,我这店里前几日刚买了一批木料,钱已经用完,你那些棺材我就没法买了,你是不是去我姐姐那个店里,问问她?"

韭叶实在不想再去同云娇打交道,云娇上次的绝情,使她至今恨意犹存,但眼下没别的办法,只好犹犹豫豫地去见云娇。云娇一听韭叶的话,和丈夫乔明交换了一个眼神,就痛快地答:"行,哥嫂的事就是我们的事,积压的棺材我们买了!只是眼下是销售的淡季,我们买回来也在那里放着,所以价钱嘛,恐怕得减少一半。""减少一半?"韭叶惊呆,减少一半只能保住本钱,当初花上的那些工夫岂不全完?"当然,嫂子要是觉着不好办的话,就在家里再放一阵。"云娇笑笑,飞快地向丈夫使个眼色,又说,"我有点事要出去,嫂子你在这里坐。"说罢,就出了门。

一股气恨陡然升上韭叶的心,好哇,你,压价一半,可真下得了手哩!就这还算亲戚?韭叶那颗素来善于忍耐的心,渐渐地被一股恨意裹住,罢,就卖给你,让你把这笔钱赚去,我们还能就此穷死?她抬头对坐在对面的乔明说:"行,就减价一半。"但乔明没有应声。她仔细一看,才发现乔明并没在听她的话,而是把目光直盯在街对面一个穿粉红上衣的女子身上。韭叶看一眼那女子,嘴角渐渐生出一缕冷冷的笑意。只听她轻声问:"乔明,知道那女子是谁吗?""不知道。"乔明的脸稍稍红了一下。"她是开茶馆的王老四的小姨子,人长得可水灵了,你愿不愿认识她?她同我熟,常去我家里玩,你要愿的话,我给你们介绍介绍。""真的?"乔明一喜。"当然,明天后晌,你去我家,保你们熟悉——"韭叶话说到这里,脸突然红透。你这是要干啥?你怎么敢往那事情上去想?不,没什么,这叫一报还一报！云娇,可别说我对不起你,咱们这叫有来有往!

小德重重地咳几声,把一口浓痰吐出去,便又慢慢仰躺下,两眼郁郁地望着房梁。一条尾巴极长的黑鼠,悠闲地在房梁上踱步,偶尔地,向小德看上一眼,目光里仿佛也含着讥笑:哈哈,你也完了!

小德猛地扭过脸,侧身而卧,把目光对着黑黑的屋角。一只壁虎伏在那里,翘首向小德看,久久不动,神态似乎在笑,嘀嘀,你也倒了!

小德痛苦地闭上眼睛,而几乎在这同时,又开始了一阵干呕。在这干呕声中,秋娥手端着一个药碗进了屋。她先用手在丈夫的后背上捶了一阵,待丈夫呕声停下,她才又把碗端起,说:"把这药喝了!""不喝!"小德闭着眼推开妻子的手,有两滴黄黄的泪水随之涌出眼窝。

小德做梦也没想到,仅仅四个月之后,大哥的那种命运就又轮上了自己。大哥的铺子倒闭时,尽管小德在别人面前很为哥哥惋惜,但在内心里,却是轻轻地舒了一口气:毕竟,少了一家抢生意的对手。未料这口气刚舒出不久,一种严重的局面就摆在了面前:如何在吸引买主方面不输给姐姐。一开始,双方争得的买主基本相等,不断地有丧家去姐姐的店里,也不断地有丧家来到小德的店里。但慢慢地,姐姐的店里又增添了纸扎祭品,用纸竹扎成电视机、缝纫机、洗衣机、收录机等家用器物,向来买棺材的人家,免费赠送一套纸扎祭品。这颇吸引丧家的注意力;加上四乡里都有姐姐家预先聘好的眼线,一听说哪家有人去世,立刻上门联系而且通知店中送棺材,所以到小德店里的买主,就日渐少了起来。为了扭转这种被动局面,小德和秋娥商定,将每口棺材的售价,降低二十块,未料,用这种价钱刚刚卖出两口,姐姐店里就已贴出红纸,公布将每口棺材降低三十块。这一下小德有些发火,又将售价降了二十元;万没料到,姐姐店里立刻又公布,再降三十元。至此,小德气呆了,他不敢再降价来和姐姐比赛,若再比赛着降下去,每口棺材只能赚很少一点钱了。自此后,他的店日渐冷落,以至近一月,竟完全无人光顾。这期间,他曾做过几次努力,譬如在棺材的样式上和描绘的壁画上做些改变,但因售价与姐姐店里的货价相比高出不少,所以也终于未能把买主争到。

剩下的只有一条路,倒闭!

十天前的一个早晨,当小德站在店门口,眼瞅着两辆马车从自己的面前驶过,径直去姐姐店里拉出两口棺材时,眼前顿时晃过了一片金星,身子摇了摇,就栽倒在地,从此一病不起。

"喝,把这药喝下去!"秋娥提高了声音对丈夫叫,把药碗又送到了小德嘴前。

"我不想喝。"小德把药碗又推开。

"你个窝囊蛋!"秋娥咚地把药碗放在床头桌上,两眼朝丈夫瞪圆,"你那个王八蛋姐姐不想叫你活你就不活了?你看你这个软蛋样!她不叫我们活好,你就认了?喝!先把身子养好!"

小德被妻子这么一骂,只得老老实实地伸手接碗,咕咚咕咚将药喝了。这当儿,秋娥已从针线筐里麻利地拈出几缕麻线,飞快地搓成了一根细绳。绳子搓好,又从抽屉里拿出一个早就用萝卜削成的人,把细麻绳勒在萝卜人的脖子里,接着猛地提起绳,萝卜人悬了空。

"你那是在吊谁!"小德吃惊地望着妻子的手。

"你少管!"秋娥一边咬牙说着,一边又狠劲抖了抖手中的绳。

在空中悬晃着的萝卜人,胸前有两个挺高的奶头。

"我说你呀……"小德喘了一阵气,细瘦的身子缩了缩,"那可是折阳寿的事!"

"哼,本也不想活多大岁数!"秋娥又把手中的绳子抖了抖。

"你……快把……那绳子解了……"小德气喘得越来越急,仿佛秋娥手上的绳子就勒在他的脖子里。"你少给我在那里啰唆!"秋娥剜了丈夫一眼,"你这会儿发起善心了,人家对你行善了没?你这病是怎么得的?"

"你……你……到外屋去……别让我……看见……"小德闭上了眼。

秋娥又抖了一下手中的绳……

五爷喊一声:"上!"四抬棺的两根抬杠,便唰一下又放在了四人肩上。于是,四双脚便又一齐向前移去,空棺就又慢慢颤着。街两边挤满了镇上的人,默默地望着这奇特的空棺葬仪。出院门五十米,七麻子的唢呐在一声悲号的顶点,陡然停了,余下的芦笙等诸般响器也一下子咽住,在这蓦然而至的寂静中,只听五爷低沉地喊了一句:"有灵有魂都跟来哟——"五爷的喊声刚落,七麻子的唢呐便又"哇"一下叫开了。

(五子,你过来,爹把这个东西送你,你要好好保管! 爹,这是啥?算盘!……)

五爷仰脸向天,眼中又晃过一丝茫然。

那天早晨,五奶奶还躺在床上,五爷就推了她一下,说:"怪!昨夜又梦见了他。""又是你爹!"五奶奶没好气地说。"就在他上吊的那天晚上,他把我叫到他的屋里,送给我这个无珠算盘。"五爷用烟锅指了一下山墙上挂着的那个落满灰尘的算盘框子,顺着自己的思路说。"你爹究竟为啥要上吊?"五奶奶坐起来,慢腾腾地穿着衣服。"说不清楚。反正在他上吊的十天前,他遭了一次土匪抢,驴、钱和东西全被抢走,不过那次他回来后,还在笑着说,没啥,破这点财没有什么了不起,下一趟生意又赚回来了。谁也没想到十天后他会上吊。""上吊总要为点什么?""说不清楚。"五爷搕着烟锅,"他上吊的前一个晚上,去了我二叔家,我三叔、四叔和五叔都去了——"

"行了,别唠叨你那些叔叔了,你知道吧?大德和小德的店都关了!"五奶奶摸索着衣服扣子,艰难地扣着。

"我当初就说咱们家做生意——"

"呀,呀,呀……"傻小四突然又在隔壁叫起来,脚步声跟着又响开了。五奶奶无心再听五爷的话,匆匆趿拉上鞋,边走边喊:"小四,你又要找打?"……

送走了来买骨灰盒的丧家之后,暮色就开始向店门聚。四五只麻雀从远处飞来,叽叽喳喳地钻进屋檐下。一两只胆大的蝙蝠,箭也似的射进暮空里,街边那只孤独的路灯,也懒懒地发出黄光,照着乌黑的地。

云娇关了店门,脚步轻快地走进客堂,先拧开录音机,让豫剧《诸葛亮吊孝》的旋律在室内响起,这才去门后的脸盆里洗了洗手,在柔软的沙发上坐下闭目休息。

又一个愉快的白天过去,如今独家经营,再不用像过去那样,时刻担心着生意被抢走。今天一天,就有两桩生意做成,先是上午卖出一口棺材,后是傍晚售出骨灰盒一个。照这样下去……一抹微笑出现在她那光洁的额头。请问,"最后的乐园"什么时候动工?快了,快了,我的钱已经攒得不少,我就要买那块礓石地了。你相信"最后的乐园"一定能吸引顾客?当然!到那时,我的乐园将成为柳镇最吸引人的地方,所有到柳镇的人,都愿意到我的乐园里参观,所有人家的丧事,都愿交给我办。我最近特别想到,我还要在乐园里增建两个大厅,一个叫遗体保存大厅,所有愿意留遗体的人,只要在生前交了钱,不管是镇长、老师,还是卖开水的,遗体都将在这里经过处理后永久保存,家里人什么时候都可以来看望。另一个叫幻灯、电影放映大厅,厅里专门放映介绍世上各式各样葬仪葬礼和人的死亡原因的幻灯、电影,我要让四乡的人都知道,人为什么会死,人有多少种死法,人死后举办葬仪、葬礼的种类和意义。你的乐园将有多少工作人员?人员不会少,至少得有几百人。要有电器工程师、化妆师、摄影师、技术员、服务员、传达员。大德哥、韭叶嫂、小德、秋娥,你们将来都可以到我的乐园里做事,哥哥可以在公墓处负责,嫂嫂可以记账,小德可以当化妆师,秋娥可以在吊唁堂服务,我不会亏待你们,我会给你们相当高的工资。乐园建成后你还有什么打算?我估计我那时已经相当有钱,我想出去看看,我想去巴黎看看他们的郊外土葬公墓,我想去意大利看看他们保存遗体的"地狱",我想去加利福尼亚看看他们的全自动电火化炉……

"阿姨,饭好了!"新雇的年轻保姆低声喊道。云娇睁眼一看,才知保姆已经轻手轻脚地把饭菜在桌上摆好,乔明和女儿也已走进来。云娇起身,刚要向饭桌前走,忽然脚步一个踉跄,伸出双手捂住脖子,低低呻吟了一声。乔明见状,慌忙过来扶住妻子。"怎么,不好受?""脖子疼。"云娇脸色有些白,"这几天,脖子总是一阵一阵地疼,刚才这阵,疼得有点钻心。""是不是伤风了?"乔明搀了妻子,向卧屋里走。"先躺下歇一阵。"乔明把云娇抱到床上,把手放在她的额头,"不烧。""就是这里,"云娇指了一下自己白嫩的脖子,"总有点喘不上气的感觉。""是吗?"乔明轻轻地把手抚上去。"我恐怕是要害大病了。"云娇两眼不安地望着丈夫。"哪能呢!好端端的,别瞎说,不过是一时的不舒服,歇一会儿就能好的。"乔明轻声安慰。"你不知道,"云娇眼中的不安在慢慢增加,"我这几天夜里,总做着同一个梦,总梦见一个老头穿了我的衣服,在一条大山沟里走。沟里有一条小路,弯弯曲曲,两边都是树,黑森森的,吓死人。小路上洒着几道白光,一晃一晃,我站在沟边,看着那老头在小路上走。那老头走着走着,就停了步,抬起头,向我招着手,我心想往后退,腿却总向沟边移,慢慢脚就腾了空,直向老头飞去。那老头穿了我的花衣,直拍手,我总是在这个时候吓醒来。"一层细密的汗珠,随了云娇的叙说,就在她的额上渗出。"别瞎想,那是梦!"乔明轻轻拍着云娇的身子,"放宽心,别说不会有病,就是有,咱也不怕,有的是钱,去哪个医院治都行!"

"我现在真不能得病。"云娇望着丈夫低低地说,"我们的钱已经快攒够,我正想着买镇东的那块礓石地,哪怕让我把地买来再病,也行!"

"放心,你不会得病,你只是有些累,先躺下歇一会儿。"乔明轻轻地拍着妻子,待云娇把眼闭上,他便轻手轻脚地向门口走去,临出门前,他向保姆低声交代了一句:"你照顾孩子先吃,我出去一会儿,有点急事。"说罢,胆怯而不安地向云娇看一眼,就迫不及待地出了门。出门几步,他又轻步走进屋,悄悄拉开抽屉,把一沓钱装进兜里……

韭叶紧张地注视着那个窗口。窗上挂幅淡绿色的窗帘。那儿就是茶馆老板王老四小姨子的闺房。也许,这会儿已经坐在了一起?

一小时前,韭叶看见,乔明钻进了那间房子,那个丰腴的女人立刻拉上了窗帘。

韭叶感到了一种莫名的急迫和激动,激动后便是一堆待释的快意,双眼一眨不眨,直盯着那扇窗。她在等待一个结果——窗后的那盏灯灭。

她相信那结果肯定会出现。她认为自己不会看错!她第一次看见王老四的那个小姨子,就在心里叫:这是一个敢抓男人的女人!那类女人眼中都有一种东西,那种东西并不是每个人都能发现,只有那种属于贤妻良母的成熟女人才能一眼看穿,看穿它需要一种特殊的直感。

自从韭叶发现乔明看那女人的目光后,她就在心里断定,这两个人只需一热,就会出事!

她于是便略略费了一点心机,在自己家里,介绍了他们相识,而后,又巧妙地组织了几回他们两人的见面。平日温顺善良的韭叶在这件事上第一次显出了机警和精明。她以一个女人的敏感,注意到乔明和那女人的关系在迅速改变,正飞快地向那个结果发展。

今晚,在这个月黑之夜,她估计那结果就要来到!

然而,那窗内的灯,却依旧亮着。

一股夜风刮过,将两只猫头鹰的嘶叫带进韭叶耳中,她禁不住打了一个冷战,惶惶地向四周看。天哪,你这是在干啥?叫人发现,你该怎样回答?你是在想法毁坏别人的家庭,你在作孽!作孽!你疯了?不,不!一报还一报!云娇,你等着!

两个人影在那淡绿色的窗帘后一闪。那女人在干什么?抛媚眼?乔明在干什么?献殷勤?搂抱亲嘴?想到这里,韭叶的脸在黑暗中发热发胀,她急忙用双手把脸捂住,当她重又抬起头来时,那淡绿色的窗口已经消失。

灯熄了?灯熄了!韭叶突然觉到了一种报复后的极大快意和满足。云娇,哈哈,让你赚钱吧!可你知道你的男人现在在干啥?开店吧,让你开吧!你有钱,你有店,可你没男人,我们没钱,可我们夫妻同心,同心!你眼气吗?……

韭叶一脸欢喜地向自家屋里跑,跌跌撞撞,进门把大德都撞了个趔趄,大德问她去哪里了,她不答,直扑到丈夫的怀里,咯咯地尽情笑,笑着笑着,脸又慢慢变白,声音也在一点一点变小,身子分明地又抖了一下。韭叶,你丧了良心!你干出这样的事!老天爷的眼睛可是亮的!亮的!云娇,原谅我。不,我不要你原谅!我们一报还一报!有来有往!有来有往!韭叶的笑声又慢慢变高……

棺至街口,五爷喊一声:"停!"于是空棺徐徐落下。五爷又叫:"绳!"站在棺旁的一个提柳条筐的男人,便从筐内将一条麻绳拿出,绳上有血,色呈黑紫,且断为两截。五爷接过那绳,慢慢将两截接到一起,而后将绳缠在棺头,两匝缠完,结一死结,这才又面棺而立,沉声说:"物归原主,我们从此两清了!"

唢呐骤停。一街人直盯着那带血的麻绳。

(五子,你过来,爹把这个东西送你,你要好好保管!爹,这是啥?算盘!算盘?怎么没珠儿?五子,你大了就会懂的!……)

五爷又猛地弯腰,抓住抬杠,手微微在抖……

那是一顿早餐。菜,是扁豆拌辣椒,青是青,红是红,看上去就觉得舒服;饭,是苞谷糁红薯稀饭,金黄的糁粒,白色的薯块,闻着有一股淡淡的香味;馍,是卷了一层薄薄红高粱面的花卷,白红相间,盛在用白色的荆条编成的筛里。大德、韭叶和两个孩子,围着黑漆剥落的饭桌,津津有味地吃着。这是典型的豫西南乡间早餐,凡是家境中等的人,基本上都是这种吃法,谁也说不清,这吃法已经延续了几百年。要不是儿子小伸在吃饭中间提出那个问题,这顿早饭会和过去的那些早饭一样,平平静静地过去。小伸在吃第二碗时,用筷子夹起一个薯块,一边舔着上边的糁粒,一边说:"妈,我云娇姑家的小芬,早饭都是喝一杯牛奶,吃两个煎蛋。"小伸的话音刚落,小女儿立刻就张嘴要求:"妈,我也要喝牛奶!""喝天!"一向不高声说话的韭叶,突然大声地呵斥女儿。因为就在这一刻,她又想起了自家棺材铺的倒闭,想到了云娇家生意的兴隆。"不,就要喝!"平日被娇惯了的女儿并不害怕妈妈。"啪"!女儿话音刚落,从不打骂儿女的韭叶一掌甩过去,女儿白嫩的脸上立刻出现五个指印。"哇——"女儿哭了。"别哭,别哭,"大德放下饭碗,把女儿抱在怀中,"好孩子,乖,咱家没钱,等有钱了一定让你喝牛奶。"韭叶怔怔地看着自己的手掌。就在这当儿,秋娥快步走了进来,一进门就高声叫:"咋?打孩子了?为啥?"待小伸向婶婶叙述了缘由之后,秋娥立刻拍着大腿叫,"我说嫂子,你为啥要把火气撒到孩子身上?孩子有啥错?明说,云娇家孩子喝的那牛奶,实际上就该咱家孩子喝的,是他们抢去的!她不叫咱喝,咱就忍气吞声认了?!"

"秋娥,你坐。"韭叶恢复了常用的那种轻柔语调,秋娥这话说得韭叶心里稍稍有点舒服。

"哥、嫂,我今儿个来,是有事要跟你们商量!"秋娥稍稍压低了声音,手去衣袋里摸出两个信封,攥在手中,"你们说,云娇店里卖纸扎祭品,用纸糊成什么缝纫机、电视机,然后让丧家拿到坟头上烧,这算不算迷信?这和旧社会葬品店里卖那种糊成人、马、车的纸扎品有啥不同?"

大德和韭叶一愣,不知秋娥何以要问这个。

"他们既然是搞迷信,那我们该不该向上边反映?"秋娥圆睁着两只秀眼,又问。

大德和韭叶相互默看一眼,仿佛是被这个问题惊住。许久之后,韭叶才说了一个轻微得几乎听不出的字:"该。""好!"秋娥一听,立刻又兴奋地拍了一下膝盖,"还有,云娇每回买平价木材,都是找镇上管物资的老吴,而且每回去,都给老吴带了礼物,你们说,这算不算贿赂干部,套购国家物资?这样的事我们该不该向上检举?"大德以一个几乎察觉不出的幅度,点了点头。"好!"秋娥又兴奋地拍了一下膝盖,"这两件事我都写了检举信,我和小德的名已经写上,你们——"

"这个……"大德一下子站起身,阔大的两个手掌在身上乱摸,仿佛是要找什么东西,"我是说……"厚厚的两个嘴唇嗫嚅着,先是有一股血红的颜色从他颊上滚过,接着整个脸孔变白了,"你、你们……在这儿说,我出去……哄哄孩子。"大德说到这儿,慌忙抱起女儿,向门外走,在门口,他的头又重重撞在了门框上。

韭叶捏住那两个信封,手微微在颤。

"还有,"秋娥拉拉凳子,向韭叶身边凑凑,"听说他们还少交了税,他们一月卖五个骨灰盒,对税务所的人说只卖三个,这事该不该检举?"

韭叶无话,只直直地看着弟妹。

院门外,传来一声嘹亮的鸡啼……

那消息是一个傍晚在镇上传开的。说云娇的店为了省木材,做棺材常把两侧的壁板弄成空心的,并在里边装了沙子来增加重量。

人们吃惊、意外、不安地互相传着,谁也不知道这消息的来源。第二天镇上赶集的四乡人,很快又把这个消息带回了乡下,于是四乡里也传得沸沸扬扬,有先前买过云娇店里的棺材的,听了就后悔不迭,但又不好扒出棺材查清调换,只能暗暗地骂:坏良心哟!

云娇自然不知道这个消息。她只是有些奇怪:近些日子棺材和骨灰盒的销量大减,而且有几个丧家,当乔明前去联系卖棺时,竟公开表示不要,却转而去很远的新野镇上买。这是怎么回事?

这天早晨,云娇就是带了这种不安的心情打开店门的。店里已经积压了近二十口棺材,其他的葬品也已存下不少,以致她不得不暂时辞退了几个雇来的木工。

店门开后,云娇就坐在那里心神不定地打着毛衣,一边挥着那些织针,一边就在心里祷告:但愿今天能有生意!几个人的脚步声在她的祷告中渐渐向门口响来,她抬起头,看到几个穿中山服的人进了门,于是舒一口气:开门大吉!

她迎上前,含了笑问:"要买什么东西?是骨灰盒还是棺材?本店送货上门,还出租花圈,代放哀乐,此外,还免费赠送一套——"说到这里突然住口,她看到那几个人都慢慢腾腾地从口袋里掏出一个小红本,缓缓地展开,向她伸过来,她在一瞬间虽还没明白是怎么回事,但她本能地感觉:出什么事了!这些人不像是丧家,丧家进门不是这种神色,更不需要掏什么红本递过来。

"我是县'五讲四美'办公室的。""我是县物资局纪律检查组的。""我是县税务局的。""我是镇税务所的。"云娇听到几个声音冲进耳朵,看见几张照片在眼前一晃,出什么事了?出什么事了?怪不得昨晚上那只鸡半夜里总叫,我说不是黄鼠狼闹的,乔明总说是的,是的!

"请坐,请坐。"云娇很快让自己恢复了平静,含着笑让,"你们是贵客呀! 今儿中午可要在我这里吃顿便饭,你们能来俺这小店里坐坐,这是俺们的荣幸! 请喝水……"

"你们要暂停营业,如实向我们说明三方面的问题:第一,出售纸扎祭品搞迷信活动问题;第二,套购国家计划木材问题;第三,偷税问题。"

正在端茶的云娇蓦然住手,口中喃喃地重复:三个问题。她的身子晃了晃,仿佛听到了一种瓷器落地的声响,她估计是自己手上的杯子掉了,她想低头看看,但刚低头,就觉着自己向一条深黑的沟里飞去,她立刻又看见一个穿着自己衣服的老头,在那条山沟里跑,一条山路,两边都是树木,路又窄又长,曲曲弯弯,有几道白光洒在上边……

一个月后,"平安葬品店"又被准许开业。但它当初的兴隆景象再也没有恢复。调查组尽管宣布"平安葬品店"没有违法行为,然而这个店有问题的印象,已经给人造成,再加上镇上暗暗流传的那个可怕的消息,哪个买主还愿再来? 于是,面色苍白的云娇,就常常一人冷清地坐在店里,默望着街上的行人。

倒闭已成定局,但云娇不愿相信,建成"最后的乐园"的希望还有支撑作用。她还想坚持。她找人画了巨大的商品广告挂在店门外,然而无效,仍无一个买主前来。两个月后的一个黄昏,脸无血色的云娇,跟跄着走出门,取下了商品广告和那个"平安葬品店"的招牌。

把招牌扔到屋角后,云娇便蹒跚着向床上扑去,嘴咬着被角发出一阵抑低了的呜咽。完了,葬品店!完了,"最后的乐园"!原来都是一场梦,一场梦!

要不是女儿小芬走过来摇她的胳膊,她还会继续哭下去。女儿那双小手的摇晃和稚声的劝说,使她慢慢意识到,自己不只是一个葬品店主,还是一个母亲和妻子。开店的失败并不是我生活的全部,我还有一个温暖的家庭,只要有这个家庭在,我养息一阵,还可以再干,葬品店开不成,还可干别的!只要能把钱攒够,就可以建成那个"最后的乐园"。

她止了哭,安顿女儿吃饭。乔明下午去看个亲戚还没回来。她把饭给丈夫温在锅里,而后振作精神,将屋里收拾了一遍。她要好好地过一段家庭生活,让身体恢复恢复。在收拾柜中的衣服时,她无意中发现,丈夫的一个上衣口袋里塞得鼓鼓囊囊。于是就顺手去掏,掏出一看,禁不住微微一愣:原来是一个式样别致的崭新乳罩。亏他想得到!云娇的眼中慢慢漾出一缕笑。镇上早有女人戴乳罩了,云娇早就想戴上试试,只是因为过去一直操心着生意,没心思想到买,未料乔明心还这样细,替我买来了!趁着女儿在外间玩,云娇解开外衣,把乳罩在胸前比试一下,大小还可以!她真想现在就戴上,让丈夫回来吃一惊。对丈夫这种温情的发现,让她暂时忘却了葬品店倒闭的痛苦。不过最后她又改变了主意,要让乔明亲手给自己戴上,她要在那一刻扑进他的怀里,接受他温暖的抚慰。

乔明回来吃饭时,云娇便开始铺床。期待带来了想象,她想象着丈夫的那双手,将会带一点冲动的颤抖,轻轻地给自己系上乳罩的带子。她对乔明的这一点特别喜欢,他的爱抚动作从不粗鲁,总是那么又柔又软,慢慢把她带入一种乐境中。她的脸渐渐有些红,心里又体验到初婚时的那种甜甜的激动。啊,已经有好多日子,因为总操心生意,没有再体验这种激动了。

乔明放下了饭碗,迈步向这边走来。云娇的脸于是显得越发红,啊,来了!丈夫打开衣柜,取出了那件上衣。云娇顿时闭上了眼睛,在那一刻,葬品店倒闭的痛苦远远离开了她,她心中只有一种甜蜜的期待,一步、两步、三步,从衣柜到床边最多三步,他会轻轻抓了我的胳膊,说:看,我给你买了什么!……

"云娇,你先睡,我出去有点事!"乔明一句平静的话,把云娇从期待中惊醒,她意外地睁开眼睛怔怔地望着他。"你先睡,我一会儿就回来!"乔明说罢,转身便走。有一刹那,云娇还不能从期待中完全抽身,她只是怔怔地看着乔明移动的脚步。但很快,她就感到了自己的心在下坠,慢慢坠进了一片冰水里,她立刻感到一种冷:出去有事?为什么偏偏要拿那件上衣?为什么要把那个乳罩带走?几乎在最后一个问号闪过脑际的同时,她猛地起身,出了门,远远地跟在丈夫后边。她觉到了心中的冷气在向全身扩散,但一种希望还在脑子里闪:不,他不会去找女人,他可能是去找男朋友喝酒!当那个女人在乔明的轻敲下拉开门,欢叫一声"你可来了"时,云娇只觉得轰的一下,脚下的地开始晃,她抓住院墙上的砖缝才没有倒下。她吃力地睁大眼,直盯着那淡绿色的窗口,在淡绿色窗内的那盏灯熄灭的同时,她的身子软软地坠了下去。在最后倒地的那一瞬,她才忽然记起:已经有好多天,他不再让自己枕他的胳膊;而在过去,她每晚脱衣躺下时,他的胳膊早已伸在她的颈下了。他喜欢让她枕胳膊,他曾说她枕了他的胳膊他才睡得安稳,他才能随时把她揽进怀里,她忽略了这点变化,她原以为这种改变只是因为他累……

第二日,晨起,云娇在店门前贴一张纸,上写:处理骨灰盒和棺材,每样比原来减价八成!人们看后,颇觉奇怪,这比卖木材还便宜!于是拥来,不一会儿,就把积存的东西买走了,最后剩一口四抬棺时,云娇说:这个不卖,留个纪念!乔明认为这样太亏,曾想制止,云娇朝他平静地笑笑,说:"这些东西放屋里也是闲着。"

前面已经望得见墓地,从墓坑里翻出来的黑土,静静卧在那里。再有一会儿,那些土就会扑上来,把肩上的这个东西埋住,五爷闻着那些黑土散过来的潮味,稳稳迈着步子。突然他的身子摇晃了一下,觉得肩上的抬杠陡然变重,压得他几乎喘不上气。奇怪,刚才抬这么远一直很轻,不就是一口空棺?难道……五爷打了个寒战,悄悄扭过脸:大德也已满脸是汗。歇不歇?不!你以为我就抬不动你了?嗬!

五爷把紧抬杠,咬紧了牙。他的脚步加快了。

半上午时,日头已经十分暖和,五爷坐在山墙头,微微地闭眼抽烟,五奶奶拎一件要拆的棉衣,一跐一跐地过来,五爷就从口中拔下烟锅,说:"嗨,听见了吗?昨儿黑里,我又梦见了爹。"

"又是那个老东西!"五奶奶从棉衣里抽出一团棉絮。"爹又说,五子你过来,把这个东西拿去!""是不是那个无珠算盘?""嗯,是的。""我真不懂,你爹送你那个东西有啥用?"五奶奶又撇了撇嘴。"是呀,我一直在想!"五爷重重地搕着烟锅。"你说你爹死前的头一晚去了你二叔家?""是的。""他们那晚都说了些啥?""不知道,爹当时只让我在门外玩,我隔着门缝往里看,爹一开始好像在说他遭土匪抢的过程,边说边笑,但后来他好像猛地看到了什么,一连声地吼:原来如此!原来如此! 第二天,他就给了我那个无珠算盘,夜里,他就上吊死了,他上吊时我和娘都没听见。"五爷又装了一锅烟。"你爹要是不死,我说不定也能跟着享几天福。"五奶奶又抽出一团棉絮。"那当然——"

"呀,呀,呀。"傻小四忽然叫着从远处跑过来,扯了一下五奶奶的胳膊,把五爷的话冲得七零八落。

"找打呀,你!"五奶奶有些生气,做出一个扬手要打的架势。小四见状就退后几步,但当五奶奶低头又要去抽棉絮时,傻小四猛又奔过来,抓了五奶奶的胳膊,呀呀呀地叫。"你没看见我忙? 快去玩!"五奶奶叫道。五奶奶的叫声未落,五爷的烟袋呼一下抡过来,小四的屁股上挨了重重一下,"呀"一声叫着跑开了。

一束日光从屋脊上的那个小洞飘来,映着秋娥那张冷厉的脸孔。只见她麻利地从筐里摸出一个萝卜,飞快地削成一个人形,那萝卜人的胸部,又特地削出两只奶子;而后,从案板上拾起一根细麻绳,猛地勒紧了那萝卜人的喉部;接着,就见她手提着那被勒了脖子的萝卜人晃着,一霎之后,她又"啪"一声把那萝卜人扔进锅里。锅里沸着的菜油立时围上来,一团白色的油沫伴着一阵哧啦声涌起。秋娥两眼瞅着那萝卜人在油锅中翻滚,眸子中闪过一丝快意。一刻之后,那萝卜人被筷子夹起,通体被菜油煎得金黄,一两滴沸油从两只奶子的夹缝间滚下。一丝冷笑在秋娥的颊上一闪,她的手一松,萝卜人又滚入锅中,在油锅中翻动。

当秋娥重新从油锅中夹萝卜人时,它已被炸得通体发黑。秋娥看了一眼,而后含笑把它扔上案板,就在那萝卜人触到案板的一瞬间,秋娥的耳边突然响起"啊"的一声,音响极尖。秋娥一愣,手猛地缩回,急忙转身回顾,灶屋里并无别人。她狐疑地跑向堂屋,问坐在那儿吸烟的丈夫:"你喊我了?""没。"小德摇头。秋娥疑疑惑惑地又走回灶间,把切好的白菜扔进了锅里头……

乔明晃晃荡荡地走出茶馆,他使劲地把头摇摇,妈的,这是怎么了?耳朵里总有什么东西在响,响得有些奇怪,咯吱咯吱,是什么东西在摩擦,钝而且粗,叫他心神不定。就是刚才,当他喝了几盅茶后,按照王老四小姨子的示意,摸进她房里,搂着她那柔软的腰肢时,那咯吱咯吱的声响也使他没有了往日那种神魂颠倒的感觉,他只是草草亲亲她那灼热的嘴唇,在她急切扭动的臀上无甚热情地抚摸了一会儿,便松开了手。不知怎的,他觉得今天心绪不宁,干啥都无兴趣,他注意到了她那双眼中的幽怨,但他实在没有办法,耳朵里那咯吱咯吱的声响弄得他心神恍惚。

他走进家门,看见保姆和女儿坐在饭桌前,桌上的饭已经摆好,便"嗵"一声坐下,问女儿:"你妈呢?"女儿扭头指了一下葬品店,说:"妈在店里,我刚才去喊她吃饭,她不答应也不开门。""去,再喊,就说都在等她。"乔明挥了一下手,他觉得耳朵里的声音依旧在响,就又使劲摇了一下头,妈的,莫不是也要害病!"爹,妈不开门也不答应。"女儿跑回来。"怎么搞的,饭都凉了!"乔明心中涌起一阵烦躁,呼地起身,走过去推了推店门。"听见了吗?出来吃饭,都在等你!"那声音撞在门板上,又折回来送进他的耳朵,和着那种咯吱咯吱的声音。但半分钟过去,既不见云娇来开门,也没听见她的话音。乔明心中的烦躁在升腾,便抬起脚,猛地向门上踢了几下,仍没有见云娇开门,也没听见她的声音,他心中的烦躁越盛,就又用脚接连踢了几下,也没听见她的声音。这当儿他的心中才一愣,才突然记起,这扇门平日并不插的,更何况现在店里只剩一口棺材,无生意可做无账可算,插门干什么?在记起这个后他心中顿时升起一阵莫名的恐慌,他模糊地意识到了什么。他猛力用肩撞起门来,当门闩在他猛烈撞击下呻吟一声断裂之后,门开了,而几乎在这同时,他被骇呆在那里:屋内,云娇满脸是血扑倒在地,脖子上挂着一个绳套,屋梁上还有一截绳子在晃荡,云娇的脚旁,是一把踢倒的椅子。

"云娇——"在一瞬间的呆愣之后,乔明扑进屋去,"你为什么要上吊?为什么?"乔明哭叫着从地上扶住妻子,把手放在妻子的鼻前。还有气!"来人哪——"乔明猛地扭脸,声嘶力竭地喊⋯⋯

五爷定定地站在女儿床前。

云娇的呼吸已经平稳,颊上开始恢复了红润。她的眼睛睁了一下,又迅速地闭上,有晶亮的泪水滚出来。五奶奶撩起衣襟,轻轻地替女儿揩。大德、韭叶、小德、秋娥、乔明、小四和几个孩子都默默地站在一侧。屋里出奇的静,听得见云娇的呼吸声。"我当初不该答应你开店!"五爷嘶哑地说一句,而后转过身,把目光盯在了店里仅剩的那口空棺上。"看来,是索命鬼缠住了我们周家,得把这东西埋了,去去晦气!"

一家人都望定五爷,听他说话。

五爷慢慢扔下烟袋,吐一口唾沫,在手心里搓;搓完,朝儿子和女婿叫:"备棺!"……

日光又斜下去了许多,前面就是墓地,已经看得见那个长方形的墓坑,墓坑四周,卧着那些潮湿的深层黑土,土块在微微颤动。

空中,传来一声嘶哑的雁鸣……

尾声

那次送葬之后,镇上的人意外地发现,那傻小四一下子变得出人意料地安静,不跑不叫,见人只微微一笑。有人就猜测说:这孩子的病是不是要转好?但几个月后的一天,晨起,傻小四忽又恢复了旧习,早早地在院子里叫:"呀、呀、呀……"而且边叫边喊,正跑一圈,倒跑一圈,直跑得尘飞鸡跳,把五爷和五奶奶气得直喊:"是想找打啊,你!"……

左朱雀右白虎

这是一座汉墓的大门。

左门上端刻的是朱雀,右门上端刻的是白虎。

这汉墓是我父亲在民国二十五年秋发现的,墓址在南阳城西十二里的栖凤岗阳坡。

走进这座大门,你会看到九十四幅精美绝伦的汉代画像石刻。

走进去吧,开开眼界!

孩子,你不知道我多么感激你!是的,感激你!你还没有真正意识到你发现了什么,一件珍宝!珍宝啊!孩子!小楠、涵儿,你们过来,我跟你们说,这座独特而华贵的画像石墓,该是出自汉代画像石墓最盛行的时期,时间大约在刘秀建立东汉王朝至顺帝年间。这是"回"字形墓,这里是前室,这里是北侧室,这里是南侧室,这里是后侧室,中间是两个主室。看,这墓门、主室门、侧室门的壁间和墓顶上部刻有画像,用的是浅浮雕,兼阴线刻和横斜纹的浅浮雕的雕刻技法,而且有彩绘痕迹。看,这里,用朱色勾画出画像的边线及斑纹,既保持了石刻浑朴的特点,又具有绘画的色彩,使画像更加突出。它承袭和发展了前代的塑形和雕刻艺术,又受了同时代的壁画、帛画等形式的影响,绘画艺术辉煌啊,孩子……

父亲说,他为寻找这座汉墓,从研究历史资料到实地勘测再到最后发现,一共费了五个月。

父亲说,有一段日子他已完全绝望,他估计自己不可能完成他最钦敬的老师王莹质交给他的这桩任务——寻找一座未遭破坏的完整的汉墓,将墓内的画像石刻一幅不留地全部拓印下来,当作他进行汉代史研究的一份资料。

他说他已经在准备借口,打算说服王莹质老师放弃这个希望:一两千年的时间过去,地表不断变化,凡露痕迹的墓园早已被挖被盗,剩下的多已深埋在地下,一个人实在无法找到。

但他迟迟没有去说也没有停止寻找,他害怕面对王莹质老师那双信任的眼睛。王老师是他的恩师,一直视他为高足,恩师把寻找汉墓和拓印汉画像石刻这样的大事交给他,足见他对自己的看重,他实在不愿让恩师失望。他知道王老师一家对汉画像石刻很早就十分关注。王老师出身书香门第,乃父、乃祖都是南阳城有名的饱学之士,他祖父是清末南阳县学的教谕,父亲在宛南书院任教至去世。早在民国十七年,王老师的父亲发现南阳城附近有些人家的墙基系汉代画像后,遂拓数十幅,于民国十九年整理后,交上海一家书局印制成《南阳汉画像集》一书,印数虽少,但那是第一次让世人知道南阳有汉画像石刻。王老师从北京大学历史系毕业后,回家在省立南阳师范学校任教,边教历史课边继续搜集汉画像石刻。王老师在课堂上反复强调:汉代,是中国历史上一个强盛的王朝,当时繁荣的经济、发达的文化和强大的国家,为艺术的发展提供了丰厚的土壤。而南阳汉画像石刻艺术,正是生成于这块沃土之上的一株万古不朽的生命之树,这些石刻图像,质朴而雄奇,豪放且飘逸,绝无半点明清以来图画的纤弱、呆滞和猥琐之态,一派泱泱大国之风,推诸世界,当是不可兼得之瑰宝。他还特别指出:汉代的南阳,是中原经济、政治、文化的一个中心,曾作为南都和西都长安、东都洛阳鼎足中国。同时,南阳又是东汉开国皇帝刘秀的故乡,辅佐其成就帝业的著名的二十八宿,多为南阳人氏,所以,当时的南阳皇亲国戚数不胜数,可谓富室如云。而汉代又是中国历史上厚葬之风最盛的一个朝代,特别是富室,生前的骄奢生活,死后也要如法炮制带至墓中。石刻壁画有久远留世和形象记述作用,故这种艺术表现方式便成了富豪之家营墓造坟的首选之法,这就给汉代石刻艺术造就了一个发展的大好机会,并达到了一个旷世未有的境界。

父亲说,他更加知道恩师是多么迫切地想找到一个完整的汉墓。这两年特别是近半年来,王老师带着他在南阳城乡四处奔走寻找汉画像石刻,找到的都是零散的:砌在墙上的,扔在田埂旁的,摆在院子里当饭桌的,垒在桥墩上的,滚在河边的,这里一块,那里两块,确切的出处不知道,哪几块同出一墓不清楚。当然,王老师对这些石刻都非常珍视,每一块石刻都极细心地拓印了两份拓片,而且出钱把石头买下雇车拉回,存放在后院。但每当王老师翻看那些拓片时,兴奋之余,总要遗憾地叹息一声:"嘻,可惜没有一套完整的出自同一个汉墓的石刻拓片,要是有,将会给研究提供多么大的方便啊!"常在那一刻,王老师会扭头半开玩笑地问父亲,"古楠,有没有信心找到一座汉墓?"

父亲说他过去每次都回答:有!所以如今实在无颜再改口。

父亲那时在绝望中之所以仍坚持寻找,还有另一个原因是王老师有一个叫王涵的女儿!父亲在说到这点时把混浊的双眸垂下让目光触地。我估计他眼里有一丝长辈在晚辈面前提起这种事时的难为情。王涵那时还在南阳女师读书。因为父亲在师范就读时就是王老师家中的常客,毕业后又因恩师举荐被校方留校任教,所以很早就和王涵相熟。大概是父亲先爱上王涵的,因为父亲说他之所以没敢向恩师说他找不到且没停止寻找汉墓,是因为害怕王涵说他"真没能耐"!几十年后我从那张发黄的旧照片上知道,父亲当时那么在乎王涵的态度甚至害怕她,不是没有原因,那王涵长得惊人地漂亮,在相貌上起码比父亲高出五个百分点!

父亲说,这座汉墓就是在那段绝望的日子里,在他认为完全无望的沮丧情况下,无意中发现的!

发现那座汉墓的时间,是暮秋时节的一个黄昏!

小楠、涵儿,你们看出了没有,这座墓内的画像石刻和我们平日搜集到的那些石刻画像相比,一个最大的不同点是它们每幅不是孤立存在,而是互相连贯的!是的,互相连贯!它们连在一起讲述的是墓中男女主人公的生平故事。看,这幅建筑图,有门阙,有楼阁;楼阁下有粗壮的立柱,上有对称的望亭,斗拱硕大,厅堂轩敞;阁顶栖鹤,两旁饰羽人;门外还有执笏小吏躬身侍立,厅内有执灯的高髻奴婢,小主人抚几而坐,悠然自得。这大概是说墓中男主人幼时就住在这样豪华的宅第里,"坊宇显敞,高门纳驷"。小主人旁边这个执杖跽坐的人,大概是他的父亲。瞧瞧这小少爷的排场,坐在铺有茵褥的榻上,后有奴仆打扇,前有三个穿短裤的童奴戏弄儿事为其逗乐,真是豪门娇儿呀……

父亲说,发现汉墓的那个黄昏与以往的那些黄昏有一点不同,就是有风。风不大,只能摇动栖凤岗上的荒草,但不要小看这股微风。父亲说,若没有这股微风,也许就没有那个发现。他说他怀疑那微风是上天特意派来成全他的!当时,父亲坐在岗半坡的一小丛灌木前,神情沮丧地望着西坠的落日,看着它一点一点地把光线缩短,一只手愤恨地敲砸着他搞探察用的一把小锄头和一根铁钎,疲累的双腿懒散地摊放在荒草上。他那阵在心里想,明天再不来这栖凤岗了,再不来了!他当初之所以决定把寻找汉墓的范围缩小到这栖凤岗上,一是因为曾在岗上发现两块破损的汉画像石刻;二是因为他在图书馆曾找到一本宋时的方志,上边在记述一些地名的来历时,曾说到栖凤岗这一名字乃汉时所起,因其状似凤凰居风水宝地而为人知。父亲想,既然"栖凤岗"之名是汉代人起的,又被视为风水宝地,就不会没有人利用它!这里离汉代古城遗址较远,显然不宜于起房盖屋,而且这里也确无起房盖屋的记载和传说,知道它是风水宝地又不做阳宅,很可能便要做阴宅了。当时南阳城富室如云,这栖凤岗又出城即可见,不会没有富人把墓地选在此处!他就是按此推测判断来到栖凤岗进行探察的。几个月来,他每天把自己担负的课讲完,便拿上探察用具来到这座长五里宽两里的岗上,装作割草打柴进行探察。到今天为止,全岗已反复探察了三遍,所有可疑的地方都探了看了,但未发现一点汉墓的蛛丝马迹。看来自己当初的判断是错的,也许自己做出判断的依据本身就是假的,为什么要相信那本宋时的方志?或许那方志上的那段话是无聊文人杜撰的！真他妈的傻,竟然依据那本不足为信的烂方志瞎忙活了近半年。憨货！二！父亲说就在他坐在那儿这样狠狠责骂自己的时候,一股香味,一股非常好闻的花香,被微风送了过来。他起初并没留意,因为他当时的心情实在糟糕,但那股香味持续不断地被风推进他的鼻孔,终于引起了他的注意。他耸了耸鼻子,把那香味吸进了肺里,顿时感到了一丝舒服,心中的那股沮丧暂被压了下去。他开始张大鼻子寻找那香味飘来的方向,什么花这样香?摘两朵花吧,回去送给王涵,先让她高兴高兴!他特别爱看王涵高兴时拍手蹦跳的样子,再说,有了花,也可以转移她的注意力,别让她见面就又嬉笑着叫:"又是空手而返吧,古先生?"那会令他特感尴尬。

他顺着风来的方向走了五六十步,看见在荒草丛中有两朵野菊花,一朵红,一朵黄,花朵挺大。红菊花他还很少见过,他当时心想,送给王涵,她一定会拍着手叫:"哟,真漂亮!"他快走几步,弯腰就去折那花茎。他一扯那茂密的菊身,花还未折下,眼却一瞪:原来那蓬野菊的根部长在一个不大的洞口上,菊身一动,洞口露出,他探头一看,洞内隐约可见一块石板。父亲说他当时模糊意识到了什么,折掉菊花后,用脚在洞口蹬了一下,"轰"的一声,大块的土落下,洞口变大,一块石板的轮廓更清楚地显了出来。什么性质的石板?得弄清楚!他飞身回到刚才的歇息处拿来锄头和铁钎,弯腰很快地挖起来,不大时辰,便挖出了眉目,那石板原来不是一块,而是一排。是墓?是墓!是墓!父亲说他当时心跳得很急,他奋力用铁钎撬起其中的一块石板,只看一眼,便高兴地跳起来,天呀,真是一座汉墓！那阵子太阳虽然坠地,但天光尚有,石板下的墓穴看得很清,几只陪葬的汉代陶狗陶鸡使人一眼就可辨出这墓葬的年代。他揭起的那块石板是墓的顶盖石之一,石板背面就刻有北斗星和苍龙星座！父亲说他放下石板后高兴得跪在石墓上连连磕头。随后他便急忙又用土把石板埋起,扯些荒草放在土上,他怕别人发现又来盗墓。那时的盗墓贼多如牛毛。盖好后天已变黑,荒岗上空寂无人,父亲四顾后才放心地撒腿回奔,到城里的十几里地他几乎是一口气跑完的。到王老师家时王老师正在灯下边咳嗽边读书——王老师因患痨病常年咳嗽；王涵则已脱衣就寝。父亲敲门时敲得又响又急,女佣陈婶刚把门拉开,他便上气不接下气地踉跄着向上房跑。王家父女被他急骤的敲门声和足音惊住,以为出了什么大事！王老师咳嗽着迎到门口扶住父亲的肩头说:"别慌,别怕!"王涵则只穿着粉红的贴身内衣奔到了外间,用一双受惊的眼睛盯着父亲。父亲因为跑得太急喜得太狠,一时竟说不出话,喘了半晌才叫出一句:"找到了,老师!""找到什么了?"王老师一时不知所云,喃喃问。"汉墓,汉墓！完整的!"父亲到底把要说的话说出来了。"哦,我的孩子!"王老师一把揽过父亲那汗气腾腾的身子,感动得拍着他的后背。父亲把头搁在王老师的肩上,双眼却直直盯着站在不远处的王涵——几十年后我从父亲的日记中知道,那刻王涵几乎是半裸着身子,那是父亲第一次在近距离上看见美女的玉体,他被那美惊呆吓愣弄傻了,目光如钩盯在王涵身上不放。王涵先也在为父亲的发现高兴,直到她感到了肌肤被父亲的目光所烫,她才蓦然意识到自己穿得是多么少,才脸腾红云倏然走进屋里……

　　你们看,这幅画像,是说墓中的主人公已快长成,正和一群人跽坐静听一老者坐榻讲论。汉代在京师设有太学,郡县立有学校,设置经师,讲授《五经》。看来,这墓中的男主人受过正规教育。接着这一幅,则表明他已长成一个青年,且升了官,你看他戴三梁进贤冠,跪于一老者面前,门外拴着马,这大约是在他加冠以后,骑马归来,正叩见父母。《后汉书·礼仪志》载:"正月甲子若丙子为吉日,可加元服,仪从冠礼。"刘昭注引《献帝起居注》云:"建安十八年正月壬子,济北王加冠户外,叩见父母。"他所戴冠式三梁进贤冠的身份,据《后汉书·明帝纪》李贤注引《汉宫仪》云:"诸侯冠三梁。"看来,这年轻人做的官不小啊……

　　父亲说,王老师在听他详细讲完了发现经过之后,非要在当晚去现场看看不可。父亲知道恩师的身体不好,再三劝止,但他执意要去,没法,父亲只好和王涵一起,搀他出门。临出门时,一直在旁静听发现经过的王涵忽然问:"你刚刚说到的那一红一黄两朵花呢?"父亲这才想起忘记拿花了。"到了那里我找给你,花肯定没有枯萎,你可以闻闻它的香味,那香味浓得令人惊奇!"父亲当时这样回答王涵。

　　父亲说,他们三个人走到时已近半夜。那晚月光很好,父亲一到便开始重新刨土。这次是从墓门位置刨开的,刨了两个时辰,总算让墓门露出来了。王涵点上随身带来的一个小灯笼,父亲搀着他的恩师,三个人一起趋前看那墓门。"左朱雀右白虎!"王老师激动地伸手去摸那石刻图案,"看来造墓人想靠朱雀、白虎来保护墓中人!"王老师在朱雀和白虎的身上抚摸良久,之后,才又喃喃道:"这下好了,可以让他看到一墓完整的拓片了!"父亲说当时他听了这话很是惊讶,便问:"王老师,你说要给谁看?"王老师摇摇头说:"别问,孩子,以后你会知道的!现在让我们想想下一步怎么办吧。"心中疑惑的父亲又问:"要不要现在打开墓门?"王老师说:"今晚打开怕来不及了,如果天亮前我们不重新把墓恢复原状,就容易被人看出,一旦外人知道这是一座汉墓,不论是官府或是附近居民,都可能会来盗陪葬品拆砌墓石,那我们就很难保住画像石刻了。这样吧,明天,你带着树棍来,在这墓地上边搭个草棚,做出一副要在这岗上割草拾柴的架势,然后我们再打开墓门进去,那样,外边有棚子遮挡,也无人知道我们在干什么,又安全又牢靠。"父亲点头称是,然后便又开始重新填土,父亲说他那晚真是累得腰疼腿疼臂肿,好在王涵还能不时替换他一下,让他喘喘气。

当一切复原之后三个人要走时,王涵又想起了那一红一黄两朵菊花,便问父亲放在哪里。父亲急忙去找。他记得很清楚他当初把花朵放在墓地左边,奇怪的是竟找不着了,无论父亲怎样扩大寻找范围,也根本不见花的踪影。父亲说他当初离开墓地时天已擦黑,根本不会有人再来这荒岗上,而且四周也没发现有外人的脚印!有野兽来把花朵吃了?很少有吃花朵的野兽,即使有,吃了花朵会把茎留下,叼走了也会有野兽蹄印,但周围什么痕迹也没有!

"你故意编了瞎话骗我!"王涵把丰润的双唇撇撇,"小心以后我也骗你!"父亲无言辩解,只能在心里暗暗诧异。

那晚回到家天已将亮,王老师虽累却仍兴致勃勃,进屋便让陈婶立时去温黄酒。酒端上来时,王老师双手先擎一碗酒递到父亲面前:"小楠,来,为了你今日的发现我敬你一碗!"父亲面红耳赤地推辞一阵方把那碗酒喝了。他刚把酒碗放下,王涵笑着叫:"咱也奖功臣一碗,表表心意!"说罢,就盛了满满一碗直递过来。父亲平日不大喝酒,刚才那一碗已令他觉出地在变软,实在不敢再喝。"怎么?喝了我爹敬的不喝我敬的,是瞧不起我们在校学生?"王涵边说边把酒碗碰到了父亲的唇边,父亲只好喝下去,结果酩酊大醉,最后晕得连宿舍也回不去,就睡在王家的客室里,连鞋都是王涵替他脱的。父亲说第二天王涵见了他笑叫:"天呀,你那双脚出汗出得味儿真大,以后每天都该记着洗洗,要不,倘有姑娘跟你过日子,非被你熏晕不可!"结果羞得父亲满面红云,脖子里都出了汗……

孩子,这是幅出行畋猎图。你看,一辆辆辎车,骖驾驷马,高撑华盖,前有导骑,后有驺从,还伴有鼓车,真是耀武扬威!汉代骑射畋猎,上自帝王下至官宦、豪门,习为风尚。看来,墓中主人年轻时也好这个,中间这辆车上坐着的便是他了。据《续汉书·舆服志》云:"长安、雒阳令及王国郡县加前后兵车、亭长,设右駢,驾两。璅驾车前伍伯;公八人;中二千石、六百石,皆四人;自四百石以下至二百石,皆二人。"韩延寿出行时"驾四马,傅总,建幢棨,植羽葆鼓车、歌车"。对于这种出行畋猎风尚,仲长统曾指责他们是"入则耽于妇人而不返,出则驰于畋猎而不还"。现在我要你们特别注意这幅画像的右下角,看清了吗?这里有一个一手挽篮一手持弯弯用具的女子,她在干什么?她的背后没有任何房舍,这显然是在田野里。一个女人提篮在田野里,不是在剜菜采桑就是在拾柴或是侍弄什么庄稼。忙着这样事体的女子,显然不会是上流社会的人,只能是平民之女!一个平民之女出现在一个达官的出行图上,绝不会无缘无故!你们看这位民女的身姿刻得多么飘逸柔美,我们虽然看不清她的面孔,但可以判断出,这是一位美女。这下一幅画像也证实了我们的判断。你们看,这位年轻的官人站在自己的车旁,正凝眸注视那民女。请注意雕刻家的高明,将官人的官服一角还扯挂在车帮上,这表明年轻的官人下车时是如何匆忙。一个正在田间做活的民女能使一个出行畋猎的达官中途停车匆忙下来凝视,这中间不可能有别的原因,只能是因为她的容貌姣美得惊人!民女在这幅图上的姿态是放篮垂首,显然是被这位不认识的官人看得羞赧无比……

父亲说,发现汉墓的第二天中午时分,他扛了一些木棍到栖凤岗上,在岗上又砍了树枝割了些荒草,然后在王涵的帮助下搭了个草棚,那草棚刚好把汉墓的大门和前半部分遮住。随后,他又真的割了半晌荒草堆放在棚前,目的是让偶尔从岗上过的人知道,这人在此处搭棚是为了打草拾柴。王涵那天特意请假来帮忙,来前还专门换了一身女佣陈婶的旧衣服,怕的是穿了学生服让行人看见怀疑她的身份。父亲那天穿的也是旧衣,两个人把草棚搭好后曾有过一段对话——这是几十年后我从父亲的日记中知道的——

父亲说:"小涵,如果待会儿有人看见我们,问我俩是什么关系,我该怎么回答?"

"兄妹呗。"王涵答得很快。

"咱俩的面相相差太远,我这么丑你那样美,这样说人家肯定不信。"父亲笑道。

"你甭在我面前净说好听的!"王涵眉梢扬起杏眼一飞,"那依你说该怎么回答?"

"我说出了怕你不愿意。"

"说吧,说出我听听!"

"不敢。"父亲仍然摆头。

"我要你说嘛!"王涵跺脚道。

"那好,我就说我俩是结婚三载的夫妻!"

"哟——你!"王涵捂了脸顿脚却并没有发火生气……

原来父亲年轻时为了求爱也很有心机!

父亲说,草棚搭好的当天晚饭后,王老师拄着拐杖一个人摸黑赶了来,父亲和王涵则都没回去,只啃了点他们来时带的干粮。接着父亲便重新挖开墓门前的土,在王涵手提的灯笼的照耀下,父亲用力推开了沉重的雕有朱雀、白虎的两扇墓门。墓门一推开,父亲就急着抬脚要进,王老师一把扯住他的手说:"等等!一般的墓室里都有防盗的装置,小心伤了身子。再就是墓室封闭太久,常有一种窒人的气体,让它们散散再说。"三个人在墓门前站了一刻,而后由父亲在前,用铁钎探着一步步进了墓门。墓门后果然有道机关,有块石头一加重力,便下陷,同时带动两旁的两把铜剑直刺过来,好在父亲是用铁钎触动那块石头的,这机关并没起作用。

三个人缓缓在墓道里移步,沿前室、西侧室、后侧室、东侧室走了一圈。墓道很高很宽,走时根本不用弯腰低头,这给他们欣赏墓道两侧的画像石刻提供了方便。这些画像石刻未遭任何破坏,完好如初,王莹质老师边看边连连惊叹:"这本身就是一个汉画像石刻展览馆,太好了!太棒了!小楠,你这功劳太大了。"

父亲说,墓道里摆着很多陪葬品,多是靠墓道一侧摆的,有陶鼎、陶壶、陶奁、陶俑、陶瓮、陶罐、陶盘、陶方案;有陶牛、陶狗、陶猪、陶鸡、陶鸭;有陶磨、陶大仓、陶仓房、陶厕所、陶臼盘;有铜剑柄、铁等。王莹质老师一再嘱咐父亲和王涵,不要碰这些陪葬品,先让它们原样放在那里。

三个人是最后走到前室去推两扇放棺的主室门的。在推主室门之前,父亲说他意外地注意到,在北主室和南主室中间的一块石头上,刻着两朵菊花。两朵菊花紧紧相挨,花萼的模样和他昨天摘下的那两朵真菊花几乎一样,他说他当时惊讶了一刻。

两个主室里的棺帮都已成灰,所能分辨出的只是何为男尸何为女尸。主室和墓道里不同的一点是气味,主室里的气味本该难闻一些,但反常的是里边却沁满了香味。估计是当初在主室里放有什么香料,父亲说他当时模糊地觉出,那香味有点近似菊香……

这幅画像石刻表示得越发清楚。看,那民女提篮扭身欲走,年轻官人欲拉又止。我猜,大约是这年轻官人对那民女说了什么不敬的话,或提了什么不正当的要求,民女着恼,扭身就想走开。接下来这幅叫"虎吃女魃",看,画像中有两只翼虎将一个瘦弱的女子在地上扑而啖之。远古时代,自然灾害往往给人们以极大的威胁,尤其旱灾,赤地千里,颗粒不收,人们无法抗御便认为旱魃作祟,于是便和女魃联系起来。女魃原是天女,因协助黄帝战败蚩尤解数用尽而不能上天,她到哪里,哪里就久旱不雨,遂遭到人们的唾弃。《山海经·大荒北经》云:"大荒之中,有系昆之山者,有共工之台,射者不敢北方。有人衣青衣,名曰黄帝女魃。蚩尤作兵伐黄帝,黄帝乃令应龙攻之冀州之野。应龙蓄水,蚩尤请风伯雨师,纵大风雨。黄帝乃下天女曰魃,雨止,遂杀蚩尤,魃不得复上,所居不雨。"人们为了驱走致旱的女魃,便借助于虎。虎,当时被人们认为是驱逐邪祟的神物,《风俗通义》云:"虎者阳物,百兽之长也,能执搏挫颈,噬食鬼魃。"张衡《东京赋》云:"囚耕父于清冷,溺女魃于神潢。"《后汉书·礼仪中》引此文注曰:"耕父、女魃皆旱鬼,恶水,故囚溺于水中,使不能为害。"这里突然出现这幅"虎吃女魃"的画像石刻,使原来记叙的故事中断,大概有两种可能:一种是故意让原来的故事在此处停止,标明事情在此告一段落;另一种则是那年轻官人或官人的随从,用"虎吃女魃"这个远古神话故事来吓唬扭身要走的那个美丽的民女:你胆敢违令要走,你的下场就会像女魃那样,葬身虎口……

父亲说,王老师那晚因走路出汗,内衣湿透,后入得墓中看石刻时间又长,身子受了凉,第二日早晨开始发烧,咳嗽也变重了,所以第二天拓印拓片时,便不能来,拓印拓片的事,便由父亲一个人来办。王老师因为知道即使在白天,墓中光线也很暗,需要灯笼照明,而且要随时应付来草棚前的人,便叫女儿王涵又去学校请了假,来帮助父亲干。

父亲拓印的本领也是跟王老师学的。父亲说他刚开始跟王老师搜集那些零散的汉画像石刻时,拓印的本领还不行,每次费了不少纸,王老师看了仍不满意。后来他专门买了一本讲拓印技法的书,又细心观察王老师平日的操作,才算渐渐入门。那天的拓印还算顺利,王涵提了灯笼拿了纸,父亲拿了墨和刷墨的笔,进到墓内便开始干。进墓前,他们俩先打了一阵草,砍了两捆杂树枝放在棚门口,以遮偶尔从棚前过的人的视线,然后把棚门半掩,进了墓。

因为王老师预先交代,这些拓片是准备供制版印刷用的,所以父亲拓印时十分仔细,拓得很慢。大约是拓到第五幅时,棚外突然传来人的脚步声和牛叫声,父亲和王涵一惊,绝不能让外人此时进棚来!父亲放下墨和笔,几乎是连滚带爬地跑出墓门跑出草棚。父亲说他刚出棚门,一个放牛的中年人便已走到了门口,好险!那人笑嘻嘻地先开口招呼:"打草拾柴呢,兄弟?"父亲急忙抹掉脸上的慌张应道:"是哩,为过冬做点准备。""有火吗?借个火。"那放牛的人大方地在棚前的草捆上坐下,掏出旱烟袋。幸好父亲口袋里装有一个火镰,预备点灯笼用的,这时就急忙掏出来打着火给他把烟袋点上。"兄弟是哪个庄的?"那人继续悠闲地提问,父亲心中暗暗叫苦,只好胡诌说是张家的。见那人有要慢慢攀谈下去的样子,父亲便拿起砍刀说要去砍树枝了,那人见主人要去干活,只好起身,不过临走前他竟多管闲事地向棚门走去,边走边问:"你夜里睡在这儿冷吗?"父亲这时想上前拉又不敢,恐那样他更起疑:犹豫时,那人已到棚门前要去推门了。只要棚门一开,里边扒出的那些土和开的墓门便会出现在他的眼里。"完了,秘密保不住了!"父亲绝望地在心里叫。不想那人把棚门一推却火烫面孔似的又立刻回过头来,在那一瞬间父亲看到,敞开上衣的王涵正站在棚门口,粉红的紧身胸衣和雪白的颈项晃人眼睛,而且她在棚门推开的同时尖叫一声复又把棚门关了。"哦,哦,原来你们两口子一块儿出来干活。"那人讪讪地红了脸边说边向远处走。父亲断定那人根本没有看清棚里有什么,父亲当时高兴得真想大声为王涵的这个主意叫好!当那中年人赶着牛走远之后,父亲奔进草棚朝王涵伸出大拇指叫:"这主意真妙!"王涵当时边扣上衣边羞红着脸朝父亲嗔道:"去,谁要你夸赞……"

孩子,在这幅石刻中,这位佩剑的小吏和持矩戟的随从把那个民女挟持其间,则表明他们是要把她抢回府了!看见了没,那民女身体呈挣扎状。请注意,这幅石刻不仅构图用线,而且图像的细部也用线勾勒。在这儿,工匠艺术家利用了中国绘画的"骨法",与浮雕艺术有机地结合在一块,浮雕的边缘用线,增强图像的立体感;细部施线,增强画面的起伏层次。尽管这些不是用毛笔描绘的,但这里的铁笔线条具有伸屈自如、劲健生动、各尽其妙的韵味。这位佩剑的小吏刻得多威风!汉代佩剑者很多,刘邦当亭长时送徒骊山,途遇大蛇,曰:"壮士行何畏,乃前,仗剑斩蛇。"《汉书·韩信传》云:"(信)至城下钓,漂母衷之,饭信……淮阴少年又侮信曰:虽长大好带剑,却耳……及项梁渡淮,信乃仗剑从之。"《后汉书·舆服志》云:"公卿以下至县三百石长导从,置门下五吏,贼曹、督盗贼、功曹,皆带剑。"画像中这位持矩戟者,是随从,但面孔颇凶狠。矩戟,官吏出行以为前驱。《汉书·周勃传》载:"皇帝入未央宫,有谒者十人持戟卫端门。"又《汉书·韩延寿传》云:"功曹引车皆驾四马,载矩戟。"《古今注》载:"殳戟,前驱之器也,以木为之,后世潜伪,无复典型,以赤油韬之,亦谓之油戟,王公以下通用之以前驱。"《后汉书·舆服志》载:"公以下至二千石骑吏四人,千石以下至三百石县长二人,皆带剑执矩戟为前列……"

父亲说,他和王涵用了将近十天的时间,把汉墓内的所有石刻全部拓印了下来。这十来天的拓印进行得很顺利。大概因为秋深了,荒岗上再无人来,他们便没多受打搅。父亲那些天就在草棚里过夜,王涵则是早晨由城里跑来,黄昏时再走回城去。父亲的三餐干粮都由王涵带来。几十年后,我从父亲的日记中知道,在那十来天中,由于朝夕相处,父亲和王涵的感情发生了质的变化。最后一天的黄昏,因为只剩三幅未拓,他们想在当天全部结束工作,便决定熬夜拓完封墓作罢。这三幅石刻都在后侧室里,正拓时,一块顶盖石缝里的泥土突然掉下来砸灭了灯笼,这儿离墓门很远,又是夜里,灯一灭,后侧室里一片漆黑。在灯灭的那刻,王涵吓得低叫一声,一下子扑到父亲怀里。我从父亲的日记中知道,父亲当时先是一惊后是一喜,他故意没去打着火镰点亮灯笼,而是紧紧把王涵搂在怀里说:"别怕,有我!"同时便试探着去抚她的头发、脖颈、后背,最后小心而胆怯地把手放在她的两乳之间。王涵没挣也没吭,这种默允鼓励着父亲,使他终于敢俯首去找王涵的丰唇,那是父亲第一次和王涵接吻,也是他第一次吻女人。父亲在日记中写了许多他在瞬间的感受,那些用语作为儿子我不能也不好意思转述。父亲的日记中还记载着一个细节:他和王涵吻后拓印完石刻走回到前室时,蓦然发现那块刻有两朵菊花的石板亮光灿灿,一红一黄两朵菊花如真的一样凸现在石板上边。这种现象只是一霎间的事。

父亲在日记中说他当时和王涵都吃了一惊,怀疑是自己起了幻觉。

父亲说,拓印完全部画像石刻之后,王涵和他又重新把刻有朱雀和白虎的两扇墓门关上。墓门关好,父亲和王涵还对着朱雀和白虎开玩笑地各施一礼说:"恭请二位守好大门,把墓中的画像石刻保护到我们可以掘开的日子!"

父亲说,当晚,他和王涵拆了草棚,把墓门用土封好,又到远处用铁锹铲来草皮放在那些土上,把当初搭过草棚的痕迹全部除掉……

这是幅酒宴图,喏,这位年轻官人坐主位,这位民女坐这儿,她垂首扭身,显然还在生气。这大概是官人把民女抢进府里后,一则为了庆贺,二则为了向这个民间美女显示自己的豪侈生活,以征服其心,遂摆了酒宴。看,上方是舞乐,下方有一案,案上有烹调好的鸭、鱼、肉串,还有羽觞。这里是投壶图,投壶是一种酒令赌具,这二人执矢投射正兴,壶旁放一酒樽,有一人似为司射,备酒为输者灌饮,一人似大醉,被侍者搀扶离席。投壶之礼见《礼记·投壶》:"投壶之礼,主人奉矢,司射奉中,使人执壶。""顺投为入,比投不释,顺饮不胜者。正爵既行,请为胜者立马,一马从二马,三马既立,请庆多马,请主人亦如之。"汉代投壶之法见《西京杂记》云:"武帝时,郭舍人善投壶,以竹为矢,不用棘也。古之投壶,取中而不求还,故实小豆,恶其矢跃而出也。郭舍人则激矢令还,一矢百余反。"这儿是六博图,六博也是一种酒令赌具,瞧,这二人对坐,手执箸引棋。《楚辞》王逸注云:"投六箸,行六棋,故六博也。"汉代宴饮往往投壶、六博并用,古诗云:"玉樽延贵客,入门黄金堂,东厨具肴善,椎牛烹猪羊。主人前进酒,琴瑟为清商。投壶对弹棋,博弈并复行。"

孩子,这两边的拥彗图和执盾图,也是在显示着一种排场。拥彗的多是小吏和奴婢。《史记·孟子荀卿列传》:"昭王拥彗先驱,请列弟子之座而受业。"司马贞索隐:"彗,帚也,谓为之帚地,以衣袂拥帚而却行,恐尘埃之及长者,所以为敬也。"《史记·高祖本纪》云:"后高祖朝,太公拥彗迎门却行。"李奇注云:"为恭也,如今卒持帚者也。"执盾者的身份也较低下,《后汉书·蓬萌传》:蓬萌"家贫,给事县为亭长。时尉行过亭,萌候迎拜谒,既而掷盾……遂去长安学"。李贤注曰:"亭长主捕盗贼,故执盾也。"

如此豪华排场的官府生活,是足以软化诱捉一个民间姑娘的心的,每个人尤其是妙龄姑娘,内心都有一份对舒适生活的向往,这位民间美女会不会同意就做这位抢她入府的官人的妻或妾呢?……

父亲说,封好墓的第二天上午,他把那一摞拓片捧放到了王莹质老师的病榻前,王老师拥被坐起,边咳嗽边欣喜地翻看着。王老师看得很细,一张一张审视琢磨品评,然后再给父亲和王涵讲解。王老师看完一遍之后,说:"小楠、涵儿,这些拓片我们不久将寄给一个人,这个人会把它们编成精美的画册出版,人们势必要问到汉墓墓址,为了防止这座汉墓里的画像石刻被毁,我们对它的地址要绝对保密,直到有一个懂得保护文物的政府出现。这个政府何时出现我们不知道,反正不论时间多长,墓址只能记在我们三个人的心里!"父亲和王涵当时都点头说是。从那天以后,父亲每隔几日总要借拾柴之名去一趟栖凤岗,观察它是否平安。

父亲说王老师翻看拓片的那天中午,王家的女佣陈婶奉王老师之命包了羊肉水饺。水饺端上来时,王老师亲自接过一碗递到父亲手里含了慈爱说:"小楠,这是专为犒劳你做的,吃吧,一气吃他三大碗!"父亲那时正是能吃的年龄,加上那些天拓画像饥一顿饱一顿,肚里早需要油水,那一顿他果然吞完了三碗。三碗之后,王涵又把自己碗里的水饺给他拨了七个,他又一个不剩地吃了。

父亲说吃罢水饺之后,王老师笑望着他说:"为了纪念今天这个令人高兴的日子,我要送你一件礼物,但因我不知道你喜欢什么,这件礼物由你自己在我屋里挑,挑着什么我都愿意!看见了吗?那是书,那其中有不少珍版书;那儿是笔和砚,湖笔、端砚都有;这儿是古玩,这边是字画,你愿要什么就拿什么!"父亲当时望一眼恩师的收藏,急忙摇头说:"不,我不要,我什么也不要!"但王莹质老师不允,说:"今天我高兴,我说过送你一件礼物就要送出,你必须挑一件,要不然我会生气的!"父亲说他看恩师真心诚意,只好用目光去巡看恩师的那些宝物,预备挑一件作罢,他最后看中了一方砚台,正要回过头来对恩师说出,目光无意中触到了站在里间门口的王涵,那王涵的一对黑眸正向他使着眼色,同时轻轻抬手用一根手指指了指自己的胸口。父亲说他在那一刹那根本没有明白王涵的用意,以为她是提醒他张口要她胸口前的纽扣做纪念,他甚至还在心里笑了一下。但转瞬间他明白了她的心意,一个巨大的热浪顿时从他胸中汹涌而起,那热浪撞击得他的胸腔发疼双耳轰鸣。他说他因为激动双腿甚至开始发抖。他是又停了半晌才能够开口说话的。他的声音颤得厉害,他说:"王老师,我是看中了你的一件宝物,但我不敢张口,我怕你舍不得,怕你生气。"王莹质听完便呵呵笑了,说:"小楠,你我师生交往这么多年,你还把我看得那么吝啬?我说过的,这屋里的东西你挑什么都行,说吧,你究竟想要什么?""我要王涵!"父亲说他一说完这四个字就深深垂下了头,他不敢抬头去看恩师的面孔。寂静,静寂,屋里霎时没了半点声音,父亲估计恩师脸上一定满是惊愕。可怕的寂静在持续,这寂静终于威压得父亲的双腿弯下去,他"扑通"一声跪下了,但寂静仍在持续。父亲害怕了,他认定恩师恼了,是的,王涵是恩师的宝贝,你怎么敢在他面前说这种话?这不是亵渎了恩师的一番美意?那一刻,父亲甚至想到了自己的出身,你一个乡下农人的孩子,怎么敢对一个书香门第的千金求婚?你太不自量力!恩师固然喜欢你,但那是在学术上、事业上,而这是什么事情?你竟敢以儿戏的方式提出这个问题?正当父亲在心里责骂自己时,一直弥漫屋中的寂静突然终止,王老师低而温和充满慈爱地开口说:"孩子,你说的这件事,尽管突然一点,我还是同意的,但这种事,你知道,不应该由我一人完全做主,该问问涵儿本人。""涵儿,你过来!"王老师扭脸向里间喊,"小楠刚才的话估计你也听见了,我想听听你的想法,在你没开口之前,爹想对你说一句,小楠是一个值得你信赖和依托终身的人!好了,现在你说吧,你是师范的学生,是二十世纪三十年代的女性,在这事上不要扭捏!"王涵没有扭捏,王涵也只说了四个字:"我听爹的!"王莹质老师一定是从女儿的声音中听出了欢喜,所以便立刻说:"那我祝愿你们幸福!"父亲一听到这话,头还没抬起,大团的喜泪便奔涌而出,向胸前倾去……

小楠、涵儿,这是一组舞乐百戏图。这组图大概还是记叙那年轻官人向那位民间美女显示自己豪华、排场生活的情景。看,年轻官人坐这里,面前摆有酒觞;那民女坐这儿,依旧是半扭身子,显示出仍然在生气。这边是混合乐队,其中鼓占据着重要位置,它的作用是控制节奏,即所谓"蹑节鼓陈"。汉代的鼓常用的有三种:建鼓、鞞鼓、鼗鼓。这个是建鼓,侧立,下有连展兽,鼓的上面有飘荡的羽葆,两名鼓员站在两面,两手各执鼓桴且鼓且舞。宋高承《事物纪原》"建鼓"条云:"建鼓,商人柱贯之,谓之楹鼓。近代相承,植而贯之,谓之建鼓,盖商所作也。又栖翔鹭于上,不知何代所加,或曰鹄,取其声扬而远闻。"这是铙,也是一种打击乐器,这位乐人左手持铙柄,右手握铙锤击之。铙这种乐器商代即有,它在乐队中也起着重要作用。《周礼·地官》云:"以金铙止鼓。"郑玄注云:"铙如铃无舌,有柄,执而鸣之,以止击鼓。"铙鸣表明演奏一曲乐章的完毕。这是镈钟,也是一种打击乐器,悬于簨簴之上,二人击之。《周礼·春官》郑玄注云:"镈如钟同类,大小异耳。"它主要是起合乐作用。这是埙,这种乐器原始社会晚期就有,商以前的陶埙一般只有三至四个音孔,这幅图上的陶埙虽然看不出音孔的数量,但双手捧吹,音孔不会很少。《说文》云:"埙,乐器也,以土为之,六孔。"《尔雅》注云:埙"烧土为之,大者如鹅子,锐上平底,形如秤锤,六孔,小者如鸡子"。《风俗通义》说:"埙,烧土为也,围五寸半,长三寸半,有四孔,其二通,凡六孔。"这个是龠,管乐器中的一种,类似竖笛。《毛诗》曰:"左手执龠,右手秉翟。"《说文解字正义》云:"龠有吹舞之异,施于吹于和乐,则三孔;施以舞以合羽,则六孔或七孔。"这是篪,也是管乐器之一,有立吹和坐吹两种,两手执管横于唇下。《汉书·礼乐志》记载,汉宫廷乐队设有篪员二人,颜师古注云:"篪以竹为之,七孔,亦笛之类也。音池。"这是竽,这是排箫,这两种乐器你们都熟悉,我不说了。这个是瑟,瑟是汉代非常流行的一种弦乐器,因为刻得粗略,我们看不出瑟的弦数,但长方的形体放置在膝上以手拨弦的姿态是比较清楚的。《汉书·郊礼志》云:"泰帝使素女鼓五十弦瑟,悲,帝禁不止;故破其瑟为二十五弦。"汉代的瑟大概是二十五根弦,它和排箫都属于发音悲凉的乐器。

涵儿,你不是喜欢舞蹈吗,你仔细看看这画像石刻中的舞蹈图,从中会受到很多启发。这是长袖舞图。汉代的长袖舞是一种有伴歌的女子舞蹈,从画像上看,舞者高髻,大衣,腰如束素。两条特长的袖帛随着伎人变换的动作飘绕缠绵,翩翩多姿。《西京杂记》说,刘邦的爱妾戚夫人不仅"善鼓瑟击筑",而且是"善为翘袖折腰之舞"的舞蹈家。这里是七盘舞图。舞者为一女子,高髻、大衣、长袖、束腰,在覆盘上踏跃雀跳,长袖飞扬,舞姿飘逸。这种舞蹈不仅向观众敬献优美的舞姿,而且有难度较大的盘上平衡造型技巧。因此,古代文学家对七盘舞的描写很多。陆机《日出东南隅行》说:"丹唇含九秋,妍迹陵七盘。"这个是踏鼓舞图。这女子广舒长袖,足下踏一个像鞞鼓似的东西做旋转动作,表明是以旋为特点的女子独舞。其足下之物叫作鼓,实际是一种形状像鼓,外面围皮、里面实糠的道具,叫作"拊"。关于踏鼓舞的艺术特点,卞兰在《许昌宫赋》里曾写得很清楚:"振华足以却蹈,若将绝而变连;鼓震而不乱,足相续而不并;婉转鼓侧,蟋蛇丹庭。"

这儿刻的是杂技、角觝幻术、游戏等图像,这些总称叫百戏。这幅画面叫"冲狭",中间为一狭圈,下有支座,狭圈上似插有尖刀,右一女使,高髻,身穿紧身衣裤,体轻似燕,纵身跃起,冲向狭圈。这叫"飞剑跳丸",这个艺人袒胸露腹双手上举,空中有二剑四丸抛接自如,形象生动。那叫"弄壶",那表演者粗壮有力,头上戴帻,赤膊着裤,左手摇一鼗鼓,右臂平伸,臂上置一壶,弄壶是显示一种技巧。这儿是幻术表演,叫"吐火"。这位艺人头戴帻,髻上饰有羽毛,穿长衣跽坐,口中喷火。汉代由于丝绸之路的开辟,古罗马的幻术表演家纷纷来到中国献技,这种吐火幻术大概是由古罗马传来的。这最后一幅图叫角觝戏,又叫曼延之戏,是汉代百戏中蓬勃发展的一种艺术形式。看,这些伎人戴有假面具,扮出凶悍勇猛的形象,或二人相斗,或与牛斗,或与虎斗,显示出一种勇武美。

那位年轻的官人是要用这些精彩的表演,向这位民间美女炫耀自己生活的美好,进而虏获她的心,只不知这能否奏效……

父亲说,王莹质老师在对那些拓片进行了几天的鉴赏并做了详细笔记之后,让父亲把它们包裹好,准备交给当时宛南皮货行的杨掌柜带往上海。杨掌柜因为做皮货生意常来往于上海、南阳之间,父亲以为恩师是让杨掌柜直接交给上海的哪家出版商,便也没有细问,只按照恩师的要求,把那些拓片里三层外三层地包裹妥当。

父亲说,在那个令人心碎的消息传来的上午,恰好师范的第四节课是他任教的课时,他讲完课回到宿舍放下教案和粉笔盒,便向王莹质老师家走去,想问问那位杨掌柜何日动身,什么时候把那些拓片送给杨掌柜。刚进王老师家院门,便听到正房里传来一阵抑得很低的男人的抽泣声,父亲一惊:谁在这里哭?哭什么?他紧走几步奔进正房,方看清原来是恩师正伏在桌上抽咽,陈婶和刚放学的王涵正不知所措地站在一旁。父亲惊愕了一刹那,他知道恩师是一个刚强的文人,还从不曾见他流过泪,为何事如此伤心?难道他的病情恶化了?父亲上前刚喊了一句:"王老师,你——"王莹质老师便抬起沾满泪水的脸,把肘下压着的一张《国民时报》推到了父亲面前,那报纸的一版上赫然写着:一代文坛巨匠四方青年挚友——鲁迅先生不幸逝世,上海各界人士前往万国殡仪馆悼念。父亲霎时知道了恩师伤心的原因,自己的眼圈也顿时红了。鲁迅先生在中国文化人的心里分量很重,父亲当时只是从这方面去理解恩师的悲伤,他还不知道,先生的去世,还将直接影响到南阳汉画像石刻向世人的宣传。直到那天傍晚,父亲向情绪已趋平静的王老师问起什么时候把拓片包裹送给杨掌柜时,才知道了事情真相。王老师当时把父亲和王涵叫到床边,边咳嗽边哑声说:"小楠、涵儿,有些事该给你们说明白了,我们这一年来零星拓下的汉画像石刻拓片,其实是都寄给了鲁迅先生,我是受鲁迅先生的托付,来抓紧搜集这些拓片的。先生对南阳汉画像石刻的保存和宣传十分挂念和重视。本世纪初,日本一些学者,不知从哪里弄到一些汉画图像,学得一鳞半爪,改头换面,公之于世,引得西洋人羡慕非常。可世人不知它的故乡在中国。正是在这样一种情况下,鲁迅先生产生了搜集南阳汉画像石刻拓片并印制成大型画册的念头。先生通过他另外的朋友和我联系,我听说后当然高兴,先不说我们王家几代人都关注汉画像石刻艺术,单是完成先生交办的任务,也是一种荣幸。所以这一年来我领着你们抓紧搜集,并特别想找到一座完整的汉墓,以便拓一套完整的拓片让先生高兴。未料拓片拓成还未送上,先生便已走了。唉,现在不用送了。眼下,我们无钱出面去印行大型画册,拓片只好先存起来,留待将来再说,我们要先筹钱,筹足了钱先印画册,下一步再想法建汉画像馆……"

父亲说,直到1973年,他才从国家第一任文物局局长王冶秋先生为《中华人民共和国河南省碑刻画像石拓片展览》去日本展出时写的一篇文章中知道,鲁迅先生为收集南阳汉画像石刻拓片,曾先后给王冶秋并通过王冶秋给几位南阳籍人士亲笔写过几封信,一封信上写道:"……另外,作为南阳石刻拓片的代价,送去三十元,请你交付如何?愿早回音。"有一封信上写道:"……十一月八日信和十张拓片都收到了,另外寄去三十元汇票一张,请你在商务印书馆分馆领取,请在里面签名盖章(印章必须是签名人的才行)。如果听到送交的消息,请你作为所有者的资格写信给他。这些钱是作为石刻拓片的费用,必须请拓字的工人搞才行。所以这样说是因为外行无论如何也赶不上内行的拓字工人。关于所有的纸张,必须使用中国连史纸(并不是绝对不许使用西洋纸)。西洋纸可占十分之一。其余的都用连史纸。在这请先看看样本(但是若看不惯,恐怕是分辨不协调也不可知)。"还有一封信上写道:"……这些石画像,仍然是古代有钱人墓室中有的,有神话有手工艺品。也有乐队、车马、仪仗。无论如何也不能想象这是地主能办到的……在石屋子里面,本该有瓦器铜镜之类,大约早被人拣去了……"最后一封信上写道:"……知一切近况。拓片一包六十七张,同日一点不错的收到了。桥根脚的画像石,晚一点拓取不要紧,等水消之后,切望你能搞下来……"不幸在写这封信两个月后,鲁迅先生便与世长辞了。

父亲说,就在知道鲁迅先生去世噩耗的当天晚上,他和王涵在王老师的书房布置了一个简易灵堂,墙上挂了一张从报纸上剪下的鲁迅先生遗像,先生像前的桌子上,就摆着那套从栖凤岗汉墓里拓来的画像石刻拓片。王老师在先生遗像前三鞠躬后,用低而坚定的声音说:"先生,请您安息,剩下的事让我和我的孩子们来做吧……"

小楠、涵儿,看来那民女并没有为那年轻官人的炫耀所动,因为接下来这幅是施笞图。看,这人头裹平帻,身着长衣,一手举起,一手执物,执笞刑;这位受刑者裸身匍匐于地受刑。左边这二人,一人执棒,一人袖手,大约是监刑者。《汉书·刑法志》载:"笞者,棰长五尺,其本大一寸,其竹也;末薄半寸,皆平其节。"颜注:"棰,策也,所以击者也。"这幅施笞图放在这里,我认为是表示,那位官人见炫耀不能诱惑美女的心,便用了恐吓手段想使她就范。但下边这幅画像又表明,那民女也未被这恐吓骇住。仔细看看,这似乎是一间卧房,这里有帐帷,这位官人仿佛是刚走进门,但站在帐帷旁的这位民女已把剑放在了自己脖子上,她这是想以死抗议这即将到来的凌辱。这位官人令侍从把民女拉进自己的卧房,显然是想施暴,而这民女想以自刎来保护自己身子的贞洁,也着实可敬!

这位官人大概被这民女的举止吓慌了,瞧他那副摆手欲退的姿势!小楠、涵儿,你们还要注意这所卧房廊柱上刻的表示祥瑞、辟邪的图画。这是飞廉,类龙而躯短,是一种乘驾飞升的神兽。《楚辞·离骚》云:"前望舒使先驱兮,后飞廉伎奔居。"王逸注曰:"飞廉,风伯也。"《淮南子·叔真训》云:"若夫真人则动溶于至虚……骑蜚廉而从孰圄。"高诱注:"飞廉,兽名,长毛,有翼。"这是麒麟,是一种似鹿非鹿、似牛非牛的动物,汉代把它神化为一种瑞兽。《太平御览》引《说文》云:"麒麟,仁兽也,马身牛尾,肉角。"这是人面兽,一个为虎身人面,一个为龙首人面,都是辟邪用的。汉代的统治者既想羽化成仙,又担心鬼蜮作祟,并且认为疾病、灾难就是鬼蜮作祟的结果,于是想出了这种驱除邪祟的办法。

这些画像石刻记叙的故事到此进入一个高潮,官人恃权要施暴,民女宁死要守身。事情将会怎样发展……

父亲说,自鲁迅先生去世后,王老师带着他和王涵,一方面继续在南阳城乡搜集零星出土的汉画像石刻,一方面开始筹集印制大型汉画像石刻画册和修建汉画馆的资金。搜集零星石刻的任务主要由父亲和王涵担负,父亲因为要教课,王涵因为要上课,外出搜集的事便都放在星期日和节假日来做。往往一逢这种日子,两个人就早早起来,带上陈婶预先为他们准备的干粮,徒步向城外走去。他们先后以南阳城为圆心,三里、六里、九里、十二里、十五里、十八里、二十一里为半径,绕着走了七圈。还分别去了方城、唐河、佘店、桐柏、新野、邓县、镇平、内乡、南召等城镇。父亲说这段日子还是有不少收获,找到了不少零星出土的石刻,他们见到石刻后,一般都是先拓下拓片,然后出钱雇牛车把石刻拉回南阳城王家后院。我从父亲的日记中知道,这段日子虽然苦累,但因有王涵陪着,他心情愉快。常常是中午,他们在野地吃罢干粮歇过气来的时候,王涵会模仿着汉画像石刻上那些伎人舞姿,嬉笑着给父亲跳几步舞,乐得父亲上前抱着她转了几圈,而后便双双摔倒在地上,接下来是你死我活的亲吻。有几次,父亲的笔下已经暗示,他们因为亲吻得太久都冲动得不能自抑,差点要越过那条红色的界线。在那种危险的时候,总是父亲害怕恩师知道后生气,而自动把心中的火焰扑熄。

筹集资金的事,主要由王老师来办。王老师先是卖字。莹质老师的汉隶字写得很棒,在南阳城是闻了名的,这时便买了纸,写了诸如:"鹊噪梅花香索句,莺啼柳色绿开樽"的春联;"紫荆花下兄宜弟,彩服堂前子悦亲"的门联;"择里仁为美,安居德有邻"的迁居联;"兴隆同旭日,发达胜阳春"的生意联;"鹿鸣初荐天仙客,燕尔新成博议书"的婚娶联;"六十年度似芙蓉出水,二回甲子如桃花初开"的贺寿联,让陈婶在门外摆了卖。一开始卖了点钱,但因城不大,字就渐渐卖不出了。有时父亲和王涵没课,便把这些字联拿到繁华街市摆摊来卖,却终是卖不动。王老师边咳嗽边抱头思索了半晌,最后决定在课余时间把写字桌搬到街上,在桌后悬一布幌,上书:写字匠王莹质为您效劳!并贴一告示于身后墙上,言明:凡书信、讼状、红白帖子皆可为之,让写什么就写什么,让怎样写就怎样写,让什么时候写毕就什么时候写毕。

一日午后,父亲、王涵把写字桌搬到闹市烙花街口,父亲在一旁照料摆了字联的摊子,王涵则在桌旁磨墨展纸帮助王老师书写。这时,一帮国民政府第六督察专员公署的浪荡子弟踱到书桌前,其中为首的一个一边色眯眯地盯着丰胸翘臀的王涵,一边荡笑着对王老师说:"老头,给我写一首诗在红纸上,头一句是:妙龄女郎在身旁;第二句是:竟然卖字大街上;第三句是:何不把她送给我;第四句是:包你荣华享一场!"那小子话未说完,王老师便愤然掷笔桌上站起吼道:"给我滚开!"那小子胆大包天,竟然一手掀翻书桌一手趁势来摸王涵的脸颊,翻倒的书桌砸倒了王老师,早已怒极的父亲这时猛扑过去,一拳将那小子砸趴在地,其余几个家伙便都来打父亲。父亲虽是读书人,但因平日搜集汉画像石刻常同石头打交道,又是农家出身,从小练了好臂力,虽一人同几个人对打,最后终也占了上风,硬是将那几个小子揍得满脸是血狼狈而逃。但父亲说,王老师就是从这天起,因又气又恨,病情加重,从此卧床不起的。

看见了吧,孩子,在这幅石刻上,那民女重又走入了田间,这是一个侧影,刻得虽然简洁,那副重获自由的快乐却已透了出来。而这位年轻官人站在府邸门上,正怅怅地望着那女子。这种结局有点出人意料,一般说,高官猎艳,若目的不达,很难令其生还,这一是"吾不得世人也休得"的心理使然,二是他们恐女方生还后诋毁自己的名声,可这位官人竟放女方走了。这里有两种可能:其一,这官人是真心爱上了这民女,不忍强辱和加害;其二,抢民女进府时知者太多,这官人担心引起民怨。紧接着的这幅画像值得注意,看,这是一只飞翔的金乌,金乌在汉代象征太阳。在金乌背上的日轮中又有一只象征月亮的蟾蜍,这应是日月交食的图像。日月交食,在汉代被认为日月合璧,并被视为祥瑞之兆。《后汉书·天文志》云:"三皇迈化,协神醇朴,谓五星如连珠,日月若合璧。"日月合璧是指月球运行到黄道、黑道交叉点附近,与太阳重叠,造成日环食,形若玉璧。这幅图像如果单独看,是一幅天文图像。但如果与前面的画图联系起来看,似乎还另有深意。会不会有表明那年轻官人此刻心绪的意思?但愿我们将来还能像这日月合璧一样重聚一起?但愿我们的这次分离是我们生活中的一个祥瑞之兆?会不会是这样我说不准,但在叙事的画像中突然出现一幅天文图像确实有些令人奇怪!我是有些相信前面那个假设的……

父亲说,王老师的病体到民国二十八年秋,虚弱得连说话也困难了。这期间,父亲和王涵不断地找中医为他看病,但他拒绝吃药,他说:"我这病终也是治不好的,不必再枉花钱了,有点钱存起来,用作将来出画册吧。"有一次听说从开封来了一个名中医,父亲和王涵花钱去把医生请到家里,但王老师执意不让医生把脉看病,医生无奈,只好站在远处面视之后开了药方,未料父亲和王涵把药抓来煎好端到王老师面前时,王老师竟伸手一下子把药碗推翻。当时父亲和王涵都委屈得哭了,王老师也含着眼泪抓住他俩的手说:"孩子们,你们的心意我明白,可我得的是不治之症,再舍得花钱也没办法治好,何不干脆把钱省下来办点正事?"父亲说,王老师当年其实才四十一岁,正值壮年。他的病实际上是王涵的母亲传染给他的。王涵的母亲也是书香门第出身,长得非常标致,可惜体弱多病,十六岁时与十八岁的王莹质老师成婚,第四年生了王涵,九年后去世,去世前把肺痨病传染给了王老师。

父亲说,王老师是民国二十八年阴历十一月初三上午去世的。他似乎知道自己西去的时辰,在前一天晚上,他特意把父亲和王涵叫到床前,说:"孩子们,我的日子恐怕只剩一两天了,现在我把一些事给你们交代交代。小楠,你拿张纸记记:第一,要记住护好栖凤岗上的那座汉墓。那是后人研究汉代画像石刻以及整个汉代历史的重要依据。要常去看看,严防盗墓贼把它毁了。对于别处出土的汉画像石刻,知道了就去把它拓下,把石头也买了拉回来。第二,一定要把汉画像石刻画册出版出来。将来钱筹足之后,要找一家可靠的印刷技术好的出版商出版,画册要印制精美一些。画册要分文字和图片两部分。文字部分,至少要有三个内容:一是汉画像石刻产生的背景;二是画像石刻墓的分期和墓葬资料;三是画像内容与艺术风格。图片部分,要把我们搜集到的都印出来,要分分类,每一幅画像下要加注说明。文字部分和画像下的说明,要印上中文和英文两种文字,目的是方便向西方发行,要让西方知道,这些辉煌的艺术品,是中国的汉代人创造的,要把当初日本学者改头换面印出的画像石刻图册所造成的影响,纠正过来!第三,将来想法把汉画像馆建起来。这要在等有了大笔的钱之后才能办,要盖一座很大很大的房子,把我们搜集的汉画像石刻全部陈列出来,这座房子最好就盖在栖凤岗上,把那座汉墓放在房子里边,然后把墓门打开,让人们直接进去看。要让每一个看到的人都能感觉到,我们的祖先曾经是多么伟大,作为祖先的后人,我们该让我们的民族更强大更伟大,而不是像现在这样,让日本兵打进国门来。你们俩若是能做成这三件事,鲁迅先生、涵儿的爷爷和我,还有我们的祖先,都会高兴于九泉……"

父亲说,王老师这段话断断续续用了整整两顿饭工夫才说完,他的话不时被剧烈的咳嗽打断,每一阵咳嗽结束之后,嘴角都有鲜红的血沫涌出来,王涵就坐在床边含了泪用手绢替他擦,一连擦红了四块手绢。

父亲说,王老师说完这段话后,闭眼歇息了一阵,重又睁开眼时,对父亲和王涵说:"小楠、涵儿,如今只剩下一件事要办了,就是你俩的婚事!我希望活着看着你俩成婚,这样吧,婚礼就简化一点,今晚就办,你们喝一杯交臂酒,就算是成了亲了!陈婶,你给他们一人倒杯酒吧!"父亲说,他和王涵闻言后都觉得有些突然,但他们知道不能违了老人的心愿,便默默对望一眼,接过陈婶递上的酒杯,按照陈婶的指点,交臂把酒喝了,而后一齐含泪在床前朝老人跪下。王老师脸上露出一个放心的笑容,先抓了父亲的一只手微弱地说:"小楠,涵儿是我的独女,平日娇惯她太多,有些任性,你们生活在一起后,对她的毛病要多多原谅!"接着,又抓了涵儿的手放在父亲手里说,"涵儿,从今以后,要热爱、关心、尊敬自己的丈夫,做一个好妻子……"

父亲说,那晚王老师执意不让他和王涵守在床头,非要他们去休息不可,还特意关照陈婶把一间厢房收拾成新房,把他平日早为这天准备好的新被新褥搬过去。几十年后我从父亲的日记中知道,父亲和王涵那晚只在那临时收拾成的洞房里相拥了一霎,然后便悄悄坐在王老师卧房门后看着,直到老人最后时刻的到来:一阵可怕的咳血之后,他瞪大眼睛,紧抓住父亲和王涵的手,呼吸慢慢停止了……

看见了吧,孩子,这位官人闷头坐在房内,对放在旁边几上的酒菜看也不看,这是在表明官人心事重重。他的心事是什么?我们联系前面的那幅画像可以猜出,他在思念那位离去的民间美女。紧连着的这幅牛郎、织女星宿图,可以给我们的这个判断以证明。瞧,这左上角刻三个相连的星,旁边有一头牛,牛前还有一人扯缰,显然是牛郎星;这右下角,刻相连四星,内有一女子,显然是织女星。这幅牛郎、织女星宿图放在这里,恐怕也不是一幅单独的天文图像,而是表明这位官人此刻的内心思绪:我和那位民间美女就像这牛郎织女一样,如今被天河生生隔开。在他们二人之间,天河是什么?他似乎是悟明白了,因为接下来这幅画像上,他不坐车不骑马不要一个随从,单独一人着平民服,注意,他在这幅图上着的衣服和官服有很大不同,来到了那民女的家门前。那位民女和一位老者出来相迎,民女的神态刻得很妙:意外而吃惊。那老者显然是民女的父亲,而且似乎知道来者是谁,神态显得诚惶诚恐。汉代,由于神学和谶纬迷信的泛滥,有些画工脱离现实生活,去描绘所谓山神海灵,坠入虚无缥缈的神秘幻想之中。张衡曾说过:"画工恶画犬马而好鬼魅,诚以实事难形而虚伪不穷也。"而这座汉墓中的画像,集中描绘现实的社会生活,以写实为主要倾向,实在是难能可贵!

看来,这位年轻官人已从最初的即时猎艳转入了对民女的真心爱慕,他敢于微服探访民女的家庭,这在当时是一个很大胆的举动。如此说来,一见钟情的事早已有之……

父亲说,王老师去世后,他和王涵都留在师范教书,这期间,他们过了一段恩爱无比的新婚生活。父亲这些日子的日记写得很细。其中有一则这样写道:昨夜因与王涵欢闹,疲极,晨竟不闻鸡啼,后被涵凉凉的手指抚醒,她鲜润的双唇边在我颊上热吻边说:"蛋羹已炖好了,请起来用吧,我的相公!"我含笑起身穿衣。上午前两节有我的课,讲得颇顺!回宿舍后替涵批改学生作业。后两节课是她的,我做午饭,是她爱吃的绿豆面煎饼,捣蒜汁一碟,烧白菜豆腐汤两碗。午后去栖凤岗,佯作拾柴汉,远远朝汉墓址望去,无异状,遂返。下午读《史记》一小时,开始草拟汉代画像石刻画册前言,打算先将画册稿子整理编纂好。晚饭后,涵说想洗澡,便下厨房烧热水两大盆,端入卧房,闩好门,让涵脱衣入盆,替她搓洗周身。涵裸身站盆中,真如天仙下凡,柔肌玉肤,触之光滑如缎,观之心旌飘摇,未待她洗完,便三两下替她擦干,抱到床上,吻不能止……

我便是在这段日子里被孕育出来的!

父亲说,母亲最初知道了我要来这人世的征兆时,欣喜若狂,曾和父亲举行了一个小小的庆贺仪式:包了一顿水饺,放了一挂鞭炮。母亲从此改变了她爱跳爱闹的习惯,走路、讲课、上街都变得小心翼翼。父亲说母亲怀我六个月的时候,还曾带着我去栖凤岗看了一次汉墓。平日,每隔半月十天,父亲总要去栖凤岗上一趟,看看那座汉墓是否平安。那段时间他脚上长了个大疮,不能走路,母亲便说她去看看。父亲先是不同意,说你身子那么重,路又不近,万一出点事咋办?母亲说,不碍事,我走慢点,多歇几次就是了,再说孕妇活动活动身子也好!母亲换了农村妇女穿的带大襟的衣裳,在脸上抹了些锅底灰,提一个旧柴筐,向栖凤岗艰难地走去。那是我第一次见到那座被外公、父亲、母亲视为珍宝的汉墓。母亲那天回来时虽累得筋疲力尽,但一进门就朝父亲高兴地叫:"楠,看来几年前你没有骗我,你说你当时是在为我折一红一黄两朵菊花时发现那座汉墓的,我当时不信,可我今天亲眼在那汉墓坟头看见了一红一黄紧相依傍的菊花!"父亲听后还追问了一句:"真是两朵?"母亲点头后父亲很愣了一刻:"又是两朵?"

父亲说,他其实早知道我是一个男孩,因为我出世前两个月,曾把母亲折磨得死去活来。一般女孩不会有那么坏的脾性!常常因为我的胡蹬乱踹,而使母亲捂腹在床上疼得滚来滚去大汗淋漓。有时父亲见母亲太难忍受,就说:"咱干脆想法不要这东西算了!"逢这种时刻,母亲就忍痛伸出煞白的手掌急捂住父亲的嘴叫:"想找打呀?!"

父亲说我出生那天显出有点懂事,没有太为难母亲。那是一九四〇年阴历十一月二十七的晚饭后,母亲拥被坐在床上,父亲坐在床头的桌前继续为汉画像石刻画册上的图版写着说明文字,室内烛光昏黄,窗外雪花悠悠。那一刻我大概因为在集聚入世的力量而没有乱动,母亲显得平静安详。父亲在为一幅"二桃杀三士"的画像石刻写说明时,还扭脸问母亲这个历史故事的出处。聪慧过人熟读史书的母亲立时轻声为父亲背起《晏子春秋·内篇谏下》:"公孙接、田开疆、古冶子事景公,以勇力搏虎闻。晏子过而趋,三子者不起,晏子入见公曰:'臣闻明君之蓄勇力士也,上有君臣之义,下有长率之伦,内可以禁暴,外可以威敌;上利其功,下服其勇,故尊其位,重其禄。今君之蓄力之士也,上无君臣之义,下无长率之伦,内不以禁暴,外不可威敌。此危国之器也,不若去之。'公曰:三子者,搏之恐不得,刺之恐不中也。晏子曰:此皆力攻就敌之人也,无长幼之礼。因请公使人少馈之二桃,曰三子何不计功而食——"

父亲说,母亲还未把这篇古文背完,阵痛突然暴发,来势凶猛。他估计是时候到了,便慌忙奔出门去叫产婆,当产婆在父亲的搀扶下跌跌撞撞地奔进屋时,我的头部已迫不及待地伸进了这个世界。

父亲说,三天后,从极度疲劳中恢复过来的母亲把我搂到怀里,长久地亲吻着我那嫩极了的脸蛋。我从父亲的日记中知道,我吃奶一向是口中噙着一个奶头,一只手攥住母亲的另一个奶头,仿佛唯恐别人来偷吃似的。有一天晚上,父亲为了逗我,当我噙住一个奶头时,他便扯开我的手用双唇噙着母亲的另一个奶头,结果气得我哇哇大哭。

在我出生后的那一个月里,我们家除了我的哭声外便都是笑声,那是我们家庭生活中最幸福的一段日子。那时父亲、母亲和我都不知道,一场巨大的灾难正飞快地向我们逼近……

小楠、涵儿,看清了没,这是两株柏树,这位着便服的官人和那民女相向站在树间,民女一副温柔之态。这大概是官人的又一次微服来访,从民女的身姿神态上看,她已被那年轻官人表达爱情的行为所感动,开始向对方回报柔情。接下来这幅楼阁人物图,表明这位年轻官人又已回到了自家的豪华府邸，看，这楼阁下层有一厅堂，厅有双柱，柱头均有斗拱，为一斗三升。厅内有一老者抚几而坐，老者身子两边环坐四人，年轻官人拱手跪着。那老者正抬手向年轻官人指斥着什么，其余的四人也着了官服，正不屑地看那年轻官人。我们把这幅图与开头的那幅加冠图一对照便可看出，这老者是年轻官人的父亲。父亲斥责儿子，不会无缘无故，一定是儿子的言行令老人不满。是年轻官人微服悄悄去会民女的行动被父亲发现了？抑或是那年轻官人干脆向父亲说明要娶那民女为妻？汉代的等级贵贱观念已很严重，男婚女嫁当然要求门当户对，不论是这年轻官人的"行"或是他的"言"，都必然会引起也在做官的父亲的反对。他父亲身边环坐的四个人，大约是他们的族亲，或是堂哥或是胞弟。东汉统治集团是以南阳人为主体的豪强集团，公元三十五年，郭伋曾上书请求改变这种只用南阳人做官的做法，应该是"选补众职，当简天下贤俊，不宜专用南阳人"。但是，无济于事。常常是一人做了官，便宗亲都成官，这个家族可能就是这样！

孩子们，接下来这幅雷公图，和前边几幅天文图像一样，怕也另有含义！瞧，三虎驾一车飞奔，车上树鼓，鼓上饰羽葆，舆下云气簇拥，舆中所乘便是雷公。雷公也称雷师，是古代传说中的司雷之神，《楚辞·离骚》云："鸾皇为余先戒兮，雷师告余以未具。"雷从何来？古人认为是由天鼓发出的响声，故《云仙杂记》云："雷曰天鼓，神曰雷公。"《易》曰："鼓之以雷霆。"《事物纪原》卷九引《黄帝内传》曰："玄女请帝制鼓，鼙以当雷霆。"《论衡·雷虚篇》说当时画工"图雷之状，累累如连鼓之形"，并认为风随虎来，故《易》曰："云从龙,风从虎。"所以,此画树鼓以像雷,驾虎以生风,当是雷公。这幅雷公图放在这里,我认为是想表明:那为父的曾以雷公来威胁儿子,若不听我的话,雷公会来找你算账!雷公会来劈死你!

父亲说,在我还没满月时,就传来了日本兵已到信阳的消息,他估计鬼子早晚也要来攻南阳,怕打起仗来,炮弹会炸坏石刻,便开始在夜晚把放在后院的那些汉画像石刻,扛到院墙后的荒地里埋下。他先后在院墙后的荒地里挖了三个深一丈多的土坑,把能扛动的画像石刻都悄悄埋了进去。最后剩下七八块大的他一个人实在扛不动,叫外人帮忙又恐露了底,便在后院里就地挖坑,把它们埋在了院里。外公留下的古玩、字画、笔砚和珍版书,父亲则把它们都移到了乡下奶奶家。

父亲说,在他把那些石刻扛去埋时,因为石头太重常需要人帮一下手上肩,却又不敢叫别人,没法,还坐月子的母亲便来帮忙,为此母亲落下了腰疼病,月子过后还常常叫腰疼。

父亲说他虽然估计到日本兵要来打南阳,但没想到会来得那么快,更没想到攻陷城池的日本兵会有专人来找汉画像石刻。城陷是在一九四一年二月四日夜十一点。枪炮打得激烈时,父亲为防不测,曾把所有的汉画像石刻拓片叠好,一块裹进我的襁褓里。父亲认为这样保险些,即使日本兵来家搜查,也不会想到去婴儿的襁褓里找什么东西。母亲当时反对父亲这样做,母亲说,依我看还不如把这些拓片都烧了,反正那座汉墓和那些石刻都在,过后咱再拓印一遍不就行了?无非是费点事!但父亲没理会,父亲尽管知道母亲说得有道理,可他实在舍不得把这些辛辛苦苦拓来的拓片烧掉,光是拓一次汉墓就不容易。再说,这些拓片父亲已经把它们分类整理过还写了说明文字!父亲说,他当时没把这些拓片烧掉的根本原因,是他认为日本兵即使把城攻陷,掠夺抢劫的只可能是财物,不会有人想到这些纸——汉画像石刻拓片。父亲终生为自己的这个判断后悔!父亲说,枪炮声最初稀落下来时,躲在墙角的他和母亲还以为日本兵被打跑了,高兴地站起身想出门看看,恰这当儿,街上传来了鬼子呜里哇啦的叫喊,母亲急忙把奶头塞到我的嘴里禁止我出声,和父亲重又在墙角蹲下。

父亲说天亮前他们还算平安,只是听到远远近近有人的哭声和人的叫声,他和母亲紧紧偎在墙角。父亲那一刻有些后悔,当初不该不同学校的大多数教职工一起出城躲躲,他是因为担心母亲刚满月身子经不起折腾,加上对守城部队存有幻想而决定留下的。

那日的白昼仿佛也害怕目睹城市的惨景,来得犹豫而迟缓。父亲和母亲坐在墙角,不安地看着天光渐渐踅进屋里,两个人都没动,也没去啃预先准备好的干粮,只把两眼望定门口,仿佛等待着什么。只有我仍如往常一样,双唇随意地吮着母亲的奶头,两脚在襁褓里自在地踢着。

最先传过来的是脚步声,一群人,步伐很齐,由远而近,直向门口响来。父亲说他从来没听过那么可怕沉重的脚步声。他和母亲对望一眼,他的脸上一定有惊惶,因为母亲的杏眼瞪他一下,母亲同时伸手在地上抓了一把灰,朝自己的脸上飞快地抹起来。

敲门声是温文尔雅的:咚咚咚。父亲说,听到那敲门声的一刹那,他真以为是学校里教书的那些同事来找他。母亲从墙角起身走到椅上坐好,而后用目光示意父亲去开门。

门开了。父亲最先看到的是一个穿便服的日本人的脸,那人的身后,站着一个日本军官和六个日本兵。"你好!"那着便服的日本人躬身含笑说了一句。父亲一时愣在那里,他没料到会有这番礼貌。这当儿,那一群人便已走进了屋里。

"你就是古楠先生吧?鄙人叫吉平正夫,也是搞历史研究的。"那便服日本人的中国话说得十分地道,"我打听到古楠先生对汉代史很有研究,且常搜集汉代画像石刻。我从书上知道,南阳这个地方在汉代非常繁荣,很想看看这些石刻,一饱眼福,不知古先生可否允许?"

父亲说,他听了那吉平正夫的话后几乎呆住,他没想到他们会偏偏来找汉画像石刻,而且对情况了解得如此清楚。父亲当时不可能知道吉平正夫的身份,几十年后我方从历史资料上查明这位吉平正夫是当年东京一历史研究机构的人员,一心想在历史研究中建大成就,出名发财,他专攻中国汉代史,已出过一本专著,内容是关于一世纪时的日本文化与中国汉代文化之比较,曾为自己赢得了不少声誉和金钱。日本发动侵华战争后,他迫不及待地要求当了一名随军记者,目的是为了来中国搜集他进行研究所需要的史料和文物。他倒没有看到我外公的父亲印的那本《南阳汉画像集》,而是从公之于世的山东武梁祠汉画像石刻断定,作为汉代三大都城之一的南阳,一定会有汉代画像石刻出土。身为历史研究人员,他知道若能搜集到这些石刻,把拓片整理加注后出一大型画册,他这个日本学者也必将会和这些汉代画像一样,引起世人的广泛注目,从而给他带来巨大的声誉和财富。所以,他一直在打听部队何日向南阳进攻。这次进攻南阳的日军第三师团司令部里刚好有他的朋友,他得知攻城消息后连夜从正在采访的另一师团赶来。南阳城破他便随先头部队进城,又连夜查找国民党政府的文化官员,企图通过他们弄清谁搜集保管有汉画像石刻。据说,最后是宛城中学的一个教师供述,说他有几次看见我父亲雇了毛驴车往家拉刻有画像的石头。吉平正夫因此找到了我们家里。

"很抱歉,我只是一个教书匠,根本不懂得什么石刻,更没有收藏那种东西!"父亲说他当时从最初的呆怔中清醒过来后,忙开口回答,倒没露出什么破绽。

"古楠先生看来有些顾虑。"吉平正夫平和地笑笑,"我只是看看,我想你能理解一个学者的心情,我们研究历史的很想看到一些保留下来的实物!怎么样,告诉我放在哪里?"

"我确实没有那种东西,倘是有,给你看看有什么了不得的,你又不会拿走。"父亲继续装着糊涂。

吉平正夫依旧没变脸色,他仍是笑笑,声调照旧温和:"既然古楠先生不愿动手,那我们只好自己动手找了!"说罢,朝身后的那个日本军官一偏头,那军官吼了一声什么,六个日本兵立刻散开,在院里、屋里搜起来……

看这儿,小楠、涵儿,这几上放着进贤冠,这年轻官人正怒扯着身上的官服,这幅画像是要表明什么?表明这官人生了气?为什么生气?为何事竟气到要扯掉官服?我猜,一定是他父亲和族亲们刚才做了什么关于他和那民间美女的决定!是的,决定,这决定中很可能有这样的话:你既是朝廷命官,你就不能和这个低贱的民女来往,更不能娶她为妻! 大概就是这话惹恼了深深爱着那民女的年轻官人。罢,老子宁可不当这官,也要娶这姑娘! 我们仿佛听到他在画中吼。真挚而热烈的爱使他敢于反抗父亲,敢于扯下象征荣华富贵的官服,可见爱能蓄积多大的力量! 当然,从这幅画像上我们还看不出他这样做是一时冲动还是永久决定。好笑的是这两位奴婢,瞧她们被主人扯服举动所惊吓的模样,这位执灯的使女手中的灯几乎倾倒,这位端盒的使女手中的盒子已经掉地。两人都抬起一手欲去捂嘴,分明把一声惊呼捂了回去。汉代虽然早已废除了奴隶制,但贵族显宦之家仍然继续使用着奴婢。王莽时,"徒隶殷积,数十万人,工匠饥死,长安皆臭"。东汉后期外戚、宦官横行,仅窦融一家就有"奴婢千数"。这位端盒的奴婢头上插有羽毛,这是一种装饰。司马相如《子虚赋》云:"于是郑女曼姬,被阿,揄纻缟……错翡翠之葳蕤,缪绕玉绥。"翡翠是鸟的羽毛,葳蕤是形容头饰羽毛的样子……

　　父亲说,几个日本兵尽管很下劲地在屋里院里搜查了一番,却到底也没找到画像石刻。吉平正夫脸上的笑容便开始变淡,院里霎时变得很静。也是巧,我偏偏这时在母亲的怀里哭了。现在已经说不清当时自己为什么会哭,反正我的哭声嘹亮,顿时把笼在院里的寂静一下子击得粉碎,把所有日本鬼子的目光都引到了母亲和我身上。几十年后父亲在忆起这一细节时还对我充满抱怨:你当时哭得真不是时候! 可我有什么办法? 也许当时我觉得母亲没像往常那样逗我而生了气,也许是我觉得院里太静没有意思,也许是因为想吃点东西而母亲没把奶头塞到我嘴里,反正我哭了,哭得响亮而无所顾忌。于是下面的一切便由此而开始了!

先是站得离母亲最近的一个日本兵向母亲身边走去,母亲原来站在墙角,脸上抹满黑灰,并没引起日本兵的注意,是我的哭声把她推到了日本兵的目光焦点里。走近母亲的那个日本兵先是拍了一下我的襁褓,而后在母亲脸上摸了一把,母亲后退了一步,大概是因为受惊,我的哭声停了。但此时停下已经太晚,因为吉平正夫也已走到了母亲身旁,伸手抓住我的襁褓就拉,母亲慌忙抱紧我哀声求道:"先生,他是个孩子!"吉平正夫笑容灿烂地说:"夫人,不要怕,我只是要这个孩子帮我劝劝他的父亲!"边说边又要扯我,母亲大概一方面怕他们害我,一方面怕裹在襁褓里的汉画像拓片露出,慌忙中说道:"你们是不是要找刻有人像的石头?"那吉平正夫一听这话立时住手问:"是的,你知道哪有?"母亲指了一下后院中父亲埋那几块搬不动的大石刻的地方,说:"那儿埋了几块,原预备以后盖房子做墙基用的,又不是什么宝贝,你们拿走!"

挖!吉平正夫立时向那几个日本兵下令。片刻之后,几块大石刻便被挖出抬放到了院中,吉平正夫高兴地扑上前,一边抚摸着笑叫:"可找到了!"一边扭身朝母亲伸出大拇指说:"很好!"随后,吉平正夫熟练地从挂包里掏出刷子、墨和纸,开始拓印。拓片一拓完,他便朝那几个日本兵示意:在每块石刻下放一包炸药把石刻炸了!父亲、母亲甚至连跟随吉平正夫的那个日本军官都吃惊地看着他,他得意地笑着说:"你们不懂,把石刻炸毁,我手中的拓片便是唯一的了,这就像书籍中的孤本一样,越是唯一的价值越高!"父亲、母亲被推出院门外,爆炸声使院墙晃了几晃。父亲说他再进后院时那几块石刻已变成一堆碎石,尽管他知道母亲说出这几块石刻的埋藏地是想丢卒保车,但此刻心疼万分的他还是狠狠剜了母亲一眼。

父亲说,他原以为吉平正夫得了这几张拓片会就此罢手走开,没想到他立刻又朝父亲笑道:"古楠先生,你没有像你夫人那样与我合作,你欺骗了我,但我不计较,我只希望你戴罪立功,把你另外收藏的那些汉画像石刻献出来!你不要摇头,我绝不相信你仅搜集到这几块,瞧,这里!他边说边展开他刚才拓下的一幅拓片。这是一幅画像的一大半,还有一小半一定刻在一块小石头上!大石头尚且出土并被你保管起来,那块小石头你绝不会让它丢失,只是因为它小,易搬动,你把它放在了另外的地方!"

父亲说,他当时真有点佩服那小子的分析,看来内行欺骗内行是有些困难。但他依旧摇头说:"我确实再没有了!"

吉平正夫脸上的笑容依然好看,他说:"看来还需要另一个人来劝劝你!"言毕,猛伸手从母亲怀里把裹我的襁褓夺走,我于是哇哇大哭中被放到院中的地上,母亲和父亲见状都往我身边冲但均被刺刀挡住,吉平正夫此时笑望着那军官说:"请你帮忙用刀把孩子襁褓上的带子打开,让我们看看这孩子的父亲能忍心让儿子受多长时间的冻!"那日本军官闻声嗖地抽出军刀,"啪"一下挑断了缠在我襁褓上的绳子,正哇哇大哭的我立时把裹缠的襁褓踢开,露出只穿一件红肚兜的身子,在襁褓上滚动,二月的寒风顷刻便把我的身子吹红。母亲此时已晕倒在墙角里,父亲也已把双眼死死捂上,我只顾拼命地想靠滚动和哭声唤醒母亲,哪知道会把父亲藏在我襁褓里的那些拓片踢腾了出来。吉平正夫开始只微笑着观察我父亲的反应,及至看到有拓片在我的襁褓里翻动,立时扑到我面前,他拿起那摞拓片只看一眼,就狂喜至极地叫道:"我成功了!"

父亲说,他听到吉平正夫那声快活的高叫时,因气、因恨、因悔也几乎晕倒:完了,恩师、涵儿和自己的心血竟被他窃走,当初真应该把它们烧了!

父亲说,吉平正夫随后把我抱起,一边替我小心地裹上襁褓一边说:"谢谢你,小兄弟!是你帮助了我成功,我该报答你!"接着,他把快冻僵的我又塞回到母亲怀里,昏厥中的母亲被我的嘶哑哭声唤醒,急忙解开衣襟把我裹进去。

父亲说,他当时就估计到,内行的吉平正夫看到那套完整的汉墓画像石刻拓片后,一定会追问汉墓在哪里。果然,吉平正夫翻看一遍拓片后,又含笑走到父亲面前说:"你的夫人和孩子都帮了我的大忙,我真诚地希望你也做我的朋友!怎么样,现在帮我一下吧,告诉我:那座保存完好的汉墓在哪里?那些零散搜集起来的石刻又埋在哪里?"

父亲说,他明白吉平正夫探问的目的是要把汉墓和石刻统统炸毁,好让自己成为这些汉画像唯一的发现者和整理者,成为这些石刻和拓片的唯一拥有者,从而在世界上炫耀,名垂青史!父亲说他当时已在心里做好了死的准备,他相信吉平正夫不达目的不会罢休,他知道他只能这样做,否则就是对恩师、对一个学者良心的背叛。他那刻唯一担心的,就是如何让母亲和我活下来。

吉平正夫见父亲沉默不答,便朝那日本军官点点头说:"只好请你帮我劝劝古先生了!"那军官拔出军刀一挥,两个日本兵立时上前把父亲的上衣脱掉并把他绑在院门的树上。父亲被绑好后,那军官用军刀在父亲的右臂上一旋一剜,一块肉便唰地掉在地上,父亲"呀"地大叫一声,冒着热气的血立时顺臂而下,在冰冻的土地上滋出一股白烟。

"说吧,古先生,何必受这份罪?为一座两千年前的坟墓和几块石头,值得吗?"吉平正夫满脸是笑声音亲切地劝。父亲说他那刻气得真想上去咬死这个坏种,他不顾一切地叫:"吉平正夫,那是我们的东西,你凭什么要毁掉?凭什么?!你这个杂种!"

"你不该骂人,我们都是做学问的,不该使用脏字!"吉平正夫笑得仍旧亲切,"你刚才有句话应该纠正,你说那些画像石刻是你们的,不,应该是谁占有这块土地,它们就是谁的!告诉你,要不了多久,我们两个国家就要合二为一了,说吧,看着你流血我真不忍心!"言毕,他斜了那军官一眼,军官手中的刀便又在父亲的右臂上一剜,又一块肉嗖地掉到了地上。

父亲说,大概是第四块肉被剜下的时候,正向昏迷境地沉去的他忽然听见了母亲的声音。"我知道那座汉墓在什么地方!"震惊使他从昏迷的边缘又挣了回来,他睁大双眼瞪着母亲,但母亲没看他,母亲只望着吉平正夫平静地说:"我可以领你们去!"

太好了!吉平正夫高兴得双手相握又相拍,我真没想到你也知道墓址,你对我帮助真是太大了!他眉开眼笑地对母亲说:"我要报答你!我除了要保护你丈夫和你的孩子安全之外,我还要送给你们面粉和衣服!"说罢,便挥手让日本兵从树上解下父亲。父亲说他当时万没想到母亲会这样做,短促的惊愕之后便是对母亲深深的恨:你刚刚把那些大石刻的埋藏点说出来让他们炸毁,如今又要领他们去毁那汉墓,你真是傻女人、憨女人、软女人、贱女人!天呀,当初我为什么要她知道墓址?!女人的心终究经不起折腾,我该明白这道理!恩师呀,毁墓的原来是她呀!父亲说他当时嘶声朝母亲吼了一句:"王涵,你该想想你父亲!"但母亲平静地说:"不就是一座死人的墓吗!我们犯得着为它受罪?!我领他们去,你抱好孩子!"当母亲把我向父亲的怀中递时,父亲摇摆着身子抬起他的左臂,狠狠向母亲打了一耳光,父亲说那一耳光打得母亲在原地转了半圈,他看见血立时顺母亲嘴角流了出来。母亲当时什么话也没说,只是把我往父亲面前的地上一放,扭身就走……

小楠、涵儿,看,这位弃官不做的年轻人坐在石板前,那民女端了什么东西来到他身边,倾斜的身姿里明显含着挚爱,而且她的发式变成已婚妇女的了。这旁边站着一头牛,牛的臀部画得粗壮丰满,蹄子刻得细小,使人感到牛的健壮有力和活动灵巧。这幅画像显然是在表明,这年轻人已和民女成了相敬相爱的夫妻,开始了平静的乡居生活。接下来这幅刻的是应龙和鱼,应龙有角,卷曲的尾上有一鱼。龙是祥物,这点你们已知道,其实鱼在古人的心目中也是一种瑞物。《史记·周本纪》上说周有鸟、鱼之瑞。又《太平御览》卷九三五引《风俗通》曰:"伯鱼之生,适有馈孔子鱼者,嘉以为瑞,故名鲤,字伯鱼。"这幅画像放在这里,大约也是在表明这对新婚夫妻的一种心绪和向往:但愿我们今后的生活有祥瑞之物保佑,平静安宁,恩爱幸福,不受外界干扰……

父亲说,当母亲领着吉平正夫和那伙日本兵出门走时,他左手抱起我还向前追了几步,边追边愤恨至极地喊:"王涵!"随后,他便因流血过多和气极恨极而昏倒了。躲藏在附近一家染坊地窖里的几个邻居,见日本人走远,急步跑过来把我和父亲抱进了地窖。当时我已被冻得不会哭叫不会动弹了,一个叫云兰的姑娘当众解开怀,把我裸身紧贴在她的胸膛上,硬是把我暖醒过来。二十四年后的那个傍晚,已成了解放军军官的我,正与一个苗条漂亮的姑娘坐在军官宿舍里商量第二天婚礼应邀请的客人名单,一封报告云兰姑姑病危的电报就在这时来了,我看完电报二话不说便去请假,跟着向火车站跑,我到底赶回南阳见了云兰姑姑最后一面。我永远记住这个叫云兰的同我毫无血缘关系的姑姑,她在那个不大的窖里,当着躲难的其他人的面,敞开她那处女的胸脯,把我暖活过来,要不然,今天这个故事便不会由我讲了。

父亲说,母亲领着吉平正夫和那伙日本兵走到护城河边时,停住了脚步。——这情景和随后发生的事,父亲都是听当时躲在护城河边一个城墙破洞里的人们说的。母亲转身对吉平正夫说:"你翻开第四十八张拓片,看看是从张庄村东走还是从村西走,我也是几年前去过一次,记不太清了,那张拓片上画有路线图!"吉平正夫闻言急忙把手中的那摞拓片展开,边展边喜不自禁地说:"嗬,原来还有路线图!"但翻到第四十八张时却又叫:"怎么没有?"母亲说:"不会没有,我见过的,是用淡墨水写的,在一个角上。"母亲边说边走,大概是母亲此前指明大石刻藏处的举动起了作用,吉平正夫和那些日本官兵谁也没对母亲的举动起疑,吉平正夫甚至把手中的那摞拓片往母亲脸前凑凑以让她辨认,就在这时,只见母亲突然伸手猛从吉平正夫手上夺过那摞拓片,迅疾地向护城河下跑去。吉平正夫和那些日本兵都被母亲这个出其不意的举动惊呆了,待他们从一刹那的呆怔中明白过来时,母亲已奔跑到了水中,她站在半人深的水里奋力撕着那些拓片,顷刻间水面上漂满了白色碎纸。"天哪——!"吉平正夫痛心至极飞奔下护城河,来到水边捞那些碎纸,可他哪里捞得起?拓印拓片的纸本来就薄,一见水便变成了稀软的东西,一碰就破。"打死她!打死她!"吉平正夫气极地跳着脚叫,几排枪响后母亲倒向水中。吉平正夫又发疯似的捶着自己的头仰天大呼:"我真蠢哪!蠢哪!哦——"

父亲说,吉平正夫随后又领着人来找他和我,所幸那家染坊的地窖口十分隐秘,他们没有找到,最后气得用手榴弹把我们的房子全部炸倒。两天后,因为抗日部队围城的态势已快形成,守城的日军便仓皇撤走了。父亲说,他是敌人撤走的当天早上下护城河打捞母亲尸体的。母亲身中七弹,泡得发胀的手里还攥着一团碎拓片。父亲把母亲遗体放在护城河堤上时,扑通跪下,边打自己耳光边放声哭叫:"王涵——我该死,我竟然一点也没看出你的心意,在你临死之前还打你,我该死呀!——"

这是一幅敬酒图。看见了吗,小楠、涵儿,这两个侍女,一个捧壶,一个端杯,正向那新婚民女敬酒。这两个侍女大约来自那新郎的家里,因为这对新婚夫妇不大可能用上侍女,即使用上,侍女也很少这样郑重地向女主人敬酒。如果这对敬酒的侍女来自男方家庭,原因就可能是两种:或是公公婆婆接受了既成事实,承认这民女为自己的儿媳妇,以敬酒举动来修好;或是公公、婆婆另有居心。我们往下看,接下来这幅画像表明:那新娘并没喝下敬上的这杯酒,而是又转身弓腰敬给了自己的丈夫。由此可见,这民女对丈夫的尊敬和热爱是何等深挚。当然,涵儿,你也可以把这举动理解为民女不会喝酒,想让丈夫替自己喝了。不过汉代南阳酿造的酒,据史料记载,和我们今天的黄酒有些近似,妇女大约是可以喝的。我们继续往下看,在这幅画像上,男主人已倒地而死,酒杯扔在身旁,女主人和敬酒的侍女都惊骇无比,侍女手中的酒壶已惊落在地摔碎。很明显,那酒里有毒!而毒酒原是献给民女的!我们现在完全可以这样判断:那公公婆婆见儿子真同民女结了婚,木已成舟,为不在贵族中间继续遭到耻笑,便决心毒死这个平民出身的儿媳,以使儿子彻底绝了和这民女生活下去的希望,重返上流社会。于是,便生了让侍女给新娘敬毒酒的计谋,未料反毒死了自己的儿子……

父亲说,他借钱为母亲买了一口薄薄的棺材,回乡下叫来了他的弟弟也就是我的叔叔,用一辆牛车,把母亲的棺材径直拉到了栖凤岭上,在离那汉墓几百米的地方,亲自掘坑埋下了母亲。父亲说,母亲是为保护汉墓中那对夫妇的安宁而死的,把母亲埋在那儿,一来母亲的魂灵见汉墓完好会心安;二来那对早死的夫妇也许会出于感恩而常过来照料母亲。父亲说,埋葬完毕他让叔叔赶着牛车先走,自己在母亲的坟前一直坐到天黑。天黑后他起身要走时,忽然又闻到了一股浓烈的熟悉的菊花香,那不是菊花开花的时节,他有些意外,他循着香味蹒跚走去,没有几步,在一片草丛里,他分明看到有一红一黄两朵菊花在那里摇晃,他想折下插到母亲坟头,但刚一弯腰,那花却又蓦地没了……

父亲说,那之后不久,他把我送回乡间我奶奶身边,他自己则通过师范里的另一个教师,参加了共产党领导的抗日游击队。父亲说,他那时就是想找一个日本人砍砍,把憋在心中的那股气出出。父亲在游击队里刻苦地练习打枪,枪法练准以后,他又违反纪律私自在夜里出去寻找日本人袭击,为此他受了批评。有一天晚上,上级领导带着两个日本人来到游击队驻地,他一听是日语的哇哇声,当即放下饭碗就去摸枪,幸亏他身边的人眼疾手快推开了他的胳膊,要不他非把那两位日本反战朋友打死不可。

父亲说,在那些日子里,游击队只要回到南阳附近,他总要拎枪在夜里去母亲坟头坐坐,默默地朝那座隐在荒草下的汉墓看看,在心里无声地叹道:什么时候,那墓中的汉画像石刻才能让人知道……

小楠、涵儿,这是墓中男女主人公的结局图,看到了吧,那位新娘子悲泣之后,毅然抽刀向自己的胸口戳去。新娘的这一举动,可以理解为对自己向丈夫敬酒之行的不尽追悔,也可以理解为对公公婆婆狠心之举的壮烈抗争。生不可以做幸福夫妻,那就让我们去另一世界做吧!夫君,等等俺,俺来了!我们从这幅画上不是分明听到了这位新娘的带血呼喊?!你们都没想到吧?两千年前的南阳已发生过这样的故事,这对男女爱得多么真挚!孩子,一个民族的人们爱的质量,也是应该作为衡量这个民族素质的一个参数的！你哭了吗涵儿？为古人流泪了？来吧，我们接着看下一幅。这是一幅拦驾图。看，左下刻两辆轺车，一车乘一驭者和一尊者，一车乘一驭者；车前刻三导骑，一骑已转弯行进，一骑正在转移中；骑士前刻一导车，车上乘一驭者、一尊者。图左刻一长袍男子，执笏拦驾，马受惊嘶鸣。这拦驾的人是谁？被拦的官人又是谁？拦驾为何？我们无从知道。但这幅画像放在这里，就一定与上边的故事有联系，我这样猜测：那拦驾人是那去世的新郎、新娘的朋友，他深深同情那对新人的遭遇，便舍身拦驾，请求出行的高官为这死去的新人申冤。不知那高官闻知此事后如何处理，但我们通过这幅画像已经知道，就是在当时，这对男女也有同情者！孩子们，我甚至还这样判断：就连这座坟墓，可能也是那个拦驾人修的！因为新郎的父母显然不会出钱为他们营造如此气派的阴宅，请人刻如此内容的画像。而新娘的父母即使想修，恐也无钱。你们注意了没有，整个墓内没有刻一个字，而刻字在当时本是比刻画像更容易的事，这是一个谜，也许围绕着修这座墓，还有另外一个不愿为后人知道的故事……

父亲说，新中国成立后他一直在文物管理部门工作。他说政府对保护发掘汉画像石刻十分重视，曾几次拨付专款搜集汉画像石刻。1956年田汉先生来宛，对南阳汉画像石刻更是关注非常，提出了许多重要建议，并亲自探察了南阳市七孔桥基上的汉画像石刻。当他听说方城的博望桥亦有汉画像石刻时，即驱车前往。因适逢大雪，道路不通，田汉先生扼腕叹息，竟朝博望桥方向恭恭敬敬地三鞠躬。1957年，根据田汉先生的建议，河南省人民政府拨专款改建了南阳市的七孔桥和魏公桥,拆出汉画像石刻一百余块。这之后不久,政府组织人对栖凤岗上的那座汉墓进行了仔细的发掘。1958年,南阳市政府修建了汉画馆。翌年,郭沫若先生亲笔为南阳汉画馆题写了馆名。

父亲说,对栖凤岗上的那座汉墓进行发掘时,他在母亲坟头上放了一挂一千响的鞭炮,他是想借此告诉母亲:放心吧,你舍命保护的汉画像石刻,如今永远平安了!

父亲是1980年秋天病逝的。父亲死前,对我一遍又一遍地重复当年外公给他和母亲讲解那座汉墓中的石刻画像时说的话,他说他永远不会忘记老人对那些画像石刻的理解。

我朝父亲点头,我说:"我也不会忘记,永远不会!"

父亲咽气前对我提出一个要求,把他的骨灰盒和母亲的骨殖埋在一起,我点头答应。父亲死后,我抱着他的骨灰盒,领着我的儿子和女儿向栖凤岗母亲的坟墓走去,我按照通常合墓的规矩,把母亲埋在左边把父亲埋在右边。

那天,我们在两位老人坟前直坐到傍晚,我起身领着两个孩子要走时起了晚风,晚风中飘过来一阵浓极了的花香。我循着花香走去,在那座汉墓和父母坟墓之间的一片草丛里,我看见了两朵并立的菊花,一朵淡红,一朵淡黄,女儿弯腰要去折时,我急忙按下了她的小手……

河 里 太 阳

一

土墙瓦顶的三间老屋,显见得又颓旧了许多;门前的这条白河,似乎宽了不少,只是那清亮的河水,还如旧日那样迟缓而无声地流着;河对岸那片见了青的杂木林子,早先仿佛是没有;远处那斜卧着的青龙岗,像是又大了一些;屋后,那一畦一畦种了菜的田地,过去,记得种的常是豌豆、蚕豆、小麦一类的庄稼;西边不远处的苑城市区,确实也扩大了,往日离城好远的村子,这会儿看去,已几乎要连住那高楼林立的市区。

哦,都有些变了,变了!

昨日天擦黑时才偕妻携子转业回到老家的步兵团团长郝家后,早晨一起来,就站在门前,这样地望着、想着、感叹着。

"爸爸!"六岁的儿子原原从屋里跑出来,很响亮地叫。

"噢,你起床了。"家后回头招呼了一声儿子,便又把目光移向了辽远的地方望着。尽管这些年老母亲一直在家,但因为妻子已经随军,军务又的确繁忙,他已是多年没有回来了。他想尽快地看看,看看这个已有几分陌生了的故乡。

河边有块红薯地，
　　浇地用的白河水；
　　浇了一季又一季，
　　红薯浑身是白的。
　　……

　　东边的河堤上，传来了一个男子断续的歌声。家后一听这熟悉的乡音，脸上立时浮出了笑容。

　　"爸爸，那叔叔唱的什么?"原原好奇地问。

　　"咱们这地方的歌。"家后侧了耳继续去听，可惜，那歌声已被晨风刮得似有似无了。

　　"原原，来，洗脸。"穿着一身素色衣服，显得十分秀美的家后妻子辛贞，这时端了一盆水在门口喊。

　　"妈，你来看，这河里是什么东西?"小原原非但没有被妈妈喊回去，相反的，却要把妈妈喊出来。

　　"什么呀?"

　　"快来嘛!"小原原跺了脚。

　　辛贞含了笑走到儿子身边，顺着他的手向河中望去。"哦，那是白鹤洲!"她看着河心的那三个小沙洲，柔声地答道。

　　"为什么叫白鹤洲?"小原原瞪大眼睛。

　　"传说那是为了纪念三只白鹤修的。原原，你在公园里见过鹤儿的，你看，那像不像卧着的三只鹤儿?"

　　"干吗要纪念三只白鹤?"原原要问就要问清。

"这里边有一个很长的故事,"辛贞拉了儿子的手,"先回屋洗脸,你奶奶早把饭做好了,洗了脸就吃饭,你爸上午还要进城去问工作安排哩,妈晚点再给你讲这个故事。"

"不,这会儿就讲!"原原倔强地把身子一扭。

这当儿,屋里突然传出了嗡嗡、嗡嗡的响声。

"什么东西响?"小原原立时又被这轻柔悠长的声音吸引住。

"是奶奶的纺车。"

"我看看!"小原原顿时忘了刚才的要求,飞快地向屋里奔去。

"娘至今还在纺线。"辛贞转向丈夫低低地说。

家后从远处收回目光,苦笑了一下:"让她纺吧。"声音中,分明地含着几分无奈。

嗡嗡、嗡嗡,纺车的轻柔声响,一缕一缕地被裹进了晨风里……

一片絮云,悠然地横过当空,继续向着西南的天边移动。

几只黑翅的雀儿,慵懒地站在门前的枣树枝上,间或发出一两声简短的鸣叫。

原原奶奶的手摇纺车,还在嗡嗡、嗡嗡。

"传说,在王母娘娘的宫里,养有好多好多的白鹤,娘娘累了的时候,就让鹤儿们给她跳舞唱歌……"坐在院中的辛贞,一边望着正擦皮鞋的丈夫,一边用轻柔的声音给儿子讲述白鹤洲的故事,"其中有三只白鹤,一只叫老鹤,一只叫大鹤,一只叫小鹤,那天在给王母娘娘跳了舞之后,就落在南天门外的红柱下歇息。无意之中,它们低头看到了人间咱们苑城这个地方,到处腾着一片热气,正闹着旱灾,老百姓挑着水桶四处找水喝,有的竟渴死在了路旁边。——嗳,他爸,问了工作安排之后,就势问问房子,这几间老屋离城里这么远,上下班多不方便。"辛贞停了讲述,对丈夫说。

"放心,我好歹也是个团职干部,无论分到哪个单位,总会给解决两间住房的。"家后的话语中,很带了几分自信。

"快讲,妈妈,快讲!"小原原摇摇妈妈的胳膊催着。

"三只白鹤看了一会儿,就开始商议着,该下去挖条河,把水引到苑城去,让那被旱灾困住的人们有水喝。——嗳,他爸,记着多带上盒烟,我听许炯说,地方上找人说话,要先掏支烟。"辛贞又停了讲述对丈夫交代。

"你怎么老停老停的!"对于妈妈讲故事的时断时续,小原原终于发火了。

"噢,噢,"辛贞急忙歉意地对儿子笑笑,"它们商定之后,就回去偷偷对牧鹤姑娘讲了它们的打算。牧鹤姑娘心肠好,便悄悄应允了它们,并告诉它们把河挖成以后就回来,不要让王母娘娘发现——"

"请问,郝府中有人吗?"篱笆院墙外,突然传来一个挺高的男子声音。

"许叔叔来了!"坐在妈妈膝头的小原原一听这个声音,立时就欢叫着溜下地,向着院门跑去。

"郝公子,令尊大人在家吗?"随着这句带了笑的问话,一个面目英俊的高个子军人走进院来,转眼间,小原原已十分惬意地坐在了他的肩头上。

"许炯,你什么时候也不忘记耍贫嘴!"辛贞对着来人嗔怪地一笑,忙把自己坐的椅子递过去。

"我正说要去找你,一块儿进市里问问工作安排!"擦着皮鞋的郝家后抬头望了许炯一眼,便急急地去收拾鞋刷和鞋油。许炯也是这批转业,昨日同家后一家一起回来的。

"慌什么?瞧你那皮鞋擦得,黑乌乌的,一点也不亮!"辛贞这时疾步走到丈夫身边,拿过刷子又替丈夫擦起来。

"大哥,"已坐在椅子上的许炯看见辛贞的这个动作,立时朝郝家后笑道,"嫂子对你的照顾可真叫无微不至,连皮鞋也不用你动手擦。"

"又嚼舌根!"辛贞双颊微红地朝许炯轻声嗔道,"那你为啥不找个替你擦皮鞋的女人?"

"找了,找到了三十二岁,也没碰上一个长得像样的女人。我哪有大哥的福气!"许炯那浓得恰到好处的双眉间,顿时就显现出了两纹俏皮。

"胡说!我算个啥?老太婆了,丑八怪一个。"辛贞扬了扬她那秀气的眉毛说。

家后嘴角闪过一丝笑,那笑中自然是含了十分的满足。

"家后,你上次不是说要把你们师医院的那个漂亮护士介绍给小许吗?怎么没兑现?"辛贞抬了头问丈夫。

"你问他!"家后朝许炯抬了一下下巴。

"嗨,见了一面。那姑娘漂亮是漂亮,只是用我的标准一量,嘿嘿,还差那么一点点。我这辈子在当官上没法和大哥比,他能当团长,咱只能当到副参谋长,但在找老婆上,我一定要和他打个平局,找一个和嫂子相貌不相上下的姑娘!"

"去,满嘴胡说!"辛贞的双颊这时就全红了。

"此次转业回来,咱的主要任务之一,就是选择目标,一定要漂亮的!"许炯一向知道,自己英武的外表对女性有着很大的吸引力,所以这话中,就含了十分的自信。

"叔叔,你要漂亮的什么?"小原原扭下头瞪着一对乌溜溜的大眼问。

"哈哈,你小子也来插嘴!"许炯把原原举过头顶,"叔叔要一个漂亮的阿姨!"

"要漂亮的阿姨干什么?"原原当然要继续追问。

"哈哈哈……"许炯、家后和辛贞一齐笑了。笑声中,辛贞敲着丈夫脚上那已被她擦得锃亮的皮鞋说:"好了,你俩去吧!记着别处先别逛,先去安置办公室,问清楚工作究竟是怎样安排的!"

"放心吧,嫂子!凭着咱大哥的团长职务和那枚二等军功章,工作安排不会差的!苑城也就是个地区级城市,我估计,就是降一级使用,也能给个市委、市府部、局的副职。像我这种正营职干部,最差也得在二级单位给我安排个副科长。"

"走吧!"家后扯了一下许炯的胳膊。

"嫂子,安心在家等着好消息!"许炯临出院门前,又响响地扔下一句……

嗡嗡、嗡嗡、嗡嗡……

家后娘微闭了眼,一手扯着纱锭,一手很是熟练地摇着纺车的手柄。

她已经不需要睁眼看,就能纺出又细又匀的棉线。在这白河两岸,论起纺线的技术,怕是没有人敢和她比的。

她已经纺了四十八年。

四十八年她究竟纺出了多少个线穗,外人自是无法知道。村上的人只晓得,每过那么一段时间,老人就要用白布兜上一些线穗,去村西的土地庙里点火烧掉,烧完之后,回来再接着纺下去。

她那是在还愿。

她在向"掌管"着白河岸畔这片土地的土地爷,表达着她衷心的感激。

她记得十分清楚,那一年她是十四岁。她随哥哥逃荒来到了这个地方,同比她大八岁的家后的爹完了婚。婚后几年,什么也不懂,她几乎年年怀孕,然而却没有一个孩子活下来,都是活了几天、几十天就夭折了。丈夫抱了头叹气,她自然也要哭,虽然那时她还小,然而做母亲的天性却是已经有了。当第五个孩子又夭折之后,绝望中的她和丈夫,便找了一个算卦的求问缘由。那算卦的经过一番掐算之后,告诉了他们原委:你们郝家的先辈人曾得罪了这里的土地老爷,因此,他老人家不愿收留你们家的后代!并告知,若想得到儿女,须到土地庙里烧香祈求土地老爷宽恕,祈求时要许下重礼,譬如,土地爷喜穿长寿衣,就可向他老人家许道:若赐俺儿女,日后会献万斤白线,为你缝制寿衣……

她和丈夫听了这话,自是千恩万谢,并很快依言办了。

还真的灵验!在她二十一岁那年,这地方连续收了两季好庄稼,她也明显地吃胖了些,这年怀下的一子,生下时就比往年夭折的孩子重得多,并且,孩子果真就平平安安向大处长:一岁、两岁、三岁……丈夫欢喜至极地给孩子起名为郝家后,妻子便开始用纺车纺线来还愿,向土地老爷表示感激。纺了一年、两年、三年……

然而,一个线穗,最大的也不过三两,万斤线得纺多少穗?而且,哪来那么多的棉花?

但是,许下的愿岂能不还?就是再苦,也要还上!

有了儿子,家后的爹却并没有欢喜多久,儿子五岁的那年,他去苑城卖红薯时,被马车撞成重伤,临死嘱咐妻子的最后一句话是:别忘了还愿!

家后娘当然不会忘了还愿,即使再苦的年月,只要有了一点点棉花的剩余,她便立时将它纺成线拿去烧掉。

信仰的力量大得无比!

家后长大后,为这事,曾跟娘争论了多少次,但娘在这件事上的执拗是那样惊人,儿子说儿子的,她照样干她的。

儿子在部队当了营职军官后,多次劝她到军营享福,可她一想到去那儿再无法向这家乡的土地爷还愿,就执意不去。

儿子无可奈何,终于不再干涉她了。

她于是便把还愿当作她暮年的全部工作。反正,土地爷赐给她的宝贝儿子现在已经能够养活她了。

嗡嗡、嗡嗡,纱锭不停地转动。

然而,她只能看见锭子的转动,却早已听不见车子的嗡嗡声了。

她聋了,而且是双耳全聋!

天,已经完全黑透。

然而家后和许炯,却依然不见踪影,锅里的饭,都已经热第二次了。

辛贞估摸还需要等一段时间,就又去收拾屋子,该扫的扫,该擦的擦,该归拢的归拢。今天自丈夫走后,她忙的一直就是这个。多年来婆婆一个人住在家里,屋中的凌乱可想而知。破旧的老屋经过她的收拾,也显出了几分利索,进屋一看,也并不会给人多少难受的感觉。只是由于房子地基下陷,地面显得十分潮湿。她抹了抹额上的汗,就又用筐子挑进来一些干土,往地面上铺了一层。

辛贞的娘家,也在这苑城城郊,父亲是一个勤劳的菜农,母亲是一个贤淑的家庭妇女。在这种家庭长大的她,自然也就承继了父母的那些秉性:勤劳和贤淑。她随军这些年,每次军营里评选五好家庭,她都要领回一张奖状。在她,今日收拾房子的这点苦累,是完全不在话下的。

屋里收拾完毕之后,辛贞洗了手,便把原原放到腿上,用轻柔的声音继续给儿子讲着那个关于白鹤洲的故事:"……三只白鹤离开天宫,向咱们苑城这儿飞呀飞呀,它们落到地上一看,旱象比它们在天上看到的还要严重,四处的河、沟、井、塘都已干枯,引水必须到更远的地方去……"

丈夫和许炯的脚步声,到底在院门外响起来了。

辛贞急忙起身迎到门口,很带了几分急切地问:"安排在什么单位?"

走在前边的家后一声没应,只是嗵的一下,把放在门边的一把椅子踢倒在一边。

一股凉气立时就从辛贞的心里升起来,她转向许炯压低了声音问:"到底分在哪里?"

"俺俩都分到了市棉麻公司。大哥任公司的秘书科科长,相当于部队的一个副营职,我无任何职务,只是一名办事员。嗨!我就不说了,可大哥是团长,又是二等功臣,如此安排,岂有此理!"许炯手拍着椅子。

"哦?"辛贞轻叫了一声,这种安排的确太出乎她的意料。

"我问了一下,原来好多转业干部为了工作安置,都是提前几个月回来找人活动,花几百块钱送礼疏通关系的!"许炯的声音中分明含了几分气恼,"我们虽然提前回来几天,但相比已经太晚了,又没花钱送礼,当然进不了好单位。分到税务局的九十七团董营长今天给我说,要想进到一个好单位,得送礼打通三个关卡:第一是安置办公室;第二是想要去的那个单位的主要领导;第三是想要去的那个单位的人事干部。他为了给安置办公室、税务局领导和税务局人事科三处地方送礼,花了近六百块钱,相当于转业费的三分之一!"

"到哪里去都一样,棉麻公司就棉麻公司吧。他爸当兵前,我随军前都在棉花厂干过一段时间,要说这也是专业对口。"辛贞知道,丈夫和许炯此刻需要安慰,自己也不能去抱怨,再给他们火上浇油,"来,你们先洗洗手,我这就去端菜,今黑里你俩喝点酒。"

"什么酒?嫂子,快拿来!"许炯顿时就拍着大腿催道,"咱有酒也不送别人,操!自己喝!"

辛贞刚把酒瓶和杯子递到许炯手里,许炯便乒地磕去了瓶盖,仰头咕嘟嘟灌了一气。

"菜还没端来,这样喝伤胃!"一直闷头抽烟的家后这时抬了脸,瞪了许炯一眼。

"喝!见鬼去吧,那个管安置的小子还给老子讲道理,说什么要正确对待职务分配。老子当初在'256'高地挨炮弹时,他怎么不上去给老子讲课?"许炯说着,就又要把瓶口塞进嘴里,不防这当儿家后猛地伸手夺过酒瓶,冷冷说道:"去,帮你嫂子端菜!"声音中很带了一点命令的味道。

许炯看了一眼旧日的团长那冷峻的脸,只得站起了身。

家后又把指间的香烟塞进唇间,长长地吸了一口。

东间屋里,原原奶奶的纺车,依旧在嗡嗡、嗡嗡地响着……

二

阳光,已是四月末的了,照在人身上,那暖意比冬阳强出了许多。苑城棉麻公司副经理曲承禄,不过是从家里走到了办公室,竟也满脸是汗了。

他刚在写字台前站定,掏出叠得极整齐的手绢去擦汗,秘书科的小汪就走进来向他报告:"曲副经理,分给咱们局的两个转业干部,一星期后来公司里上班。"

"噢,"曲承禄漫应了一声,一边用手指去理那一头乌亮的后拢发,一边问,"是两个什么人?"

"一个是步兵团的团长,一个是团副参谋长。"

"唉,哪怕来两个政工干部,也比这军事干部强些。"曲承禄那颇为漂亮的一字眉一皱,"反正不要也不行,来就来吧。他们的职务是怎么安排的?"

"那个副参谋长许炯安排在加工科当办事员,那个团长郝家后安排在秘书科当科长。"

"郝家后?"曲承禄倏地转过脸来,眼睛也蓦然瞪大,"那个团长叫郝家后?"

"对。"小汪点头,"他就是咱本市东郊人,怎么,你认识?"

曲承禄含糊地"嗯"了一声,眼皮突然耷拉下来。当小汪转身走出办公室时,一句压得极低的自语便从他的双唇间蹦了出来:"郝家后,我们又见面了!"

他伸手想去打开他刚刚带来的那个黑色的公文包,但他的手指竟莫名其妙地哆嗦起来,以至于他好久也没把包上的拉锁拉开。

又见面了!

曲承禄早就认识郝家后。

岂止是"认识",确切地说应该叫"熟悉"。

十几年前的那个秋天,他和郝家后几乎是同时进东郊棉花厂当临时工的。

两个人同是来自白河岸边,又同是那批工人中最引人注目的人。

郝家后的引人注目,是因为他那身惊人的力气和那暴烈的脾气。他能把二百五十斤的花包,很是轻松地从这个垛上扛到那个垛上,他敢用脚毫不留情地把违禁嘬着香烟进厂的厂长儿子踢出厂门。

曲承禄的引人注目,则是因为他那漂亮的外貌和善写新闻报道的才气。他能把厂里好多女工的眼睛毫不费力地吸引到自己的身上,他会把厂里的好多事情写成消息在市里的日报上发表。

两个人最初的交往并不很多,郝家后在打包车间打包、垛垛;曲承禄被借调到厂宣传科刷标语、写报道。彼此只是同龄工人间的一般面识罢了。

两个人的真正熟悉,则是因为辛贞和那篇上了省报头条的新闻稿。

辛贞那时是全厂最漂亮的女工,自然厂里的男人们就要争着向她献些殷勤,但最后赢得姑娘青睐的,却只有才貌双全的曲承禄。

记得那也是一个暖和的四月,曲承禄和辛贞的事似乎已成定局,彼此一天不见面,仿佛就有些难受。没想到就在这时,该死的郝家后会突然地插进来。曲承禄至今还记得他和她的关系最初被郝家后砸开裂缝的那个夜晚。

那原本是他最幸福的一个晚上。那天省报的头版登出了他写的长篇通讯:《棉花厂生产跃进,二烈士英勇献身》。晚饭后,他把辛贞约到厂门外的旱柳树下,十分自豪地把一张当天的省报递到了辛贞的手里。平时本就温顺的辛贞,那晚对他格外地柔顺。当他伸手要把她揽进怀中的时候,她就再没有像往常那样推拒,任他抚弄着她的身子。当曲承禄就要把自己的嘴唇贴到辛贞那丰润的唇上时,厂门口突然响起了郝家后的一声喝叫:"曲承禄,你过来!我有话给你说!"曲承禄不知郝家后何以知道他此刻在这儿,实在不想过去,又担心对方会径直冲过来,只得气恼而又无可奈何地松开辛贞向厂门口走去。

"姓曲的,我们车间那两位工人被机器轧死,明明是因为厂里不会管理造成的事故,而你竟把他们说成是自愿献身,你还有没有良心?告诉你,我是事故的目睹者,我要写信给报社,揭穿你的骗子文章!"当郝家后这一连串夹着怒气的话语砸过来时,曲承禄先是一惊,随之便慌慌地开始为自己的文章进行辩解。在那些辩解被郝家后一一驳倒之后,他气极地走回到旱柳树下,不料,辛贞这时已经走了。

就是从那晚以后,他发现辛贞开始逐渐同自己疏远。几个月之后,他注意到辛贞和郝家后接近起来,他的妒意自然十分强烈。然而,尽管他使出了各种办法去阻挠,却终于没能阻挠得了。就这样,一个原本属于自己的女人,眼看着跟了别人。

问题还不仅仅在于曲承禄从此失去了一个漂亮的未婚妻,由于郝家后给报社那封信的关系,厂领导当初要提曲承禄当秘书的许诺自然也就没有兑现。虽然那篇假报道的后果由于厂领导的保护而没有变得更加严重,但终究使曲承禄在仕途上受到了一次挫折。一个重要的台阶被郝家后抽掉了,而在仕途上,这些台阶原本就是连着的,抽掉一个,曲承禄就要用几倍的气力去登另一个。这对于不想平平庸庸度过一生的曲承禄,不能不算是一个沉重的打击。倘若不是这样的话,曲承禄今天恐怕就不会只是一个副经理了。

曲承禄的两眼盯着摊在桌上的一份文件,然而文件上的那些字他却怎么也看不见,他看到的只是十几年前郝家后的那张透着倔强的脸。

他摇了摇头,强迫自己把面前的幻影赶走,把心思集中在面前的文件上。

从窗户透进来的春阳光线,显得越发地晃眼了……

三

上班时分的市街,人的确是多,自行车几乎是成排成排地向前拥着,郝家后不得不十分小心地蹬着车。

今天,他和许炯正式去棉麻公司上班。

这次的工作分配,确使他感到了意外和不满。转业命令公布后,对于工作单位和职务安排,他原本就不曾有过高的要求,也知道部队连年向地方转派干部,地方在安排上确有困难。但这次把他安排到棉麻公司并且在职务上又降这么多,确是他没有想到的。这开端的不顺利,使他很恼火了几天。不过,一想到这已是不能改变的事实,他也就罢了。反正,他这半生就没有多少顺利的时刻。

想当初,他长到五岁刚可以记事,正是该过那种既有母爱也有父爱的童年生活,却不料父亲突然遭遇不幸。家里的顶梁柱这么一断,他的童年生活立时就改了颜色。六岁时,他就挎筐在白河岸边拾柴了。

当他终于学完初中的课程,要去考高中或师范时,娘却突然得了耳病,他于是不得不放弃考试,陪着娘四处求医。在医生最终没能挽救娘的听力之后,他要在当好儿子的同时,还要学着去当好女儿。

当他在东郊棉花厂凭着自己的苦干,当上劳模就要转正时,上边却突然发下了暂停临时工转正的通知,他于是就只好继续当着临时工。

当他率领部队眼看就要攻上"256"高地时,没想到敌人的增援部队会悄悄地赶到,竟然用火力将他的部队压在了半山腰,有一颗炮弹刚好落在离许炯不远的地方,他为了救许炯,扑了上去,于是,一块弹片便斜穿过了他的腰部。

他的半生,顺利的事儿的确不多。当然,也不是没有一件,当年他和辛贞的关系,就发展得极为顺利。对辛贞那样漂亮的姑娘,以他那样的家庭,他原是不敢抱什么希望的。他不会向姑娘献殷勤,也根本没有向辛贞献过殷勤。当辛贞开始把对曲承禄的爱一点一点地向他身上转移时,他甚至有些不敢相信。当辛贞第一次倒在他的怀里时,他竟有些不知所措,慌得手都不知往哪儿搁……

正因为不顺利的事儿太多,所以,对于这次转业回来开头的不顺,他也就没有太当一回事,几天的苦恼过去之后,他的情绪就转为正常。此刻,当他骑车去棉麻公司上班的时候,心里甚至还带了一丝去赴新岗位的亢奋。

公司办公楼快到了,他看到许炯已如约等在楼前,便急蹬了几下车子。

他和许炯走进了公司会议室,依次和宋经理、曲副经理和戚副经理握手相见,气氛还很有些热烈,倒不像是不欢迎的样子。当家后握住曲承禄那胖胖的手时,他并没有立时就认出对方是谁,直到曲承禄先叫了一声:"怎么,不认识老朋友了?"家后才从曲承禄那虽显富态但仍保持着几分英俊的脸上,认出了对方是谁,于是就十分意外地叫道:"哟,原来是你!"

"对,对!没想到在这儿见面吧?哈哈哈。"曲承禄极畅快地笑了,那笑声猛听上去完全是老朋友相见时的开怀大笑。然而郝家后却从那笑声中听出了一丝得意。家后的眉梢微微地抖了一下,旧日的一些记忆又升上心头,一缕"竟当了他的部下"的遗憾使他把脸上的笑意又敛去了一些。不过很快,他就把那丝遗憾赶开了:十几年过去,已当了领导的曲承禄大约不会再是过去的那个曲承禄了。

"怎么,你们认识?"戴眼镜的宋经理扭过头来含笑问。

"认识。"家后点了点头。

"岂止是认识,"曲承禄接过了话头,"我俩当初都在东郊棉花厂里当临时工,老朋友了。"

"噢,那更好!"宋经理笑道,"你们彼此了解,更便于以后在一起工作。"

接下去,宋经理介绍了公司里的情况,讲了对他俩的工作安排。告别时,宋经理特意对家后和许炯说道:"最近,我要到省里参加一个短训班,戚副经理要到一个棉花厂蹲点,你们生活上、工作上若有什么困难,就直接找曲副经理,他在家里主持工作。"

"放心吧,宋经理,我会照应他们的。"曲承禄答应得十分爽快……

许炯进了加工科的办公室,同科里的人见了面并做了一番寒暄之后,便坐在了分给他的那张办公桌前,神情非常抑郁。

往日在部队时常挂在他脸上的那副带着自信和俏皮的笑容,完全不见了。

失望!他感到了一连串的失望!

首先是分配的单位令他失望!他原先估计,回到地方后,以他的年龄、职务和才能,一般是会分到党政机关任职的,却不料让他来和棉花、苎麻打交道,确实是让他感到了意外。

再是科里分给他的工作令他失望!科长刚才告诉他,让他负责管理科里的文件资料、分发票证、看守电话。这些,分明是一个公务员该干的差事。

还有,生活待遇也令他十分失望!房子,竟连一间也不能立时分到,他必须暂时借住到姐姐家里。

他觉得前边的路很有些难走了。

从懂事起到现在,他走的路一直很顺。他虽不是生在有权有势的人家,但父亲是医生,母亲是教师,也不是那种经济拮据的家庭。诸事满足的童年结束之后,便是上小学、初中、高中,那时学校的考试制度又不是很严,没有竞争,他自然也就无所谓挫折。高中最后一学期时,部队来学校选演唱队员,他又以他那英武外貌被挑上。到部队之后,刚刚排了一个月的戏,团政委见他机灵,调他做了自己的警卫员。之后政委又送他上了军区的步校。步校一毕业,他自然就当上了排长。接下去,他又被与他同乡的团长郝家后看中,抽他到团司令部当参谋。再后,他就由参谋、股长,直干到了副参谋长。在他转业以前走过的路上,似乎一直没有遇到什么大的坎坷。当然,说他路走得顺利,并不是说他全凭了机会,一点也没有经过自己的奋斗。许炯在自己的聪明之外,确实是还有一份干劲的。他当初任参谋时,为了标好地图,单练毛笔字就用了十几瓶墨水。七九年在南线作战,他凭着自己娴熟的参谋业务协助首长指挥,曾受之无愧地在胸前挂了一个三等功军功章。

总的来说,他遇到了很多好的机会,机会本是可以改变人生的,这些机会铺平了他人生路上原本可能有的一些沟沟坎坎,于是,那路便显得平而且顺了。

也许正是因为这样,眼下的不顺才使他感到了难以接受。

此刻,他突然怀念起部队的生活来。在部队,以他的年龄、职务、才能和英俊潇洒的外貌,是颇受人们尊重和上级看重的,倘不是他多次恳求,领导不会让他今年转业。他一心想回到故乡的这座城市,过几年没有军纪约束的自由自在的城市生活,却不料,一回来就感受到了失望。

"许炯同志,请喝茶。"一个姑娘的声音突然在他耳畔响起,他扭脸一看,见是同科的那个有着一对厚嘴唇的丑姑娘董姝,捧着一只茶杯站在他的桌前。他只好起身去接,在他接过水杯时,他注意到,姑娘目光中含着相当多的亲切和热情。

他淡淡地说了句"谢谢"就坐下了。他并没有在意那目光。当初在部队,团卫生队、师医院的那些女干部和驻地附近工厂商店的那些姑娘,见了他差不多都要把目光黏上来。他知道自己的英俊外貌对姑娘们有相当大的吸引力,但他一般并不去注意,何况像董姝这样一个他根本看不上眼的姑娘。

"许炯同志,请吃瓜子。"片刻之后,当办公室里的其他人都出去时,董姝又向他的桌上扔来了一包五香瓜子,语气中也透着更多的亲昵。

"我不爱吃这东西。"许炯说着就把那包瓜子又扔了回去。他此刻的确没有嗑瓜子的心绪。

"你家在什么地方住?"董姝含了笑同他搭讪。

"哦。"他含糊地应了一声。他的确无闲心同这个姑娘聊天。

他把目光移向了窗外。窗外,一棵不大的旱柳树在风中摇摆……

四

远处城区的喧嚣声,终于渐渐地沉了下去。

于是,河水轻舔岸边的声响便钻进耳里。

家后默站在篱笆院门外,双眼直望着躺在夜色里的白河。

一只挂着灯笼的夜行船儿,在河心缓缓地向下漂着。船上,一个男人在用粗嘎的嗓子唱:

　　看看三星已偏西,

赶紧起身来穿衣；
妞说大哥慌啥哩，
我说明黑还来呢。
……

嗡嗡、嗡嗡。娘大约又换好了一个线锭，纺车又响了起来，将一切别的声音统统压下。嗡嗡、嗡嗡。

家后深深地吸了一口烟，慢慢地向屋中走去。

"……老鹤、大鹤和小鹤，四处飞着，想找一个可往咱苑城引的水源，终于，它们在北边的中岳嵩山附近，发现了一个泉……"辛贞拥被而坐，手上在给丈夫的一件上衣缀着扣子，嘴上仍在给坐在怀中的儿子讲着那个故事，"那泉叫黄石泉，泉水清，水量大，可以往咱们这儿引……"

在妈妈那轻声慢语的讲述中，小原原打起了呵欠，随后，就渐渐地合上了眼睛。辛贞停了讲述，把儿子在身子一侧放平，转脸望了一眼走进屋来的丈夫，嘴唇张了张，似乎想说什么，但又终于没有开腔。

辛贞的确有话想给丈夫讲。

就在今天下午，她从东郊棉花厂下班后——她又被安排到随军前的老单位上班——自己临时决定，去了一趟曲承禄的家里。

那日，当辛贞最初听说曲承禄也在棉麻公司上班并且是丈夫的上级时，确实是大大吃了一惊。她没想到事情是这样巧，两个旧日的情敌刚好又到了一块。不过很快,她又以她那善谅他人的心想开了:男子汉的心不会那样狭窄,过去的事大约早已忘记。想是这样想,但她从未动起要去曲承禄家里看望的念头,她今天之所以决定去他家里一趟,是因为听说他现在主持公司里的工作,家里住房的事实在需要去求他。

房子近来是辛贞十分挂心的事。现在住的这老屋,还是当年家后的爷爷盖的,土墙,早被风雨剥蚀掉了三分之一的厚度;屋顶,也因年代太久出现了不少的洞隙。按说是早该翻修的,因家后过去总想把娘接到部队去住,认为修了也是闲着,所以一直没有动手。现在住这老屋最大的问题是潮湿,被褥两天不晒就湿乎乎的。辛贞知道丈夫腰间的那个伤疤最怕这种潮湿,最近几天夜里,她已见丈夫因为腰疼在不住地翻身。为此,她曾催丈夫去找曲承禄要求给解决两间住房,不想刚张口就被丈夫打断:"算了,先凑合着住吧。"没有办法,辛贞便决定亲自去见曲承禄一面,尽管她心里实在不愿见他,但为了丈夫,她还是硬着头皮做了这个决定。

她提着一个网袋向曲承禄的家里走着。网袋里装着她从商店里买的一点吃食礼物,她听说曲承禄也已有了两个女孩,按照常情,到有孩子的人家里,是该给孩子带点礼物的。

但到了曲承禄家的宿舍前,她又一下子犹豫了起来,没有了上前敲门的勇气。毕竟这是来求他——她过去拒绝了的一个男人。他将会怎样对待自己?对丈夫身体的关心使她丢掉了犹豫,上前敲了门。当她进了曲家那很是豪华的客厅之后,她又开始后悔,她估计在这个豪华的客厅里,对方一定会居高临下、面露得意地同她谈话。所幸的是,女主人告诉她,曲副经理今日外出不在家。她听后长长地舒一口气,匆匆向女主人说明了来意,请她转告她丈夫,随后便留下礼物,逃似的出了曲家客厅……

辛贞此刻想给丈夫说的,也就是她去曲承禄家的经过。但她转念一想,丈夫一向不喜欢求人,知道她去求曲承禄给房子,说不定又会生气。干脆,等房子到手后,再把这事说给他知道,那时,他看到新分的房子,大约火气就不会太大了。

她又无言地看了一眼丈夫,低下头专注地去缀扣子。

东间屋里,原原奶奶的手摇纺车,仍旧在不紧不慢地嗡嗡、嗡嗡……

五

隔壁的办公室里,两个女同志在高声地谈论着牛肉涨到三块二的事,其中一个声音的愤怒程度,已近乎声讨了。

郝家后尽力不让自己的耳朵受到这声音的干扰,聚精会神地坐在办公桌前,一条一条地处理着手上的工作。

秘书科里的工作,大约因为涉及专业问题较少,与部队的机关工作颇有相同的地方,所以家后干着倒也并不觉得十分吃力,只是感到有些琐碎罢了。

上午,在科里一向很少说话,总是冷着一副脸孔的办事员老姚,拿着一封群众来信,很是郑重地放到家后的办公桌上,请示怎么处理。家后拿着信看了一遍,信是写给公司党总支负责同志的,信上反映的是:曲承禄副经理去年在西郊棉花厂蹲点时,为了证明他的蹲点有成绩,就把西郊厂有关生产的数字全部夸大,使这个厂在市里评上了先进企业,从市里领回一大笔奖金,欺骗了国家,并在离开该厂时,从厂里拿走了十斤一级棉花。信的署名是"西郊棉花厂十七名职工"。

家后觉得这封来信颇难处理:宋经理、戚副经理都在外边,家里的党总支负责人就只有曲承禄了,呈吧,显然不合处理群众来信的规定;不呈吧,就会落个扣压群众来信的名声。他很有些为难地抬起头,望着老姚问道:"你觉得怎么处理好?"

老姚的语调十分冷淡:"我按科长的意见办!"但家后却从对方的脸上看出了一丝隐约的失望,从对方的话音中听出了一种"此人不过如此"的味道。他的心里觉得有一点不舒服,于是,便很快地拿起笔,在那信笺的空白处批上:原件存档,抄写两份,分别寄宋、戚阅。

当他把信递给老姚的时候,他注意到对方的脸色已变得有点柔和,原本浸在冷水里的一对泛黄的眸子,此时竟有不少的暖意了。

因为事情繁多,到快下班时,家后已基本上把这件事忘到了脑后。

他做梦也不会晓得,就在他刚才批了那些字的一小时后,远在几公里外的市府招待所开会的曲承禄,就已经很清楚地知道了他所办的这件事。这个小小的公司机关,像许多大机关一样,人际关系也是网状的。乍来的人一旦莽撞地碰了某一张网,那网的各个部位便立时动起来,很快地做出反应。郝家后和老姚的举动虽然只是很轻地碰了一下曲承禄的那张网,但曲承禄还是立时就感觉到了。

并且要做出反应了!

许炯正在毫无心绪地分发着洗澡票、理发票,神色中透着一种抑制着的烦躁,恰在这时,董姝进来向他说道:"许炯,科长叫你去下个电话通知。"

"没看我在忙着吗?"由于心绪不好,许炯说出来的话就很带了几分火气。

"你厉害什么?"董姝一听许炯这话,一双不大的眼睛立时就瞪了起来,"你朝我发啥火?我只不过是向你转达一下科长的话,你凶什么?有本领朝科长发火去!告诉你,以后少在我面前摆一副不得了的架子!"

许炯被这串连珠炮似的话弄得很是吃惊。这种局面他的确还未曾遇到过。过去,姑娘们包括少妇们同他说话,一向都是很有些献媚的味道,即使他在言语上惹了她们,她们也至多是嗔怪地一笑,没想到这个厚嘴唇的丑姑娘,竟会如此待他。

他在相当长久的惊愕之后,才意识到该由自己来说句"对不起",于是,便很是尴尬地说了那三个字。

董姝这才气哼哼地坐在了自己的办公桌前。

她今天真是十分着恼!平日里,有哪个男人敢这样跟她说话?身为市长的长女,好多人想跟她说话她还不愿理哩。你一个转业兵有什么了不起?那日董姝主动同他说话遭了他的冷遇后,心里就很是窝火,没想到他今天竟然得寸进尺到如此地步,真是可气!

不过,董姝生气归生气,片刻之后,她还是禁不住扭头看了许炯一眼,目光依旧火辣辣的:这姓许的长得确实耐看。

许炯报到那天一进科里,董姝第一眼看到他,双眼就立时一亮:好一个英俊的男人!待到一听说许炯还未找上对象,一股欢快霎时就在她的胸中弥漫开来,她当即便在心里暗暗叫道:他可以做我的丈夫!我要让他做我的丈夫!

近几年中,尽管董姝的相貌十分一般,但上门求婚的人却是络绎不绝,内中有干部,有军官,有硕士,然而董姝却一概没有看上眼,统统不予理睬。董姝找对象的第一个标准,就是必须有十分出众的相貌。这个标准是董姝早在上高中时就定下的。

当初在高中上学时,董姝的班里有个男生,样子长得不错,班里的六七个女生都很愿同那男生搭话。董姝自然也不例外,而且心里常愿那男生就只同自己一人说话。但渐渐地,因为她长相差,那男生却唯独不愿与她搭话。董姝自己倒没注意到这种变化,依然常找那男生搭讪。一日,她从外边回到女生寝室,走至门口,忽听几个女伴在屋里议论:"董姝自己也不掂量掂量,那份模样,偏往人家男的面前凑!""应该给她买块镜子,让她照照才好!""就是想找对象,也该找个容貌相当的吧!"……从小就为自己的一双厚嘴唇感到苦恼的董姝,听了这话,立时气得七窍生烟。就是从那时起,董姝发誓,将来一定要找一个比那些女生的男人都要漂亮的丈夫!

这就是她拒绝了好多男子的追求,至今未婚的原因。

现在,她终于发现了一个合意的人,这就是许炯。他的相貌,在整个苑城都是数得着的。

她又扭头看了他一眼,默默地在心里叫道:"姓许的,别看你现在傲得不行,你早晚要成为我的人!"

六

曲承禄神色很是严肃地提了一个手提包走进会议室,在把那提包往长方形的会议桌上放时,一副十分当心的样子。

今天,开全体机关干部会。

自然地,谁也不会料到,他那包里会装着一网袋礼物——辛贞那日送去的那袋礼物。

曲承禄今天就是要利用这些礼物,让郝家后知道,他已经不是当初那个初出茅庐的曲承禄了,冒犯他是必须要付出代价的。

他把郝家后昨天上午处理那封群众来信的举动,看作是对他的又一次冒犯。

他已经不习惯别人这样冒犯他了。何况,已有消息说,组织部正在对他进行考察,让他任公司第一把手的可能性已经相当大,在这个节骨眼上,郝家后那样处理那封信,无疑是想再抽走他仕途上的一个台阶。不,抽走曲承禄脚下的台阶,已远非当年那样容易了。

曲承禄原本并不想立刻就给郝家后什么颜色看的,这当然并不是因为他打算对过去的事全部忘记,实在是出于多方面的考虑。

其一,他还没有完全弄清郝家后目前在苑城的人事关系背景。曲承禄深深知道,现今的人都不是孤立的,都存在于一个或大或小的关系圈子中。有时乍看上去一个人并不怎么厉害,但他所在的圈子里却存在着有权势的人,这样的人照样不能惹。他一开始存了一份担心,怕郝家后已入了地方上的某个人事圈子,经过这一段的观察,发现郝家后背后并无什么过硬的人物,跟郝家后来往的,也只有本公司许炯一个人。其二,他是想看看郝家后的举动。如果郝家后这些年已经懂了些处世的道理,这次回来愿意和自己做朋友,他也想既往不咎,也愿把他划入自己的圈子里。曲承禄还有更大的追求,并不想当了棉麻公司的经理就停止奋斗,在他实现更大追求的过程中,朋友和帮手当然是越多越好的。那日辛贞送去的礼物他看到后,最初颇为高兴,他把这看作是郝家后有意靠近自己的表示。但昨天那件事,又使他立即明白,郝家后还是当年的郝家后。假若郝家后真想靠近自己,对那封群众来信就绝不会那样处理,或者是呈给自己,或者是悄悄压下。

所以,曲承禄决定,今天就给郝家后点颜色看看。

会议一开始是传达上级关于整顿党风的文件,曲承禄把几份文件读完之后,又讲了些要求,就宣布散会。就在人们要起身还未起身的当儿,只听曲承禄用十分随便的口气转向郝家后说道:"老郝,你的房子问题,我们正在努力想法解决。眼下公司里实在是没房子,想你能体谅我们的难处。如果你实在催得急,我们只好拿钱去招待所给你租一间,可你要把这些礼物拿回去。在一块工作,以后可不要再搞这个。"说着,便动手去提包里掏那袋礼物,一样一样地全放在了会议桌上。

原已开始有了散会气氛的会议室,立时就又静了下来,人们马上把目光投到了那些礼物和郝家后的身上,那目光中自然有好奇,有意外,也有鄙夷,而且那后一种目光,明显地占着多数。

用标准军人姿势坐在会议桌后的郝家后,一开始被曲承禄的这些话弄得有些莫名其妙——辛贞一直没把去曲家的事告诉他。但当曲承禄把那袋礼物推放到他面前时,他一看清那个熟悉的尼龙网袋,一下子全明白了。他的脸先是蓦然地变红,转瞬就又发紫了。

室内的人们带着各种各样的神色走出会议室很久之后,郝家后还定定地坐在那里,直到许炯走过来朝他喊了一声:"大哥,走吧。"他才伸出青筋暴凸的手,抖抖地去收拾那些礼物……

清清的白河水,仍旧如往常那样缓慢而无声地流。

不大的东南风,宛如一个顽皮的娃儿那样,把篱笆摇得簌簌作响。

今日歇班的辛贞,一边补着婆婆的一条裤子,一边继续给坐在怀中的儿子讲着故事:"……那三只白鹤,站在黄石泉边商议了一阵,就决定挖一条河,把泉水一直引到咱苑城来。可这两地相距几百里,挖河可不容易……"

伴着辛贞那轻柔话音的,仍是原原奶奶那手摇纺车的嗡嗡声。

"……它们就靠自己的爪刨嘴挖,刨呀,挖呀,每次尽管只是刨出、挖出一点点土块、石头,但它们明白,只要一直干下去,河总有挖成的时候……"

哐的一声,木条子钉成的院门突然被重重踢开,辛贞一惊,停了讲述扭过头去。

门口站着丈夫。

"哎哟,推门不会轻点?把俺娘俩吓一跳。"辛贞嗔怪地说着,随之就把怀中的小原原放到地上,"把椅子给你爸搬去,让他歇……"辛贞说到这儿猛地噤了声,她一下子注意到了丈夫那青得可怕的面孔。

"出什么事了?"她怯怯地问。

家后什么话也没说,只是阴沉着脸从提包里掏出一瓶橘子汁,砰的一声摔到了地上。

橘子汁瓶带了一种尖厉的啸声碎成了片,黄色的橘子汁立时便洇湿了地面。

辛贞的柳叶眉霎时被惊得弯成了弓,小原原吓得急忙向妈妈身边凑了凑。

耳聋的原原奶奶自然不会听到这可怕的声音,依旧在东间屋里嗡嗡地摇着纺车。

家后又从包里掏出一袋巧克力糖、一盒华夫香糕摔到了地上。

辛贞终于从这些东西的商标上,认出了它们的来处,她的脸因为意外和震惊,发白了。

当家后又砰的一声将一瓶苹果罐头摔到地上的时候,一块玻璃碎片飞到了辛贞那只穿一层薄袜的脚背上,殷红的血顷刻就涌了出来。

辛贞痛楚地蹲下了身子,抖着手去按那个伤口。

"妈妈……"小原原到底没能忍住自己的哭声。

家后定定地站在那里,双眼直直地瞪着地面上那些乱七八糟的东西,那神色,就仿佛呆了似的。

辛贞咬了牙站起身子,不顾脚上还在淌血的伤口,走到墙根拿过笤帚去扫摔在地上的那些东西。直到这时,呆立在那里的家后,才如从梦中醒了似的,弯了腰,夺过她手上的笤帚,伸手抱起她,把她放在了椅子上。

"他爸,我……"辛贞终于呜咽着说出了这几个字。

家后没有应声,只是转身从辛贞刚才做活的针线笸箩里拿过剪子,剪断辛贞伤脚上的袜子,用白布小心地包着还在渗血的伤口。

原原停了哭声,愣愣地看着爸爸妈妈。

嗡嗡、嗡嗡,原原奶奶的手摇纺车,依旧在不紧不慢地响着。

远处的河滩上,极清楚地传来洗衣女人们的捶衣声:梆!梆梆!……

七

几缕阳光斜透进玻璃窗,照在聚精会神伏案写作的许炯身上。

他正在写一份工作简报。这是自到公司以来,科长让他完成的第一件正经像样的机关工作。

科长的信任,令他感动。他决心把材料写好,他想用这份材料向人们作一点证明,他并不是一个不学无术的无能之辈!

这种简报原不是很难写的东西,加上他又竭尽全力动用了他过去的知识储备,所以从动笔到写成,也就是一个半小时的时间。在部队当参谋时,类似的机关公文他经常写,而且在参谋中,他的功夫还颇为拔尖,要不,他也不可能被提拔为团副参谋长。

他把简报又特别仔细地审视一遍之后,便去交给科长,不想科长刚好出去了,他就把简报放到科长桌上,出了办公室。因为任务完成得颇为顺利,他的心绪也就有些转好,脸上那多日不见的笑容又露了出来。当他走到办公室门外时,意外地听到公司里人称"笔杆子"的魏秘书正大声小气地说道:"来呀,你们看这个转业兵写的材料,上边把'棉绒'写成了'棉荣',他以为'棉绒'就是棉花光荣的意思;看,这儿的'湿度'写成了'实度'。哈哈哈……"

那笑声里露出的鄙夷和不屑十分清楚。

这笑声即刻就把许炯脸上的笑容抹掉,原本压在他胸中的那团烦躁,霎时也被这笑声弄得膨胀起来。只见他两步跨进门,面带了笑容说道:"魏秘书,转业兵惹你见笑了!俺知道你肚子里装了一肚子棉麻知识,本人不过是一介武夫,肚里塞了一肚子草,以后请你多多关照了。"

许炯的话音一落,整个办公室里霎时变得鸦雀无声。

站在那里的魏秘书,一丝强笑中含了些尴尬:"开开玩笑,何必当真?"

"当然,当然,何必当真?"许炯依旧含了讥讽说,"我也只是开开玩笑。想当初俺老许要不去当兵,不去边境挨那些炮弹的话,大约也会懂得'棉荣'与'棉绒'的区别,不至于被人看作草包了。"

"咯咯咯。"许炯这话一出口,屋角蓦然响起一个女人压低了的笑声。

许炯把恼怒的目光倏地转向那笑声的出处,是她,董姝!他那带火的目光直射到她那两片太厚的嘴唇上,依他心中的那股怒气,他真想上前挥掌给她嘴上一下……

变化十分突然。昨天上午一上班,曲承禄含了笑来到秘书科对郝家后说道:"检验科一直缺科长,那个科的工作又十分重要,没有科长不行,我想调你到那个科工作,你觉得如何?"

家后当时自然是一愣:秘书科的工作经过这些天的熟悉,他已大致上可以适应,现在突然调到那个技术性十分强的科里工作,岂不又要作难了?然而,他到底没有说出口,自上次曲承禄当众退礼给了他那么大一个难堪之后,他已经明白,过去的事曲承禄还记在心头。既然有了这种背景,家后是绝不愿向曲承禄求情的,所以,他便点了点头说:"我服从分配!"

家后当然不会晓得,调整他的工作,这是曲承禄在当众退礼后就决定了的。这一方面是因为秘书科的工作比其他业务科的工作要重要一些,让郝家后这样一个人占在这个岗位上曲承禄不放心;另一方面是因为曲承禄历来认为,对于一个对手,不治则已,要治,就要治得他无还手之力。他想利用郝家后在业务上不熟的弱点,让家后在检验科出纰漏、出丑,待家后威信丧尽之后,再抓住他的一个失误之处,把他赶到下边厂子里去。

于是,家后今天就来到了检验科上班。尽管他对可能遇到的困难已做了一些思想准备,但他还是没有想到,上班的第一天就会当众出丑。

事情也真有些巧,他刚在办公桌前坐下,桌上的电话铃就响了。他离电话机最近,伸手拿过了话筒问道:"哪里?"

"我是北郊棉花厂生产科的王进福。"话筒里的声音非常响亮,办公室里的人基本上都可听见,"有件事想向你们报告一下,最近,我们就棉花检验办法的问题,采用'德尔菲意见法'进行了一次预测……"

"什么意见法?"家后打断了对方的话,用他习惯的军事用语说道,"重复一遍。"

"我们采用的是德尔菲意见法。"

"什么得一坏?你不能说清楚点?"家后因为听不准而有些着急。

"哎哟我的天,你又不是外行,怎么连这句话都听不明白?是'德尔菲'!"话筒里的声音分明地带着抱怨。

然而家后却始终没有听懂,他刚要再让对方重复一遍,坐在他对面的一个办事员这时伸手拿过话筒说道:"我来,他讲的你不懂!他刚才说的是美国兰德公司一种收集意见的方法名称。"

一丝尴尬和着一份愠怒,顿时就从家后的脸上掠过。那丝尴尬是为着自己的不懂,那份愠恼,则是为着对面那个办事员说出的那句话:"他讲的你不懂!"

这简直是对他的公然藐视!

自他懂事以来,他还没有忍受过藐视!

十岁那年的夏天,他和村里的几个伙伴在白河边割草,身上出了汗之后,伙伴们便相继脱了裤子,光屁股跳进了河里游水。由于娘担心家后这个独苗遇到意外,从不准他学游水,他当时只是坐在河边看。这时,在河中游着的一个伙伴仰着脸讥讽地唱:"郝家后,大笨蛋,不会水,只会看,有本领,水中见……"这带了藐视的唱,立时就把小家后气了个脸儿煞白,只见他咬牙站起身,三两下脱了裤子,扑通一下就跳进了水里。他并不知道水的厉害,一下河自然就沉了底。幸亏其余的孩子,喊来了在岸边做活的大人来救,否则,他就要被河水撑饱了。这一下虽说把娘吓得半死,却也把伙伴们骇得再也不敢对他耻笑了。

他刚到部队时,有一次打靶,连里一个神枪手曾对打了个"烧饼"的家后轻蔑地说:"新兵蛋子,打靶也讲究个天赋,我看你这个笨样,不是个当枪手的料,趁早到炊事班混吧!咱这话要不应验,你日后只管用枪通条打我的屁股!"家后从听到这句话起,就发誓要当神枪手。经过几年的苦练,他终于如了愿。当他获得"神枪手"证书的那天,他真的抽了枪通条,照那个蔑视他的"神枪手"屁股上狠狠揍了几下……

此刻,他只是默默盯了那办事员一眼,转身走向资料柜,从中拿出一本《棉花检验知识》手册,哆嗦着手翻了起来……

月儿似乎是在偷懒,只在西南方的天边站了一霎,便又钻进一团灰云中去睡,门前,顿时就又是那种有月无光的灰蒙。

白河,在这灰蒙的夜色里,仍旧不慌不忙地流。

辛贞坐在院中,双眼透过篱笆望着河心那三座依稀可辨的沙洲,轻颤着双腿,用极柔细的声音继续给儿子讲着故事:"……三只白鹤没明没夜地用自己的嘴来挖,用爪来刨。渴了,它们就飞到黄石泉里喝点水;饿了,就在附近找一点野果子吃……"

堂屋东间里,原原奶奶的手摇纺车,照旧在嗡嗡地响。

露水,像是下来了。怀中的小原原缩了下身子,辛贞急忙解开衣襟,裹了裹儿子。按说,这会儿是该进屋了,可辛贞到底还是没动,丈夫正在屋里看书,原原奶奶的纺车响声对丈夫的读书已是一种妨碍,若自己再进去,原原又闹着让讲故事,那就更要分散丈夫的注意力了。

"……三只鹤儿挖了一天又一天,刨了一夜又一夜,一条几尺宽的小河,就在它们的苦干中,由黄石泉向咱们这儿慢慢伸来。那一天,三只鹤儿正在河沟中低头挖土,河沟一侧的大石头突然滚了下来,一下子把老鹤砸到了下边……"

原原终于发出一声含糊的呓语,睡了。辛贞停了讲述,抱他进了屋。待把儿子在床上放下后,辛贞又拿过针线,给丈夫补着一件内衣。

家后仍坐在桌边,皱着眉头读书。辛贞看了眼丈夫眉心间那深深的竖纹,知道他手上的那本《棉花检验知识》并不好读。这些年来,她已经习惯于从丈夫眉心间那皱纹的深度上,去揣测丈夫所做的事的难易和心境。"很难读懂吗?"她不由得低声问。

"唉——"家后发出一声长长的叹息。

辛贞听了这声"唉",心中当下一紧,立时想到应该找个话题,分一分丈夫的心,让他歇一歇脑子。停了一霎后,她就轻声说道:"娘后晌说她又纺了十几个线穗,明儿晚上她要去还愿,让我陪她去,还说她这辈子怕是还不全愿了,让我看看咋个还法,以后好去代她还愿。"

"哦,"家后扭了头望着妻子,"娘还要让你跟着她去受罪?待会儿我过去跟她说说!"

"算了吧,这又不是一年两年的事了,咱就别再惹她生气,你说呢?"辛贞双眼带了笑意望着丈夫。

家后坐在那里,默默的,许久之后,才又移开目光,把摊放在桌上的书又拉到了面前,很快,眉心间的竖纹又凸现了出来。

辛贞轻轻地穿针引线,甚至连针往头上的那一抿也极其小心,唯恐影响了丈夫。

打破夜的静寂的,只有那纺车的嗡嗡声……

八

报纸上的那些小号铅字,在许炯眼里,渐渐就又变成了曲承禄的那个批示:"工作为重,上学可暂缓考虑。"

他懒懒地卷起面前的报纸,眼皮耷着端起茶杯,鼓了唇喝一口,便又呆呆地望定了墙角。

前些天,省供销干校来招生,公司里符合招生条件的就只有许炯和另外一个青年干部。许炯听说后,心里的高兴自不待说,很踊跃地和那个干部一块写了报考的申请,然而申请书送到曲承禄那里后,批准的却只有那个并无太大学习兴趣的干部,许炯的申请书上批的却是:"工作为重,上学可暂缓考虑。"

许炯于是连看报纸也了无心绪。

"小许,小许!"门外,响了两声透着些亲切的女人的招呼。许炯不甚情愿地扭过头去,原来是秘书科管收发文件的袁嫂在叫他。

"有事?"他那声音也懒散得像刚刚从床上被喊醒。

"你来,我给你说个事。"袁嫂倒也没在乎他那不恭的态度,仍旧很亲热地喊。

许炯于是慢慢腾腾地走到门口。

"小许,你不是还没有说对象吗?"袁嫂招手让许炯走到离办公室稍远一点的地方,压得颇低的声音中很带了几分机密,"我给你介绍一个咋样?"

"哦?"许炯的声音中透了些意外。离队前,战友们同他告别时,都一再地嘱咐他,到新的岗位后,要紧的是先站住脚。这些天来,他记了这嘱咐,一味地忙着"站住脚",竟将找对象的事几乎忘了。此刻经袁嫂一提,原本压在他心里的那股对女人的渴念,顿时涌动起来,于是,便用了往日的那副俏皮腔调说道:"谢谢袁嫂的关照,不知介绍的是什么样的人?"

"我给你介绍的这个姑娘,保准你一听就满意!"袁嫂蛮有把握地一笑,还扬臂做了个含意颇难猜度的手势。

"是吗?"许炯的兴趣在极快地增加,心里原有的那股烦躁暂且被赶走了,"她在什么单位工作?相貌如何?你手边有她的照片吗?"

"用不着看照片,你早已认识她了。"袁嫂又是诡秘地一笑。

"到底是谁?"许炯感到了意外,声音中也透出了迫切,同时,脑子中也在极快地回想最近所接触的那些漂亮姑娘的面容。

"就是你们科的董姝姑娘,怎么样?"

"什么?"许炯倒吸了一口冷气,双脚同时不由自主地后退了一步,话音立时便近乎吼了,"你开什么玩笑?"他根本没想到袁嫂要给他介绍的竟是这样一个丑姑娘。天啊,过去追求他的姑娘,随便拉出一个也比董姝长得漂亮。

"我怎么是开玩笑?"袁嫂依旧含了笑说,根本没为他的恼怒所动,那样子,像是早就料定他会做出这种反应似的,"你知道她父亲是谁?"袁嫂的语气仿佛是就要透露一个重要秘密。

"我管她父亲是谁哩!"一股被嘲弄的感觉使许炯很有些恼火,说着,扭头就要走。袁嫂见状急忙扯住了他的胳膊:"等等,告诉你,她是咱们市董市长的女儿,你要找了她,保你……"

许炯挣开胳膊,逃也似的向办公室跑去。

"你想好了给我说一声。"袁嫂还不死心地在后边叮嘱了一句。

许炯一进办公室的门,不由自主地先向董姝的办公桌上看了一眼,结果也恰巧与对方的目光相遇,他即刻就感觉到了她目光中那种火一样的东西。

他扭过头,在心里气恼地叫了一句:瞧她那对厚嘴唇,谁要找了她做老婆,亲着能有滋味?

九

最后一点儿天光已经消失,月亮还没有升起,黑暗于是便遮掩了这条通往郊外的路。

家后瞪大眼盯着路面,小心地蹬着自行车。

晚了,回来得确实有些晚了。

其实,倘若正常下班,这会儿是早该到了家的,也是太巧,就在他收拾东西要和科里的几个同志走出办公室的时候,秘书科里的那个老姚,领着三四个农村老汉走进了办公室,一进屋便指着家后向那些老汉介绍道:"这是我们检验科的郝科长,在部队当过团长,把你们的心里话,跟他说说。"

还没容家后说一句"请坐"的话,其中有一个老汉便屈了双膝跪到他的面前,口中也随之带了哭音喊:"郝科长,郝团长,俺老汉给你磕头了!俺有冤呀!俺叫涂二塔,城西七里店人,俺的棉花卖得太贱了!四亩棉花,从种到摘到晒扔了多少汗珠子,明明是二级棉,可西郊棉花厂收时硬给压成了四级棉,这就毁了俺了!扣了化肥钱、农药钱、土地税,俺就一分不剩了,天哪,叫俺怎么活啊?你给俺们做主呀……"

其他几个老汉这时也一同诉说起自己的棉花如何被西郊棉花厂压级压价的事,声音连成了一片。

家后从短暂的惊愕中醒过神来,忙慌慌地弯腰去搀那跪着的老汉,可那老汉竟执意跪在那儿不起,只是一连声地带了哭音说:"你给俺做主不做?你给俺做主不做!你答应去查查俺再起来。他们枉法呀!跟他们熟的人他们就提级,四级棉能提成二级棉,一见俺们这号老鳖尾,就压俺们的级,天呀,你去查查呀!"

"中,中,我去查查。"家后为了搀起老人,急忙这样应允。

那老汉这才起了身,用袖子抹了一下脸上混浊的泪水,哑了嗓音说:"俺们知道你们公事忙,不多打搅了,你应许了去查查就好,俺们走了。"说罢,那老汉转了身,和几个同伴就蹒跚着向门外走。

"竟有这事吗?"待几个老汉的脚步声消失之后,家后转向老姚问。

"岂止是有,"老姚的声音淡淡的,"压了无权无势的棉农们的级,就可以给自己的熟人、亲戚、有权有势的人卖的棉花提级;压了所有棉农的级,承包了棉花厂的人就可以得利。怎么会没有?不过,怕的是你不敢去查,你可知道,西郊棉花厂是曲副经理蹲点的厂。"

"不管谁蹲点的厂,只要有歪风邪气,就可以去查!"家后被老姚的话激得很有些着恼,声音便高了。

"这么说,我没有将那老汉领错门!"老姚破例地大笑了……

此刻,骑在自行车上的家后,一想到那姓涂的老头双膝跪地的情景,心里就涌上了一阵莫名的难受。"应该去查清!"他禁不住又自语了一句。

这当儿,一股浓烈的棉织品烧着了的煳味忽然钻进了他的鼻孔。谁家失火了?他慌忙下了车四顾着去寻找那煳味的来源。

找到了,就在前边百十米处的白河堤上,在那个土地庙的遗址处,燃着一堆闪烁的火,煳味就是从那里来的。借着隐约的火光,他看出火堆旁边跪着一个人。

蓦然,他明白了,那是娘在还愿!

她又在焚毁她没日没夜纺出来的那些棉线,向赐她儿子的土地老爷表达她的感激了。

娘身后站着的那个人影,家后认出了,那是陪着娘的辛贞。

他缓缓地推着车子向那儿走去,在离那火堆一二十米的地方,他停住了脚步。

他不能再往前走了,前边,是又一种信仰者心中的圣地。

娘抖着手把她一点一点纺出来的棉线,成缕成缕地扔进火堆,虔诚的祷告声时断时续地被风送了过来:"……俺郝家满门……感激你……今儿个俺再送来……愿你老……"

家后直直望着娘那双膝跪地的侧影。

四周静得出奇,脚下的黑土地似乎真的在倾听家后娘那虔敬的祝愿,只有那在夜色下缓缓流动的白河水,间或拍一下堤岸,发出一声极轻的叹息。

远处的河岸上,隐隐传来一个夜行男子大约是为自己壮胆的歌唱:"……家在白河北岸住,二亩薄地两间屋。地里种着红萝卜,屋里坐个胖媳妇……"

十

天上满是乌云,像是在酝酿着一场大雨。

许炯飞快地踏着自行车回到公司门口,一溜小跑着进了屋,那模样仿佛是在躲即将到来的雨。

其实,他根本没有看到天上的雨云,他这么快地跑回来是为了"告状"。

"状告"公司里的魏秘书。

昨天下午,科长找到许炯说:"公司领导要我们科出个人,随魏秘书去所属各厂跑一段时间,了解一下各企业的管理、生产情况,科里其他人都有事,你去吧。"许炯听到这话,心中很是高兴,因为他原本就不想干那些杂事,极愿跟人去学一点实在的企业管理本领,于是,就含了笑容去向魏秘书报到。不料魏秘书一听说让许炯随他下厂,脸上立时就露出了一点不悦。他的这种神色变化许炯自然不会没注意到,所以,许炯心里当时也就有了些不快。今天上午,两人到了麻加工厂后,魏秘书向厂领导介绍许炯时,又用的是一种很不经意的语气:"这是我们公司的小许,转业兵。"这就使许炯又对对方生出不少反感。接下去在听取厂领导汇报时,只要许炯一张口询问,魏秘书脸上总要露出几分不耐烦,许炯见状,心中的气就越来越大——在部队时,从未有人敢用这种态度对待他。厂领导汇报结束后,又带着他俩各车间转了一圈,许炯知道这叫视察,自己是外行,不能随便乱说,所以整个视察过程中,就没有多插一句嘴。当视察结束时,不知厂领导是出于客气还是真心想征求意见,就问起许炯对车间生产的看法。许炯觉得此时不讲几句,颇有些说不过去,便撇开技术性的问题,说了几句要搞好厂容厂貌的话。这些话原没有什么错,未料到魏秘书在厂领导离开之后,用了一种教训的口气对他说:"以后不要随便开口瞎说!"这句话差一点引爆了许炯积在胸中的怒气,不过,他到底还是咽了下去。快吃午饭时,魏秘书对陪同的一个副厂长笑道:"我说,今天我可不喝你们那宝丰大曲,要是有洋河就来一杯,没有就算了。"那副厂长听罢,立时就笑着走了出去。许炯当时听到这种明显的暗示,心里很有几分吃惊,便低声对魏秘书说道:"糟糕! 他们怕真要去买洋河酒了!""这也值得大惊小怪?"魏秘书的脸上很露了几分轻蔑,"没见过世面!"

这最后一句话终于引发了许炯心中的怒气,他当即丢下一句:"你在这里喝吧!"便起身出门蹬车回来了。

他要向曲副经理讲讲魏秘书的所作所为,他要让魏秘书明白,转业兵并不是好欺负的!

他怀着此状必会告胜的信心踏进了曲承禄的办公室。

曲承禄从写字台上抬起头来望着他,目光中颇带了点威严。

"曲副经理,我……"

"不要说了!"曲承禄冷冷打断了许炯的话,"刚才魏秘书已经从麻厂打电话来全给我说了。你还年轻,要虚心! 不要动不动就把部队的那套搬来,我们搞的是经济!"

许炯自然不会晓得,魏秘书正是曲副经理手下最得信任的助手。

许炯愣望着曲承禄那张威严的脸。他没有料到一进屋得到的竟是这样一顿教训,他在一刹那想起了临离队时战友们的那句告诫:你们回去,在社会上没有根底和靠山,诸事要小心……

恰在这时,秘书科的袁嫂进屋来给曲承禄送文件,许炯看着袁嫂的背影,突然想起什么似的双眉一扬,随后就见他牙咬下唇,脸上现出了一种下了重大决心后的平静……

曲承禄把长长一把玻璃镇尺压在一份红头文件上,并郑重地把钢笔旋开放在文件旁,从提包里掏出一副精致的梯形镜片的眼镜在文件旁摆好,这才伸手端过茶杯,一边慢慢地呷着透了清香的茶水,一边静等着郝家后的到来。

一种肃穆的办公气氛,便在室内形成了。

每逢要在这间副经理办公室同下属谈话时,曲承禄总要创造出这么一种气氛。这种气氛能使进了屋的人立时就意识到自己是下级;同时,也能使曲承禄感受到一种可以左右他人命运的自豪。

今天,谈话的对象是郝家后,那气氛自然就要分外浓一些才行。

当初,他把郝家后调到检验科,原本是要看点笑话、寻些把柄的,可事情的发展很有些令他失望:大的笑话、大的把柄并不见有,相反的,郝家后很有些要在检验科站住脚跟的趋势。以老姚为首的几个同曲承禄并不一心的办事员,大有靠上郝家后同他结为一伙的可能。这就使曲承禄在失望之余又有点儿不安了。昨儿个,当他听说郝家后在接待几个喊冤告状的农村老头时,表示一定要将西郊棉花厂压级压价坑骗棉农的事查清之后,心里原有的那点失望和不安,便立时又转成了紧张。谁都知道,西郊厂是他一手抓出来的"先进企业",这些年,他凭着这个"先进企业",从上级那里获得了不少的赞誉和信任。如果郝家后真的要进那个厂去查,那么查出来的就绝不会仅是压级坑棉农一件事,曲承禄对那个棉花厂的情况是太熟悉了。因此,他必须尽快制止。

他于是决定走"那步棋"!

今天,找郝家后谈话,就是要走"那步棋"的前奏。

他稳定一下自己的情绪,思考着如何开口同郝家后谈那个问题。他已经看出,郝家后不是一个简单的对手,粗心大意是万万不可的。

外面传来了脚步声,曲承禄一听就知道是郝家后来了。十几年前,郝家后就是迈着这种重重的脚步走来,先是十分轻松地把他的未婚妻夺走,接着又很是得意地抽走了他仕途上的一个台阶。咚、咚、咚,那越来越近的脚步声震得曲承禄的心头有些发疼。他的脸上在这一瞬间浮现了一种莫名的恨意,不过,当郝家后走进办公室时,那恨意已全然逝去,脸上又已满是庄重和笑容:"来了,老郝,快坐!"

郝家后刚在椅子上坐下,曲承禄就用随便中带点居高临下的口气问:"怎么样,科里工作还顺利吧?"

"还行。"家后点了点头,"有件事顺便向你报告一下,昨天,有几位棉农来科里反映,西郊棉花厂对普通棉农卖的棉花在检验时有压级压价现象,我们想去调查一下,你看是否可以?"

他的话语中带了明显的迟疑,他虽然不知道这事对曲承禄的触动有多深,但他晓得一定会有触动,可是,按照组织原则,他又不能不向对方报告。

"是吗,有这事?"曲承禄的眉毛极其诧异地扬起,"应该查清!应该派人查清!"

曲承禄的这种爽快是郝家后所未料到的,于是,原先的那份担心也就放了下来。不过,毕竟家后当过团长,有那么一点儿察言观色的本领,他在对方脸上的笑纹间,到底还是捕捉住了一丝做作。

"老郝,这件事我另外派人去查清,今天叫你来,是因为有一件重要的事要你去办。景龙棉花厂最近要开始进行企业整顿,这个厂的厂长有不少问题,公司决定拿下他来,由你先去负责厂里的整顿,顺便也摸摸厂里的情况,考查一下干部,而后公司再任命新的厂长。之所以派你去,一方面是考虑到你有魄力;再一方面是想让你借此了解一下企业情况,方便你以后的工作,你看咋样?"

尽管郝家后对对方存了一点戒心,然而,他从这段话中,也只听出了是要他另干他事,不参与调查的用意,他根本没有去想更多的东西。不管是谁去西郊厂调查,良心总是会要的,事情只要弄清楚就行。家后这样想着,也就点了点头:"中,我去景龙厂。"

"如果可以的话,你准备一下,就尽快去!"曲承禄又含笑交代。

"中!"家后就又点了一下头,既应下了工作任务,自然就不能再推三推四。

"到底是军人出身,痛快! 哈哈哈!"曲承禄站起身放声笑了。家后自然不会明白,曲承禄那笑声原不是为了他的痛快。

嗡嗡、嗡嗡,原原奶奶的那架手摇纺车,又在把悠长的声响洒向静寂的夜空。

在停车换线锭的间隙,墙洞里会传出几声蟋蟀的低鸣。

"……老鹤被石头砸死以后,大鹤和小鹤放声哭了一场,然后,噙了眼泪把老鹤的尸体埋在河边,就又挖起河来。"辛贞一边给躺在床上的儿子讲着故事,一边为丈夫准备着行装。明天,丈夫就要去景龙棉花厂了。

"讲呀,妈妈!"小原原瞪了眼睛催。

"好,好,"辛贞忙又开口,"它俩挖呀,刨呀,嘴磨出了血,就用地里的止血草刺脚芽擦擦;爪磨出了泡,就用狗尾巴草把泡穿破……"

丈夫的提包收拾好的时候,躺在床上的小原原也已闭上眼睛入睡了。

"呃——"辛贞突然一阵干呕。

"怎么了?"正在看书的家后扭过头来问。

"没啥。睡吧,时候不早了。"辛贞端来洗脚水,望着丈夫说,眼里分明含着一丝担忧。

她担忧着丈夫明天去景龙棉花厂的事。自从她听说派丈夫去棉花厂的是曲承禄之后,这担忧就不由自主地生出来。

这担忧并不是没有来由。那次,她好心带给曲承禄孩子的一点礼物,被对方那样处理之后,她就凭着女人的敏感明白了:曲承禄还是过去的那个人。正是由于这,她对曲承禄这么急促地派丈夫去那个厂的动机很有点起疑。下午,当她在自己厂里听说,景龙棉花厂是全公司管理最混乱的企业之后,她的担忧便又开始加重。她记起临离开部队时,一些家属嘱咐她的话:"到地方人生地不熟,有时人家整咱咱还不知道是咋挨整的……"

她想劝说丈夫推掉这差事。

可是,她又知道丈夫的脾气,接受下来的任务,说啥也不会再推出去。

她下午想了许久,也没想出一个好办法。

"呃——"此刻,她突然又是一阵干呕。这阵干呕使她想起了这个月的例假已经过了半月还没来,于是心里就有些慌:莫不是又怀孕了?也几乎是在这样猜测的同时,她蓦地想起了一个劝说丈夫不去景龙厂的主意。

丈夫洗了脚上床之后,辛贞也洗了洗脚,然后坐在床边脱衣。早先没有小原原的时候,床上是只抻一个被筒的;后来有了原原,床上便开始抻两个被筒,丈夫一个,辛贞和原原一个。丈夫睡床边这个被筒,辛贞和原原睡里边那个。虽说结婚这么多年且已有了孩子,但辛贞对于夫妻生活,仍保持了做姑娘时的那份羞怯。平日里,只是当丈夫叫她的时候,她才掀开丈夫的被筒;她自己主动掀被筒的事,是从来也没有过的。她害羞,也含有一点儿担心,担心那样做会被丈夫看轻。可今晚她没管这些,径直掀开丈夫的被筒躺了进去。

家后略感意外地看了一眼妻子那红红的脸颊,就慌忙地把胳膊伸到了她的颈下。

辛贞在丈夫的怀里偎了一会儿之后,才抬脸轻轻地说:"我怕是又怀上了。"

"哦?"家后一惊,"真的吗?"

"例假总不来,而且这几天吃饭总恶心、干呕,还想吃酸的。"

"糟糕!偏偏这个时候!"家后抚摸辛贞身子的手停住了,声音里露出了一点无办法的慌张。

"咱们反正就一个儿子,我想生下来也行,万一是个女孩,一男一女多好。"辛贞故意说得十分轻松。

"瞎说!现在计划生育抓得这么紧,咱们又刚从部队上回来,这方面出个事,让人家看了会说啥?"

"那怎么办?你又出去不在家!不然的话,那你就请请假,陪我去医院流产。"辛贞心里感到了一阵紧张,终于接触到了那个话题。

"不行呀,我已经应下了任务,而且是企业整顿,挺急的,现在请假,怎么说得出口?"

"那让俺一个人去医院流产?家里又有老又有小,能行吗?"辛贞用手指在丈夫的胸脯上捣了捣。

"要不,我明儿个给许炯说一说,让他姐姐来照顾你几天。"家后到底想出了主意。

丈夫的这话一说,辛贞就知道,自己的这个阻止办法已经不行了。于是,只好直来直去地说道:"你不能不去景龙厂?曲承禄这么急地让你去那里,万一要有什么坏心咋办?"

"没事。"家后笑了笑,似乎是明白了妻子刚才那些话的含意,又将妻子搂紧了些,"我这又不是去打仗,你不必太担心。记得那年我去打仗,你不还在给我鼓劲吗?"

"打仗,枪子是从前边来的,你受了伤是英雄,可现在……"

"别想那么多,我去了小心就是。"家后在妻子的脸上吻了一下,"我明天走前给许炯说一声,让他姐姐来……"

"算了,"辛贞打断了丈夫的话,"你既然要去就放心去,我这是第二次流产了,不怕啥!你……"辛贞话没说完,丈夫就用吻堵住了她的嘴……

东间里,老人的手摇纺车,还在嗡嗡地响……

许炯慢慢地推了车子,拐上通往玖溪大桥的那条街道,慢而沉重的步子中,显出了十二分的犹豫。

那天,他从曲承禄办公室出来后,当即找到袁嫂,告诉她:"同意和董姝谈谈。"

袁嫂一听,立时就眉开眼笑地说道:"看看,到底是想通了,那样好条件的姑娘,哪里找呀!你要跟她结了婚,还不是想要啥有啥!中,中,放心!我这就去给她说,保准马上安排你们谈谈,她是早看中你……"

于是,就有了今天傍晚的这场安排:七点,玖溪大桥北头花圃,许炯和董姝面谈。

桥头快到了。他在街边一株龙爪槐下站住,向不远处的桥头花圃望过去,看见了,她已等在那里。然而,他心里竟无一点去赴约的喜气,没感到一丝儿的激动和甜蜜。

她转过身来了,脸上分明露着喜色,正悠闲地嗑着瓜子。大约是一个熟人从她旁边走过,她很高兴地笑了一下,他于是又注意到了她那对厚嘴唇,立时,一丝丝厌恶就又从心中升起。

走!你干什么要找这个你一点也不喜欢的姑娘?他这样想着,于是就掉转车头,飞也似的向回骑去。明天告诉袁嫂,就说忘记了今日的约会。

七八分钟后,他就回到了姐姐家住的楼下。自从他转业回来后,就一直借住在姐姐家里。姐姐家住在三楼一套两间半的单元房里,姐姐和姐夫住一间,他住一间,两个已成人的外甥挤住在那半间里。

大约是因为刚才那阵去不去赴约的犹豫消耗了他太多的精力,所以他此刻觉得十分疲劳,很想赶快进屋躺在床上歇歇。他刚刚走到二楼,忽听到三楼房里响起了姐姐带了气恼的斥责声:"……他说归他说,你的舅你总不能把他推出门外吧?"

姐姐的话似乎是关系到了他,他便一愣,站在那儿听。

接着响起的是大外甥那夹了气的粗音:"舅,舅,他不是参谋长吗,回来连间房子也找不到。挤到这里,搅得大家都不安生。"

许炯眼角一跳,自然是一切都明白了。

他这几天就发现了大外甥的脸色不大好看,可他竟没有想到是为了房子。

房子!

前天,他听说市房管处分给公司两套房子,便估计该分给家后和自己,于是就兴冲冲地去找曲承禄,未料得到的答复却是:"已经分了。别人都是几年前就排了号的,你和老郝刚回来,你又没结婚,老郝眼下也还有地方住,就发扬发扬共产主义风格吧!"

现在还去哪里找房子?

"你个小东西!不管你那个女朋友咋说,你要是在你舅面前露出一点赶他走的意思,我非跟你闹个样看看!"姐姐还在数落着外甥。

许炯慢慢地转过身,又一个台阶一个台阶地向楼下去。

他蓦然记起了袁嫂的那句话:"你要跟她结了婚,要啥有啥。"

他看到了他刚骑回来的那辆自行车,先是呆了一下,随即,很快地开了锁,扭了车头,蹬上就走。

几分钟后,他又来到了玖溪桥头。

董姝还悠闲地站在那里嗑着瓜子。

"对不起,有点事耽搁了一下,让你久等了。"他把车子存好走过来,脸上勉强挤出笑。

"没什么,"她满脸的欢喜,"我断定你会来的,所以也就没走。"

那"断定"二字,使许炯的心莫名地感受到了一阵刺疼。

"我们沿着河堤走走。"她边说边主动地伸过胳膊,他迟疑了一下,木然地伸臂让她挽住了。

他一点也没听清她说了些什么,只是当她那兴奋的声音终于停下之后,他才僵僵地说道:"请你帮我找间房子。"

"房子?"她愣了一下,不过转瞬就满脸溢笑了,"干吗一间?我们要找就找一套,两间一厅的,怎么样?"

许炯站住了。她说"我们"说得那样随便、自信,仿佛两人的事就已经由她定了。

"今晚回家我就悄悄给俺爸的秘书说一声,让他给曲承禄打个电话,曲承禄保管会很快给我们在房管处要到一套,他有办法。"

许炯先是惊看了对方一眼,随之,便低了头,木然地跟着她向前走⋯⋯

十一

茶是信阳一级毛尖泡的,曲承禄轻呷一口,一股清香立时便沁满了胸腹。

他仰靠在沙发上,惬意地看着电视,间或伸手去茶几上捏一粒五香瓜子扔进嘴里。

一切都十分适意。

下午从景龙厂打来的那个电话尤其令他满意。

郝家后竟然一关也没过去。

他原本给郝家后设了两关,曾设想对方能过了其中的一关,然而,竟连一关也未过去。这不能不使他此刻在心里很为对方感到可怜。

第一关是减产关。景龙厂曾招收过一大批临时工,当时厂里自己规定,全厂干部职工均可招一个亲友进厂当临时工。现在因为临时工过剩,厂里开支增加,管理困难,厂子要整顿,这个问题势必要解决。可这问题牵扯到全厂每一个人,弄不好就会造成人心浮动,全厂减产。他知道郝家后不熟悉地方的人际关系,很可能轻易动手去触这个敏感的问题,只要因解决不当造成减产,他就可以追究郝家后的责任。果不其然,郝家后下厂不久就去触这个问题,结果引起工人不满,造成两个车间半停产一天,损失达十多万元。

第二关是烂垛关。景龙厂厂区小,籽棉垛大,垛温自然也就较高,加上由于收购籽棉时有开后门现象,垛中就免不了有湿度大的棉花混进去,这就极易造成烂垛。景龙厂前些日子已有过烂垛现象。懂行的领导人,在这种情况下一进厂,势必要抽出一定力量对棉垛进行检查;不懂行的,就可能把目光只盯在车间生产上。果然,郝家后不懂此管理知识,致使其中一个棉垛烂、污三级棉两万多斤!

这两件事自然都要追究郝家后的责任。

刚才,他已给在省里学习的宋经理打了长途电话,汇报了郝家后在景龙厂的情况。宋经理听罢十分生气和吃惊,一方面责怪他不该把未经过专业训练的郝家后派往那个复杂的厂子去主持工作;一方面也同意他的提议,对郝家后因工作不力、管理不善造成经济损失的错误,只给行政处分,不追究刑事上的责任,撤销其科长职务,下到东郊棉花厂当一般干部。

目前,剩下的任务就是起草给郝家后处分的报告送上级批准,而后在全公司名正言顺地公布了。

他感到了一种如愿以偿的满足。

这当儿,他那脸皮黄瘦的妻子来给他的茶杯里续水,望着妻子那毫无曲线的身材,一丝儿不快和遗憾顿时就从心里升起,他的眼前倏然晃过了当年辛贞那秀丽的身影,如果不是那个郝家后,今晚给他杯里续水的就是另一个窈窕漂亮的少妇了。

郝家后,你应该付出代价!

每个人在得到一件东西的同时,都要或多或少地付出代价,你到了该付的时候了!

"砰!"他禁不住猛地在沙发扶手上捶了一下。

"他爸,有事?"他那瘦瘦的妻子闻声立时走到客厅门口怯怯地问。

"没什么。"他又恢复了平静,把目光移向了彩电屏幕。

林冲仿佛是已经上山了。

他又捏起一粒五香瓜子扔进了嘴里……

正俯身办公桌上抄一份材料的许炯,不经意地抬头一看,见办公室里又只剩下了董姝和自己时,便又慌慌地起身想走出门去。这些天,他一直在躲着她,从不留一个两人单独相处的机会。然而,这一次躲得晚了,就在他刚刚站起身时,他听到了她带了几分愠意的声音:"你又去哪里?"

"我……我出去换换空气。"他努力笑了笑,举止显得有些失措。自那天傍晚他和董姝谈了后,对方又约了他两次,两人的接触次数尽管增多了,可他对她的感情却未见有丝毫增加。早先在部队同那个女护士交谈时所产生的那种乐趣和甜蜜感,如今竟根本不能重新体验。董姝在同他散步时几次故意跌倒在他的怀里,他也没有产生一点要拥抱、亲吻她的欲望,总是很正规地扶起了她的身子。而当初那个女护士在同他交谈时身子不留意碰他一下,他都会感到一种激动,一种要张臂拥对方入怀的欲望,就反复地折磨着他。要不是那时他有要找一个比女护士更好的姑娘的打算,用理智紧紧拘住自己的欲望,恐怕他早就把嘴唇压到那姑娘的唇上了。可是现在,面对董姝,他却根本没有了这种冲动,也就是因为这,他下决心断绝同董姝的交往,想着法子避开她。她几次写纸条告诉他已经找到了房子,让他去看看,但他总是找借口推辞了。他宁愿住在姐姐家遭大外甥的白眼,也不愿把自己的一生系在这个他一点也不爱的姑娘身上。

"不是告诉你了吗,房子在榴花街十七号楼二十二号,两室一厅的,你怎么一直不去看?给!这是钥匙!我已经搬那里住了,你今晚去看看吧,我等你。"董姝说罢,"啪"一声把钥匙扔到了他的桌上,出去了。

许炯带了几分厌恶地望着那把钥匙,鄙夷地"哼"了一声,连碰也没碰它一下,便又低了头去抄材料。

傍晚快下班时,材料抄好了。他装订好刚要给科长送去,不想科长却已脸带几分歉疚地走到了他的桌前说:"小许,有件事告诉你,公司领导决定由你去郊县十里店苎麻转运点,先工作一段时间。"

"什么?"许炯吃惊地叫道,他知道十里店转运点是公司最小最偏僻最艰苦的一个转运点,"我这会儿正在业大学习企业管理学,一到那个地方我还怎么听辅导?"这是真话,若不是因为要上业大,以他目前要躲开董姝的愿望,他是真想去那个偏僻地方的。

"我已经向曲副经理反映过了,你是不是再去说说?"科长的话语中分明含了同情。

"好,我去!"许炯带着火气扔下手中的材料。

曲承禄和颜悦色地接待了他。让许炯这个正营职转业干部去那个转运点工作,曲承禄内心里也觉着有点过分,但他又决心这样做。因为他知道许炯同郝家后的关系,他担心拔草留根,日后会带来后患。自然,他目前还不知道董姝同许炯的关系,董姝当初向他要房子时,只说是要结婚,并没说出对象是谁。当许炯诉说完他的理由之后,曲承禄很带了几分慈爱地说:"小许呀,越是艰苦的地方越是要去,这可是党对我们的要求,也是我们解放军的光荣传统!十里店你不去,他不去,那么谁去呢?你是军人出身,又是党员,该带个头,权当是支持我的工作,怎么样?"

很是冲动的许炯,听了这番话,一时竟无言可答。

他木然地移步回到办公室,呆呆地坐在了那里。

这就突然地离开这个地方吗?他的目光机械地在办公桌上移,蓦然,他看到了董姝扔给他的那把钥匙。

他猛地伸手拿过了它。

他把钥匙插进锁孔轻轻那么一旋,门便开了。

正坐在梳妆台前打扮的董姝,立时含了笑跑过来扶他:"快坐!看看我们的房间,怎么样?"

他的目光缓缓掠过这刷得洁白,还散发着淡淡油漆味、石灰味的漂亮房间。这么漂亮的、连家后大哥那样的团职干部都住不上的房子,难道真可能成了我的?

"这间是客厅,这间做我们的卧室,那间保姆住,那是厨房,那是卫生间,这里通阳台,阳台上给你放个躺椅让你看书。"她一一指点着,脸上浮着的是不加掩饰的欢喜。

她把一切都计划好了。他在心里想,然而,张口问的却是:"有酒吗?"

"有,山西汾酒。我专门为你预备的。可惜没菜,给你开两听罐头中吗?"

"中!快拿来!"他语气中透着迫不及待。

酒,倒进了杯,他端起就喝进了嘴。"知道了吗?"他说,"公司决定让我去十里店转运点工作。"

"哦?"她的眉毛竖了起来,"谁敢?放心!我明天去找曲承禄!"

他的眼角起了一个笑纹,望着她,又喝了一杯。

他注意到她看他的目光有些发直。他晓得,自己的脸又红了。美酒、酒美,美男俊女,喝一杯两杯,似醉非醉,会平添几分美。在部队同战友们喝酒时,总是头两杯下肚后,大家便说他的漂亮又添了几分,说话荤一点的,便开玩笑地叫:"恨不得变个女的,跟你睡!"

他又喝了一杯。

眼变蒙眬了。美在朦胧中,世有朦胧美,面前的姑娘在变美。

"天真热!"他听见她说。她脱了外衣,只穿一件薄薄的内衣,那胸前隆起的两座山,多像师医院那个护士的,真像! 真美!

"你热吗?"他听见她问,他感到她走过来,一股香气直往鼻里钻,"晚香玉"型香水,和师医院那女护士是一样的香味,像她,是她! 是她,像她!

"你去床上躺躺吧。"他觉得她扶着他走到了床边,"瞧你出了多少汗,把外衣脱下来。"他意识到她的手在解他的衣扣,那手柔柔的,多像那师医院女护士的手,像她,像她! 是她,是她!

他一下子攥住了那手,含糊地说道:"我回来了……我当初不该不同你……"他感到他的嘴被一双温热的唇堵紧……

十二

辽远的天边,有两颗星在无精打采地眨着眼。

原原奶奶还在缓缓地摇着她的手摇纺车:嗡嗡、嗡嗡……

"……那一天,大鹤和小鹤把河挖到了一片树林里,挖着挖着,不小心挖断了一棵大树的根,那大树突然倒下来,一下子把大鹤压到下边,待小鹤把树挪开时,大鹤已经被压死了……"辛贞还在给原原讲述那个未完的故事,然而,她的话音却没有了往日的那份平静,一副心烦意乱的样子。

她怎还有讲故事的心绪?下午,公司里的老姚跑来告诉她,家后在景龙厂出了两件事,她听后几乎被骇呆了:天呀,十几万元的损失,追究起领导责任来那还得了?

"妈呀,妈,大鹤死了咋办?"不懂事的原原还一个劲儿地在怀里催她。

"噢,噢,大鹤死后,小鹤哭了一场,便把大鹤的尸首埋在洞边,自己又继续挖起来,它决心要把这条河挖成,给咱们苑城这儿受旱灾的人们送水来……"

辛贞现在才算完全明白了曲承禄派丈夫去那个厂的用心。当初她阻拦丈夫不让他去,原只是出于一种猜测,而且远不是后果这么严重的猜测。噢,原来是这样,她感到了一种无法表达的气恨,啊,人,人,人呀!

她在气恨的同时,一丝儿隐隐的庆幸又缓缓地浮上了心头,哦,当初幸亏和姓曲的分了道,否则,那多么可怕!和这样一个男人生活在一起,天呀!

当年,十八岁的她差一点就要把自己的一切都献给那才貌双全的曲承禄了。她至今还记得那个晚上——曲承禄在省报发了头条新闻的那个晚上,他约她见面后,她已对他解除了任何戒备。对他才能的崇拜,使她在心里暗暗做了决定:不惹他生气,见面时他愿做什么都随他! 当他把她拉入怀中时,她只是温顺地仰起她那温润的双唇,等待着他的亲吻,不料就在那一刹那,会突然响起郝家后那一声喊叫,倘若不是那声喊,也许,她就是曲承禄的人了。

哦,那是一个多么关键的时刻!

小原原已经睡熟了。

得想个办法呀! 上级会怎么处理丈夫? 会不会把他送进监狱? 该去向领导求求情,求得人家的宽恕。

可找谁讲? 向谁求? 宋经理、戚副经理都不在家,找别人又不顶用,找曲承禄?

她的身子顿时就一抖。

当她重又想了一遍之后,她明白她只有去找曲承禄。只有他才是最终决定如何处置丈夫的人。就去求求他吧。家后,你不要骂我下贱,行吗?

她把原原在床上放好,走到里间给婆婆说了一声,便急急地走出了门。

曲承禄没有睡,还坐在录音机旁,静静听着电影《少林寺》中牧羊女的歌声。不知怎么的,他近来竟十分喜欢听这首歌,而且,那兴趣还异乎寻常得浓,一有空闲,就坐在录音机旁边闭上眼睛听。

其实,牧羊女唱的什么歌词,他倒没有认真去记,他只是听那种音调、那种旋律,因为那柔美的音调、旋律,会使他紧张了一天的神经得到松弛,会使他忆起远在白河下游的那个故乡,会使他想起儿时和伙伴们在白河岸边放羊时唱的那些歌:"……河水清凌凌,岸边青草生,俺放羊儿过,鞭声响河中……"有时,在那歌声中,他脸上会溢着一种纯净平和的光,那一刻,他就真想抛弃眼下的一切,回家再去过过儿时那无忧无虑、无烦无恼、无惧无怕的生活。

丁零零。有人按门铃。

妻子和孩子已经睡了。他只好恋恋不舍地关了录音机,慢慢地走去开门。就在歌声停下的一刹那,他脸上那层纯净平和消失了,他又从白河下游的故乡回到了现实中,开始紧张地思索:是谁?什么事?坏消息?好消息?

他奋斗到今天,得到现在的一切并不容易。因此,他必须时时警惕别人破坏他所得到的这一切东西!

他原本是白河岸边一个普通农民的儿子,他是凭了自己的聪明和农民父母遗传给他的韧劲,才一下一下地在苑城这个大地方站稳了脚。他并不想就此停止前进。

他拉开了门。但就在门拉开的瞬间,他的双眼意外地瞪大了:门外站着辛贞!

上次辛贞来家,他不在,两人其实已是多年不见,但他还是一眼认出了,从她那秀气的脸型、那黑而大的眼睛中认出了。何况,他至今还悄悄保留着一张当初两人相爱时她给他的一张照片。

"打扰了,曲副经理。"辛贞一声轻轻的招呼响起之后,曲承禄才撤去脸上的意外,笑着让道:"哦,是辛贞呀,快请进,请进。"

曲承禄走去给辛贞倒茶,不知怎的,他感到了自己的手有些抖。当辛贞叙说郝家后在景龙厂的种种难处时,他其实并没有听,他只是目不转睛地盯着辛贞那丰腴的红唇、那白嫩的双颊,奇怪,十几年过去,这个女人竟没有太多的变化,还是那样美。

"……求求你,看在他只懂打仗,不懂工厂生产的分上,不要处分得太重了,我求你了……"辛贞声音幽幽的,眼角已有了泪。

听到辛贞这句话,曲承禄心里顿时涌起了一股终于得胜的快意:哈哈,你这个女人!今天到底来求我了,当初我哀求你的时候,你大概不会想到有今天吧?曲承禄心里虽这么想,出口的话却是十分温软体谅人的:"是呀,当初公司里也是只想到让他锻炼锻炼,好早点顶大梁,现在看来,当初的决定是有些草率了。这会儿损失已经造成,决不能只找他一个人的责任,首先我就有领导责任,何况,老郝刚从部队回来,情有可原嘛!听说有人提出要追究他的刑事责任,我坚决不同意!干什么?难道因为一点问题就置人于死地?现在已不是'四人帮'的时候了,放心,你放心!最多给个行政处分,谁要再追究我顶住就是。我们当初毕竟是一个厂里出来的,你说呢?"

辛贞未料到对方竟会这样通情达理,会这样大度地准了她的求情,在这一刹那,她那颗体谅他人的女人的心,立时对曲承禄生出了真诚的感激,以至于辞别时她双手握着曲承禄的手连摇了几下。本来,曲承禄望着辛贞那丰满颀长的美丽腰身心就跳得分外厉害,经辛贞这么一摇,他觉得浑身的筋骨都在变软,他真想一下子伸手把这个他梦寐以求的女人搂在怀里,但他最终还是抑制住了这个冲动。他还有更重要的追求。不!不能为了这个女人丢了那一切。

他牙咬了下唇,十分费力地把那个冲动压灭在肚里,慢慢地看着辛贞走出了他的视线……

十三

家后默然坐在桌前,双眼望着窗外那墨黑的天,身子僵了似的一动不动。

他是上午接到曲承禄要他回机关的通知,下午到家的。他怎么也没有想到,自己会在景龙厂闯下那么大的祸,造成那么严重的损失。当初指挥一个团那样得心应手,而今竟然在一个棉花加工厂里,栽了这样大的跟头。

他现在完全明白曲承禄派他去景龙厂的用心了。然而,又有什么用?就在下午,他还想向在省里学习的宋经理写信,向他反映反映曲承禄的用心,然而,信纸一摊,他却又觉得无话可写,写什么呢?人家当初派你去完全可以解释为对你的信任,别人至多能说他是派错了人,还能说什么呢?而且,眼下写信,还会给人一种推卸责任的嫌疑!他于是又默默揉碎了摊开的纸。世上有些事,除了当事者,别人是无法理解的。并不是生活中的所有委屈都可以伸,有些委屈,是要靠受委屈者自己咽下去的!

其实,关键还是怨自己。假若自己有本领、有能力,就根本造不成那样的损失。一想到损失,他的心就战栗了,天啊,那么多钱,那么多棉,够一个村的老百姓吃上一年呀!

他痛楚地闭上了眼。

嗡嗡、嗡嗡,娘的手摇纺车还在不紧不慢地响。

"……挖呀,刨呀,小鹤的爪子已被石头和土块磨得露出了骨头,它每挖一下土,都要在地上留下一点血迹,但它始终没有停下……"妻子还在给儿子讲那个故事。

辛贞不时把忧虑的目光投向丈夫。丈夫从下午到家至今,还没有说过一句话。

待会儿,得让他把衣服脱了换换;明天,该催他去理理发了,瞧他那蓬乱的头发和胡子。

"妈妈,妈妈,后来怎么样了?"原原又在怀里催。

"噢,噢,终于有一天,小河挖到了咱苑城,黄石泉的水引来了,咱们苑城人得救了。可小鹤的力气却用尽了,汗流完了,血流干了,它想去把老鹤、大鹤的尸首背回天宫去,可已经不行了,它只长长地叫了一声,便也死在了河岸上——"

咚咚!敲门声打断了辛贞的讲述,她起身开了门一看,门外站着许炯。

"噢,快进来!怎么,你也吸起烟来了?"辛贞看看许炯夹在指间的香烟,有了几分意外,她知道许炯在部队时为了保持牙齿的洁白,再好的烟也不吸。

许炯无言地走进屋,慢腾腾地在一把椅子上坐了,喝了几口水,这才抬了头看着家后,哑声说:"大哥,想开点。"他是今天上午听说家后出事的。

家后并没应声。沉默,便长久地占据着屋子。过了好长时间之后,许炯又开了口:"大哥、嫂子,我来也是想告诉你们我找对象的事……"

"哎呀!"辛贞听到这儿轻叫一声,打断了许炯的话,"我们厂医务室的小影护士还没找对象,人长得比你上次在部队谈的那个林文还要俏些,我那天把你的情况给她介绍了一下,探了探她的心思,她同意见见面。这几天我心里只装着你大哥在景龙厂的事,就把这件事给忘了,刚好,你看看定个日子,见见她怎么样?"

"不用了。"许炯缓缓地把头摇摇。

"怎么?你还要拖到什么时候?"辛贞的语气带了一点嗔怪。

"我已经找了。"许炯长长地吐了一口烟。

"哦,哪里人?"家后这时也扭过了头来问。这是他回到家后第一次开腔。辛贞见丈夫的心思被引到这个问题上,知道这会减轻他心上的难受,便也有了些高兴。

许炯又深深地吸一口烟:"就是我们科的那个董姝。"白色的烟雾随了话音从他的口中涌出。

"哦?"家后和辛贞就几乎同时扬了眉。他俩都见过那个董姝,知道那姑娘的相貌实在与许炯找对象的标准相差太远。

"我们已经决定了后天结婚。"许炯又点着了一根烟。

"她心地很好,是吧?"辛贞轻声问,她估计只有这个原因能解释许炯的行为了。辛贞晓得,他过去不愿谈的那些姑娘,哪个都比董姝漂亮。

"她爸爸是市长。"许炯漠然地说出了这一句。

沉默,霎时又充塞了屋子。

许炯还在大口地吐着烟雾。

"还有事吗?"片刻之后,家后突然望着许炯问,声调十分冷,

"没有事了就走!我要睡觉了!"

"他爸!"辛贞慌慌扯了一下丈夫的胳膊。

许炯什么也没说,只是长长叹一口气,这才极费力地站起了身。

辛贞无言地走上前,伸手从许炯的嘴上拔下烟,掐灭了。

"嫂子,我举行婚礼时,你和大哥不要去,行吗?"许炯抬眼望着辛贞,眼里分明含了恳求。

"快走!我要睡觉!"家后突然暴怒地捶着床帮吼。

许炯垂下头转过身子,一步一步地向门外走,他原本十分挺直的身子,此时竟变得有些伛偻……

十四

天,蓝得很,于是阳光,便很明亮地照进来,映着那份打印的处分决定。

刚才,曲承禄用了十分庄严的声调,对公司机关全体工作人员宣读了给郝家后的处分决定:行政警告,撤去科长职务,下放到东郊棉花厂生产科任办事员。

又一个威胁解除了!

曲承禄感到了一股由内心升起的轻松,点着烟,吸一口,一边看了口中喷出的烟雾袅袅上升,一边听着对面郝家后正做着的检讨。当他的目光触到郝家后那凹陷的两腮、蓬乱的头发、长长的胡子时,他的心里又莫名其妙地升起一股似乎难受的感情。是的,我把你治得有些过于苦了,可你为什么偏要拦我的路?我一开始并没有打算治你的,是你迫使我动了手。这是没有办法的事……

当郝家后检讨完的时候,曲承禄觉到了还有再说几句的必要,便呷了一口茶,用十分沉痛的语气说道:"家后同志这次受处分,其实我也有责任,我不该把那么重的担子一下子压到他的肩上;并且在交给他之后,因为忙其他的工作,也没有给他实际的帮助。老郝同志所犯的这点错误,与他的功劳相比,其实是算不了什么的。他在部队时曾经立过功、负过伤,是我们的功臣,这一点,我也是前几天才从他的妻子辛贞嘴里知道的。那天,辛贞同志大概是担心这件事会交由法庭处理,到我家找我说出了这个情况,我当时就对她说:不用你请求,我们绝不会把一个人民的功臣送到法院去……"

辛贞去他家里求他?家后听到这话身子一激灵。他听出曲承禄的话里含了多少轻松,带了多少怜悯,夹了多少嘲弄。好一个贱女人!曲承禄下边说的什么话,家后一句也没听进,他只是在心里气恼地不断重复着那句话:"好一个贱女人!"曲承禄一宣布散会,他便带了一腔怒气骑车向家里赶去。

午饭做好了。

丈夫还没回来,在小原原的催促下,辛贞又坐在厨房里讲着故事:"……那一天,天宫里的牧鹤姑娘出了宫门散步,忽然听到凡间咱苑城这儿的人们在哭,便好奇地驾了云头来看,一看才明白,原来是咱苑城人正围着那三只白鹤的坟头痛哭。牧鹤姑娘听到人们边哭边诉说着三只白鹤的功绩,心里十分感动,决心把三只白鹤挖出的那条小河再加宽一些。于是,她便回到宫中,趁王母娘娘睡熟的当儿,悄悄取下王母发髻上的金簪,沿那条小河划了一下,立刻,那小河便变成了如今的这条大河。后来,河两岸的人们又一起动手,加宽河道,加固河堤,并在河心堆了三个很像白鹤的沙洲,用来永久纪念那三只白鹤,还把河的名字起成了'白河'——"

辛贞讲到这儿,突然听到了一阵急促的喘息,扭头一看,原来是丈夫铁青着脸站在门口。

"他爸,下班了。"辛贞站起身来想给丈夫端水洗手,不料丈夫已一步跨到了她的面前,用冷得怕人的声调问道:"你又去曲承禄家了?"

辛贞望着丈夫那不住抖动的下巴,无言地点了下头。

"啪!"家后突然抬手朝妻子脸上重重打了一巴掌,几乎在这同时,又向她的肩上捶了一下。

"妈妈……"原原见状惊恐地叫了一声,想向妈妈身边跑去,但当爸爸那暴怒的脸转向他时,骇得他又猛地止了步,噤了声。

"贱女人!"家后咬着牙吼,同时恨恨地用脚向妻子踢去。他心里窝着的那些烦躁、委屈,一刹那间,就都顺着这个口子泄出了。

辛贞沉重地倒在地上,她双手紧搔着腹部,眉头痛楚地皱紧了,但她始终没有吭声。

"妈妈……"小原原终于哭叫着向倒在地上的妈妈扑去,辛贞艰难地伸出一只手去搂孩子。就在辛贞趔趄着挪动身子时,家后突然发现,妻子的裤子上和地上都是血迹。

那鲜红的血骤然冷却了他炽热的神经,使他一下子向辛贞俯下身去:"血,哪来的?"

"可……可能是流……流了……"辛贞的脸已经煞白。

"啊?"家后这才想起妻子曾提过的怀孕的话,忙慌慌地问道,"你怎么还没去医院流掉?"

"没……来……得……及……"辛贞艰难地说完这四个字,就颓然地倒下了。

"辛贞……"家后叫了一声,慌忙弯腰抱起妻子向门外跑去。

堂屋东间里,双耳全聋的原原奶奶,依旧在摇她的纺车,嗡嗡、嗡嗡……

十五

许炯慢腾腾地向着新房走,那迟缓的动作,仿佛已是个七旬的老翁了。

婚礼是那样热闹,新房布置得是那样的漂亮,收到的礼物是那样的多而贵重,然而那新婚的欢乐,许炯心里则一点也没体验到。

他机械地把钥匙插进锁孔,推开了门。那漠然的神态,似乎是进一个并不相干的空房。

室内的董姝见丈夫回来,立时欢喜地跑过来,在丈夫脸上很响地亲了一口。

许炯烦躁地一下子推开了她。

董姝很是意外地看了他一眼,旋即又红了脸,要往丈夫的怀里偎。

"走开!让我安静一会儿!"许炯突然暴怒地喊,一只脚还极重地在地板上跺了一下。

"你凶什么?"董姝的脸上也倏地浮了怒气,"刚结婚就这么厉害,那以后还不把我吃了?"

看到妻子脸上的怒容,许炯一下子意识到刚才的感情失了理智的控制,有些过分。既然已经到了这一地步,发火已是无用的了。他于是就急忙笑着说:"噢,对不起,刚才我的心口疼得厉害,心里就有些烦,请原谅。"

"哟,你怎么不早说?"董姝信了这话,关切地走到他身边去揉他的胸口,"一定是你这两天喝酒喝多了,总喝,总喝,会伤胃的。我一会儿去给你要点药!"

"不要紧的。"许炯轻轻地把她揽在怀里,毫无感情地在她的唇上吻了一下。

董姝立时甜蜜地闭上了眼睛。

"嗳,还有两个消息要告诉你,"片刻之后,董姝在他耳边说,"一个,曲承禄给我讲,他打算把你提为加工科的副科长……"

"哦?"许炯惊愕地睁大了眼。

"让你当副科长其实属于落实政策!你在部队时就是副参谋长,正营职,在公司里当个副科长还不是理所当然?我要让别人看看,我的丈夫不是一个无能之辈!"董姝说得十分气壮。

许炯两眼愣愣地望着她。

"还有一个,待会儿,我在高中时的几个女同学要来看我。你现在去把那身咖啡色的衣服换上,把头发梳一下,上点发油,我要让她们看看,我找的丈夫比她们每个人的都要漂亮!"

听了这话,一股阴燃的暗火又在许炯的眼里闪了一下,不过,转瞬就又消失了。只听他淡淡地应道:"好的,我这就去换衣服……"

仲夏正午时分的阳光,威力的确不小,好多人都被赶到了白河里洗澡。

几只蝉儿,在门前的树上扯着嗓子唱,在它们那叫声的间隙里,便又传来原原奶奶那纺车的声音。

辛贞搓了几下盆里泡洗的衣服,一粒粒的汗珠,就又从那苍白的额上渗出。她是两天前刚从医院回来的,由于流产时出血过多,她在医院就整整住了半月,至今身子还十分虚弱。

她看了一眼从厂里下班后坐在门前歇息的丈夫,见他正出神地向白河上望着,便把一杯早已凉好了的茶递给原原:"去,给爸爸喝。"

"爸爸,你在看什么?"小原原端了水到爸爸身边。

"沙洲。"家后没有回过头来,只是低声答。

"是那三个白鹤洲吗?"

"是的。"

"妈妈说,那是人们为纪念挖河累死的三只白鹤堆的。"

"是的。"

"你去白鹤洲看过了吗?"

"没有。奶奶为了爸爸的平安,从不让爸爸去学游水。"

"我想去看看,行吗?"原原把茶杯递到了爸爸手上。

"那得先学游水。"家后喝了一口凉茶。

"我现在就去学,中吗?"

"中!"

"噢——"小原原欢喜地蹦了个高,立时便拉了爸爸往河边走。

"他爸!"一直听着父子俩对话的辛贞,这时慌慌地叫。

家后回了头,对妻子笑笑:"既然住在河边,就该学会游水!"

"小心,去吧!"辛贞终于这样说。

她站在门前,定定地望着跳进河水里的丈夫和儿子。

嗡嗡,嗡嗡,奶奶的纺车还在摇。

知了,知了,树上的蝉儿仍在叫。

河边,猛地传来几个游水人扯着嗓子的唱:

  天上有太阳,
  河里太阳亮;
  谁要不下河,
  谁就冷得慌。
  ……

香 魂 女

序一

香油,是我们南阳这地方有名的土特产品。据史书载,早在清朝光绪年间,就经汉口"邓帮商行"销往东南亚、日本和德国。在香油中,又以小磨香油最负盛名,如今每年销往京、津、沪三市和日美诸国的几百万斤香油,就是小磨香油。南阳的小磨香油出名,其一是因为此地的芝麻奇异。这地方属暖温带气候,土壤、水质中含有多种矿物质,芝麻籽粒饱满,千粒平均重达三克以上,油脂中富含人体必需的不饱和脂肪酸;而且部分芝麻籽粒形状很怪,其尖端歪向一方,出油率高达百分之五十七。其二是因为榨制工艺独特。它先将芝麻炒到将煳未煳,而后用石磨磨成糊状,接着加水、搅拌,最后澄清、舀盛,原汁原味。

南阳榨制小磨香油的油坊、油厂很多,但你若想尝到小磨香油中的最精最优最上之品,则须出南阳城南行,问:香魂油坊在哪?会立刻有人指给你。

那原是郜家营郜二嫂私人开的一座油坊,两年前日本经营粮油的女商人新洋贞子来油坊参观后,自愿提出投资扩建,如今变成了中日合资经营,不过油坊的一应事务仍由郜二嫂主持。二嫂的大名叫银娥,很好听,只是她使用这名字的机会很少,村人多称她二嫂,连新洋贞子也对她这样叫。

序二

做香油和做啤酒一样,讲究水!

没有崂山矿泉水,青岛啤酒就不会享誉国际。同样,没有香魂塘里的水,郜二嫂的油坊也不会让那么多人着迷。

香魂塘里的水是有些奇!

这水塘坐落在郜家营村南,方形,百米宽窄,最深处不过一丈,然而即使是再大的旱年,塘水也不见稍减,据说塘底通着什么暗河。塘中夏日长满荷叶,花开时香裹全村,然水凉得怕人,很少有人愿下去摸藕,偶有人敢试,也是下水片刻便牙齿发颤嘴唇乌青地慌慌爬上来。塘水颇清,却无鱼无虾无鳖等生存,且喝到嘴里又有一股苦涩味,极像是放了种什么草药。村里的牛羊猪狗再渴,从不喜喝这塘里的水。可就是这塘水用来做小磨香油,特别好。会使油色橙黄微红,味甜润,入口清香醇爽。用这油来煎炸食品和调制凉拌菜肴,可去腥臊而生奇香,使人口生津液食欲大增;若用来配制中药,可滋阴清热解毒,壮精髓,润脾胃;若用来熬膏外敷,具有凉血、润燥、消肿、止痛、生肌等功效。

发现这塘水可做香油,据说是在宋朝,这水塘从那时起便起名叫香塘。又据说在乾隆年间的一个秋天,村人突然在一个早上发现,村东头拥有四百二十五亩土地的郜中雄的千金小姐和村西铁匠林家的小闺女同时投塘自尽,两姑娘时年都十七岁,死因一直无人能说清楚。于是从那以后,人们又在香字后面加了一个"魂"。

郜二嫂的香魂油坊就坐落在香魂塘畔,油坊大门面南,出门五十步即是塘岸。

两年前,新洋贞子之所以下决心给郜二嫂的香魂油坊投资,很大程度上也因了这香魂塘。那天,新洋贞子在仔细地品尝了香魂小磨香油之后,特意到香魂塘边用勺子舀了点塘水尝尝,然后又让随行的人带了一壶香魂塘水回去化验,化验后立即拍来电报:愿投资四十万美元扩建香魂油坊。至于新洋贞子的经历以及而后两家如何谈判,如何分配利润,如何外销产品,如何定下仍由郜二嫂主持经营等事,不是本文要介绍的内容,本文只说有关郜二嫂的一桩家事,那桩事开始于一个早晨……

一

六月的那个空气潮润东天洇红的清晨,郜二嫂像往常一样,一边扣着衬衣纽扣一边匆匆出院门向隔壁的油坊走去。每天的这个时辰,香魂油坊要开始它的第一道工序:炒芝麻。二嫂进去时,偌大的油坊炒棚里已是热气滚动白烟飞腾,三十八口铁锅里全已倒上了芝麻,锅灶里都已有火苗乱爬,每口铁锅前都站着一个短裤赤膊的男人,手拿一柄大铁铲在锅里翻炒。随着铲起铲落,先是有缕缕白色水汽蹿出锅沿,渐渐便有一股熟芝麻的香味开始在棚里飘溢。身着短袖衫的二嫂在那些铁锅前巡视,这口锅前叮嘱一句烧火的"火小点!",那口锅前催促一下掌铲的"翻快点!",炒芝麻是做香油的重要工序,炒得不够和炒得太过都会影响油的颜色和香味,所以每天的这个时辰,作为老板的二嫂不管因算账、筹划熬夜多乏,也绝不睡懒觉,总要亲自到炒棚里巡看。天本来就热,三十八口铁锅散发出的热量聚起来更是怕人,尽管有散热器嗡嗡转动,但二嫂的衬衫很快便被汗水湿透,然而二嫂浑然不觉,她的心思全在芝麻上:要正到火候!昨日就有一锅炒得过煳,结果香味不正!正当她从一口锅内抓一把芝麻查看时,炒棚门口突然响起闺女芝儿的尖声急叫:"娘,娘!快,快来!"二嫂闻声一惊,女儿是她的心尖上的肉,她慌慌张张朝棚门口跑:"怎么了,芝儿?"十三岁的芝儿见娘出来,并不说话,上前拉了娘的手就往香魂塘边跑。"出什么事了?"二嫂心中愈发慌,女儿仍不答,直到跑近塘岸,二嫂才明白女儿拉她来的原因:

二十二岁的儿子——那个因得了癫痫病智力不全的墩墩,正站在塘水边上攥住一个洗菜姑娘的两只手腕,嘿嘿地傻笑着往自己身边拉。那姑娘恐骇至极地挣拒着,盛菜的竹筛子正缓缓向塘里漂。"墩子,放手!"二嫂一声断喝,惊得那墩墩一个激灵,手松了,他扭头看定他娘,一丝口水在嘴角上极悠闲地晃荡。

"你想招打呀?还不快滚!"二嫂朝儿子斥道。但墩子不走,又歪头咧嘴笑盯着旁边双手捂脸仍在嘤嘤低泣的姑娘。直到二嫂扬起巴掌朝他肩上打了一下,他才扭头跳上塘岸跑开了。

"娘,环环姐和我同时来这塘边洗菜,我俩正边洗边说着话,哥拎个毛巾来洗脸了,他到塘边先是嬉皮笑脸地直盯着环环姐,后来就上来攥人家的手腕!"芝儿在一旁气咻咻地告状。

"哦,噢,"二嫂扶住那叫环环的姑娘,一边理顺她的头发,抻平她的衣襟,一边柔声劝慰,"好闺女,别哭,看我晚点打他给你出气!"过了好一阵,那环环才停了抽泣。"芝儿,送送你环环姐!"二嫂支使道。芝儿急忙把环环盛菜的竹筛捞起,扶环环上了塘岸。看着芝儿同环环走远,二嫂才重重往塘岸上一坐,望望碧青碧青的塘水,长长叹了一口气:唉,这个儿子,可拿他怎么办?他是因为癫痫连续复发引起的智力下降,男女间的事看来也懂,以后说不定还会去惹别的姑娘,怎么办?二嫂望着空旷的塘岸,坐那里默想。这当儿,一阵喜庆的唢呐声忽由村东飘来,二嫂蓦然记起,今天是村长家娶儿媳妇,村里人都要去送贺礼,自家也该送一份去。唉,人家在为儿子高兴,我却在为儿子发愁,什么时候我也能——倏地,她脑中一亮:娶个儿媳!这些年她把心思全放在办油坊上,加上总以为墩子不懂事,给墩子娶媳妇的念头还一直没有动过。就是,只要给墩子说个媳妇,两人一结婚,事情不就结了?不仅不用再为类似今早上的事操心,也会有人照顾儿子的饮食起居,岂不两全其美?墩子智力上差一点,无非是多花几个钱罢了!花钱怕啥?

对,就娶一个和环环的相貌年纪差不多的姑娘做儿媳!

就在这个早上,就在香魂塘边,二嫂娶儿媳的决心下了。

二

别看二嫂平日寡言少语不苟言笑,却是那种拿了主意就要按主意办的女人。她当初所以能办成油坊,且引得日本的新洋贞子自愿投资,也得益于这一点。她早上动了娶儿媳的念头,午后取水时,便向媒公五叔做了嘱咐。

每天的午后,是油坊去塘中取水的时候。这时,炒熟的芝麻已经磨成了芝麻糊糊,接下来的工序就是去塘里取水,然后把水用锅炉煮开,往芝麻糊糊里兑。按比例兑好之后,一沉淀,油便出了。因为是做油的水,来不得半点马虎,混不得一点脏东西,所以每天午后油坊的小型抽水机开始去塘中抽水时,二嫂总要拿一根细长竹竿,在竿头上绑一块白净纱布,站在塘岸上让纱布在取水处的塘水水面上轻拂,仔细拂走水面上漂着的浮萍、荷叶碎片、草屑和灰尘。郜二嫂这日就是正干这事时瞥见五叔拎一只水桶向塘边走来,便立时停了手中竹竿,急急喊住五叔,跑过去把要给墩子娶媳妇的事说了一遍。

一辈子在媒场上混的五叔,看到这个富得流油的油坊主人来求自己,自然高兴,就眯了眼,拈着下巴上的短须说道:"放心,她二嫂,你交代的事儿我还能不办?你只管在屋里等,不出三天,我就领上姑娘到屋里让你相看!"

"五叔,事成之后,我不会亏着你!"二嫂知道对五叔该有个许诺。

"瞧你说到哪里去了?"五叔抑住欢喜急忙摆手,"墩子好歹是管我叫爷的,替他操心还不应该?"

五叔倒是说到做到,第三天接近晌午时,便领了一个长得标致漂亮的姑娘来到油坊门前。二嫂被从油坊里喊出,看见那姑娘,觉着貌相与村中的环环不相上下,十分入眼,就急忙把两人往自家的院子里让,进屋又忙不迭地倒茶让糖。姑娘的高挑身个和银盘圆脸让二嫂很是满意:能娶上这样的儿媳妇,也是郜家的幸运。但二嫂是那种办事三思而行很有心计的女人,并不立刻在脸上露出什么,只淡淡地问些女方本人和家庭的情况。在得知姑娘高中毕业,父亲是柳镇上开茶馆的傅一延之后,二嫂心中生起一丝不安:姑娘这么好的条件,会看上我的墩墩?是不是五叔向她隐瞒了墩儿的情况?得弄清她图的究竟是什么。于是便说:"闺女,你既是来到我家,我就想把实话给你说了。俺墩儿其他方面都好,就是因为得过癫痫病,智力上略略低些——""这个我知道,"那姑娘立时把二嫂的话拦住,"五爷爷已经都给我说了,我不在乎这个,智力上弱一点我可以照顾他!"二嫂听了这话,心中便已明白,这姑娘图的是钱,这倒使二嫂心安了不少。二嫂知道,一个女人跟一个男人成家,无非是四种情况:一个是图人,二个是图钱,三个是良心上舒展,再一个是图自己事业上有个靠头。这姑娘既是知道了墩儿的真实情况还愿意,显然是图钱。图钱二嫂不怕,一样东西不图来当你儿媳妇的姑娘没有,只要她不是那种大手大脚能喝能赌能挥霍的人就行。接下来二嫂就又不动声色地开口:"我这墩儿平日好玩,我也并不指望他干活,你将来到家,怕要常陪他玩乐。不知你平日会哪些玩法,打牌?玩麻将?""要说玩,不瞒你说,哪种玩法我都会!"姑娘听到二嫂这话,竟有些眉飞色舞起来,"光麻将,我就会五种打法!而且连打一天都行!""输赢呢?一天能赢个多少?"二嫂脸上现出极感兴趣的笑容。"说不准,"姑娘身上原有的那点不多的拘束彻底消失,"有时一夜能赢个几十块钱。"语气中充满了自豪。

　　一丝冰冷的东西极快地在二嫂眼中一闪,但她脸上仍有笑容,她又同那姑娘说了一阵,便装作忽然想起什么似的站起身,笑对五叔说:"五叔,油坊那边有桩急事,我先去办办,你陪傅姑娘在这里坐,晌午在这儿吃饭。"长期做媒的五叔,自然听得出这是逐客令,他其实早听出傅姑娘语失何处,只是因为这是给精明的油坊老板说儿媳,他不敢巧语代姑娘掩饰,于是就也站起来含了笑说:"她二嫂你快去忙吧,我领傅姑娘去我家坐坐,我们改日再来。"可怜傅姑娘临出门还没看出二嫂的真实态度,还在娇声说:"我也能陪墩子下跳棋、象棋、军棋!而且我也爱学日语!"

　　二嫂努力让浮上眼中的鄙夷隐去……

三

　　二嫂原准备在晚饭时把要给儿子说媳妇的事讲给男人听。二嫂虽极不愿想起自己那个独腿丈夫,可娶儿媳是家中的一件大事,好歹他是做父亲的,应该让他知道。但直到她吃完晚饭,还不见男人郜二东的影子。二嫂估计他又在村中的祥凤酒馆里泡着听坠子书,便愤愤地扔下碗,去油坊里装油。每天晚上,香魂油坊都要把当日出的几千斤香油分装在各种型号的瓶子和塑料桶里,然后贴上商标,装入纸箱包好,好在第二日凌晨用汽车运走,这是油坊的最后一道工序。二嫂在油坊里和几个包装工足足干了两个小时,才拖着疲惫的身子往家走,进屋一看,仍不见男人邰二东,心里的火禁不住就蹿了上来,就忍不住咬牙骂了一句:"这个只知道玩的杂种!""娘,你骂谁?"正给她端来一杯开水的女儿芝儿瞪了凤眼诧异地问。"哦,我骂那个偷懒的炒工。"二嫂这才意识到自己的失态,慌忙掩饰道。待女儿去自己的睡屋睡下之后,二嫂扯一条毛巾拎手上去香魂塘擦身,边走边又恨恨地低声骂男人:"挨刀的,为什么还不快死?"

她恨!一想起男人就恨!

这恨自从她被邰家买来当童养媳时就生出了,一直积在心里。

二嫂现在还记得清清楚楚,那一年她才几岁!是一个春荒的头晌,妈把她从剜菜的地里喊回来,一把把她揽在怀里,声音颤着说:"闺女,家里没吃的了,不能让你和你弟弟妹妹们饿死,你爹和我想了个主意,送你去邰家营老邰家,给他家当童养媳。"这时候她看见了邰二东的父亲把一袋苞谷和一沓钱放到了桌上,她心中一喜:有吃的了!她记得她当时还问了一句:"啥叫童养媳?"妈说:"就是先给人家当闺女,长大了再当媳妇。"她虽没听懂后半句话,但前半句已够让她吃惊,她摇头叫:"不,我不去给人家当闺女!我给你们当闺女,我天天去地里剜菜,不会让弟弟妹妹们饿着……"她死死抱紧妈的脖子,但最后爹还是把她的手掰开,抱着她递到了邰二东的父亲怀里。她记得她在二东父亲怀里挣扎着哭叫,还照他的肩头咬了一口,一直哭喊到邰家营邰二东家里,直到邰二东的母亲过来抽她一个耳光,她才吓得噎住了哭声。邰二东那阵竟也嬉笑着走过来,使劲地揪了一下她的头发叫:"哭啥?"对邰二东的恨,就是从那时生了根。

这恨,在此后的日子里逐渐膨大、增加。郜二东家富,她在这里可以吃饱,但每顿饭其实都有代价,她必须不停地在厨房、碾屋、牛棚干活,稍有一点不顺二东妈的心就有可能招来一顿打骂。幸亏时间不长就解放了,郜二东家被划成了富农,这一来她的地位起了根本变化,二东的爹妈怕再打骂会惹她像同村其他几个童养媳一样跑回老家,对她的态度一变而为十分亲昵,闺女长闺女短地叫得如糖似蜜,时不时还额外关心地给她买这买那,使得她竟感动得忘记去探听"童养媳"三字的含义。殊不知这所有的关心其实都是为了那日子的来临!她十三岁的那年秋天的一个傍晚,二东妈拉过她悄声说:"闺女呀,如今咱这样人家办什么事都是不张扬为好,今晚就给你们把房圆了算了!""圆什么房呀?"她茫然不解地问。二东妈眨眨眼睛,说:"待会儿你就知道了!"她饭后还去找邻院的女伴玩了一会儿,回自己的睡屋睡觉时,才意外地发现自己的床上铺了新的蓝印花床单,放了一床红色的洋布面新被子,正在她惊奇的当儿,二十岁的独腿二东拄着他的拐杖咔嗒咔嗒地走进房来,进房后大方地把门插上,而后径直向床边走。"你干什么? 我要睡觉了,还不出去!"她生气地叫。她每每看见二东那条生下来就小得惊人的左腿便在心里生出一种害怕和厌恶。她已听村里人说这叫遗传病,郜家每一辈都有一个得这种怪病的人,二东他祖父辈是他三爷爷生下来两耳都无耳轮,到父辈是他大伯生下来右胳膊只有半截,轮到二东,生下来左腿短得只有几寸,且细小得惊人,只能单腿走路。二东当时听到她的话后只是轻轻一笑,说:"妈不是已经告诉你今晚咱俩圆房?""圆什么房?"她有些惊疑。二东没有再用话语解释,而是把拐杖往床帮上一靠,伸手抱起她就往床上放。她惊骇无比地喊爹喊妈你们快来!她听见二东爹妈的脚步在门外响却并无人推门,她在床上挣扎反抗了许久,但结果是衣服差不多全被二东撕碎,随着那阵可怕的疼痛的到来,她心中对二东的恨达到了极点。

那天晚上,当二东舒服地放平身子睡熟之后,她曾拉开门向这香魂塘跑来,要不是二东妈尾随着赶来拖住了她,她就要跳进这水味苦涩的池塘。倘是那晚跳进这塘里死了,如今自己在哪里?

二嫂手拎着毛巾站在塘边默想,淡淡的月光将她的身影斜放在水上,不大的夜风把水面叠出许多微波,使水中的月亮也变得像一个老皱的果子在枝上摆动,荷叶们在微风中轻轻碰撞嬉戏,发出的声音极像是有人在耳语。假若那年跳进水里,会不会见到乾隆年间跳进去的那两个姑娘?二嫂慢慢地弯腰撩水擦身,原本就凉的塘水在夜晚温度更低,水珠触身时她打了个寒噤,燥热的身子顿时觉到了一阵森森的凉意,她仔细看了看自己在水中的倒影,那是一个胖胖的女人的身形,唉,老了,到郜二东家已经几十年了!

擦洗后她回到屋里躺下不久,院门外响起了丈夫那夹着拐杖捣地的独特脚步声,她听到他走进屋走近床,跟他说说墩子的事吧!她睁开眼睛刚要开腔,不想裹着酒气的丈夫已向她的胸口伸出手来。"干什么?"她厌恶地将他的手拨开。"嘿嘿,你又不是不晓得,人一喝点酒就想这个——""都半夜了,你还叫人歇歇不?"她用抑得极低的声音叫,把那双伸到腹上的手狠狠地打开。"怎么?"

郜二东生气了,声音一下子提得很高,"你还是不是我的老婆?"二嫂一听慌忙伸手捂了他的嘴,天呀!隔壁睡的就是女儿,不远处的小楼上还躺着两个日本技工,让他们听见明儿还怎么见人?她不敢再拨开他那双手,听凭他在身上肆意折腾,二东已经摸准了二嫂极要脸面害怕丢人的弱点,常用提高嗓音捅出家丑的办法来把她吓服,尤其是当着日本人的面。

当丈夫终于忙完之后,她才总算把要给墩子娶个媳妇的话说了一遍,但二东只含混地答了一句:"你看着办吧。"就打起了呼噜……

四

每天的早饭后,香魂油坊要开始它的第二道工序:磨芝麻。就是将清晨炒熟的芝麻,一律用小石磨磨成糊糊。这是最用力气的工序,也是做油过程中最值得一看的地方。香魂油坊有四十九盘小石磨,在磨棚里排成七排,四十九盘石磨被电动机带动着一齐转动时,轰轰声如敲大鼓;七个女工在石磨中往返添续芝麻,似扭一种独特的秧歌。熟芝麻被磨碎后,发出沁人的香气。开磨时倘外人走进磨棚,差不多都会被这幅劳动的景致吸引住,那天上午五叔探头朝磨棚内喊二嫂时,也极有兴味地看起来而忘了开口。倒是二嫂先看见了他,走出来招呼。二嫂出门一看磨棚外还站着一个姑娘,当即明白了这又是一个相看对象,便急忙把两人往自家院子里让。

姑娘的身个脸相都还不错，但让进屋内细瞧之后才注意到，原来那姑娘的一只眼珠不动，一问，方知姑娘的眼是先天就有的毛病，这一来二嫂心中一咯噔，原有的那份欢喜散得无影无踪。二嫂如今最怕这种先天就有的病。她在有墩子之前，曾怀过两次身孕，结果生下来都是葡萄胎，她知道这是郜家的遗传在起作用。怀墩子时，心中整日不安不宁，多少次腆着肚子在黑夜中去村西的娘娘庙里烧香磕头，恳求娘娘保佑，没想到生下来的儿子还是有癫痫病。她知道遗传的厉害，儿子已经有病，倘若娶个儿媳也有遗传病，那将来生下的孩子还能好了？她使个眼色和五叔一块儿走到厢房，摇了摇头说："五叔的心意俺知道，这样的姑娘跟墩子过日子可以久长，只是我担心将来的孙子孙女身体会出毛病。"五叔听了这话，也不敢再坚持，怕惹了这个财神发怒，便说："那就罢了，这姑娘我待会儿领走就是，我看最好是你看中了哪个姑娘，告诉我，我再去说合，这样兴许就快些。"

二嫂沉吟了一霎，在脑中把认识的本村和邻村以及在油坊做工的姑娘们想了一遍，最后不由自主就又想到了环环身上，说："要说可心如意的姑娘，我觉着还是咱村的环环，那姑娘勤快文静，爹妈也不是那种多事的人，娶这样的姑娘做媳妇，我也放心。"

五叔听了急忙点头："环环那姑娘貌相不错，不是那种胆大泼辣会算计的人，又上过初中，要真是来到你家，会是一个好媳妇！这样吧，我后晌就去找她爹妈说说，今晚就来给你回话。"

送走五叔和那姑娘之后，整整一天，环环的面影就老在二嫂脑中转悠，二嫂知道环环家的家境不好，估计环环爹妈见五叔去为墩子提媒准会赞成,他们会为能攀上她这个坊主做亲家感到荣幸。她已开始在脑中计划着什么时候为墩子和环环举行婚礼,越早越好,早办早省心!新洋贞子秋末要来,她来后自己要同她商量生意上的好多事,那时就忙了,最好是在这之前办。她万万没有料到傍黑五叔来回话时会说一句:"嗨,不识好歹,环环和她爹妈都不愿意!"二嫂有些意外地瞪大眼:"为什么?""还不是嫌——"五叔擦着汗,把后半句也擦去了。

二嫂的脸阴沉了下来。这是她的疼处,她最怕别人捅!她自己可以在家里大骂墩子傻,但在外边,只要听见别人议论墩子一句,她的脸总要红涨半天,上次连新洋贞子摸着墩子的头叹了一口气,二嫂就一天对她爱搭不理。

自从二嫂办起香魂油坊尤其是新洋贞子投资以来,她办事已很少遭人拒绝。因此,今天这个意料之外的拒绝便格外刺心,她眼皮下耷,将眸子中的冷光盖住,咬牙在心中叫了一句:环环,你这个丫头,你敢跟我别扭,咱们走着瞧,只要我看好了你,你就得做我的儿媳!……

五

西斜的阳光透过油坊的西窗,照在二嫂那张心不在焉的脸上,她正和几个工人一起在往芝麻糊糊里兑水,这也是做油的一道工序,这道工序的关键是掌握好兑塘水的比例。比例适当,用木棍在水和糊糊中搅拌一阵,上边即浮一层清油;比例不当,兑水少了,出油率低,兑水多了,又会油水分离,减少香味。往日二嫂干这活都是全神贯注,兑一盆准一盆,今日却因为脑子里总想着环环家拒绝提亲的事,兑了两盆都不准,以致不得不重新加水加糊糊来调整比例,气得她连连拍着自己的额头,脸上现出恼怒之色。同干的工人们知道,照惯例,二嫂快要找个借口发火了。正在几个工人提心吊胆的当儿,外边响了三声短促的汽车喇叭,二嫂一听那喇叭响,先是双眸一跳,继而身子极轻地一颤,便疾步向门口走去。

棚里的几个工人松了一口气。

油坊外,一辆装满芝麻的卡车刚刚熄火停下,村中早先的小货郎如今的个体运输户任实忠正晃着宽大的身架从驾驶室里走出来。看见任实忠,二嫂眼瞳中分明地漾出一股欢喜,两腿显出少有的敏捷很快地向车前奔去,那样子仿佛是要扑过去,但转眼间她的神态变了,脸上布了一层冷淡,脚步变得十分徐缓,打招呼的声音不带任何感情:"回来了,老任,这趟拉的芝麻咋样?啥价钱?""质量没说的,价钱还是老样,就是你得加点运费,"那任实忠瞥一眼围拢来的油坊工人,不容置辩地提出要求,"这两天,汽油的价钱又涨了,再说,这趟跑的山路多,油耗得太厉害!""嗨,你可真会巧立名目要钱呀!"二嫂用的也是绝不肯让步的语气,"谁不知道你早把汽油买到家了,汽油现在涨价你又吃不了亏,告诉你,想多要一分也没门!不想卖给我,可以拉走!"

空气一时变得很僵。

没有人能够看出,二嫂和任实忠这其实是在演戏!

更没有人知道,二嫂最初之所以能办起香魂油坊,就是因了任实忠的暗中支持。不过倘是聪明人,还是能看出一点蛛丝马迹的,香魂油坊如今是中外合资企业,县里保证其芝麻供应,为什么郜二嫂还要单单同任实忠签订芝麻供应合同?

两人的逼真表演瞒住了工人们的眼睛,工人们纷纷开口帮二嫂说话想解这僵局。有的叫:"你老任也是,运费是原先就讲好的,现在变卦太不讲信用!"有的喊:"老任,多要点运费就发财了?"有的讲:"老任,你收芝麻卖给油坊的生意既是常做就该讲点交情!"任实忠这时便苦着脸不耐烦地摆手说:"罢了,罢了,就让你们香魂油坊沾点光吧!快给我结账、卸车!"二嫂这时就朝工人们招一下手说:"来,你们把车卸了,一袋一袋地在磅上过过,哪一袋斤两不够,先码到一边,我去给老任结账。"老任就带了不甚满意的神情,随二嫂往院子里走,两人一前一后,一副公事公办的面孔,但刚一进空寂无人的堂屋,二嫂突然回过身来,喜极地朝老任怀里扑去,那老任咧开大嘴一笑,伸臂便把她抱了起来,两张嘴转瞬便胶在了一处,一阵吮吸声立刻响遍全屋。一对黑老鼠从梁上探头,一点也不惊异地看着这一幕。

两人每次的相见,差不多都是从这幕开始!

连二嫂自己也说不清,类似这样的相见已经有了多少次。

这么多年来,正是由于和实忠的这份恋情,才使她对生活还怀着希望,才使她有了去开油坊挣钱的兴趣。差不多从她一到郜家起,她就注意到了住在这个村中的小货郎任实忠。他那时常挑一个不大的货郎担在本村和邻村间转悠,担子上有糖人、有头绳、有顶针、有她喜欢的许多小东西,但她无钱买,她只能跟在他的担子后看。他自然也注意到了她,有时,他会在无人的时候,从自己的货担上拣一块糖或一截头绳扔给她这个可怜的童养媳。他向她表示关切,她向他表示感激,两人的友谊就从那时悄悄建立,这友谊继续发展,终于在若干年后越过了那个界限。不过这份爱恋不可能有一个美好的结果,她不是那种敢于不要名誉的女人,他也没有可以养活一个女人的家产,于是这爱便必须在极秘密的状态下存在。为了掩盖这份爱,两人都费尽了心机,有时为了获得一次见面的机会,不得不忍痛去演互相仇恨的戏。那个酷热的秋天,两人夜间的来往有些频繁,为了不使人起疑,他们精心策划了一个"阴谋":任实忠故意在一个午后去她家的菜园里偷拔了两个萝卜,她看见后大叫大喊,立即告诉了丈夫,并和丈夫一起骂上实忠的门前,把实忠"贼呀!""小偷呀!""不要脸呀!"狗血淋头地骂一顿。在丈夫郜二东挥着拐杖上前抡了实忠一杖的同时,她也上前抓破了实忠的胳膊,以此在村人面前造成一种两家有冤有仇的印象,巧妙地蒙住了村人的眼睛。那日过去几天后的一个夜里,当她重又躺在实忠怀里时,又心疼至极地去抚他胳膊上的伤口。当她怀上实忠的女儿——芝儿时,因为知道这孩子不会再得什么遗传病,可又要把这孩子说成是郜二东的,她苦想了多少办法,在村里和家里编了多少谎话!先说算命先生算卦讲,正月怀胎的孩子,老天爷正是高兴的时候,不让他们带残带病出生;又说城里的名医讲了,老辈人的遗传病,并不是要传给所有的后代,有的子女照样正常;再说夜里做了一梦,梦见送子娘娘讲,既然郜家已有一个得癫痫病的儿子,下一个孩子该让他聪明伶俐了!正是由于做了这些舆论准备,当好模好样的芝儿出生后,才没引起村人和二东的怀疑,人们才称赞这是她守妇道的回报和福气……

当两人的舌尖尖终于分开之后,二嫂轻声说:"我这两天正忙着想给墩子定个媳妇,你说行吗?"

"有人愿跟?"实忠在椅上坐下,把一块卷着的衣料在桌上放好,"给你和芝儿买的。"

"我看中了村里的环环姑娘,她不愿,可我想我能把这事办成!"二嫂理齐被弄乱的鬓发,语气中满是自信。

实忠没再说话,只深深地吸了一口烟。

"我已经知道有关环环家的两桩事:一桩,环环想跟村西头老周家的二儿子金海,"二嫂汇报似的开口说,"金海家对这事还没上心;另一桩,环环爹去年想靠烤烟叶发财,从信用社贷款六千块修个烤烟炉,谁知第一炉就失火把炉子毁了,收的青烟叶大部分被沤烂,把六千块全赔了进去,前些天信用社在催贷款——"

"这些你别给我说,"实忠笑着把她的话截断,"墩子不是我的儿子,他的事我不便插言,将来给芝儿找女婿时我再拿主意。"说罢起身,走一步又嬉笑着回头,"我夜里来?"

二嫂的脸红了一下,低低地答:"你记着先看院门外的笤帚!"

那天的晚饭吃完时,二嫂装作随口对丈夫提起似的说:"听说今晚南边范庄的汇丰酒馆里来了帮说坠子书的,说《樊梨花》说得好极了!""真的?"二东一听兴致来了,急忙问。二嫂此时又眉头一皱:"我也是听人说的,真不真不知道,反正你不能去!三里来地,你挂个拐杖能去成?""哟!"郜二东一顿拐杖,"别说三里地,就是十里我也不怕!""要是这消息不准的话,你可要快去快回,不能又在那里喝开了!"二嫂假装生气地交代。"给我点钱吧。"郜二东笑着向二嫂伸手。自油坊办成后,家里的钱从来都是二嫂管,郜二东每次出门喝酒听戏,都是先要零钱。二嫂从口袋里摸出一张拾元的票子朝他一扔:"没零钱了,就拿这张去,可不能都喝光!"

郜二东捏起钱就兴高采烈地往外晃。

二嫂安顿好儿子和女儿睡下后,伸手在院门外放了个笤帚。不久,一个黑影熟练地推开院门,溜进了二嫂的睡屋……

六

当落日把香魂塘水浸成红色的时候,香魂油坊一天的主要工作算是基本做完,十几缸新出的香油正放在棚里做最后的澄清沉淀,预备晚饭后进行包装。这时,工人们边在晚风中歇息边为第二天的活路做准备:整理芝麻。这时辰,二嫂总要人在塘边的平地上铺几块帆布,把几十袋芝麻倒在上边,让人们脱光双脚上去,先用手把其中看得见的土粒石块拣出,再用微风机筛去芝麻上的微尘。这活儿很轻,人们可以边干边说笑,倒也惬意。平日,二嫂和大伙在一起干这活时,少不了同大伙说笑几句,活跃活跃气氛,联络一下同工人们的感情。但今儿个二嫂一声没吭,一边心不在焉地拨弄着脸前的芝麻,一边用双眼不停地朝香魂塘西头那条田野通村庄的小路瞅。

她在等待那个叫金海的小伙。她已经观察到了,每天的这个时候,在地里干活的金海要经由这条小路回家。她要在这里拦住他,要同他进行一次不像是有意安排的谈话,这是她整个计划中的第一步!

风从塘那边刮来,大约是添了几分水汽,显得湿润而清凉;天光在缓缓变暗,像只马翼雀从远处的田野飞来,落在香魂塘边的杨树棵里;做活的人们开始返村,有人边走边含含糊糊地唱。二嫂终于看见那个叫金海的小伙出现在塘边小路上,双眼顿时一亮,随即起身,装着去塘边洗手时看见金海,亲热地招呼:"收工了?"

"嗯,二婶。"那金海听见招呼,忙抬头答应。

二嫂走前几步,打量着这个平日不太留意的小伙。嘀,这小伙是长得不错,平头、方脸、大眼、偏高的身个、黑红的肤色,给人一种健壮机灵的感觉,环环看中了他,是有几分眼力。"做地里活累吗?"二嫂关切地问。

"没啥,"他笑笑,"就是种的粮食卖价低,挣钱少。"

"愿不愿找一个挣钱多又很轻的活儿干?"二嫂抓住他这个话头,问。

"哪有?"他又笑了。

"香魂油坊在城里新设了个零售店,需要一个人常驻那里负责经营,你要愿去的话,我可以考虑,工资一月先定一百三。"

"真的?"金海脸上露出惊喜。

"你愿去?"二嫂不动声色地问。

"愿!"金海果断地一拍腿。

"不过,我有个条件!"二嫂调调儿很慢。

"啥条件?"他迫不及待。

"因为生意上的事讲究经验,我不想让零售店的人三天两头换,只要定下干,就要一干几年,而且两年内不能谈对象结婚。年轻人一有这事,心思就容易不在生意上;就是将来找对象,我也希望他能在城边的那些村里找一个姑娘,免得来回跑。"二嫂边说边看他的脸。

"噢——"他直望着二嫂的脸,有些怔。

"你怕不会答应这个条件吧?"二嫂嘴角挑起,露出一丝笑意。

"我——干!"他虽然迟疑了一阵,到底还是下了决心。

"这是一桩大事,我看你还是回去同你爹妈商量商量。我听说已有人在给你介绍对象了,是吧?"

他有些不好意思地笑了:"只是说说,还没定下。"

"这样吧,我明天晚上等你的口信儿!"二嫂说罢,无所谓地笑笑,转身去水塘洗手。当她在清澈的水边蹲下时,水面上映出了一张得意的笑脸。她知道,金海已在她的主意面前动了心,她的这步棋已经可以说走成了!

果然,第二天晚饭后,那金海就来告诉说:"我愿去,按你的条件办。"第三天,村中便有消息传开说韩家的环环姑娘不知何故哭得双眼发红。二嫂听罢,微微地笑了一下。

几天后的一个上午,二嫂又差一个人用塑料桶提十斤刚出的小磨香油,去了乡上把一个姓侯的信贷员叫了来。那侯信贷员过去同郜二嫂打过交道,知道她如今是有名的香魂油坊的老板,听说她叫自己有事,也不敢怠慢,骑着自行车赶到,一进二嫂家就笑着高声问:"嫂子叫我有何吩咐?你总不会是要贷款吧?"二嫂就笑着摇头,让座让茶之后,低了声问:"听说我们村韩环环家欠了你们贷款?""是的,是的,怎么,她家又找了你来求情想拖欠?"侯信贷员见二嫂问起这事有些意外。二嫂摇摇头又问:"欠款到期是不是该还?""那是自然。只是她家确实倒霉,无钱归还,只好容他们再拖一段日子。"信贷员一时不明白二嫂何以会关心这个。"要我说嘛,你应该照原则坚决要回!倘是贷款的人家都照他们这样拖欠,你那信贷所还开不开了?"二嫂仍旧笑着问。"二嫂的意思?"侯信贷员听出了点眉目。"他们家要没钱的话可以借嘛!再说,人家也不会就没有积蓄,你真要一吓唬,譬如说要用房子抵什么的,他们还能不慌着凑钱?"二嫂边喝水边笑得极是自然。那侯信贷员不是傻瓜,这几句听过自然明白了二嫂的心意,只是猜不出原因,但心下琢磨,去催要贷款既合乎原则又能讨这香魂油坊主人喜欢,何乐而不为?于是在二嫂家吃罢丰盛的午饭后便径直去了环环家。

环环的爹和妈一见信贷员上门,立时就明白了来意,急忙让烟让茶。几句寒暄过后,那姓侯的便神色肃穆一本正经地提出了三天内归还贷款的要求。环环的爹妈听了连声叫苦,说眼下手中实在没有,求再拖一段日子,待秋季收成下来就力争还齐。原本坐在缝纫机前缝衣的环环此时呆立在那里,看着爹和妈的惊慌和低三下四的模样,眼眶里就有泪水在旋。她是长女,又快二十岁了,已经知道该为爹妈分忧,可有什么办法?去外边找人借?哪里能借到这么多钱?如今家家都在想法把资金投到能挣钱的地方,谁肯把这么多现金借给你?"如果三天内还不出钱,你们恐怕得想法找个抵押物了,譬如这房子——"侯信贷员住口点一支烟,环环和爹妈的心却一下子提到了嗓子眼:天哪!抵押?

这之后,侯信贷员就没再说什么,喝一阵茶便走了。他走后,环环爹妈和环环都抱头默坐那里,一直坐到环环的两个弟弟放学回家。最小的弟弟没有发现屋里的异样气氛,进屋就喊:"妈,我饿!"话未落音,爹的巴掌就呼啸而来抡到了他的屁股上:"饿死你个杂种!滚,给我快滚!"小弟不知爹何以突然发这么大的火,委屈地哭了。环环悄步上前,无言地撩起衣襟为弟弟擦泪。晚饭除两个弟弟吃了一点之外,环环和爹妈都没动筷。眼看着爹脸前的旱烟灰越堆越高,环环的牙突然一咬,用低哑的声音说:"妈,你去村里把五爷爷喊来!"

"喊五爷爷干啥?"妈抬起红肿的眼。

"你去把他叫来!"环环的声音执拗而坚决。当妈的知道女儿柔中带倔的脾性,只好起身出门去喊。有两袋烟工夫,五叔来了。他并不知道环环家发生了什么事,进门还开玩笑地喊:"环环,找五爷有啥事?是买酒了想请五爷喝几盅?"及至看见环环爹的那副愁态,才意识到出了什么事,刚要问,环环却已开口:"五爷爷,你前些日子不是讲,香魂油坊的郜二婶愿娶我当她的儿媳妇吗?"

"是呀,她对你做她的儿媳可是一百个中意!"五叔恍然猜到了什么,笑答。

"要是我答应了这门亲事,她能给多少钱?"环环的声音有些抖。

"你郜二婶说过,钱上她不在乎,你可以先说个数!"

"一万二!"环环伸手扶住一把椅子,借以支撑自己开始哆嗦的身子。

"中!我估摸她能同意,我这就去找她,今夜里就给你们回话!"五叔有些喜出望外地急急往外走,他没料到这桩原本已经不成的亲事忽然有了转机。这下子有酒喝了。

"环儿!"一直待在一边听着这场对话的环环爹惊叫,"你——"

"爹,五爷爷要是把钱拿来,还了人家的贷款后,剩下的钱你今年再修个烤烟炉!"

"环儿……"爹开始哽咽,妈早撩起了衣襟。

环环没再开口,只是转过身,一步一步向自己的睡屋走……

七

五叔进入二嫂的堂屋时,二嫂正在本子上记着第二天要做的几桩事儿。五叔高兴得挥着烟袋喊:"她二嫂,环环同意了,墩子的婚事成了!成了!"二嫂的眉心一耸一松,把要写的几行字写完,才慢慢扭过头来,淡然地问:"怎么,当初不是说过不愿意了吗?"

"我也不知她怎么又改变了主意,"五叔摊手笑道,"好呀,这回你有了可心的儿媳了!"

"她提了什么条件?"二嫂似乎早有所料。

"她想要一万二千块钱,她家里太穷,我就替你答应了,我想这点儿钱你也不会在乎!"五叔笑说。

"好吧,给她!不过我想最近就择个日子为他们把事情办了,怎么样?"二嫂边说边去开小保险柜的柜门。

"既是已经答应了,定日子的事她不会再说别的。"五叔直盯着二嫂的手。

"喏,这是给环环家的,"二嫂将一张活期存折递到五叔手上,"她去县银行取出就行,一万两千五,比她要的还多一点。喏,这三百块,你留下买两瓶酒喝!"

"给我钱做啥?为墩子操心还不应该?"五叔嘴上推着,却已眉开眼笑地把存折和现金接了过来……

婚礼定在十天后。一切由二嫂安排,十分隆重。

尽管两家相距仅几百米,二嫂还是让人把新洋贞子当初带来的两辆轿车都开上,绕村一周把环环娶进了屋。

新房里的家具是从城里买的,村里无人能比;婚宴摆了四十二桌,规模在村里也是空前的。

墩子那日经二嫂精心打扮,头发梳得一丝不乱,一身毛料中山服十分笔挺,皮鞋乌光黑亮,除了脸上眼中有一股呆气滞留外,整个人倒也说得过去。到每桌敬酒时,严格照娘教他的三句话说:请喝好!来,我敬三杯!你请坐!倒也没显出什么傻气。环环那日并无刻意打扮,只穿着一身蓝底带碎花的素色衣裤,式样大方而合体;乌发剪得齐颈,随意梳成;着一双绣有粉蝶的浅色布鞋和肉色袜子,浑身有一种淡雅的美,加上那日她脸上不露半点笑意,双唇轻抿眼瞳仿佛浸在水里,越发透出一股端庄清丽来。她随在墩子身后出来敬酒时,酒桌上响起男女宾客们的一片赞叹声,坐在主席上的二嫂,在这赞叹声中高兴得把两颊喝成了一片酡红。

整个婚礼进行得十分顺利,只是到了傍晚时分才出了点意外。当时,来贺喜的客人还没全走,有几个女客仍在新房欣赏参观那全套高级家具,环环默默坐在椅上不语,这当儿墩子从外面疾步进来,不由分说地就叫客人出去。几个女客有些愕然,却也不能不向门外走。她们刚出门槛,墩子就哐一声把门关了。几个女客互相挤挤眼睛,就把耳朵贴在了门上,听见墩子说了一声:快上床去!却不见环环应声。几个女客就在门外窃笑。恰在这时,二嫂从院门外送客回来,瞥见新房门口几个女客的神态,就知道是墩子办了什么傻事,便佯作不知极热情地唤那几个女客到前屋喝茶,自己瞅了个机会走到新房门口,刚要推门,门缝里已冲出婚床嘎嘎吱吱的沉重响声,二嫂脸一红,心里骂一句:傻东西!急急转身走开了。

那晚例行的闹新房仪式没法举行,新房门墩子一直不开。二嫂在前院用大量的糖果和巧妙的借口,把来闹房的村人支走了。

第二天早上,墩子两眼浮肿欢天喜地地出门,到了前院坐下就要饭吃,环环却没起床,二嫂做了饭菜让闺女芝儿送上,环环不吃也不看。直到晚上,她才慢腾腾起床,端了脸盆拿了毛巾去香魂塘擦洗。那也是个有月的晚上,二嫂站在门口观察着,环环擦洗完,在塘边定定地站了,月光把她的身影清晰地印在地上,许久之后才又默默端了脸盆往回走。二嫂在心里说:你开始可能像我当初一样不习惯,慢慢就好了……

八

日子很快便把墩子和环环的婚礼变成了过去,香魂油坊又像旧日一样,在二嫂的指挥下,平静地按既定工序运转:整理芝麻、炒、磨、取水、兑、沉淀、取油、包装、运。墩子和环环相处也很平静,一块儿起床,一块儿吃饭,没有争执,没有吵闹。

一切都很安宁。

但二嫂的心里却安宁不下,她知道,早晚家里要出事,起因还是墩子的病!

她十分注意观察墩子的神色变化,每天督促着他吃药,但药物不能把墩子的病根治,二嫂担心的事还是发生了!

那是一个无月的晚上。半夜时分,二嫂因为和两个日本技工试用刚安上的新型计油器,上床晚。刚睡下不久,后院蓦然传出环环恐骇至极的喊叫。二嫂一听,知道不好,上衣没穿就往后院跑,撞开墩子和环环的睡屋门,拉开灯一看,只见环环和墩子都赤身相对侧躺在床上,墩子两只手死死掐住环环的两个肩头,口吐白沫,牙关紧咬,双眼翻白;环环早被吓得浑身乱抖面无血色。二嫂知道墩子这是在正做那事儿时犯病的,所以有死抠环环肩头的举动。她跑上前,一边狠掐墩子的人中穴,一边去掰他掐环环双肩的手指头。待把他的两手掰开,环环的双肩已淌出血来。环环啜泣着慌慌穿起衣服。这时郜二东拄着拐杖进来,和二嫂一块儿进行例行的急救。待把墩子用凉水喷得吐出一口长气,二嫂转眼去看环环时,已经不见了她的影子。二嫂奔出大门,听见一阵跟跄的脚步声向村中响去,知道环环是向娘家跑,不好再去喊去追,便慢慢返回屋里。

墩子是第二天早上恢复过来的。吃早饭时,没见环环,便瞪了痴呆的眼睛问:"她呢?"二嫂说:"环环回娘家看看,待会儿就回来!"但直到天黑,仍不见环环的影子,墩子就又呆声问娘:"环环呢?"此时二嫂便有些生环环的气:在娘家一天了,怎么还不回来?吃过晚饭,差芝儿去韩家叫嫂子。芝儿去了一阵回来告诉娘:"我环环嫂不回来。"二嫂听罢就愈加生气,你明明知道墩子这是病态,值得这样赌气住娘家不回吗?不过后来一想,也罢,她可能是被吓住了,明日买点礼物让五叔送过去,劝说劝说她,让她早日回来。

第二日中午,二嫂让人从镇上买来几盒点心,喊来五叔,作了番交代,五叔便去了环环家。半后晌五叔来回话:环环只是哭,不说回来不回来。

二嫂把眼一瞪,哼了一声,说:"我再等她一天。"

第四天中午,仍不见环环回返,墩子又不住地问:"她哩?她哩?"二嫂便把头发向后一掠,抻抻衣襟,径直去了韩家。

进了韩家门,二嫂没理会环环爹妈的招呼,径直进了环环睡觉的屋里,对躺在床上的环环冷冷地说:"你可是我郜家的儿媳,老住在这儿算什么?我来提醒你,你是我花一万二千五百块钱娶来的,你当初就知道我家墩子有病,你是自愿同意的!如今后悔也可以,把我花的那些钱和利息都拿来!"

环环没说一句话,只慢慢地坐起身,抹一把眼泪,抖抖地穿上鞋,一步一步地挪出门,向香魂油坊走。

二嫂迈着重重的脚步跟在身后。

进了院门,二嫂又严厉地在环环背后说:"以后不给我讲,不准随便往娘家跑!做媳妇就该有做媳妇的规矩!"

环环没有吭声,只慢步向卧房去。

你休想在我面前摆什么小姐架子,我早晚会把你治得服服帖帖!你生是我郜家的人,死是我郜家的鬼!二嫂扶着门框在心里叫……

九

新芝麻上市,是香魂油坊最忙的时候。每天一大早,四乡八村种芝麻的农民或拎或扛或挑,在香魂油坊前排起长队,等待着用芝麻换油或卖钱。一则因为香魂油坊的油好,一则因为二嫂把收购价钱定得略高于其他油厂油坊,所以到这里的卖主就格外多。开油坊芝麻是原料,二嫂对原料一向抓得很紧,见到就收,存得越多越好!

二嫂在油坊前摆起两张条桌,一张桌上放一根木杆大秤和一个小磅秤,让环环负责给卖主们称芝麻,另一张桌上放一个算盘和几沓各种面额的现金和一本账,她坐在桌前负责按质计价付钱;二嫂的桌旁又放一只盛了小磨香油的油桶,桶上摆了一斤、半斤、一两、半两四个用白铁皮做的油提子。有想用芝麻换油的,二嫂就按比例用油提给他们往瓶里、桶里量油。郜二东和墩子按照二嫂的吩咐,负责把买过来的芝麻往口袋里装。油坊里边的工人们则按照平日的分工,正常做油。两个日本技工稀奇地站在不远处看,他们大约是第一次见这场面。

环环默默给卖主们过秤,称完一宗,便低声而简洁地报给二嫂,她做得麻利而认真,自从上次由娘家回来之后,她便开始顺从地按照二嫂的吩咐干活,似乎已习惯了郜家的一切,只是很少说话。

郜二东和墩子父子俩倒芝麻的活原本不重,但没干到晌午,先是墩子回屋喝水再不出来,再是二东喊叫着太累,看见芝儿放学到家,又急忙喊芝儿来干,自己拄拐杖去树荫下歇息。

二嫂扭头狠狠瞪了一眼在近处树荫下吸烟打盹的丈夫,但转身去给卖主们付款量油时又是笑容满面,她不愿让外人看出她对郜二东反感,多少年来她在人们面前对郜二东一直是百依百顺关心体贴,好不容易才赢得贤妻良母的称号,才使人们没有对她和任实忠的关系起疑。如今她和日本人合资做生意,闲话原本就多,对丈夫的厌恶她更是只能压在心里!二嫂最累,一会儿要坐下记账、算账、付款,一会儿又要起身用油提量油,一会儿又因为心疼女儿赶过去帮芝儿装芝麻。一天下来,真是头昏脑涨腰酸腿疼坐下就不想动。

那日因为是来红的前一天,二嫂早晨起来就觉浑身乏力,想到是收购新芝麻的紧要时节,她不敢歇,仍坚持着干,到晚上收秤,竟累得一步都不想挪。晚饭由环环做好,芝儿端到她面前,她只草草吃了几口就脱衣上床睡了。睡了没有多久,下午就出去到酒馆听坠子书的二东带一身酒气回屋。上床后,竟然又去扯她的衣服,她气极地摔开他的手,他又执拗地要来脱,她实在抑不住心中的恼怒,就照他光裸的胳膊上打了一巴掌,未想到这一下把郜二东惹恼了,他仗着酒气发起了疯。一边高叫着"我揍死你这个婆娘!"一边没头没脑地打她撕她。这厮打的声响和郜二东的叫喊以及二嫂抑低的哭音,早把环环惊醒。环环跑到爹娘的屋里无言地看了一眼公公,郜二东这才气哼哼地在一把椅子上坐了。环环去扶二嫂,她刚喊了一声"娘,起来",二嫂就止住了哭声,抬起泪脸望定儿媳,眼中先是闪过一丝羞愧——她没想到让儿媳看见了这个场面,随即便恶狠狠地说:"你来干啥?我不过是跟你爹拌几句嘴!"环环没吭声,只掏出一块手绢要去包二嫂胳膊上的伤口,未料二嫂把她的手忽地推开叫:"你别管,回屋睡觉去!"

环环抿紧嘴,慢慢起身向门口走,快到门口时,二嫂在身后压低声音冷冷地交代:"把你看到的烂到眼里,说出去小心我撕你的嘴!"

环环拉开门,无声地移出去……

十

第二日早晨,二嫂仍然穿戴得整整齐齐地到油坊派活检查,而后在门前收购芝麻,不时还同来卖芝麻的熟人开一两句玩笑,俨然昨晚什么事也没发生一样。只有环环能够听出,她那说笑声里含有多少勉强;也只有环环能够看出,她那闪烁不定的眸子深处,隐有多少苦楚。

收芝麻的忙季终于过去。

那天黄昏,二嫂在室内审看刚从省城印刷厂拿回来的新式商标,商标是用中文、日文两种文字印成的,中间是一行大字:"香魂小磨香油";上边是一行小字:"世上美味,烹调佳品";下边是一行地址:"中国南阳香魂油坊产";左面是一盘黄澄澄的芝麻;右面是一盘机摇石磨。用色构图都不错。二嫂唯一不满意的是没有再写上一句:"荣获中华人民共和国香油评选一等奖。"她正琢磨下次重印该把这行字加在何处时,院门外响起三声短促的汽车喇叭,几乎在听到那声音的同时,她便忽地起身,几步奔到了门口,哦,实忠,你可回来了!一看到实忠的身影,她就觉得鼻子发酸。她多想立刻扑到他的怀里诉说她心里的苦楚,但是不能,她知道周围有眼睛,她必须先演戏。她不冷不热地招呼:"回来了,老任?"实忠一本正经地点头并立刻用生意人的口气说话:"我这次在南阳给人拉完水泥,回来时按咱们的合同要求,给你拉了一车空塑料桶和空瓶子,质量没说的,就是颠烂了一箱瓶子。这是运输时的正常消耗。你可不能少给我钱!""哟",二嫂撇起了嘴,"我要的是装油的好瓶子而不是玻璃碎片,拿些碎玻璃让我付款,想得倒好!""那你说怎么办?""颠烂的自己认倒霉!"……

眼看已成僵局,油坊的工人们便又过来打圆场,最后又是实忠承认倒霉,很不满意地随二嫂进屋去结账。两人一前一后进院门时,刚好遇见环环端一盆衣服出来,环环抬头招呼:"任叔回来了?"实忠笑笑回问:"环环,忙着洗衣服?"两人都是礼节性地说句话,并没有想别的,他们都没料到,当晚他们还会见面,而且是在那种尴尬的场合!

当晚,因为墩子去外婆家走亲戚未回,饭桌上就只剩下了四口人,饭快吃完时,二嫂对丈夫巧妙地试探着说:"你今晚去酒馆听戏,十点钟前一定要回来,要不我可不起来给你开门。明早上我还要起床招呼工人炒芝麻,陪不起你熬夜!""嗨,你这女人真不通情理!"郜二东立刻抗议,"唱坠子的哪晚不唱到十二点?大伙都在那里听,你叫我半途回来,我回得来吗?""好了,好了,我不管!"二嫂嘴上不耐烦,心中却在暗喜知道了他回家的确切时刻。

二嫂家的院子挺大,进了头道院门,两边各是两间厢房,四间厢房全是仓库;三间正屋里,二嫂和丈夫住东间,芝儿住西间,中间是一个穿堂。过了穿堂是后院,后院是两间厢房和三间堂屋,厢房依旧做仓库,环环和墩子住三间堂屋。吃罢饭丈夫出门之后,二嫂待后院环环和西间芝儿的灯都熄了,就轻轻拉开院门,在门槛外放了一把笤帚,接着把院门虚掩了,回到自己的卧房。几袋烟工夫之后,一个黑影轻步走到院门外,看一眼那笤帚,便轻推院门,门"吱扭"一响,闪身进到院内。

环环那阵其实还没睡,熄灯之后在床上躺了一阵,忽然记起白天洗的两件衣服还在后院的铁丝上搭着没收,因怕明晨露水再把它们打湿,就穿了鞋披了衣出门,走到铁丝前刚要收衣服,听见头道门"吱扭"一响。那晚是个有月的阴天,月不甚亮但能见度还好。环环隔着穿堂门缝瞥见,门响之后有一个黑影闪进院子,顿时一惊:不是公公!她几乎立即做出了判断。那黑影蹑手蹑脚向婆婆睡屋走时,环环马上断定:是贼!一定是去偷钱!环环知道,家里的保险柜就放在公公婆婆的卧房里。

她的双唇不由自主地张开,一声"抓贼呀"的呼喊马上就要冲出喉咙,就在这时,她的耳朵又捕捉到一句极低的招呼:"快呀!"与此同时,婆婆的房门轻微地一响。尽管那句招呼低微得几乎立刻就融散在夜空里,但环环还是辨出了那是婆婆的声音。环环的身子骇然一震,婆婆这是干什么?那黑影是谁?惊疑和好奇使她不知不觉间悄步走到了公公婆婆睡屋的后窗前,窗帘拉得严丝合缝,屋内无灯,窗隙里飘出的声音隐约模糊,迫切想弄清根由的环环,差不多把耳朵贴在窗框上了。听到了,一种轻而单调的吱嘎声。什么东西在响?环环一开始没辨出那声音的性质,但转瞬之后,一股血就泼上脸颊,滚热得烫人,她知道自己脸红了,她下意识地抬起双手想去捂脸,但手至半空又慢慢放了下去。她明白了。结过婚的环环知道床那样响意味着什么!被云层滤暗了的月光照着环环的脸孔,她的双唇愕然张开,久久未曾合上。婆婆的一声呢喃和一句男人的低语从窗缝里钻出来,为环环的判断做了最后的证明。

环环知道她发现了什么,她不能再在这里听下去,她唯恐惊动了屋里的婆婆,悄步向后退着。恰这当儿,头道院门外突然响起了公公那特有的伴着拐杖捣地的脚步声,随之大门咣当一响被推开,门开时响起了公公那嘎哑的抱怨声:"娘的,睡下了也不把大门插上,想招贼呀!"边抱怨边插着门闩。

环环陡然停止步子:公公怎么这么快就回来了?她的心倏然一提,不知怎么的,她莫名其妙地感到恐惧和着急。

二嫂和实忠太欢乐了!短暂的倾诉之后便坠入了彻底的欢乐。由于沉入欢乐太深,他们的听觉差不多丧失殆尽,根本没听到那由远而近的拐杖捣地的声音,直到院门咣当一声被推开,两人的身子蓦地一抖,二嫂惊恐地问:"你怎么没有插门?""我忘了。"实忠慌慌地去抓衣服。"嗨呀,你,快!快从后窗跳出去,快!这是鞋!快!"二嫂飞快地撩开窗帘推开了窗户,但就在窗户推开的瞬间她骇极地低叫了一声:"呀?!"

实忠没有理会她的那声低叫,纵身跃上了窗台,直到他跳到地上时,他才猛地发现,面前不远处站着环环!

他呆在了那里!

室内的二嫂只来得及把内裤穿好,丈夫就已把屋门推开了。

后窗还没来得及关上,窗帘撩在一旁。

二嫂僵了似的呆坐在床上,绝望地在心中叫:完了!

郜二东啪地拉亮电灯,电灯拉亮后,他没有注意到妻子的神态异样,只是发现后窗大开,于是埋怨了一句:"睡了,怎么也不把窗户关上?"说着,就往窗前走。血全部从二嫂的脸上退去,双颊白得如纸,她知道,后院的两间厢房也都是仓库,门上有锁,除了儿媳的住屋,就别无他处可让实忠藏身,如今这室内的电灯一亮,会把不大的后院照得清清楚楚,不论实忠躲到哪里都会让丈夫看见,全完了!让他发现了!他会怎样?大骂?大打?大闹?村人们会怎么笑?儿女们会怎么看?合作的新洋贞子知道了会怎么说?生意还做不做?这里还能住下去?天呀!……可令二嫂奇怪的是,郜二东隔窗向后院望了一刻后,却只说:"睡时要把窗户关上!"二嫂一愣,他没发现?她战战兢兢地借帮拉窗帘在丈夫身后向窗外望去,不大的后院每个角落都在眼前,里边空无一人。

她的心倏然一松。

二东坐在床沿上边脱衣服边骂骂咧咧地说道:"娘的,今晚坠子书本来听得好好的,二楔子他们几个去酒馆里胡闹,非叫人家唱豫剧不可,结果人家把弦一夹,走了,弄得大伙儿都只好回家睡觉……"

二嫂含混地应了一句:"天呀……"她一动不动地躺在床上,轻轻用手抹去额头上的冷汗。她在黑暗中侧耳倾听后院的声音,十几分钟后,当丈夫的呼噜渐高时,她听到儿媳住屋的后窗户响了一声……

十一

二嫂第二天早上推说头疼没有起床。她的头也的确又闷又重,昨晚她一夜没睡着,那事瞒过丈夫只让她感觉到了短时间的轻松,很快又生出了新的恐惧:她保守了半辈子的秘密因为一时大意全部暴露在了儿媳妇面前,她担心说不定一起床环环就会把这事传开去,让全村人和邻村人都知道! 会的,环环会的! 她明白环环内心里对她有气,那次环环因为墩子发病跑回娘家,自己去逼环环回来时说的那些话,环环心里不可能不生气,不可能不恨自己。她平日不敢同我犟嘴,是因为她怕我,如今她不怕了! 她会借这事报复的! 会的!

二嫂躺在床上恐惧地想象着:环环如何匆匆起床,起床后如何强忍鄙夷的笑意跑回娘家,对着她娘家妈的耳朵把那事描说一遍;她妈又怎样传给他们的邻居;他们的邻居又怎样在全村传扬给女人、男人们……到不了晌午,全村人就都会知道,堂堂的香魂油坊的女主人原来是个养野汉子的破鞋!她多少年来辛辛苦苦小小心心在人们眼中塑造的贤妻良母能干女人的印象顷刻便会瓦解,从今以后人们再不会尊敬自己。她捂住脸,想象着她在村中走过时人人翻着白眼指点脊梁的情景,一股寒气在周身弥漫。

她在床上一直躺到后响,要不是芝儿说要去叫医生来给她看病,她担心在医生面前露出破绽更加难堪,她真还想躺下去。她起来走进油坊时一开始脸都不敢抬,她以为人们都已经知道了那事,后来见人们跟她问这儿说那儿口气仍如往常一样,她才略略平静下来。但她心里仍充满恐惧,她坚信儿媳迟早会作为报复武器把那事传出去,她不安地等待着那一天的到来,她在苦思苦想着对策,却终于什么对策也没想出来。

也就是从那天起,她对儿媳产生了一种害怕心理,十分担心单独面对她,只要一听见她的声音,她的脸就会倏然变红。但环环似乎是把那件事忘了,见了她仍像以往一样尊敬地叫"娘",叫得二嫂不知所措,心惊胆战直发慌。

日子就这样在二嫂的不安中缓缓数过去,一切都没有发生,渐渐地,二嫂的心归于平静。但二嫂平静之后还是有些惊奇:环环为什么不利用这个机会?

是一个晚饭后,丈夫和墩子、芝儿都去村里玩了,环环在刷碗。二嫂过去帮忙刷锅,她手拿一柄铁铲铲去锅巴时,环环把碗已洗完,二嫂低低地叫了一声:"环环。"环环扭过脸:"有事?""你没有把那件事说出去我会记在心里!""为什么要说出去?"环环的脸一红,头垂下。二嫂一愣,她没料到环环会这样反问。这当儿,环环又抬头望望她，急切而低微地说："娘，我懂得，你这辈子心里也苦。"说罢，转身出了厨房。

"哐！"二嫂手中的铁铲跌落在锅沿上，锅沿被打碎了一块，崩飞到了什么地方。铁铲与锅沿相触的声响久久在厨房回荡。

二嫂手按锅台一动不动地站在那里，她觉出有一股暖而热的东西在胸中弥漫，一阵轻微的震颤在向四肢伸延。她知道有泪水开始溢出眼眶，她想抬手去抹时，它们已经砸向了锅中，她静静地听着泪珠砸下去的声响。

她久久站在锅前……

十二

墩子又犯病了。这次犯病是在睡觉之前，当时他正拿一瓶红墨水用毛笔在纸上胡乱涂着玩。他倒下去的时候，墨水瓶跌地，溅了在一旁打毛衣的环环和二嫂一身一脸。环环最先奔过去用手指掐住了他的人中穴，她已经有了经验。二嫂无言地用毛巾揩着儿子嘴边的白沫。当墩子终于醒过来把痴呆的双眼睁开时，环环和二嫂都已满头大汗。她们吃力地把墩子抬上床后，便一前一后地去香魂塘边擦洗。那夜月明星稀，塘水微波不起，婆媳二人默默地在水边蹲下，将水面弄碎。油坊的工人们大都已睡下，只有一盘加班的石磨在响，四周挺静，塘边只有两人撩水的声音。

"环儿。"二嫂轻轻地喊。

"嗯。"环环扭过脸。

"你和墩子离了吧!"

"啪。"环环手中的毛巾跌落水面。

"一辈子太长了……"二嫂的声音像呻吟。

环环的毛巾在水中荡开,慢慢地向远处游去。

"再找个人,娘给你准备嫁妆。"

一阵清风轻拂那漂在水面的毛巾,于是便生出一圈一圈的涟漪。

"过年过节了,回来看看我,等于我还有个儿媳。"

"娘!"环环哽咽着扭身,抱住了二嫂的肩膀。

水中的月亮默望着水边抱在一起的两个女人,意外地眨着眼睛。

轰隆轰隆,加班的石磨还在轻声转动,一股夜风从油坊那边刮来,裹着一股浓浓的小磨油香。

扑通,一只青蛙从荷叶上跳下,钻进清澈的水中。

月亮仍在水中移,缓缓地……

银　　饰

　　故事的源头如今是一片废墟。

　　像墓地里的白骨当年曾是健壮的小伙和水灵的姑娘一样,所有的废墟也都有过风华正茂的时候。当我站在那片扔满鸡毛、碎纸、烂菜叶和用过的避孕套的废墟上,向八十七年前的那个早晨凝望时,我最先看到的是那条弯弯曲曲轻笼在晨雾中的西关小街;跟着看到了青砖绿瓦屋脊上蹲有两个小兽,门面不大却有气势的银饰铺;看到了黑底白字的店牌:富恒银饰;随后我听到了"吱吱呀呀"一声门响——

戌

0

　　在那个薄雾飘绕的春天的早晨,富恒银饰铺的银匠郑少恒去开铺子门时,并不知道一桩大事的开端要在那天显露出来,而且那开端正以不紧不慢的速度向他的门边蠕动着爬近。他仍如往常那样精赤着上身,趿拉着鞋,一只手去抹睡意犹存夹了眼屎的眼睛,另一只手抬起带动胳膊上举打了一个带了长长呵声的哈欠,两条粗黑的腿一前一后向门口移动。他抽掉那根壮实的枣木门闩,刚把哼哼唧唧吱吱呀呀的两扇门拉开一道小缝,早晨的凉气就迫不及待亲亲热热挤进来搂住了他。他身子一个激灵,打了个响亮的喷嚏,喷嚏声在石板铺前的街道上打了几个滚才算站起跑远。这当儿,一只尖嘴长尾黑羽毛的雀儿落在了对面街边的那棵槐树上,那雀儿响亮地拍了几下翅膀,头对着他连连叫了三声,叫声嘎哑、短促,少恒不由得一怔:这鸟儿莫不是有病?

他开始做开门做活的准备:把化银子的灯具,把盛了各种模具的木箱,把砧子,把放了锤子、锉子、钳子等的工具台,把用来称银两的"戥子"和给首饰上光的白矾水,把让顾客们坐的两条长板凳在铺子里一一摆好……

"吃饭!"用高粱秸隔成的铺子里间,传来了老银匠郑恒良的一声喊。

每天早晨,都是爹在后边做饭,他来前边做开门的准备。爹老了,如今只能干一点烧火做饭和给做好的首饰锉去毛刺的轻活,南阳城有名的富恒银饰铺,实际上已由郑少恒在掌持着。

少恒进里间吃饭,父子俩面对面响亮地喝着红薯面稀粥,啃着窝窝头。两人虽然每日手上捏的都是白晃晃的银子,吃的饭食却是黑乌乌的。做首饰这活儿虽有一点赚头,可税太重,加上又一心想积点银两扩建铺子,嘴上自然就不能不苦点了。

少恒的最后一碗饭还没有吃完,外边就有脚步声向门口响来,他知道今天的第一个顾客已经上门,紧忙放粗喉咙吞了几口,扔下碗,抓起了做活的老蓝布围裙向腰上勒。

"我要打一个大横簪子!"进来的是一个小脚老太。少恒依稀记得她是做烟叶生意的郝掌柜的老娘,他一边接过银块一边躬身说:"老人家先坐,我这就做。"

他点上了化银的灯,当他嘴噙吹管把灯光巧妙地吹成一道细线去化银块时,又有几个要打首饰的人相继走进了铺子在板凳上落座。郑家几代人都当银匠,做银饰的手艺远近闻名,所以每日的顾客总是络绎不绝,排队相候。郑家的银饰出品大致可分两类,一类是童饰,一类是女饰。童饰中有虎头、狮子钱、八仙人、罗汉人、帽坠、大风牌子、压金牌、麒麟牌、和合二仙牌。此外还有挑式、钟式、筐式等各种铃铛,这些铃铛系于小孩头部,偶一摇摆,叮当哐啷,极有风趣。女饰中又分八类,一类是戴在头上的银冠,上嵌龙凤、花卉、虫鱼等物,绚丽堂皇,雍容华贵,是姑娘们婚嫁的上乘装饰品;另一类是插在发髻上、卡在辫子上、系在两鬓上的簪子、麻花针、扭丝针、栀子针、大横簪子、围绺花等;再一类是银耳环、银耳坠、耳环、耳坠的品样极多,尤以动物形象的最为精致美观;第四类是银项链,包括梅花链、长虫链和四瓣花链等;第五类是银手镯、银脚镯,分龙头镯、竹节镯、绣花镯、素空镯、扭丝镯、蒜梗镯等十几种;第六类是银戒指,有各种花鸟虫鱼的式样,着以蓝、绿等各种色彩,极为俏丽好看;第七类是银纽扣,分藕莲种、梅花、桃花、樱桃和金瓜等品种;最后一类是为高龄妇女或去世妇女的鞋上专制的鞋花,左蟾右蛾,寓意长寿升天。

少恒把银子化完,从模具中取出粗坯正要举锤去敲砸时,一股淡淡幽幽的香味忽然飘进鼻孔,他深吸了一口,立刻辨出是明德府的长媳碧兰到了。明德府是当任南阳知府吕敬仁的私邸,因吕大人向以德高、行美、政廉闻名河南全境,故河南巡抚特亲笔书赠他的府邸这个称号,以示褒奖。这位明德府的长媳因不断来铺子里定做银饰,所以少恒的鼻子对她的体味也已熟悉。他抬头看时,果然是明眸皓齿年轻秀气的碧兰夫人站在门口。

"夫人是来试脚镯的吧?昨夜我已加班做好,请进来试。"少恒慌忙站起让道。他意外地注意到这位夫人一脸冷色,眉眼间没有了往常惯有的那副笑意。

碧兰夫人没有应声,只是移步进屋径向里间走去。因为有女人不在男人面前脱鞋露脚的规矩,所以富恒银饰铺让女人试脚镯时一向都在里间。当然试戴时银匠得在跟前,以便发现尺寸是否合适,试戴的女人和银匠,这时刻有点像病人和郎中,不忌讳银匠把自己的鞋脱掉,在自己的脚腕上摸摸弄弄。

碧兰夫人在少恒平日坐着吃饭的那只独凳上坐下,穿了粉红缎鞋的两只脚稍稍并拢向前伸出。少恒拿着一对银脚镯在夫人的脚前蹲下,这时候钻进少恒鼻孔的香味开始变浓,他忍不住深吸了一下,两股香味立时像两只带了茸毛的小虫沿鼻道向肺里爬去,他觉得精神一振且还有点莫名其妙的兴奋。他按照惯常的做法,先伸手提起她的左脚,脱下了她的缎鞋,把脚放在自己下蹲的膝盖上。缎鞋脱下时,没有一般人脱鞋后发出的那股怪味,倒有一股类似干菊花的气味开始弥漫,他估计是碧兰夫人在自己的鞋垫里放有晒干了的菊花,要不就是有什么香料被缝进了鞋帮里。他这时无暇去寻找这香味的出处,他只是在注意自己的手,两只手触到夫人的脚背、脚腕时的那种滑腻柔软的感觉真是太妙,让人心里又痒又麻又酥。他觉出有一股欲望骤然从心底生出且在飞快变强,那就是顺着脚腕摸上去,摸摸她那裹在裤子里的小腿和大腿。他用牙狠咬了一下自己的舌尖,倏然而起的尖锐的疼痛才算暂时把那股欲望压下去。他定了定心把一只带扣的扭丝银脚镯朝夫人左脚腕上戴去,为了不妨碍试戴动作,他稍稍把夫人的裤腿向上提了一下,这一提让他双眼一下子瞪大,惊得轻"啊"了一声:原来碧兰夫人的脚腕靠上一点有一道长而深的血痕,血痕显然出现不久,很可能就在昨天夜里,因为血痂还新鲜发红。他估摸那血痕不是带长指甲的手抓的就是被什么东西划的。这样的血痕出现在少恒那粗糙黝黑的腿上也许算不了什么,可出现在这白皙细腻如凝脂般的肌肤上却不能不令人心疼心惊。碧兰并没理会少恒的惊讶之态,仍旧冷脸坐在那儿,只是身子略微一颤。左脚镯大小正好。碧兰夫人的冷肃样儿使少恒不敢再耽误时间,急忙去试右脚镯,当他照刚才的动作稍稍提起夫人右侧的裤腿时,他的眼再一次惊愕地瞪大:夫人右脚腕靠上一点也有一道长而深的血痕。受伤的部位相同,血痕的形状相同,致伤的手段似乎也相同。如果说少恒刚才是吃惊的话,这会儿简直是震惊了:哪会有如此巧妙的对称性受伤?他自然不敢开口问什么,只是更加小心地去试镯子,唯恐触疼了她。还好,右脚镯大小也挺合适。

"夫人,脚镯大小合适,是这会儿就不再取下,还是先取下包好你带回去自己戴上?"少恒仰了脸问。他这一刻才注意到碧兰两个眼圈有些发青。

"取下包好,晌饭后给我送去。"碧兰的话音淡然,似乎带了点颤,手上捏着一块银子朝少恒递来。

"夫人的工钱已经付过了,你这是还要打啥子饰物?"

"不打。"她的话音很低,目光却忽然奇怪起来,"我想请你帮我买样东西!"

"啥?"他觉出自己的心一跳,他极愿为这个漂亮的女人做点什么。

"砒霜。"她的话音极轻极微,两眼也变得异常明亮,眨也不眨地盯住他。

像躲避迎头击来的石块,他的身子向左一偏。"你为啥不自己去买?"他本能地把声音放小。

"不方便。"

"我……"

"不想帮忙就算了。"她拿银子的手开始回收,"我还以为你这个老实人会帮忙的。"

"给我。"话未落地,他的手已伸了出去……

1

那天上午余下的时间少恒差不多没有做成几件活,他的心被"砒霜"两个字搅得翻上翻下,手中的锤子也敲得纷乱发飘,顾客们自然从那锤声里听不出什么名堂,可这哪能瞒得了老银匠的耳朵?尽管他仍旧低头坐在儿子旁边,一言不发、目不斜视地为银饰锉着毛刺,可他心里明白,一定是有什么事发生了。所以午饭后当儿子要出门时,他开了口问:"干啥去?"

"给明德府的碧兰夫人送脚镯去。"

"还干啥?"

"不干啥。"

"真的不干啥?"老银匠的两只老眼锥子一样扎在儿子脸上。

"碧兰夫人让帮她一点忙。"少恒不自然地扭过脸去。

"啥忙?"

"帮她去药店买点药。"少恒有点不高兴,"你问那样清楚做啥?人老了真是。"

"啥药?""砒霜。""你答应了?""嗯。"

"知道砒霜是啥吗?""毒药呗。"

"她买毒药做啥?""不知道,兴许是毒老鼠。"

"不知道你就去帮她买?她要拿这去毒人了咋办?你不就成了帮凶?你想让咱这富恒银饰铺关门吗?想让人把你的头砍了?"

少恒身子一个激灵,扭过脸慌慌地盯住爹的眼:"可我已经答应了她,再说,她那样的人还会——"

"那就把这个给她!"老人边说边弯腰从墙根处抓了一撮灰土,扯过一张包银饰的纸三下五去二地包好塞到了少恒手里。

"这——"

"用这个就能知道她要干啥了,去吧。"

少恒犹犹豫豫地挪出了门。一顿饭工夫,又心神不定地回了屋。

"给她了?"

少恒点点头。"那东西药不死老鼠,她知道我骗了她肯定会骂我的,会的,她日后是不会再找我给她做首饰了。"声音里满是自责和后悔。

"少她一个主顾饿不死你!"当爹的扔下一句扭身要走,却又回了头问,"看出她要砒霜干啥了吗?"

"问了,她说:你别管!"

父子俩又开始坐下干后晌的活,但少恒的心思显然不在活路上,无论做什么都无精打采,而且频频出错,一个蝶式银耳坠,竟打了五遍才算打成,吹气化银时,还险些烧伤了手。

好容易挨到天黑,打发几个顾客走了。老银匠进后边做饭,剩下少恒一个人,点了蜡烛慢腾腾地收拾着工具。就在这刻,已经虚掩上了的铺子门,突然吱呀一声被推开,碧兰夫人的贴身丫鬟——一个身材娇小的姑娘气喘吁吁地出现在门口。

少恒一惊,他只看了对方一眼,就急忙低了头,他估计会有一顿责骂砸过来,不想丫鬟只轻轻说了一句:"小银匠,我们夫人让你去一趟!"

少恒嗫嗫嚅嚅地应了一声。那当儿老银匠也已闻声站到了里间门口,少恒向爹怨恨地投去一瞥,而后上刑场似地向门外挪步。

"记住,那药是在耿家药铺买的!"老银匠对着儿子的背影交代了一句。

2

少恒跟在丫鬟的身后走进明德府碧兰夫人的房子,一看见碧兰夫人端坐椅上把两只明亮亮的眼睛朝他看过来时,脑袋里就嗡一下刮起了大风,他想赶在碧兰夫人开口责骂之前做番解释,忙吭吭哧哧地说道:"那药是在耿家药铺——"碧兰摆了一下手,少恒吓得赶紧噤了口。这时他注意到丫鬟已经出去并随手关上了门,屋里只剩下了他和碧兰夫人,他的心越发慌张,他看见碧兰向他身边走来,双手本能地抬起护住了自己的脸。"打吧,你打吧,这事反正不怨我!"他在心里叫。他已做好了她巴掌抡过来的准备,但那个巴掌却轻轻地落到了他的肩上,那不是打,是拍,是很轻很轻的一拍。与此同时他听到了一声叹息似的带了一点颤音的低语:"谢谢你,谢谢你又让我活了一回。"

少恒一愣,他先是放下捂脸的手后是抬起了眼,他吃惊而茫然地望着碧兰,望着她那晶亮的眼。

"知道我让你买砒霜是干啥吗?杀人!我要杀死他和我自己!就在后晌,我把你帮我买的砒霜同时放进了他的和我的茶碗,我想死,我要和他一块儿死!可我没想到当我喝下了那碗茶知道自己要死之后,又会生出那么大的后悔。那一刻,我想起了我的爹娘,他们都已年迈,为养活我长大吃了那么多的苦,在他们正需要我供养的时候,我却去死了;我想起了我的小弟,他正在韩家塾馆读书,他读书的花销都靠我供,我死了之后他还咋读下去?我想起了我才二十五岁,我来这世上还什么事都没做成,连一男半女都没养出来,这阵儿就死实在太亏!尤其想到我是和他这个狗男人一块儿死的,死了还要和他同埋一坟,在阴间还要和他缠在一处,我真是后悔害怕至极,我恨自己没有忍耐力,办成了这样和他同死的傻事,我那刻气得悔得直扇自己的脸。我真真没有想到,那砒霜竟会是失效的!当我断定那砒霜无效,我又能在世上活下去之后,我是多么多么的高兴啊!我真感谢你,你又让我活了一回。当然,他也活着,就让他活着吧,让他活吧……"

少恒听得目瞪口呆。

"我要报答你!"碧兰的声音变得更低,脸上现出一股狂热的神情,"我要送给你一样东西,一样东西!"她的眼中有火苗在跳,他看见她的嘴唇在哆嗦,"明天夜里,你悄悄来这府里的后花园,从东偏门进,我把东西给你!记住了吗?不要给任何人说!"

少恒刚要张嘴,门外响起了脚步声,碧兰的神色突然变为冷肃,跟着就听她冷淡地说道:"你送来的这个戒指还好,工银我们晚点付,你回去吧!"她使了个请他快走的眼色,上前一下子拉开门,朝少恒挥了挥手。

少恒糊里糊涂地出了碧兰的屋门和明德府的府门,又糊里糊涂地走进了自己的家门。

爹还没睡,爹没说话,爹只用眼睛看他。

少恒叹了口气,在自己的床沿上坐下,慢腾腾给爹说了事情的经过。

"我们不要她的东西!"老银匠的声音硬如铁块。

少恒没吭声,他的眼前还晃着碧兰的面影,鼻子里还满是碧兰身上的香味。

"要离这个女人远点!"老银匠的声音像石块一样敲到床帮上。

少恒没再理会爹,他胡乱地脱掉衣服钻进被窝,他用被子蒙住头,他要想想今天这一连串的事情,他最后想到了碧兰的那句话:我要杀死他和我自己。那个他是谁?

是谁?

他的头皮一紧……

他在不安的思索中慢慢沉入睡乡,在寂静的睡乡里他看见一只大鸟,那大鸟的翅膀乌黑如墨,正缓缓地由头顶掠过……

3

第二天整整一个白天,少恒虽然照样在做着银饰,脑子里却总被那个问号缠住:晚上要不要去明德府后花园取碧兰夫人给的东西?按爹说的不去?那有点对不起碧兰了,人家是好心,给你东西你不要可以,但你总不能不去!去?黑夜里去和一个女人见面让别人看见可是不好,不过这是碧兰夫人要我去的,遇见别人我可以做点解释,就说是去送银饰的;再说,天黑,也不一定就能碰上人。

晚饭后他扔下碗时看一眼爹,讷讷地说了一句:"我去看看。"

"看啥?"爹瞪他一眼,"她给咱啥好东西咱都不要!"

"不要咱也得去给人家说一声,好歹也讲个礼数。"

"讲你娘的屁礼数!跟一个要买毒药杀人的女人还讲礼数?"

"她不是没有杀嘛?!"

老银匠气哼哼的,不再说话,踢过一个凳子到灯下,噌噌地拿起一个锉子去锉一个项圈上的毛刺。他听见儿子蹑脚走出了门,他没有回头,他只是恨恨用锉子敲了下项圈,闷声骂了一句:"狗东西,鬼迷了心窍!"

老银匠锉得心绪烦乱,到最后干脆扔了锉子坐那里吸烟,两只耳朵却仄起去听门外的动静。

不知过了多久,门外响起了儿子的脚步声,老银匠忽地一下站起身,儿子的一只脚刚踏进门,老人的两只眼就搜了上去。

"她给了你啥？"

"没啥。"小银匠有些疲倦地答。

"没啥？"

"真没啥。"

"是她给了你啥你没要还是——"

"她啥也没给。我从后花园的东偏门那里进去,就看见她在一棵白果树影里站着,她轻声喊我过去。我在她身边站下,后花园里很静,我听见她喘气声很急。我说,夫人不用给我啥,俺们啥东西也都有。"

"她咋说？"

"她没吭声,她好长时间都没说话,我有点奇怪。后来她开口了,她说小银匠你信不信那句话:人们做的事上天都能看见？我说我不知道,我没想过这事。"

"她后来咋说？"

"她说小银匠你觉着一个人要是想要啥了,他是不是就该去要啥？我说我说不明白,我说一个人要是想要啥了,他要不来也是白搭。"

"后来哩？"

"后来她又停了好长时间才说,小银匠,要是那件东西一个人能要来,可世上人又不允许他要咋办？我说那就别要了,要不人家会说你是偷。"

"后来哩？"

"后来她叹了口气,她把额头抵在树干上,我模糊看见她还把额头在树干上碰了一下,上边的树叶子一晃。她末后说,小银匠你走吧。我就转身往东偏门那儿走,快走到门口时,她又轻步追了上来,声音很低又很急地说,对不住,我给你的东西忘了带来,你最好明晚再来。"

老银匠有些迷惘地看着儿子,随后又把迷惘的目光移向了墙角,很长一阵之后他才嘟囔了一句:"这个女人是咋着回事?"

小银匠已经上床躺下,他没有去理会爹的自言自语,他只是在回想着刚才见到碧兰夫人的那些情景,她为啥子把头抵到树干上,而且要往上边碰?他觉出自己的心里生了一股疼痛,她的额头不会碰出血吧?……

一大片碧绿碧绿的草地慢慢移来他的眼前,碧兰就由那碧绿的草地上款款向他走来,他闻到了风从碧兰身上带过来的香味,他看见了她在向他招手,他快步迎了上去,他已经看清了她脸上的笑纹,就在他要走近碧兰的那一刻,头顶突然响起一声尖厉的鸟叫,那瘆人的鸟叫声将他吓得睁开了眼睛,他看见爹还没睡,爹还怔怔地坐在灯下……

4

春天是人们打饰物的旺季,准备脱去冬装摘掉头巾的富人家的小姐、夫人们,都开始忙着准备新添或更换别在头发上,坠在耳朵上,挂在脖子里,戴在手腕、脚腕上的银饰物,所以富恒银饰铺的白天便人声喧嚷,分外热闹。少恒这一天几乎是手不离锤地忙活。不过只要稍一停锤,碧兰夫人把额头抵在树干上的影像就会在脑子里显现出来。每当那影像显出来时,他便急忙摇头把它赶开,他怕影响自己干活,他注意到爹一直面色阴沉,他怕爹发火。

好不容易干到天黑顾客散尽,少恒伸伸懒腰开始坐下吃饭,饭还没吃完,爹就又开始安排晚饭后的活路:"我又琢磨了一种项链的打法,叫豌豆链,我已经试做了一截,你晚上也做一截试试——"

"坐了一天,我吃罢饭想出去转转。"少恒不高兴地打断了爹的安排。

"去哪里转?"老人生气地斜过眼。

"去街上随便转转,腿坐得酸。"

"不准再去明德府见那个女人!"

"不过她说了让再——"

"再去干啥?你是不是想去要个大祸?"

"说那样吓人干啥?不让去就不去呗!"少恒脖子一拧,摔门出去了。

老银匠在屋里站了一阵,而后又不放心地开门出去,在黑暗中盯着儿子远去的背影,看见儿子最后还是向明德府那边走去,气得抬脚恨恨朝地上跺了一下。

"妈那个×!真真是迷了心窍!迷了!"

他反身进了屋,烦躁而不安地在屋里踱步……

少恒回来时已近半夜。

他的神态有些奇异:双颊出奇地红,眼珠子晶亮晶亮,头上冒着热气,两只手好像没地方放,目光有些发慌,看见爹还坐在烛光下等他,说了声:"爹还没睡?"就急忙去铺自己的床。

"去了?"老银匠的目光刀一样向儿子砍去。

"去了,我怕人家总等……"少恒的声音如断了一个翅膀的蚊子。

"她给了你啥东西?"

"没啥。"他好像被烫住耳朵似的向爹扭过了脸,却又迅疾地扭了回去。

"真没啥?"

"真没啥。"

"没啥会用这大时辰?"老人的声音加了厉色。

"她,她叫我——"

"叫你咋?"

"叫我……在花园的那片树丛里藏着。"

"藏那儿干啥?"

"等她。"

"等她?"

"府里人都睡下后她才又来。"

"来了干啥?"

"没干啥。"

"又是没干啥?"

"她一下子抱住我。"

老人的眼闭了,却仍在问:"就这?"

"她亲我。""嗯?""摸我。""嗯?"

"她说,我不怕了,我啥都不怕了,说反正我也算死过一回的人了,说我再不忍了,说我忍不住了。"

老银匠的眼闭得更紧了。

"她说,老天爷要是有眼,他能看明白。"

"后来?"

"她让我把衣服脱了。""哦?"

"她让我把衣服在地上铺开,睡到上边。""嗯?"

"她也脱了衣裳。"

"天哪!"

"是她先动手的,她要我弄,我害怕。"

"弄了?"

"弄了。"

老银匠惊得张开了口,却一时无声。

"她一边做还一边低了声喊:吕道景,你看见了吧?我要让你当王八、当肉头!"

"吕道景——"

"你忘了?是知府老爷大儿子的名。"

老银匠打了个寒噤,没有再问。

屋子里一时静了下来,只有蜡烛头上的火苗在跳动,噼噼啪啪响。

"唉——富恒银饰铺要败在你这孽种手上了!"许久之后,老银匠发出了一声深长浊重的叹息。

"爹,这事不怨我。"

"不怨你怨谁?你这个呆子、憨货、杂种!老子执掌铺子打银饰打了几十年,也没有哪个女人敢来缠我,你倒好,主事才多少日子,就出这事?! 也怨我,只想着攒银扩建铺子,没有早给你说上个媳妇。"

"我今后不再跟她来往不就行了?"

"这种事像吸鸦片,一旦尝了味能戒得了?""我能戒!""哼!"

"我能!……"

5

少恒如今没法让自己不去回忆,回忆那天晚上和碧兰夫人在一起时所做的那桩事的全部细节。这种回忆常常使得他脸红筋胀兴奋异常,勾起他想重见碧兰的强烈愿望。有时这种愿望强烈到他真想立刻夺门而出径到明德府去见碧兰。但他又本能地感到这是一件可怕的事情,也从心里认为这是为世人所不容的邪恶,可那件事的美妙和带来的那种迷人心魄的快乐又使他实在无法忘记。他的心再也不能平静。随着这种心境的纷乱,他的银活也做得越来越糟,以至于不少饰物都需要爹戴上老花镜重做一遍。他看见爹的脸色越来越阴,他知道这种情况不能再继续下去。他开始琢磨自己究竟怎样才能不去回忆那个晚上和不去思念碧兰,他从他有限的知识中最后找到了一个答案:自己一定是因为身子壮精力旺盛才去思念女人。有了这个答案也就有了对策:只要使自己身子虚弱下来目的可能就会达到! 怎样才能使自己身子虚弱下来?少吃饭! 一个人只要饭吃得少他当然就不可能强壮。

从想起了这个对策起,他开始找各种借口和理由少吃饭。十来天下来,他果然就见出消瘦并明显感到了浑身无力。老银匠忧虑地看着儿子。可少恒心里却有些高兴。如今再坐到工具台前举锤敲砸时虽然感到锤子沉重,但心里那股躁动的欲望果然就轻了不少。

少恒心里暗暗祈祷:但愿再过一段日子,那桩事就会被我彻底忘记。

一个来月后的一个头晌,明显消瘦的少恒刚做了两件首饰,那股熟悉的香味又飘进了鼻孔,不用抬头,他就知道是她来了。他心里骤然像被拉紧了的弓一样感到难受,他立时觉出嗓子里没有唾沫,干得很。他很想立刻抬眼,想看看在经过那晚之后她会有些什么变化,可他没敢,他害怕自己脸上的表情会泄露什么,铺子里还坐有顾客。他假装没有闻到那味没有听到她的脚步响,直到顾客有人向她招呼,他才抬起眼,才看见她那装成平静淡漠的脸。她抓住了他的目光,给他意味深长的一瞥。他的目光像兔子一样急忙向下逃开,却又碰上了她的胸,碰上了她胸前那两坨高高颤颤的东西,于是那天晚上抓住它们时的那种快活感觉又一下子从心里涌了出来,他觉出自己的身子因那回忆而颤了一下。

"小银匠,你给我做的这副脚镯可是有些毛病,紧,走起路来勒脚腕,你得再给我多少放一放。来,给我戴上,我告诉你放多大合适!"她平平静静地说着,径直进了铺子向里间走去,手上拿着前些天他送去的那副银脚镯。

少恒飞快地看了爹一眼,爹像根本没听见碧兰的话音一样,照旧低头专心锉着一个银戒指上的毛刺。少恒知道碧兰让放脚镯是个幌子,可有顾客们在那儿看着,他不能不也装得一本正经地站起身说:"好吧。"

一进里间,一没了众人的眼,少恒的目光竟胆大起来,他把她从头到脚看了一遍,他注意到她的两个眼圈有些发乌且脸颊也有些消瘦,碧兰这时猛抓住他的手,把它们放到自己的胸口上。他感到了她的心跳也听到了自己的心开始狂跳的声音,他感到那股被饥饿压下去的对碧兰身子的渴望迅速胀大了。他记起了自己对爹做的保证,但他分明看见那个保证像暴露在阳光下的雪堆一样,正在飞快地融化变低。

"今晚,老时辰,老地方。"她附了他的耳朵说,声音如米粒一样地向他耳道里滚。之后,她的舌头在他脸上舔了一下。

他还没有来得及做出回答,她已突然高了声说:"好,就放一麦叶宽。"

他被这声音骇得一怔,顷刻之后,明白了自己该答什么:"行吧,就放一麦叶宽。"

她一如来时那样,声色不动地走了出去。

他把脸上她留下的那些甜香的唾液抹去,也向外间走。

那天傍晚,送走最后一个顾客关上铺门之后,少恒朝正坐在那里抽烟的爹怯怯看了一眼,讷讷地说:"爹,她要我去。"

老人没有应声,只是吧嗒着烟袋,很响。

"我想就再去一回。"

依旧是烟嘴在响:吧嗒、吧嗒。

"就一回。"他俨然是在向爹发誓。

老人像聋子一样,照旧吸自己的烟,烟缕如绳,一道一道地在屋里缠绕。

"一回。"他说罢,小心地把门拉开一道缝,闪了出去……

老人这时才从口中取下了烟袋,扔到了地上,随后颤巍巍地起身,把遮在神龛上的一块红布扯开,面朝龛里那个白瓷的面孔慈祥的观世音,缓缓跪了下去。

"保佑我的儿子,菩萨……"

亥

0

夜如网一般罩下来,牌坊式的吕家门楼差不多全被黑暗遮没,独有门楼上镀了银粉的"明德府"三个字,还能挺清楚地显现出自己的模样。已是子初时分了,整个明德府都已被寂静所笼,府外的市声早已灭定,丫鬟已打着哈欠三次过来催吕道景去卧室歇息,可他还是赖在他的书房里不动——他并没有看书,他现在没有心绪看书,他只是在小心翼翼珍贵万分地摆弄着他的那些收藏品:各式各样各种质地的女子饰物。

吕道景虽然不过二十五六岁的年纪,可他的饰物藏品却极是丰富。他收藏的全是女饰,这些女饰有木质的、竹质的、骨角质的、象牙质的、玉石质的、银质的、金质的,差不多可以显示女饰物不断演变的历史轨迹。

吕道景作为一个男人喜欢收藏女饰物多少有点让人不解。他的这个嗜好是在七八岁就开始了的。最初发现他有这嗜好的是他的两个姐姐。两个姐姐经常发现自己的饰物被偷,她们怀疑是仆人是窃贼所为,对仆人住屋的突然搜剿和对盗贼的着意防备都没有奏效,一个偶然的机会,两位姐姐发现弟弟道景在一个房间里对镜顾盼,头上、脖子里、手腕、脚腕上戴满了她们丢失的那些饰物。两位姐姐又好笑又生气,便把这发现告诉了父亲,她们的父亲吕敬仁那时还是一个知县。吕知县听罢骂了一声:"这个小子太贱!"拎起家教的皮鞭就过去在儿子的屁股上揍了一顿。这一顿鞭子打得吕道景哇哇乱哭,却没有打掉他对女饰的喜欢。此后,逐渐长大的吕道景对女饰物的获得便在更加保密的情况下进行。他主要是用钱买——爹娘给他的零用钱,亲友们给他的压岁钱他都悄悄地用来买了饰物。当然,有时他也偷偷地用家里的贵重物品换。如今藏在两只小箱子里的这些饰物,差不多都是他靠这两个法子搜集而来的。

此刻,他在烛光下望着那些形状不一质地各异的饰物,一颗心又浸在了一种又甜又酥的感觉之中。全南阳城没有哪个女人会有这么多的饰物,包括那些最富有的女人!当然,在这些饰物中银饰的种类和数量还不是很多,不过不要紧,如今正是银饰时兴的时候,我早晚会把所有品种的银饰都搜集到手,主要是没有银子,爹和娘给我零花的银子太少,只要有了银子,我就可以去富恒银饰铺打制,我要一类一类、一种一种地打制,直到把所有的品种都打齐……

他的手指和目光在摆弄那些银饰收藏品的时候,他觉出一股极熟悉的欲望又从胸中一个神秘的地方钻了出来:戴上这些女子饰物,穿上碧兰的旗袍,在这屋里做一会儿女人!这个欲望在逐渐变强,迫使他拿起一条银项链去往脖子上挂,拿起两个银发卡去往头发上别,他做着这些动作时,一种晕眩似的快乐攫住了他。但也就在这时,一个巨大的黑字倏然闪来眼前:贱!父亲的吼声也同时在耳边炸响:贱种!他脸上的笑容随之开始减少。他的一只手哆嗦着伸进上衣口袋,从里边摸出了一个吸烟打火的火镰,他的两只手抖颤着敲打火镰点着了纸煤,纸煤在他的吹晃下开始变红放出小小的火苗。他慢慢弯下腰,捋起自己左腿上的裤子,当他的小腿露出时,他把正燃着的纸煤朝小腿上按去,立时,一股皮肉被烧的焦味开始在屋里弥漫,他的脸上开始出现汗粒。随着脸上汗粒的增多和腿上疼痛的加剧,他开始觉出原先鼓胀在心里想做女人的那股欲望,慢慢开始变小并最终又缩回了它原来躲藏的一个角落。他叹了一口气,瘫坐在了地上。他又一次打败了那个可怕的要他变作女人的欲望,他常常用这个办法去和那个欲望搏斗,以致他的两个小腿上满是被纸煤烧伤后留下的疤痕。老天啊,你为什么要把我造成这样一个人?

"你究竟还睡不睡了?"随着屋门的哐当一响,门缝里挤进了妻子碧兰的一声怒喝。道景一惊,慌忙起身,摘下脖子上的项链和头发上的银发卡,迅疾地放进藏有银饰的箱子并合上箱盖,直到把两只铜锁挂上了箱子的锁扣之后,他才起身去开了门。门外站着身穿睡裙满脸怒气的碧兰,"你还要磨蹭到啥时候?非要等我睡着了你再咚咚地进去把我惊醒不可,你还要人活不活了?"

"好,好,我这就去睡。"吕道景脸露讨好的笑容,不过待碧兰刚一转身,厌恶便立时把笑容挤走。他厌恶碧兰,他从心底里厌恶。

他厌恶她不是因为她长得不好,他明白她长得漂亮,这只要一看周围那些男人看她的目光就知道。再说,长得不漂亮的女人怎能来做知府家的儿媳?他厌恶她也不是因为她的脾性不好,他知道她刚来时是如何的羞涩和柔顺,她后来的变凶变恶是因为自己对她的态度。他之所以厌恶她是因为她是女人,是因为到夜里她常要求他做那事。而他早就不喜欢和女人在一起了,更不喜欢和女人在一起做那种游戏。

是从什么时候开始对女人反感的,吕道景自己也记不清了。反正从懂事起,他就愿意和男孩子在一起玩,十五六岁时,他常将他的那群男伙伴领进自己的卧房,把自己搜集到的那些饰物戴在身上让他们看,每当他们边观看边哈哈爆起笑声时,他就感到无比的快活。听说爹娘要给他娶媳妇那天,他曾坚决地表示他不要妻子。爹最后把眼一瞪:"混说,男大当婚,哪有不要妻之理?不要妻子这吕家的香火怎续?"面对爹的威压他不敢不从,于是碧兰便被花轿抬进了明德府门。

自从碧兰进门后,他开始对夜晚也产生了厌恶,因为到夜晚就要上床和碧兰睡在一起。一看见碧兰那白嫩娇艳的身体,他心里就烦就感到一种压迫一种妒忌,他根本不愿意去亲近触摸她,更不愿和她做那种事情。他对自己的这种心情也曾感到惊异:男人是应该喜欢女人的呀?再说那么多男人包括那些男仆一看见碧兰就两眼放光,可我为什么这样烦她呢?他曾努力压抑自己心中的厌恶而去和她亲密相处。他和她并不是做不成那事,但做时他需要把她想象成另外一个面目模糊长着胡须的怪人。这种对厌恶的压抑使他感到很痛苦,这种痛苦加深了他对黑夜的厌恶。因此每到晚上他都要躲到自己的书房实际上是收藏室里,直到他以为她已经睡着了再回去悄悄躺下。他曾试着和她分床而睡,但只分睡了两晚娘就过来干涉:"你这样做一旦传出去就会让外人以为我们家中不和,就会影响你爹和我们这个家的声誉……"

他对自己成为现在这个样子感到迷惑不解,他想查出原因并期望用药来治好。他瞒着父母瞒着碧兰悄悄去过南阳书院,把书院藏书楼上几乎所有的医书翻了一遍,从《黄帝内经》中的房中学论述到华佗的结毒科秘传,从巢元方论阴阳易及梦与鬼交到金礼蒙《医方类聚·房中补益》,从张介宾的《宜麟策》到岳甫嘉的《种子篇》,他都仔细读了,但最后也没明白自己究竟为什么一心想做女人。他也曾悄悄去过几家药铺,不敢给大夫说明情况,只根据从药书上查来的方子,买些五味子、山茱萸、鹿角胶、人参、杜仲、何首乌、枸杞子、龟板等回来配着熬了喝,可不管怎么喝也不见效,想做女人的愿望终是不灭。他最后绝望地把药锅扔了,把头撞在墙上无可奈何地哭叫:"我这是怎么了?……"

今晚,他又像过去无数个夜晚一样,硬着头皮向卧室里走去。进门时他看见碧兰又已躺在了床上,而且把他的枕头放到了她的枕边——平日,他们是各睡一头的——立时心中一慌:她又要强迫我去做那事了!因为厌恶和害怕,他身上霎时起了一层鸡皮疙瘩。他站在床边抗议道:"我们不是已经做过了?"

"离今儿个已经有多少日子?"碧兰躺在那儿没动,只睁开眼睛带了讪笑问。

"几十天了。"他闭眼算了一阵。

"长不长?"她把睡裙脱去扔到了一旁的椅上,于是一片雪白晃得他的眼睛不得不眯上。

他觉出有些理屈,隔的日子是有点多了,但他带了一股气恨咬紧牙答:"不长!"他此刻对这个女人真是怀了气恨:弄弄弄,没完没了,总不满足,总要逼迫人,天下有这样不知羞的女人?他记起了那个晚上,他被她逼急了,就提出了一个吓人的条件:要我做可以,可我得用银簪子把你的两个脚腕划道血印!他根据自己打退那可怕欲望的经验,也想用疼痛来使碧兰打退她心里的欲望。他原来估计她会被这个条件吓倒,未料她还真的咬牙伸出了两个脚腕,而且在被划伤后忍着疼痛仍要做。这个女人哪!他如今真有些怀念新婚时的日子了,那时她多么害羞多么温顺,害羞得都不敢在灯下脱衣服,一上床就一动不动,连翻身都是轻轻轻轻的。那些夜晚多好啊,两个人静静地躺在床上,谁也不朝谁伸手,互不打扰互不接触互不侵犯。可后来这些好日子没了。她渐渐变得胆大了,执拗了。最初的一些夜晚,她只是朝我伸过手来,后来她就偎过了身子,再后来她就执意地要我做一些动作,发展下来,她竟越发胆大,动不动就逼我,有时不做就到了不行的地步,老天啊!

"好,你说不长就不长,给你的枕头,睡下吧你!"她像扔砖头那样把他的枕头朝他扔过来。

他为她的不再坚持感到有些意外,过去,倘是他不愿做,她总要想方设法过来缠磨直到把他缠得无可奈何满头是火,今夜她这是咋着了?

他把枕头在床的另一头放下,疑疑惑惑地去脱衣服,他不过是刚刚脱衣躺下,床那头便传来了她轻缓安恬的鼾声。他不由得又是一怔:过去,若是事情最终没有做成,她会在床上翻来覆去地叹息、啜泣、生气,久久地睡不着,害得他也只好睁眼相陪,今晚她怎会睡得这样香?

但愿能长久这样下去……

1

吕道景白天的日子过得很自在。父亲让他在粮厅做事,粮厅的头儿知道他是知府大人的公子,便拿他来当爷敬,很少分派他做什么公事。常常是点罢卯之后,他问头儿今日做什么事,头儿就说:"没啥急事,你出去逛逛吧,到粮市上看看今日的行情,若见有以次充好坑害百姓的,把他押来粮厅就行。"他于是便高高兴兴地往街上走。

他对粮市的检查倒是认真负责,对每个粮商的摊子,他都要仔细地查看,倘是发现有人以坏麦充好麦,在小米里拌沙子,他必要训斥一顿。不过他很少骂人,只是语调很柔和地训责对方不讲良心,坑害百姓,让对方在这种柔和的训责声里面红耳赤点头认错。他很少把这些不轨的粮商押回粮厅,他担心他们进了粮厅要皮肉受苦,他不忍看人挨打。大多数粮商因为他的好心肠而对他很是敬重。他从粮市上检查出来,并不去一般男人常去的地方:酒店、茶馆、戏院、赌场和花柳街。他不爱喝酒,不爱喝茶,不爱看戏,更不爱赌不爱嫖。他常去的地方是三个:一个是大西关的杂货市场,那儿常有人因急等钱用而贱价出售家传的女人饰物,他的好多饰物藏品都是由那儿买来的;另一个是福顺来绸缎洋布店,那儿有各种各样色彩鲜艳的绸缎和洋布,他进到那店里倒不是为了买,而是看,他常让店伙计把那些最鲜艳的绸缎洋布拿过来,他把它们披到身上左看右看,这样做时他觉得心里非常舒坦;再一个是德华街北头的大杂院,那院里住的全是当挑夫、轿夫、马夫、伙夫等做苦力的人家,他家原先的挑水夫铁团也住在这儿,他常要到铁团家坐坐。铁团大他几岁,当初在吕府挑水时常和他在一起玩闹。这铁团长得又高又黑又壮,肩胛处、胳膊上的肌肉像鸡蛋一样地向外凸着。他爱看铁团这模样,尤其爱看他半裸着身子的样儿,每当看见铁团他心里就有一种难以言说的快乐。此外,他也爱去富恒银饰铺走走,但他又常常强令自己不去,因为一看见郑家父子手中做着的那些精巧银饰,他都恨不得上前夺过来自己戴。可做银饰是要银子的,吕府的家规很严,他在粮厅的俸银要按数交回娘的手中,经爹允许由娘发给他的那点零用银子,哪够来银饰铺打制银饰?而且他也不敢,倘使爹娘知道他一个男人家来打制女人饰物,那不是又要挨一顿责骂?

今儿他由粮市上出来,照例地先去了西关杂货市场。一边往杂货市场上走,他一边在心里为自己辩护:我来市场上转转看看,偶尔买一件两件银饰,只是为了收藏,并不是为了别的。如今,对于自己想做而一般男人又不做的事情,他总要在心里找出一点理由为自己辩护。

今天的杂货市场上人不多,而且转了两圈也没见一个出卖首饰的,这使他有些兴味索然。于是,便只好向福顺来绸缎洋布店走去。绸缎洋布店里买货的人挺多,不过几乎全是些太太、小姐,因此道景走进店中就有些显眼。他注意到一些女人的目光向他射来,他有些不自在,可他立刻在心里为自己辩护:我只是来看看店里进了什么新货,回去好给碧兰透个消息,并不是为给自己买。

他在货架上看见一匹素底白碎花的缎子,这个花色的过去倒是没有。他招手让伙计拿了过来,先是在手中摩挲了一阵,随后又忍不住把它披到了身上,这缎子要是做成旗袍穿在身上该多好!他仿佛已经看见自己穿上旗袍袅娜行走的俊俏模样,心中顿时滚过一阵由衷的欢乐。不过他一看见旁边几个女人在定眼望他时,便慌忙将脸上的快乐收起,一边从身上取下缎子一边对店伙计说:"我回去告诉内人,这匹缎料倒是挺好。"说罢,恋恋不舍地离了店堂,开始向德华街大杂院挑水夫铁团的家走去。一进大杂院,就听见铁团洪亮的笑声从他屋里跳出来,道景被那熟悉而有吸引力的笑声弄得心一晃悠,脸无端地有些红了,他加快了步子,渴望立刻见到铁团。心中也同时开始为自己进行例行的辩护:我见铁团是因为他过去在我家挑水,我来看他只是为了聊天,并不是为了别的。

快走到铁团家门口时,那破旧的屋门哗啦一响,只见铁团和一个老头先后从屋里出来,铁团肩上照旧挑着他那两个大水桶。他看见道景,立刻笑叫:"我的吕少爷,今儿个我可没有闲工夫陪你坐这儿闲磕牙,我要出去挑水挣钱了。我真不明白,你为啥偏爱往我这狗窝似的家里跑!"道景于是尴尬地笑笑:"好,好,我改日再来。"目光却已黏到铁团那两个油光结实的光膀子上舍不得放下。

出了德华街,他便向富恒银饰铺走去,也只剩这一个地方,他有兴趣走了。离着银饰铺还有几十步远,他忽然听到了一阵笑声,一阵他熟悉的清脆圆润的笑声。碧兰?她也在这儿?她准是又来打银饰了!娘每月给她的零花银子要比给我的多得多,所以她才能来这儿打首饰,她其实比我富!他一想到这点,一股妒忌就又从心里升起膨胀变大,使得胸口一时有些堵起来。他停下了脚步,犹豫着是不是还走进铺子,进去后碧兰肯定要问我来干啥,回家说不定她会把我进银饰铺的事告诉娘,那样八成就又要遭娘骂一顿贱了。

伴随着又一阵脆甜的笑声,碧兰出了银饰铺的门,在她看见自己丈夫的时候,他注意到她脸上闪过一丝惊慌。

慌什么呢?是害怕我看见你做的新银饰吗?做吧,既然你有银子你就做吧,我不会干涉,只是在适当时候你该送我一件才对。

"又做了啥子东西?"他开了口问,他心里实在想看看她又做了什么。

"你来这儿干啥?"她也问,声音里还有一点慌张。

"看看。从粮市上出来顺道走走看看。你又做了啥首饰?能不能让我开开眼?"

"开眼当然行,但那得等到晚上。"她的话音已经平静,嘴角上又出现了他熟悉的讪笑。

他的身子一紧,立刻明白她这话的意思,她晚上上了床一定又要拿这个逼我去做那事。这个女人,就没有吃饱的时候,我宁可不看你做的银饰也不去弄。

可她今日究竟又做了啥样银饰?

2

晚饭后不大时辰,吕道景就向自己的书房走去,他害怕碧兰催他早睡。果然,没走多远,她就在后边喊:"天这样黑了,你又去哪儿?早烫烫脚上床歇息吧,你忙了一天不累?"

"不累。我得练练字!"他说出自己的借口,逃也似的跑进了书房。每每要躲避碧兰时,他总说要去练字,他的毛笔字写得是有几分功夫,但他到书房后练字的时候并不多。他的兴趣不在书法。这会儿他在书房里喘息刚定,便又打开了那两只小木箱上的锁,把它们一一掀开,让满足、自豪、快乐的目光在那些饰物上逡巡。随后,他拿起了一条玉石项链、一条木珠项链和一条银项链,把它们分别摊放在箱盖上仔细地对比审看。

如今,戴木珠和玉石项链真是不如戴银项链好看了,木珠项链黑乌乌,玉石项链沉甸甸,而银项链戴在脖子上亮灿灿光闪闪,既轻巧又惹眼。看来,随着时光的流转,女人们的饰物也得不断更换,过去好看时髦的,今日就未必了。唉,要紧的还是要多弄点银饰品。

躺在箱盖上的梅花形银项链渐渐朝道景施出了它的魅惑力,使得他慢慢拿起并把它挂上了脖子。这时他恍然记起小时候两个姐姐和丫鬟、使女们常把他当一个小姑娘打扮起来,让他穿上女服,给他编上发辫抹上胭脂,让他羞答答学女孩们走路的往事。那时候,每当我穿了姐姐们的衣裙学姑娘们在院中走路时,不是已经惹得那些轿夫来摸我的脸了?他们不是笑着赞道:"瞧瞧这丫头多漂亮!"对往事的回忆在不知不觉间打开了他心中对那股欲望的禁闭,只见他急急转身,去书桌的抽屉里扯出了一件早些日子他悄悄从碧兰的衣柜中拿来的那件淡绿旗袍,并三下五除二地脱去自己的衣服穿上了它。他用他早就学会的女人步态,袅娜娉婷地向镜前走去。看看怎么样,我穿上旗袍就是好看!配上这亮灿灿的银项链,我比哪家的太太、夫人逊色?看看我这身个,又细又长,难道算不上苗条?我这两腮,不也是又圆又白?倘是再抹点胭脂,男人们会不喜欢?若是今儿个让我以女人面目出现,我敢说我照样会引起男人们的注意,尤其是铁团!铁团,我要以这样的穿戴站在你面前,你敢说你不喜欢我?他目不转睛地看着镜中的那个"女人",沉浸在一种遐想里,脸上漾满幸福的笑意,但当他的目光无意中瞥见镜中"女人"的下体时,双颊刷一下白了,脸上的笑容也像受惊的鸟一样呼啦一声飞走。他这才清醒地意识到,他刚才放纵了原本被关押起来的那个邪恶欲望,他急忙哆嗦着手去摸自己衣袋里的那个火镰,他颤着手打响火镰燃着纸煤,而后弯下腰将燃旺的纸煤朝右小腿上按去,一股皮肉被烧的焦味儿立刻弥漫开来,他的脸上又出现了汗粒。在剧烈的灼疼中,他看见心中原先膨大了的那个欲望,像挨打的刺猬一样,迅速缩小了身子,并最终又退回到关押它的那个笼子里。

　　他双手捂脸,又一次软在了地上。

　　老天爷,宽恕我!我不知道我是怎么回事,我就是想做女人。我知道我这是违了人间常规,我这是犯了邪恶之罪,可我常常又控制不住自己,你惩罚我吧!或是干脆就让我死!我活得苦啊!我夜晚的时光苦得简直没法过!而且不单单是我苦,碧兰也苦呀!你不知道她在夜里已经流了多少眼泪,救救我们吧,老天爷,求你了,为我们想个办法吧,我上一辈子是不是做了什么恶事?要不你凭啥给我一个男儿身却又给一颗女儿心,这样活活来折磨我?为啥不让我要么干脆做一个男人要么干脆做一个女人?为啥呀……

他抬起头去脱身上的旗袍时,已经满脸是泪。

当他神情沮丧地重又在书桌前坐下时,他感到了一阵口渴,可他不想出去叫丫鬟拎壶来倒开水,那样说不定又要惊动碧兰,使得她又来催人去睡。他忍了一阵,可越忍竟越渴起来,也罢,就轻手轻脚出去,径去厨房倒一碗水来喝。

明德府的面积很大,去倒开水却恰恰需要从自己的卧房后边过去,卧房里还亮着灯光,碧兰肯定还没睡,于是他更加小心地抬脚放脚。就在他转过屋角要往卧房后走时,他忽然一惊,卧房后窗那儿站着一个男人。贼!这是他在一刹那就做出的判断,他几乎立刻就要张嘴大喊了,但他张开的嘴又跟着慢慢合上,因为这时他分明地看见,那人抬手在窗框上轻敲了两下。贼还敢敲窗?一定是个熟人!他刚才提上去的心又慢慢复归原位,是谁这时候敲窗呢?他又向前挪了两步,就着从窗隙漏出的灯光,他认出站在后窗那儿的是富恒银饰铺的小银匠郑少恒。

哦,原来是来送银饰的小银匠!他做出这个判断后苦笑了一下,黑暗中,他脸上那带了苦味的笑纹像涟漪那样一圈一圈漫开。好一个碧兰哪,你倒是真精,打制了银饰怕我看见,竟交代银匠夜里送来。今日偏巧让我撞见,我倒要看看你一共打制了几件!他感觉到心里那股对银饰的喜爱翻腾起来,他紧盯着银匠郑少恒的手,想看看他会隔窗向碧兰递过去些什么。

后窗几乎是无声地开了,可奇怪的是小银匠并没有抬手向里边递什么,相反倒是碧兰从里边探出了身子,随后便见她由窗台上轻轻跳下,又反身将窗子关了,跟着就拉了小银匠的手向黑暗里悄步走去。他们这是要干啥?吕道景怔在那儿,难道送几件银饰还要如此诡秘?一种要看个究竟的心理使得他蹑脚跟了过去。

在花园一角的一株芭蕉树下,他看到那两个人影停下了,他缩身于一棵树影里,侧耳去听。他估计会听到银饰交到手上的哐啷声或叮当声,但是没有,传到耳里的却是一阵吧唧声。一开始他没弄清那是什么东西响,后来他才明白:那是两个人亲嘴的声音。他一愣:原来是干这个?可也只是一愣,他并没有生气和恼怒。这当儿,那两个人影已由原来的黑色变成了淡白,衣服扯去时的声响越来越小而终至于没有。他们竟然在这露天里脱衣,也不嫌冷?他的眼睛这时已经完全适应了黑暗,他看清了肤色稍暗的是那个小银匠,他正蹲下去把自己的衣服在地上铺好,随后白色的碧兰就在那层衣服上躺了下去,姿势是吕道景所熟悉的。四周的秋虫渐渐恢复了原来的鸣叫,花园里的秋虫可真是不少,领头的是蟋蟀,叫声柔细欢快,仿佛在为那两个人的动作做着伴奏。吕道景屏息了瞪大眼睛,他的双眼瞪大不是因为愤怒也不是因为嫉恨,而是因为新奇,男女之间做这事竟可以做到如此忘情如此激烈如此不顾一切的地步?有两次他差一点想开口提醒那两人:他们已远离了铺在地上的那层衣服。实际上他们已经滚到了草地上,就在那草叶稀薄的地上翻腾。他估计他们的身上一定沾了不少草叶和土粒。一阵阵喘息和一声声轻呻压倒了秋虫们的鸣叫,并最终使它们感到了不快而停止了伴奏。四周更静,两人的响动也愈加清晰,就在这清晰的响动里,吕道景感受到了一种从未体验过的轻松,仿佛有一双手突然从他的肩上把压得他喘不过气来的担子一下子拿走,他感到舒服极了。从今往后,我再不用受碧兰这个女人的逼迫了,我再不用怕她了,再不用忧愁夜晚来临了。小银匠,我真该谢谢你,你把这个女人无休止索要的东西替我付了。当然,我看出你从这个女人身上也得到了快乐,而这个女人是我们吕家的,为此你总也得付出点什么,付什么呢?你想想吧,你是一个银匠,你应该想想……

吕道景悄步离开花园,先回到了卧房里。卧房的门虚掩着,蜡烛还亮得很旺,他走进门时,第一次没有了畏缩之态,他重手重脚地从包了棉布的大铁壶里倒了一杯开水,咕咚咕咚地喝了,而后堂堂正正地在床沿上坐下,静等着碧兰回来,他决定吓一吓她,同她开个玩笑。

他侧了耳朵,他听到她的双脚轻得像猫一样挨近了门边,门推开时他清楚地看见她一惊,两个明亮的眸子像兔子躲枪似的一跳。但很快她就变得若无其事了,她淡了声说:"我去了一趟茅厕,随后去书房里叫你,没想到你今夜里倒回来得早。"

"你去了哪个茅厕?"他想逼问一下她,像以往那些夜晚她逼他做那事一样,话音里并无气恼。

"还有哪个茅厕?"她显然是吃了一惊,为了他问这话和问这话时那种不慌不忙的口气。

"我刚从茅厕里出来。"他直直地看着她说。

"噢,我是从茅厕里出来又去了一趟下房,看看丫鬟——"

"丫鬟刚刚还在这儿给我倒水!"他说得不慌不忙,他忍住心中的暗笑,想看看她还要怎么应对。

"我——"

"你的头发上沾有草叶,裤子上也有!"

"是吗?那准是傍黑那阵我躺在草地上玩时沾上的。"她一边说一边去照镜子,镜子里的那两个晕红的脸蛋上分明地浮上了惊慌。

"恐怕不是傍黑那阵沾上的。"

"那你说是在啥时候?"她做了恼状,但眼里的惊慌已变得更多更浓。

"刚才。"

"刚才?你胡说什么?刚才我咋着会去躺在草地上?"她问得很快很急,脸孔也刷地变得苍白。

"这就不用我说了,来吧,把你脖子上的银项链取了先给我保管,还有银耳环、银脚镯!"

"这是我的饰物,凭啥要给你?"碧兰还想保持镇静,眉竖了起来。

"因为我喜欢这些银饰,况且你又不愁没有,有人会自动送给你的!"

"你今夜是不是喝醉了酒说胡话?谁会自动送给我银饰?"

"小银匠!"

这话像一只拳头猛捣出去,准确地击中了碧兰的胸口,她不由自主地后退了两步。

"他、他咋着会愿给我银饰?"她意识到事情已经败露,但她却本能地还想再掩饰下去。双颊上的最后一点血色也被惊慌吸走,整个地布满了惊恐。

"他要不给,你就在花园的芭蕉树下朝他要!"

这句话像一把砍刀,轰然砍断了碧兰想继续否认下去的信心,她一下子被恐惧压垮,嗵地朝吕道景跪了下去:"我们就这一次,你饶了我们吧……"

吕道景这才收了脸上的冷色,叹一口气说:"看把你吓的。"

"我保证以后再不会去找他——"

"不去找他可不行!"吕道景断然打断了碧兰的保证,"你不去找他,最后还不是要来折磨我?告诉你,你啥时候想做那事了你尽管去找他,只是别让爹娘知道,他们脾气不好。"

碧兰愕然地抬起了脸。

"当然,我也有一个小小的条件,那就是每过些日子,比如十天二十天,你让他给我打件银饰。还有,你戴的这些银项链、银手镯、银脚镯,能不能让我替你保管?"他又一次感觉到心中那股对银饰的喜爱在翻腾。

无限惊愕的碧兰,哆嗦着手去取颈上的项链和腕上的银镯,因为恐骇心跳得如擂鼓一般。

"这副银镯真漂亮!"吕道景凑到蜡烛前,一边翻看着银镯一边喜极地赞叹……

子

0

碧兰在床上躺了三天。

她虽然一直害怕和少恒的事被人发现,不过内心里总还存着一丝侥幸:我们的来往很隐秘!没想到还是败露了,而且看见的又恰恰是自己的丈夫。

她知道眼下这事并没有传播开去的危险,但她感到一直压在她头上的那团耻辱,正在迅速地变大变重,压得她几乎喘不过来气。

那团名叫耻辱的东西,是婚后不久就压来头顶的吧?对于自十六岁嫁进明德府以来所过的那些日子,碧兰简直不敢回首。

当初她坐上花轿被抬进明德府时,曾对婚后生活怀了多少美好的想象,她根本没料到会有差不多九年的守寡生活在等着她。出嫁那天临上花轿时,妈还特意附在她的耳边红了脸交代:今夜里吕家姑爷要是想动你,不管他咋动,也不论他叫你咋动,你可都要顺着他。那一夜,她怀着一点恐惧但更多的是甜蜜的期待,等着他的手伸过来,可直到天亮,他连碰都没碰她一下。她以为他和自己一样胆怯、害羞,于是就耐心地等,直直地等了半年,竟仍然没有任何一个接触举动。那次她回娘家,邻居一个嫂子开玩笑地附在她耳边问:"他一夜上去几回?"她被问得面红耳赤,急忙摇头:"一次也没有。"那位嫂子绝不相信地叫道:"骗鬼去吧!有你这样漂亮的媳妇,新婚的男人还不要疯了?!"她自己也感到了不解:是自己生得太丑惹他厌烦?直到她发现他爱戴首饰甚至把自己的一些饰物也偷了去戴时,她才有些吃惊。她借回娘家的机会,红着脸把这些都给妈说了。妈也有些惊奇和意外,妈判断道,他戴首饰兴许是想同你笑闹,他八成是个害羞心特重的男人,你再等等。

她于是又耐下心来等。又是半年过去了,他仍然规规矩矩地上床,规规矩矩地睡觉,甚至连看也很少朝她看。她觉出自己的耐性在变小。接下来的等待就夹杂了痛苦,她那成熟起来的身体有了渴求,过去她只是模糊地希望他能伸过手抚摸自己,现在她开始清楚地明白她要求的还不仅是这个。这种等待中的痛苦程度随着时日的延长而不断加大。她开始对自己体内那股欲望的力量之大感到吃惊。夜晚变得越来越难熬,尤其是看见他平静地脱下衣服平静地躺在自己身边,那个男性的身体吸引得她真想伸出手去。她把自己的这种心理视为不知羞耻,她为自己的欲求感到脸红,她拼命地压抑自己。她向来认为这种欲求来自乳房的饱胀,是这两坨东西在作怪,因为她感觉到了它们每时每刻都希望被触摸,于是她便用宽宽的一条布带把它们紧紧缠住,有时紧得呼吸都有些困难。但是不行,乳房的被缠并没有消灭那股渴求。她后来又认为这股渴求是来自两条大腿,是它们的希望张开在捣鬼。于是她悄悄搓了一条线绳,每到晚上躺下之后,她在被子下用那条细绳把两条大腿绑在一起,她想用这种难受的办法禁止它们张开。但目的依旧没有达到,那股渴求仍在一日甚一日地增加,她没办法了。她跑回娘家向邻居嫂子哭诉了一场,那位嫂子在吃惊之余告诉她:他不朝你动手,你就不会朝他动手?!

她于是按这位嫂嫂的交代,试探着让自己变得主动。她至今还记得那个春天的下着细雨的晚上,当她第一次朝他伸过手去时,他仿佛是吃了一惊,他先是往床边躲了一下,随后就气冲冲地斥责道:"你干啥?羞不羞?"屈辱和耻辱感就是由此开始咬啮着她的心的。那天晚上她红着脸把手缩了回来。但第二天晚上,她又伸了过去,他又开始斥责,但她不再理会。她变得胆大和顽强起来,开始不顾一切,对压在头顶的那团耻辱佯作不见。她使出了许多连她自己也没有想到过的手段,坚决要让自己变成一个妻子,也坚持要让对方成为一个名副其实的丈夫。那些个夜晚,他们的卧房简直就成了战场。终于有一次,她制服了他,迫使他履行了丈夫的义务,望着自己也可以像无数个新娘那样把处女的血洒向床褥时,她心酸而痛快地哭了——早在她出嫁前,她就从女伴们和嫂嫂们嘴里知道洒这血的必然、快乐和光荣,可我的血竟是这样洒的!这不是耻辱?!

那之后,她对黑夜也渐生了厌恶,因为一到黑夜,那潜藏在体内的欲望之鬼就出来捣乱,就搅得她神魂不安难以安眠。她常常在暗中诅咒那欲望,祈祷上天让她体内的欲望死掉,这样她就不必低声下气去求吕道景。可那欲望似乎偏要看她的笑话,不仅没有死去,反而更旺盛更蓬勃地长了起来。没有法子,她只有向欲望投降,只有咬了牙厚了脸皮向吕道景求,求不应就变着法子逼他,把黑夜也变成他受苦的场所。就在那张刷了红漆的楠木婚床上,胜利和失败交替来临,当然是失败的次数多,而且有时竟伴着可怕的伤害。那次她让郑少恒代买砒霜,就是这种伤害的一个结果。耻辱感伴着疼痛,使得她那次差一点决定离开这个折磨人的世界。

那一回死亡的虚惊使她对自己的活法有了新的决定,她决心不再像过去那样可怜地打发日子,她要放胆让自己去亲近富恒银饰铺的小银匠,她要用不贞来回报吕道景对自己的折磨,她要放纵自己的欲望。

当然,这决定来得也不轻松。她一开始对小银匠根本谈不上感情,她只是觉着他是一个老实人。和这样一个不是自己丈夫的并没有多少了解的男人做那种事情,一种负罪感始终坠在她的心上。她也分明觉出原本就罩在她头上的那团耻辱,变大变重了。

不过随着和小银匠来往时间的增多,她渐渐对他生出了真诚的依恋之意。她从他身上,才慢慢真正体验到了男人的全部可贵和可爱。他那种粗鲁的爱抚,他那种让人喘不过气来的搂抱,他那种威猛的对人的压揉,让她感受到了一种骨软身酥的迷醉。一个女人对一个男人的爱,原来也可以由做这种事引发出来。

就是这种快乐多少冲淡了她心中的那种负罪感,让她觉出压在头顶上的那团耻辱有些变轻。可丈夫吕道景对她和少恒私通的发现,使她原本得到的那点欢乐顷刻飞散,耻辱感又如磨盘一样压了过来。

这件事眼下虽不会传播开来,但只要吕道景知道了,传开的可能性就随时存在。他眼下以为他打制银饰为默许的条件,谁知道以后他还会提出别的什么条件?自己的名声和少恒的平安在随时受着威胁,这件事不能再延续下去。

罢了,少恒,我们就此断了吧……

1

碧兰的生活又恢复了过去的样子。白天,静静地坐在屋里绣花;黄昏,默默地去院里散步;夜晚,早早地上床躺下。很少出屋门,不再出院门,绝少同人说话。与过去不同的是,她不再向吕道景要求什么,两个人睡在床上她也避免任何一点同他的碰触。她想从此做一个无欲无念的女人。

但这种生活没能维持多久。

仅仅是十来天之后,对少恒的思念就开始如泥鳅一样在心里先是蠕动继是滚动后是窜动,弄得她心神不宁坐立不安了。

她想把这种思念掐灭。

她记起"人闲起邪念"这句俗语,认为自己总想少恒是因为自己太闲逸的缘故,于是决定用忙碌、用劳累来把这种思念驱走。她先是到厨房里帮助女仆们濯菜、洗碗、和面、擀面条,甚至扫地,但只要一停下手,那种思念又恢复如初。她后来到后花园里帮助花匠们修剪花枝、搬弄花盆、拔除杂草,但仍然无效,尤其是一看到花园中的那棵白果树和那棵芭蕉树,就会让她更真切地忆起当初和少恒相会的那些细节,反会让思念更为炽烈。她后来又让丫鬟找来一把镢头,硬把院中的一块空地挖了一遍,把土翻起要种白菜。在翻地的过程中,她累得气喘吁吁鬓发湿透,腿和胳膊酸得都不想抬动一下,以至于婆婆都来劝她:"这是何必?想种菜让仆人们去干!"她对婆婆笑笑说:"我想活动活动身子。"但这种累极了的活动仍然不能把少恒的身影从她心里挤走,有时只需休息一阵,少恒的面孔就又会在她脑子里活灵活现地晃动起来。

她想到了靳岗教堂里的那些终生不结婚的修女。也许应该去问问她们,应该怎样终止这种可怕的思念?碧兰的奶奶信天主,碧兰本人虽不信,但小时候曾随奶奶去过几次教堂,见过那些外国和中国的修女。于是她以回娘家为由,专门去了趟南阳城西北十五里的靳岗教堂。她不知道天主教堂的规矩,怕触犯什么没敢进教堂,只在教堂大门外转悠,好不容易看见一个修女出来,急忙迎了上去。那修女是个中国人,很客气地问她可是有事。她便红了脸吭吭哧哧吞吞吐吐地问道:"如果一个人总是思念另一个人,你可知道用什么办法才能掐灭这种思念?"那修女沉默了一刹,而后轻轻地开口:"如果我没有猜错的话,那个思念者是你,而且你思念的是一个男人。"碧兰急忙红了脸把头点点。那修女说:"这种思念很难止息,不过圣母玛丽亚会给我们力量,让我们来祈求她吧!"说罢,就拉她进了教堂,跪在了圣母像前。那修女口中念念有词,碧兰只是茫然无措地跪望着圣母。不知是因为自己当初没有受洗还是因为自己信仰不诚,反正离开教堂回家的当晚,少恒就又笑着走进了她的梦中。

她在焦躁和惶急中又想到了一个可怕的方法——每当那种思念起来的时候,她都用一根白色的细鹅毛朝自己的咽喉部位轻轻伸去,鹅毛对咽喉的轻触会引发她干呕甚至呕吐,而干呕和呕吐所急剧带来的胸部、腹部和头部的难受,会使她暂时把一切包括对少恒的思念都忘记。她之所以会想起这个可怕的办法,是因为少年时有一次她吃了过量的蚕豆,妈怕她胀肚用鹅毛来催吐,对那次催吐的难受记忆,使她想出了这个掐灭思念的法子。但这个法子生效的时间并不长,它的效力维持在每次呕吐和呕吐后半天,一待那种难受消失,少恒的身影仍会鲜明地出现在她心里。

她长长地叹一口气,她又一次束手无策了。

她剩下的只有一条路可走:向这种思念投降!

在经过连续两个夜晚在床上辗转反侧不眠之后,她在心里叫道:少恒,我一切都不要了,我只要你!为了要你,我什么也不怕了……

一个阳光灿烂的上午,她又以打制银饰为由,走进了富恒银饰铺,恢复了同少恒的约会……

2

十一月的阳光还带着暖意,把几颗晶亮的汗粒缀上了碧兰那嫩白的两鬓。她顺着街道向富恒银饰铺走,走得安闲、自在和镇静。自从她下定决心不顾一切和少恒恢复往来之后,她发现事情反而变得很轻松。她只要什么时候想见少恒,干脆直白坦率地对吕道景说:"我去让他给你打件银饰。"随之便包上银子,问清他打什么样的,便堂而皇之地走进富恒银饰铺,把写有约会时间、地点的纸条和银子一块儿递到少恒手中。

活活守寡的苦日子总算又一次结束。

富恒银饰铺里照样响着乒乓的铁锤声,等待做饰物的人们在店内的长木凳上坐成一排,碧兰不声不响地走进去,挨在排尾的一个姑娘身边坐下,默默地看着少恒忙活。

她双眼直直地盯着他,看他吹气化银,看他扬锤敲砸,看他给戒指镶嵌宝石。她喜欢这样静静地看他。他们的相会通常都是在晚上,她可以摸他身上的每一个部位,看却没有机会。瞧他那结实的粗粗壮壮凸着筋肉的胳膊,握锤下砸时是那样有劲;瞧他胡茬粗短的嘴唇,随着手的动作绷得一松一紧;瞧他那两条垫了衬布的腿,承受着上半身的劳作显得那样有力……

她那专注的目光里又渐渐加上了热度和爱意。

我有了一个真正的男人!

我也成了一个真正的妻子!

少恒,我的亲亲。

是你,让我知道了做女人其实是多么美好;是你,给了我从未体验过的快乐。我该怎么报答你?我只有一个法子,就是给你生个娃娃。你不是想要个儿子来承继银饰铺吗?我给你生,要是第一胎生个女娃娃,我就再生一胎,一定给你生个儿子,要让你们郑家后继有人,让你老了做银活时有个帮手!我曾听见你爹叹气说没有给你娶个媳妇,难道我不是吗?我名义上不是,可我实际上是呀!如果吕敬仁有朝一日不再做官,如果我又死在吕道景的后头,那时候不管多大年纪,我也要再嫁到你们郑家来,堂堂正正做你的媳妇……

"夫人,你要做点啥子饰物?"少恒这时朝她扭过眼来,问得一本正经。一丝讪笑在碧兰眼里如鱼鹰在水面叼鱼一样一掠而过:你装得不错!

"我要做一对银手镯。"她把包在纸里的银子朝他递去。

"啥子花样?""二龙相缠。""要多重?""一个一两。"

"那样重?人戴上受得了?"少恒瞪大了眼睛。

"我喜欢这样沉的。"她无可奈何地答。这式样和重量都是吕道景定的,她不敢改变,万一惹恼了他岂不糟糕?把整整二两银子花在一对手镯上,确实让人心疼,可又有什么办法?她最初以为吕道景把十天二十天送他一件银饰作为允许她和少恒来往的条件,并没有什么,凭着少恒的银活手艺,做件银饰有啥大不了的?可随着时间的累积增多,她慢慢感到了这条件的沉重:工费银少恒是不会要的,可打制银饰的银子呢?吕道景有时指名要打的银饰,在重量上都是最大号的,凭婆婆每月给自己的那点零花银子,怎能够?去娘家要?娘家哪有?!给少恒说明白——她至今还没让少恒知道吕道景已发现他俩私通的事,她害怕这会吓住少恒。再说,她也不忍心给他说明白,她知道他和他爹挣点工费银是多么不易,她亲眼看见他们父子俩为积钱扩建铺子而节衣缩食的苦样子,她不能让少恒把用血汗挣来的钱花到这上边。我自己来想办法吧……

"来,量量手腕的粗细。"少恒拿出了一截线绳。为了保证手镯做出来合适,他通常要客户们留下个尺寸。

"记住把手镯子做得再松大一些。"量完了尺寸碧兰又说。

"松大了戴上会不爽气。"

"按我说的做!"她用了大户太太的口气。

少恒点了点头,心里有些疑惑:干吗要做这么重这么大的手镯?我当初不是已送过她一对小巧精致的银手镯吗?那是我用心用意做的,戴上会很好看的呀?!

"记住把我的银子收好!"碧兰瞥一眼身后又来的两个客户,用目光捏了一下少恒的脸颊,提醒他记住看清包银纸上写的约会时间,而后扭身出门。她返回时的脚步迈得有些缓慢,她开始去想究竟到哪里弄银子以满足吕道景对银饰的不尽需求。吕道景,你这个披了男人皮的东西,你咋着会偏偏有这个怪癖?

3

冬季的第一场大风把明德府的后花园变成了一个喧闹的世界:树枝在风中摇摆的呼呼声,藤条在风中扑地的噼啪声,干枯的花茎在风中断折的咔嚓声,间或掺和着一两声花盆被风摔到地上的乒乓响,使这个人迹罕至的地方竟有些热闹非常。

夜,在这喧闹中正一步一步地向深处沉。

正是这些热闹的声音,把来自花园一角花工们堆放杂物的小屋里的快乐呻吟和粗重喘息声遮盖住了。

碧兰舒畅地偎在少恒的怀里。

冷风开始从门缝窗隙里伸出爪子,小心地触摸着他们刚刚平静下来的滚烫的身子。

碧兰打了个寒战。

"冷?"少恒把搂她的双臂紧了紧。

"没。"碧兰把脸更紧地贴在他的胸脯上。

"穿吧,小心冻病。"他开始给她穿衣。

"这是你让打的那两个耳坠。"他在黑暗中从口袋里掏出两个耳坠放到她的手心上。"你能摸出它是什么形状吗?是葡萄,每边是三粒小巧的葡萄,你戴上准定漂亮!"

他期望听到她一声快活的夸赞,可是没有,他听到的只是一声轻轻的叹息。

"咋,不好?"他有些不安。

"好,真好! 我摸着就觉得好!"她夸道,但他却能听出她的夸奖里少了快乐。

"你要不喜欢我把它毁了重打!"

"我真的喜欢!"

"那我走了?"

"把衣扣扣好!"

"好了。"

"我看看!"

"好了。"

"走吧,翻墙时小心。"

她看着他轻轻拉开门闪出去,看着他消失在风声呼啸的黑暗里。

她又叹了口气。打这两个耳坠的用银,是碧兰所能拿出的最后一点银子了。

如果没有银饰交给吕道景,他会不会把这事说出去?

她感到有一股寒气向胸口扑来,又打了寒战。

这次真得快想办法了!

可是老天爷,究竟去哪里能弄来银子?

她边想边站起身向门外走,由于没有留意地面,她的脚绊住了门槛,她"扑通"一声摔趴在了门外。

呼啸着的夜风看见她倒在了地上,趁机跑过来,把一大股沙土扔到了她的身上。

她身子猛一哆嗦……

4

吕府里的一切都有规矩,吃饭也是这样,吃饭的规矩有三:一是应时而开,到了吃饭时间,厨子站在当院喊:饭好了!全家人就都得立时出来坐到饭桌前,谁要晚到,便要挨吕敬仁那凛凛一瞪,这一瞪足叫你减一半饭量。二是座位有定,全家人在饭桌前都有固定位置,谁也不能乱坐,吕敬仁坐上位,夫人坐右侧,长子吕道景和长媳碧兰坐左侧,下位坐小儿子和小儿媳。三是吃饭时除了吕敬仁询问什么之外,其余人一律不准说话。碧兰刚进吕府时,对这种吃饭规矩很不适应,总觉得好像有什么东西压在头上,差不多每顿都吃不饱,几年之后才算习惯。

今晚的饭是麦仁汤,馍和菜摆好全家人动筷时,婆婆不小心碰翻了碗,麦仁汤顺桌而淌,滴到了老人腿上,婆婆受了点烫伤,于是全家人停了吃饭,由碧兰和新娶的弟媳把老人搀回了她的房间,在服侍婆婆往床上躺时,碧兰眼睛突然一亮:婆婆床头的柜门半开半关,里边散乱地摆了许多银块。啊,天,从里边拿一块不就解了我的急了?而且这散放的样子,她也不会察觉!她被自己的这个想法吓了一跳:这不是偷吗?可不偷怎么办?要是没有银饰给吕道景,万一他恼了把自己同少恒的事说给他父母不就完了?再说,吕府家大业大,几块银子对他们算得了什么?从用途上说,我偷银子还是为了他们的儿子,这叫羊毛出在羊身上,儿子向我要银饰,我自然该从他老子处拿银子……

碧兰在那一刻下定了决心之后,就在饭后去照料婆婆的当儿选择动手的时机。她预先准备了一张包银子的纸——她过去听人说偷东西最忌留下印迹。不大时辰,机会竟来了,她搀婆婆进了茅厕后方记起忘了带手纸,于是碧兰说我去拿就返回到婆婆房中,她拿好手纸之后,把预先准备好的那张包银子的纸摊到手上,让手指隔着纸去柜中捏了一块银子,而后就势一包塞进了衣兜。她心如鹿撞一样回到茅厕递上手纸,谢天谢地,婆婆包括那些仆人,谁也没发现她的神态有变。第二天她去看望婆婆时,婆婆待她一如往常,显然压根儿就没发现那银块丢失,她吁了一口气。

这一块银子救了她一段日子的急,但一块银子不可能做出许多银饰,她必须继续弄到银子。

不过有了第一次成功,碧兰心里也有了底,她不慌不忙地寻找时机。俗话说家贼难防,碧兰作为一个长媳,进入婆婆房中的机会总是有的,在婆婆去玄妙观朝拜那天,她又从婆婆床头的柜子里拿出了一块银子。

她做这事时心里当然充满恐惧,不过一当她朝富恒银饰铺走时,那恐惧就会被忘得干干净净,充满她心中的,就全是欢喜。

这日子真好,老天爷,就让俺这样过下去……

丑

0

吕敬仁冷脸坐在内宅大堂的黑木扶手椅里,目光冰柱一般戳到面前的地上。

他在生气。今儿个几乎没有一件事让他顺心。头晌,叶县知县派人送来一筐广阳大枣,被派的人狗屁不通,不送进内宅,竟抬到了府衙公堂,公堂上那么多眼睛看着我收礼,这不是朝我"明德府"的牌子上泼墨吗?亏他当时急中生智,让衙役回内宅拿来银子,当面按市场价付给了那两个派来的人,这就等于了买。未料到的是,当两个府中衙役抬枣向内宅送时,又不小心绊住了台阶,枣筐子一翻,从筐底滚出百多两银子来,这下真弄得他尴尬无比。他原就估计一个知县绝不会只送一筐枣来,可如今这一暴露,还如何能收?他怒骂了几句叶县知县,又让他派来的人原物抬走。我绝不能给我"明德府"的牌子抹黑!再就是后晌,府里的同知在同他谈罢公事之后,忽然嬉笑着说:"我发现滨河街有一位绝色姑娘,大人如果想娶二房的话,我去安排。"他听罢真想将唾沫吐到对方脸上:你明知道我发过誓不娶妾,偏来说这话,你要真能体谅我,就不会想个别的办法?再一件不顺心的就是刚才,他才下衙到了家,刚坐下歇息,夫人就来告诉他,说昨日后晌,儿子道景头插银簪、银钗,脖挂银项链,耳坠银耳环,手上脚上戴着银镯,还穿了碧兰的花衣裙,在房子里对镜扭摆,让小儿子和小儿媳都看见了。

这个孽子,存心要败坏吕家的声誉!

"爹,你找我?"道景这时怯怯地随在娘的身后进了屋。他刚才一听娘说爹叫他,就知道事情不好,一定是弟弟或弟媳把昨后晌自己扮女人的事告诉爹了。昨日后晌,碧兰交给他一个十分别致的状如蝈蝈的银发卡,便出门了。也是一时高兴,他把自己的发辫解开,梳成了一个少妇的高髻,把发卡别了上去。正是这个别致的发卡和这个女髻,渐渐把他禁在心里的那股要做女人的欲望又勾了出来。他见那阵子丫鬟们都去了后院,碧兰又不在,便决定放纵自己一回,干脆又拿出了一些银饰,拿出了碧兰衣柜里他平日看着最可心的衣服,一一穿戴上,而后便在镜前左右顾盼自我欣赏起来。他估计这会儿不会有人来,就也没有关窗子。谁料恰这当儿,弟弟和弟媳有事来到前院,隔窗看见了他的举动。当他听见弟媳在窗外发出咪咪的笑声时,吓得脸都白了。弟弟、弟媳没再敲门就走了,他后悔得直捶自己的头,为了对自己放纵那股欲望进行惩罚,他当时就打燃火镰点着纸煤朝小腿上按去。昨日是他自我惩罚最厉害的一回,小腿上被烧得伤口好深好大,以至于今天走路都一瘸一瘸的。

吕敬仁没理会儿子的问话,只是朝妻子挥了一下手,示意她离开。他处理家务事向来不允许第三者在场,更不允许仆人近前,为的是免让家务事外传影响家族声誉。

"爹,我在粮厅里做事认真,没出啥差错。"道景看着爹那阴沉的脸,想把话题岔开。

"我没问你粮厅里的事,我只问你,昨日里又戴银饰装女人了没?"吕敬仁的声音低沉怕人。

"我……我……我——只是——"

"啪!"吕敬仁抡起早就准备在手边的一根棍子,猛朝道景屁股上打去,这一棍打得太狠,棍子一断为三截,有一截弹飞到屋顶跌下来,差点落到祖宗的牌位上,另一截的尖头扎进道景屁股上的肉里,鲜血立时涌了出来。

"哟!"道景只叫了一声又赶忙咬牙止住,因为他知道父亲一向不愿听到儿女们的哭声。

"说,为什么偏要戴银饰装女人?"

"因为——"道景害怕地抹了一下眼泪。

"说!"

"戴上银饰,看见自己像个女人,心里美。"

"美?"

"就是心里好受,安妥。"

"放屁!"吕敬仁狠拍了一下椅子扶手,差一点把扶手拍断。天呀,你为什么让我生了这么个贱种？普天之下,哪有一个男人偏愿扮成一个女人的？一个男人为什么偏偏喜欢戴女人饰品？这种怪事为什么偏要出在我的家里？这是从哪儿来的一种怪病？也许当初应该给他找大夫看看？——当年最初发现儿子有爱戴女饰爱穿女服的癖好时,妻曾建议找大夫看看,可那时他担心大夫知道这孩子的怪癖后外传,影响吕家名声未允许,总以为长大成了亲就会好的,未料反会越来越严重了。如今找大夫还行吗？可谁敢保证大夫知道了这种稀奇事后不外传？倘若南阳城里的人都知道我养了如此一个儿子,我的脸还往哪里放?

"爹,你打死我吧!我也真不想活了,我知道这样做是贱,是丢人,是给你和娘脸上抹灰,可我又忍不住不做,我心里也苦啊,打死我吧……"

吕敬仁木木地坐在那儿,许久之后才又开口问道:"碧兰这一段对你好吗,你们生气了没?"

道景唯恐父亲再细问别的,忙答:"碧兰挺好,我俩并没吵过嘴。"

吕敬仁叹了一口气,看来日子也就这样过了,只要维持住不让外人知道就行。在他内心里,他是早不把传继家族香火的希望寄在道景和碧兰身上了,他们两个成亲这么多年,还未有一子半女生出,那原因吕敬仁是早猜出了。他知道这要苦了碧兰,可苦就苦你这辈子吧,吕家没有别的办法,倘是道景一直不结婚不更要惹人议论?好在碧兰家是小户,当初之所以给道景定这个小户人家的姑娘做媳妇,也是怕婚后有变,大户人家的姑娘遇到道景这样的丈夫,人家能不闹?

"爹,为了少惹你和娘生气,我想出去谋生,让碧兰也再找个人家过日子,我改名换姓,不让人知道是你的儿子行吧?"

"胡扯!"吕敬仁沉了声,"我堂堂一个当朝知府,让儿子出去流浪,这事万一泄露出去,我这脸往哪搁?我会落个什么名声?"

"那我悄悄地去一家道观,做尼姑好吗?"

"放屁!世上没有不透风的墙,那要传开来更糟!你老老实实给我待在家里,还要记住两条,头一条,要学会抑制自己,哪个人都

310

有些不可告人的欲望,要紧的是学会抑制。这世界上每个活着的人其实都抑制着自己的一些欲望,不这样世界就会乱套!第二条,要学会遮掩,不该让外人知道的事,要想法遮掩过去,要学会做事背人,不能让外人知道你在做什么。碧兰你背不过去,可以不背,但家中的其他人和仆人,一定要背,这关系到你的声誉。"

"我不想要啥子声誉,我只想按自己的心愿快快乐乐活几年。爹,我好歹也是一个人,你既是不让我走,能不能让我按我自己的心愿去活两年,就是我做啥事你都不管,这样只活两年,我也就心甘了。也算我没白来人世走一遭,我就心甘情愿地去死,再也——"

"浑蛋!"吕敬仁暴怒地捶着椅子扶手,"你不要声誉老子还要哩!你不仅是你自己,你还是知府的儿子,懂吗?是我的儿子!"

"可老天爷既是让俺这类人活下来,就总也有他的一点道理,能不能——"

吕敬仁没再说话,只把冷厉的两眼直瞪住儿子,那目光立时像胶一样地封住了道景的口。

道景战战兢兢地退走了,吕敬仁仍坐在那儿一动不动,许久之后,他才把眼抬起,让目光里的一点无奈像垒窝的燕子一样停在屋梁上……

1

吕敬仁每日下衙之后,倘是没有家事处理,总要到书房里读一阵书。他当然也读《史记》,读《资治通鉴》,读李白、杜甫的诗,但更多的是读兵书,这是因为他总觉得,当官从政其实也是打仗,不过用的不是枪刀剑戟,而是智谋心机罢了。哪个当官的不是常和自己的政敌打仗?不战胜他们企图取而代之的一次次进攻自己不就完了?可要明白他们可能从何处进攻,采用什么样的方式进攻,自己采用何种方法迎敌,预备几套打法为宜,不读兵书能行?再说,一个当官的处理问题怎样做才能令上司满意,怎么办才能让百姓们认可,这也能从兵书上找到答案。所以他搜集了差不多所有的兵书,反复研读。

这日傍晚,他正在书房中读《董石公三略》,夫人忽然慌慌张张地跑进屋来,进门就喊:"不好了,咱家里有贼!"

"瞧你那副慌张样子,贼不是还没进这书房嘛!坐下来,慢慢说,哪里有贼?"吕敬仁仍坐在原处,手照旧捧着书。

"我床头柜子里,我昨日清清楚楚记得放进去十锭官银,是预备在老家扩买坟地的,今早去拿时,竟少了一锭。这八成是那些仆人干的,胆大的东西们,竟在家里偷开了,要搜,要立马搜他们的身子和住处!"

"冷静一点。"他瞪了一眼妻子,"第一,一个贼藏的东西,十个人也难搜着;第二,公开搜仆人的身子,难免把家中有贼的事泄露出去,那我们吕家脸上就好看了?我们的声誉——"

"那你说咋办?"

"装作不知。钱柜的门原来咋样还让它咋样,里边要再放些银块,你仍如往常一样做事,只是留心观察!贼还会来的,一个贼只要在一处地方得了手,他一般是会再来一次的。"

"好吧。"

"记住,即使发现了哪个仆人是贼,也不要当场捉他,那样终不免要闹得沸沸扬扬,要悄悄地辞退,明白?"

十三天之后的一个黄昏,吕敬仁在书房正读《唐太宗李卫公问对》,夫人又慌慌地进来,脸色煞白地叫:"你知道是谁偷的银子?"

"谁?"

"碧兰!天啊,不缺她吃不缺她穿,她怎么会干起了这个?!"

"没有惊动她吧?"

"没。"

"记住,照旧假装不知道被偷,柜子门仍照原样关着,银子还照原样放,我们要弄清楚她偷了银子干啥,是攒体己钱还是接济她的家庭,注意看紧她的行踪。"

"谁来看?我?"

"难道还要再告诉第三个人?"

"好吧。"

那天晚上剩下的时间,吕敬仁没有再看成兵书,他坐在书桌前久久地琢磨:碧兰为什么要偷银子?他本能地觉出:她不是因为急等钱用。

夫人用半月的时间证实了他这个判断。夫人报告他结果是在一个子夜,夫人刚从一个现场回来,夫人气喘吁吁地扯掉他手上的《六韬》说:"噢,明白了,她偷了银子给富恒银饰铺的小银匠打首饰,打好的首饰她拿回来假惺惺送给道景,用这来糊弄住咱道景的眼睛,她可以和小银匠在一起鬼混。今夜里小银匠来了,两个人就在花园里的那棵芭蕉树下。你不知道他们两个的那份胆大啊,你不知道不要脸的碧兰那个浪哟。我就站在近处看着他们,那个小银匠弄一下还要问她一声美不美,她就哼哼着说像驾云飞。他们这会儿还在那里哩,还不会完,要不要喊上人去捉?捉奸捉双啊!他们——"

"好了。"吕敬仁平静地打断夫人的话,"你该去睡觉了,天这样黑,你保准眼看花了。"

"不,我看得真真切切——"

"那就把你看见的烂到肚里,彻底忘掉。我们老了,有些事要学会忘掉。睡吧,天已经不早了,我们该睡了!"吕敬仁"啪"一声合上了书……

2

明德府的日子仍如往常那样平静,好像一切都没有发生。

大约是七八天之后的一个早上,正在吃饭的吕敬仁忽然想起似的对妻子说:"哦,对了,开封的刘知府听说咱南阳的银饰出名,昨日派人送来了点银子,要让银匠给打点首饰。你今日记着差人去富恒银饰铺请个银匠来,让他就在咱府内做,我们也好随时查验一下做得好坏,这毕竟是受人之托,不能马虎。顺便,也给孩子们每人做点饰物。"他边说边用筷子指点了下两个儿媳。

老夫人听罢就急忙点头。

小儿媳闻言面露喜色,碧兰更是高兴,她知道,去富恒银饰铺请银匠,请来的只会是少恒,这下好了,白天也可以时时看得见他。令她高兴的另一个原因,就是公公答应给自己也做首饰,有了首饰,丈夫那边就可以应付,起码近些日子再不用提心吊胆地去弄银子了。

那天上午,老夫人果然差人把小银匠郑少恒请了来。看见少恒挑着银匠担子进了府门,碧兰高兴得真想扑上前去。但她没敢,只是强装出一副漠然之态,直到少恒在一间偏房摆好工具开始做活时,她才拉上弟媳,去他身边站了一阵。

那少恒在吕府干了两天。那两天的中饭和晚饭,少恒都是在吕府吃的。这也是手艺人的规矩,在谁家做活就在谁家吃饭。碧兰注意到,让少恒吃的饭菜与全家人吃的饭菜完全一样,老夫人显然没把少恒与一般的雇工同样看待,亲自下厨指点着仆人们给少恒端什么,有时还亲自盛好喊碧兰和弟媳给少恒端送去。

头一天的后响,吕道景忽然把碧兰叫到卧房,郑重其事地交代:"这两日你和郑少恒可不要有什么来往,要多多小心,千万别让爹和娘看出什么!"碧兰望着吕道景那少有的忧心忡忡的神情,淡淡一笑说:"把心放到你肚里吧,我不是傻子。"

吕敬仁对少恒做的饰物很满意,少恒临走的时候,吕敬仁在一番夸赞之后,除了正常的工钱外,还赏了一些碎银。

这之后,每隔些日子,明德府总要把少恒请进府里几天,有时是替信阳府的太太做饰物,有时是替安阳知府的小姐们做饰物,有时是给河南巡抚的女眷们做饰物。少恒也很高兴有这些活做,做这些活的工钱高是一方面,重要的是它表明,富恒银饰铺的影响在扩大,声望在提高。不过做这些活也格外累人,因为总想精上加精,唯恐知府老爷挑出毛病,所以一天下来,累得简直动都不想动。那晚少恒做罢活挑担回去,腿一软差一点趴倒在街上。当时少恒有些惊奇地咬咬牙站住骂自己:嗐,没想到你一身力气,竟经不住这点累……

寅

0

老银匠看见碧兰把一个纸团扔到儿子脚边,就知道那准是一个纸条,约会儿子夜里出去。这样的纸条儿子已积了一沓,夜里,他时常撞见儿子把那沓纸条捧到鼻子前吸闻。

老银匠叹了口气,看着碧兰远去的身影,无声地把头摇摇。这一对冤孽,要来往到啥时候?天下能有不透风的墙?再说,眼下天又这样冷!

今儿个落雪粒子,来的顾客少——做银饰也有淡季。冬季天冷,女人孩子的颈、手腕、脚腕甚至耳朵,都很少裸露,戴了银饰也没人看到,所以来做的人也少,是淡季。早饭后来的两个顾客走后,铺子里再无外人,老银匠这时瞥见儿子正小心地把那个纸团打开,先是看看笑笑,接下来便把纸条放到嘴边去亲。

老银匠停下锉银饰毛刺的锉子,低了声问:"又是叫你去?"

"嗯。"少恒咧嘴朝父亲一笑,他知道什么都瞒不过父亲的眼睛。

"天这样冷!"

"没事,在她家花园的一间小房子里,那儿暖和。"

"可你没看你那脸,又黄又瘦!"

少恒垂下了眼。他近日确实觉得身上没劲,走路腿直打飘发软。

"又咳嗽!"

咳、咳、咳……仿佛为了给爹的话做证明,少恒爆发了一阵长长的咳嗽。

"再好的东西也不能多吃,猪肉饺子可好,让你吃十碗试试,还不撑得你肚子疼得打滚!"

"爹。"

"弄那个东西没有完的时候,你有多少精血?"

"爹!"

"别看那东西小,能盛着哩!多少男人把自己的血和骨头全倒进去了,多少男人在这上边丧了命!"

"爹,求求你!"

"知道精水是啥吗?那是人身上最金贵的东西,人吃十碗面条也积不起一小勺勺,可你倒好,由着性子扔!"

"爹,给你说,我们这几次见面都没弄。"

"骗我这个老憨人呗!一男一女黑灯瞎火地到一起——"

"真的!是她不让。"

"嗯?"

"她心疼我,她看我身子虚,像有病的样子,要我歇歇,说天长日久哩,以后身子好了,再由着我。"

"那还约你见面做啥?"

"她说想我想得慌,我们见面只是抱抱亲亲,再说我也想她。"

"可你的身子究竟是咋着回事？真像是有了病。"

"头疼，我就是觉得头疼，还有些发晕，咳嗽是断断续续的，我估摸是重伤风。不过俺们这几回见面都没脱过衣服，我还常睡到她的怀里，真不知咋着就伤风了。"

"你去乐生堂让刘大夫号号脉吧。"

"我再顶些日子试试，我不想喝那中药汤子！"

老银匠叹了口气，低下头重新干活。那天晚上睡觉时他觉着儿子的咳嗽有些加重。他带着几分不安沉入睡乡，酣睡中他梦见有一团乌黑的云向他飘来。云团中藏着一只黑色的怪鸟，怪鸟挺着尖利的爪子。云团越飘越近，眼看就要到达头顶，怪鸟突然钻出云团啸叫着向他伸过爪来，抓走了他怀中抱着的一只小鸡……

他被吓醒了。

1

老银匠发现儿子的身体越来越弱，而且精神也开始变得烦躁不安，常是坐一会儿就站起来，站一会儿又坐下去，一件活儿要做很长的时间。

老人有些着慌，领他去了几趟乐生堂药铺，大夫对这种病的病因也说不明白，开些药吃了，也不见有多大效力。

碧兰还是隔些天来一回，她显然也看出少恒的病在加重，已不再约他出去相会，只在纸条上写些：多保重！亲你！想你！这类的话。逢到没有顾客时，她会不顾老银匠在场，扑上去抱住少恒边亲他的脸边红了眼问："你这究竟是咋着了？老天，为什么会让你得病？"差不多每次走时，她都要从兜里掏出点碎银塞到老银匠手里说:"老伯,留下给少恒看病!"

看着少恒那个瘦弱的样子,碧兰就心疼得一心想买点东西给他补补身子。也是巧,有天晚上,婆婆把碧兰叫到自己屋里叮嘱做衣服的事时,刚好公公吕敬仁手拿着满满一盒人参进来对婆婆交代:"这是托人从东北买来的上等人参,是强身壮体的好东西,保存起来,日后慢慢炖鸡来吃。"婆婆接过那盒人参,就放到了床头存银子的小柜里。碧兰当时心中一喜:这小柜里的银子我都偷了,我何不找机会偷偷拿出几棵人参来给少恒补补身子?那满满一盒,偷拿几个他们未必就会知道!

第二天,碧兰果然找了一个机会,悄悄进到婆婆屋里偷拿了四棵人参。当晚,她便带了这四棵人参和从街上买到的一只鸡,闪进了富恒银饰铺。她用半只鸡和半棵参亲自给少恒炖了两碗鸡汤,又亲自端到床前喂少恒喝了下去。老银匠见碧兰这样,也感动得眼圈有些发红。那晚上碧兰临走时给老银匠交代:"老伯,我把剩下的人参放在案板上的小罐里,过两天我再拿只鸡来。"老银匠听罢连说好吧好吧。

许是少恒病得久了,这人参鸡汤的大补作用并没显示出来,第三棵人参熬的鸡汤还没喝完,他的病就迅速转重了。那是一个傍晚,老银匠刚喂儿子喝罢鸡汤不久,少恒就咳嗽得厉害了,而且脸越来越苍白,下床小解时竟扑通栽倒在了床前。老银匠那刻急忙把儿子抱放到床上,掐住人中穴喊了一阵,少恒被喊醒之后,直说胸口疼喘气难受。老银匠忙跑去请大夫,大夫号了脉后立即开药,并嘱病人身边不能离人,病势有转危重的可能。

那一夜老银匠就坐在儿子床边守护,望着儿子那在昏昏烛光下毫无血色的脸颊,老人百思不得其解,怎么好端端壮实实的一个儿子,就忽然病成了这样?难道真是因为他和碧兰做那事太勤以致伤了身子?他们两个的每次约会老银匠都知道,一般是十来天一回,最密也隔有三四天,以少恒这个年纪,这个次数并不算太多,应该能够吃得住。老银匠是过来人,对做这事的次数是否太密心中有底,怎么我的儿子就会弄到这个地步呢?老天爷你要真是认为这事不端要责罚,那就责罚我吧,是我当初没拦住他们,是我没早给少恒娶媳妇使得他迷上了碧兰。你责罚我吧,让我死也行,我就这一个儿子,我们郑家的香火和郑家的银饰手艺,都靠他往下传了,别碰他,让他赶紧好起来吧……

半夜的时候,老银匠遵大夫嘱咐,给少恒又灌了一次药,看着儿子平躺下喘气困难的样子,老人干脆让儿子半躺在自己怀里。天将亮那阵,老人因为困极而睡了过去。刚睡着不久,他便又看见这些天老飘荡在他梦里的那团黑云。那黑云慢慢向他的头顶移近,那个黑色的怪物又在那团黑云里现出了身子,只见它啸叫了一声,猛向他扑来,伸出尖利的爪子向他的怀中一抓。他惊叫了一声,从梦中醒来,就在那刻,他感觉到儿子的身体悸动了一下,忙低头去看,他以为自己的举动惊了儿子,这一看不禁骇呆了:少恒已经咽气死去,只是两眼大睁。

"苍天——你不公啊,我就这一个儿子……"老人放声号哭,哭声惊来了左右街邻,人们这才把少恒的尸体从老人怀里拉开。

碧兰是第二天深夜穿一身黑衣裹一条大头巾踉跄着扑进富恒

银饰铺的,那一刻屋里只有老银匠在为儿子守灵,碧兰扑倒在棺材前哀哀哭泣,可怜她不敢放声,只把哭声在嗓子眼闸住,闸得太多就憋得在棺材前乱滚。看她那模样,老银匠怕她哭坏了身子,蹒跚着过去相劝,让她天亮前回去了。

郑少恒的棺材是在第三天正午时分入土的。老银匠给儿子买了最上等的棺木,请了最好的响器班子,糊了最全的纸扎。老人把原先积攒起来预备扩建铺子的银子几乎全花在了儿子的葬礼上,攒钱还有啥用?还翻修铺子干啥?

棺材被土埋住的时候,突然刮来一阵不大不小的风,风带来了一团黑云,黑云把原先亮着的太阳陡然弄熄,使正在铲土堆坟的人们打个冷噤。老银匠那刻抬头望天,猛觉得那团黑云的大小形状与他这些天梦见的那团黑云有点相似。

他仿佛听到那云里响起了一阵笑声。

他摇了摇头,他怀疑自己的耳朵有了毛病……

2

埋葬罢少恒几天后的一个晚上,碧兰又来了,她抹着眼泪从怀里掏出一块银子,放到桌上哽咽着说:"老伯,这块银子你过日子用,从今往后,你就把我看成你的儿媳,我来养活你,我隔些天来看你一回。"

老银匠没有说话,只摇了摇头。他如今对人世上的事已不感兴趣,他只想着早死了去和儿子做伴。

碧兰见老人还没吃晚饭,就动手烧火为他做吃的。

好在临近过年,街邻们给老人送来些吃的就放在案板上,有菜包子、豆包子,有濯净洗好的鸡,有一块猪肉。碧兰想起早先给少恒拿来补身子的人参还有一棵,放在小罐里,就剁了半只鸡,切了半棵人参,给老人炖了两碗人参鸡汤,又把两个包子馏热,一齐端到了老人床前的小桌上。

"你回吧,天不早了。"老人叹口气对碧兰说。碧兰也怕别人发现自己在这里,不敢久留,说了几句老伯快吃老伯保重的话,就匆匆出门走了。老银匠没有食欲,眼望着那鸡汤和包子的热气一点点飘走,到底也没动。

天亮的时候,家里的那只灰猫跳上桌子,偷舔碗里的鸡汤,拥被坐在床上的老银匠看见,漠然地未加理会。未料不大时辰,舔汤的灰猫竟突然在桌上打起了滚,发出了异常粗嘎类乎痛楚的叫,这反常的叫声最后引起了老人注意,他惊诧地看定那猫:"你这是咋着了?舔了几口汤就难受成这样?难道这汤里还能有毒不成?"灰猫那阵的叫声越见痛楚,身子也滚动得越加厉害,最后干脆把盛鸡汤的碗撞到了地上。汤碗落地的响声唤来了坐卧在门外的黑狗,那黑狗过来,见有鸡汤洒在那儿,不由分说就又舔又嚼起来。不想半刻之后,那黑狗竟也在地上翻滚哀叫起来。老银匠惊得立时把眼瞪大:这汤是怎么了?难道真是有毒?

他为自己的想法打了个哆嗦。

他很快地穿衣走到灶前,昨晚碧兰炖鸡汤他在看着,她用的也就是几样东西,缸里的水、一棵葱、几勺盐、一块姜、半只鸡、半棵人参,水、葱、盐、姜是家里原来就有的东西,不会有啥,值得起疑的就只有邻居送来的鸡和碧兰送来的人参了。仿佛为了推倒自己脑中的判断,他拿起那半只鸡和那半棵人参,快步出门向一家药铺走去,他要让药师看看这两样东西上沾没沾什么毒物。药铺里的药师把那两样东西拿进铺子里做了一番看后说:鸡肉无毒;人参在砒霜里浸过,但毒量不大,吃一次不会致人死命,但连续用……

老银匠被骇呆在了那儿。药师下边的话他没有去听,他恍然记起许久之前的那个春天的上午,碧兰让少恒代买砒霜的事。啊,这个女人,原来早在那时她就安下了歹心!他看见有一只拿了抹布的手把一块蒙了水汽的玻璃一下一下擦干净,原先隐在那玻璃后边的儿子的死因现在一清二楚:他是在喝了那有毒的人参鸡汤之后慢慢中毒死的!

碧兰,好一个手毒心狠的女人!你勾引了我的儿子,最后还要把他毒死,是怕他泄露你的淫行?是又勾上了别的男人?

你毒死罢我的儿子,还想接下来再毒死我!

哈哈哈。老人突然发出一阵令人毛骨悚然的笑声。

老天爷的眼总算还没全瞎,他让一只猫来告诉了我儿子的死因!

老银匠那天回到铺子里后,关了门,出奇平静地摸出一块银子,而后在工具台前坐下,拿起了久已不拿的银灯,开始吹气化银……

3

老银匠在铺子里把自己关了几天。几天后的一个傍黑掌灯时分,老人才拿了一件纸裹的东西出了铺门,径向明德府走去。吕家人那阵都已吃过了饭,有仆人听老银匠说是来给大少奶奶送银饰的,就给他指了碧兰的住处。

碧兰那时正独坐在卧房里,无精无神地翻看着一本什么书,丈夫道景又如先前那样去了书房赏玩自己的饰物藏品。她猛见老银匠推门进来,吃了一惊,忙叫:"老伯,你怎——"

老银匠笑笑说:"我在收拾少恒留下的东西时,见他打制了一个带有挂饰的银项圈压在枕下。纸包上写明是给你打的,我就给你送来了。"边说边就反手关上门落了闩,很像是怕外人看见似的。之后就将手上那东西的裹纸撕开,露出了个银晃晃光闪闪有着精美银流苏的银项圈,朝碧兰递过去。碧兰颤颤地伸手接过,一时眼圈又有些红了。她把项圈凑到烛光下去看,霎时也被它的精美震住,只见项圈周身被细细的银链缠着,既似项链,又似项圈,项圈上挂流苏的地方,刻有碧兰两字还錾有许多朵盛开的牡丹。

"你戴上试试吧,要是合适,也不枉了他一番心意。"

碧兰眼中的泪珠已是盈盈欲滴了。

"来,你坐下,我给你戴上试试。"老银匠从碧兰手里拿过项圈,从中间按开接头的卡扣,朝碧兰的脖子里戴去,只听咔的一声,卡扣在碧兰的颈后合上了。

"有些紧。"碧兰说。

"那你扯一下就松了。"

碧兰于是抬手去扯,不想越扯越紧。

"老伯,快,更紧了。"

"那你再扯一下。"

碧兰又扯了一下,手便无力地落下来了。

"老伯,我喘不过气了,快,替我松——"

"呵呵呵。"老银匠突然发一声冷得可怕的笑,"就是为了让你喘不过气来,我才特意打制了这个越扯越紧的东西。贱货,今儿个就是你的死期!"

碧兰的双眼无限惊恐地瞪大:"老……伯……我……"勒紧的项圈已使她发不出清楚的音了,她想去扯断项圈,手却无力抬起来,她扑倒在了地上。

"我为我的儿子报仇来了,他生生死在你的手里!"

"……为……啥……"

"你还问为啥?你这个狠毒女人!"老银匠猛朝碧兰的头上踢了一下。

"……让……我……生……下……"她的话音像燃尽了油的灯一样从唇间骤然熄灭,只见她的身子猛一抽搐,随后便一动不动了。她抽搐前所做的最后一个动作,是用手撕撩开自己的上衣,把她怀孕已五月左右的高隆着的腹部袒露了出来……

老银匠趔趄着靠到了墙上。他看见碧兰的眼珠已越来越高地凸起,他抖着手拉开门闩,踉跄着向外走。明德府的守门人在昏黄的门灯光里没有看出老银匠神态的异样,放他出了门。他进了富恒银饰铺子,只哆嗦着双唇喊了句:"恒儿,爹把你的仇报了!"便从怀里摸出一个小瓶,仰头向口中倒去。片刻之后,也七窍出血软在了地上……

卯

第二天头晌,一个想打银饰的人推开了富恒银饰铺的门,他发现老银匠盖着被子死在自己的床上,忙喊来了左右邻居。人们都说老银匠这是受不了儿子死后的孤独,去找儿子了。大伙凑了点钱,将他草草埋掉。

三天后,从吕府里传出消息说,长媳碧兰因为小产流血过多去世。碧兰的葬礼十分隆重,许多年后见过那场葬礼的人还在称赞那葬礼的排场。知府老爷亲自扶着长子道景护棺到墓地,很多人看见知府老爷不住地拭泪。事后,人们都感叹碧兰这短短一生活得值得,生前享尽荣华富贵,死后又是不尽的风光排场,做女人活到这步田地,也该满意了,人早晚还不是个死?

这之后,吕家又传出消息说,长子吕道景为忠贞于碧兰,发誓不再娶。一时又感动得城中不少妇女流泪。那年的秋末,城里的一些绅士有感于吕家又出忠贞之子,遂派人用银粉把吕家大门前的"明德府"三字又刷了一遍。

第二年春天的一个黄昏,明德府突然爆发了一场激烈的吵闹,吵闹的起因无人知道,但明德府的邻人们听见一向说话不起高腔的吕道景声音最高且伴有哭调,那场吵闹直持续到深夜,吵闹中有些字句断续地飞到院墙外头:……捂……老天……名誉……人参……家……翌日清晨,有人在碧兰的坟墓旁,发现了已经死去的身着女人衣裙的吕道景,碧兰的坟墓四周摆了一圈女人的饰物。

吕道景的手里攥着一张宣纸,宣纸上用毛笔写着一行大字:老天,你造出人是为了什么?

明德府的收尸人在匆忙中没有注意到那张纸从吕道景僵硬的手中飘落在地,更没有发现那张纸被一个放羊的小伙捡了去。放羊的小伙只是因为好奇才把那宣纸卷成一卷,塞进了他那个保存吸烟火纸的竹筒,他当时根本没想到他这是保存了一个故事和一段历史。几十年后,当他给他的曾孙子讲古时,从竹筒里掏出了那张发黄变脆的宣纸,尽管宣纸上的字此时已被磨损得模模糊糊,可他的曾孙子还是眼一亮,本能地知道这张纸的后边会有一些好听的事情。于是,就开始了一番时断时续颇为艰难的寻觅。他的曾孙子最后站在了那片扔满鸡毛、碎纸、烂菜叶和用过的避孕套的废墟上,手里捏着那张宣纸,捏着八十多年前那个人写下的那句诘问,朝时间的两头眯眼望去……

旧世纪的疯癫

有人还能记得那个早晨梨花盛开,城南白河岸边数千棵梨树上的花香聚集成团向城里滚去,推拥着挤进了城里人家的门缝窗隙。邹家的老二就是在这个时辰露出疯相的——二十一岁的他仅穿一个裤头就跑到大街上对着晨雾刚退的街道连声高喊:天要塌啦——天要塌啦——他的哥哥邹老大闻声去拉他回家时,他张嘴就朝他哥哥的手腕上咬了一口,而后带着满嘴的鲜血挥舞着双手向远处奔去。邹家的老掌柜也就是我的太爷爷这时正穿衣起床,闻讯后惊得两脚都伸不进裤腿里。老天爷呀,灾难到底又来了……

许多年来,有一种不幸一直压在我们邹家人的头上,这就是后代中总有疯子出现。我太爷爷和太奶奶生上三个儿子后,整天提心吊胆,唯恐其中有疯的,谢天谢地,儿子们长大后还都算聪明伶俐。本以为这代人已经躲过了疯癫的关口,谁想到该来的还是来了。大约也就是因此,当省上把去东洋留学的名额分配到南阳后,太爷爷立刻想法争取到了一个。他忍痛决定让我的三爷爷也就是他的小儿子到日本学医,不再跟着他做红火赚钱的皮革生意,大概是因为他已经意识到,只有医学知识才能把邹家人从疯癫的重压下解救出来。

据依然健在的街邻们回忆,我的三爷爷邹振翼就是在这个春天离家去日本留学的。

民国十八年春天

当三爷爷拎着他那只绛紫色的手提皮箱,在一个雨声淅沥的上午,走出我们邹家那青砖灰瓦的小门楼东去日本时,我自己的奶奶才刚刚由花轿抬进家门三天。自然,我那时还在送子娘娘的掌心里排着长队等候出世。也因此,我对三爷爷远行那天的详情并不清楚,也没能看见他到我爷爷、奶奶新房里告别的情景,我只能这样猜想,他走进新房时含了笑说,大哥,大嫂,我走了,照顾爹娘和生意的事都托付给你们了。我估摸身为长子的我的爷爷会叹口气叮嘱:记住到了日本就往家里打信。而我的奶奶则会垂了眉说,路上小心……

街邻们说,三爷爷那天上了马车之后,我的太爷爷领着全家人站在门楼下向三爷爷挥手,连疯了的二爷爷也在脸上露出惜别和茫然相掺的笑容。

那天赶马车送三爷爷去开封的是我们家的长工小五。当年的赶车小伙子如今已是一个耄耋老人,从他那已没有一颗牙齿的嘴里我知道,三爷爷坐车出城时异常兴奋,车出城东门时他还从车上站起叫了几声:再见,南阳,我两年后就会回来!看来,三爷爷一点也不知道那天是他和南阳老家永别的日子,他对他此后要经历的东西还一无所知。

大约两个月后,家里收到了他从日本寄来的第一封信。奶奶回忆说,那天邮差在院门口刚摇了一下铃,全家人就都跑了出去,太爷爷拿到信后高兴得手都哆嗦了,他主动交到我爷爷也就是他的长子手上说:快念吧！因为是从异国来信,加上奶奶当时还是新媳妇,对邹家的事还特别有兴趣关注,所以她那天对爷爷念出的内容记得很清,几十年后还能约略说出来——

父母大人尊鉴:

儿离家至开封情状,想小五已先为回禀。儿在开封盘桓三日后启程,经近十日徒步和车马奔行,方至青岛。而后登船,船曰大和号,海上行五日,抵日本。遂至京都拜见预先联系之神谷一郎先生,神谷先生面孔儒雅,精通西医各科,尤长于胸外手术。他开一"大安医校",有学生五十余人,且附有小型教学医务所一个,据说均为私产。儿师从于他,当是幸事。祈请二老不必为我多虑,珍重自己身体才是。皮革店铺并厂事,由大哥大嫂代劳即可。至于二哥所患疯病,待我学成归家,或许能为其诊治……

复信是由我爷爷写的,爷爷写了足有七八张纸,爷爷写好送太爷爷、太奶奶过目前,奶奶也曾看过,无非是讲讲家中情况,嘱他在异国保重身体学成回国,未写太爷爷正托媒人为他说亲。

到这年年底,家里先后收到三爷爷寄来的四封信,其中有一封信全家人是传着看的,奶奶如今还能记清的是,信中写明神谷一郎先生有一个女儿叫神谷惠子,是学麻醉的学生,极是聪明。奶奶当时看到这句话时心里莫名地一"咯噔",凭直觉感到,三爷爷和那个叫惠子的姑娘日后可能会生出事情。否则,家书中是不会出现老师女儿名字的。奶奶当时没有说出自己的担心,全家人那时正准备为三爷爷定下顺河街开粮行的乔家的二姑娘,她可不敢对这事乱插嘴。

后来的事实证明,奶奶的直觉是准确的。

民国二十一年冬天

奶奶说,那个冬天全家的心情都不好,原因除了土匪蜂起、皮革生意难做之外,主要是一直没有三爷爷的消息。自从六个月前收到三爷爷的一封奇怪的短信后,再没有来自日本的有关三爷爷的任何讯息。短信只有两句话:父母大人并大哥大嫂,我很后悔。全家人读了这封信后都很意外和吃惊,都猜测着三爷爷在后悔什么,是后悔到日本留学?是后悔和神谷先生的女儿结了婚?——他是在 1931 年初,不顾父母的反对执意和神谷先生的女儿在日本结婚的。是后悔定居日本?是后悔东去日本后再没有回过家?全家人就在这种不安的猜测中等待他的下一封信,可下一封信迟迟没有到来。家里人这时又对他的信为何那样短进行了猜测:是因为忙没有时间写下去?是因为心绪不好不想写下去?是因为顾忌什么害怕什么不敢写下去?全家人都在焦灼中打发着酷冷的冬日。这时我的父亲已经出生,奶奶说,家里只有父亲还无忧无虑地躺在被窝里,整日咿咿呀呀地朝着屋顶说着什么。

全家人望眼欲穿盼着的来信,到底在一个雪花飘飘的正午抵达了。邮差的铃声刚在门前响起,七十三岁高龄的太爷爷就第一个奔了出去。因为眼神不济,并不能看清信纸上的字迹,他急忙把信递给也跑到门口的小五,催他快念:

公、婆大人膝下,媳神谷惠子含泪禀告,振翼突然疯癫去世,我心痛难抑……小五念信的声音还在院子里回荡,太奶奶就一头扑倒在了地上,而太爷爷也软到了我爷爷的怀里哑了声叫:天啊,疯病,疯病竟然也追上了我远在日本的儿子……

太奶奶是一个多月后去世的。那个由日本来的残酷消息对她的打击太大了!三爷爷是她最喜欢最宠爱的孩子,现在这个宝贝儿子在离家几年后又突然疯癫死在异国,连个尸首也见不着。过度的伤心催着她去了另一个世界。

奶奶说,我爷爷接下来又接连给神谷惠子去了几封信,询问三爷爷去世的详情并遗骨掩埋地点,但都无一点回音。

三爷爷的死讯和太奶奶的去世也把太爷爷击倒在了床上。他躺在床上一遍又一遍地念叨:我们邹家前辈子究竟造了什么孽啊,竟给我们后人这样的惩罚?竟让我的儿子一个又一个疯了?老天爷,你睁开眼哟,看看哟……

奶奶说,爷爷那时成了家庭的顶梁柱,他一边忍受着丧母之痛,一边照应着皮革生意,还要坐在太爷爷的床前宽慰劝解老人家。奶奶回忆说,有天晚上她搂着姑姑已经睡下,爷爷又点亮灯把她拍醒,指着神谷惠子那封来信说,我总有点怀疑,好好的人去了日本,又是学的医,咋就又疯了呢?而且这封信上既没写人疯后的情景,又没写去世的日子、遗骨的埋葬地点,这太有点违反常情。还有,人即使疯了,他也不会立马就死呀!神谷惠子的父亲不是医生吗?他不会给开点药吃?再说,我们去信询问详请,神谷惠子好歹也该回个信呀!要不是因为父亲的病重,我真想亲自去一趟日本,把情况弄清,也好把振翼的遗骨接回来。奶奶听罢急忙攥住他的手说,你可不能胡来,如今兵荒马乱的,和日本又隔山隔海,万一你再有个三长两短,你们邹家不是完了?神谷惠子的信之所以没写清楚,也没再回信,一个缘由可能是她伤心过度,提笔时想不到那么细而且也不想再提笔,另一个因由,也可能是她原本对咱振翼就没多少感情。你想,毕竟是异国异族夫妻,感情怕是不会太深的,说不定,现在她已经另嫁了……

奶奶说,那个冬天最后是以一场连续下了四天的大雪结束的。雪化完的时候,太爷爷也病危了,一天喝不下半碗面汤。太爷爷就是在弥留状态里,也还是不断地呼唤着三爷爷的名字:振翼……小翼……我的儿呀……

民国二十八年秋天

这已经是接到三爷爷去世噩耗六年之后了。疯了的二爷爷这时也已去世。奶奶说,这时她和爷爷整天忙乎皮革生意,加上奶奶又生了我一个姑姑,五口之家的烦琐,使她渐渐把三爷爷死在日本的事淡忘了。谁也没想到这个秋天会又有关于三爷爷的消息到来。

那是一个傍晚,一个戴礼帽的中年男子走进店铺,站在柜台前许久未走,起初,在柜台里忙碌着的爷爷和奶奶都没有在意,店铺里一向是人来人往的。后来爷爷感觉到那男人的目光总在打量自己,这才抬起头向那男人问道:先生是要买哪一种皮子?

不,那人摇了摇头,随后开口道:如果我没有猜错的话,你是邹振翼的哥哥!

爷爷闻言一怔,忙上前答道,正是,正是,先生认识舍弟?快请进后堂坐!爷爷、奶奶把那人让进后堂坐下后,那人开口道:我是洛阳人,叫柴修,十年前的春天同令弟振翼一块去日本京都留学。我们是在去日本的船上认识的,后来因为同在京都,大家经常聚会来往,就熟了起来,成了好朋友。到了京都的第二年,留学的人中我和他都找日本姑娘结了婚,所以我们的来往更密切了。我小他一岁,他便称我为小弟。

他找的那个姑娘究竟咋样?奶奶忍不住插了嘴问。

神谷惠子可是个好姑娘,可以说是见过的京都姑娘中最美的一个。身材和脸蛋都无可挑剔,让人看了感觉特别顺眼。日本女性偏矮的多,可神谷惠子高挑迷人,是京都大安医校里好多日本男人暗恋和追求的对象。据说她母亲是朝鲜人,所以她身上也有朝鲜族女性的优点,特别温柔,见人不笑是不说话的。当时我们几个留日男同学聚到一起时常会寻开心、说粗话,说谁要是能跟神谷惠子睡一夜,这辈子也算活得值了。我们有时也同振翼打趣,说你跟着她父亲学习,争取近水楼台先得月,一定要把神谷惠子弄到手,也长一长咱们中国男人的威风。振翼平日少话,逢到打趣时也只是一笑而已。谁也没想到,振翼最后竟真把神谷惠子弄到手了。当他告诉我们他要和神谷惠子结婚时,我们可真是有点吃惊。婚礼我们都去了。大家真心为他高兴,拉住他追问用啥法子把日本美女弄到手的。他先是笑而不答,后来被逼不过,方说了一句:教汉语,讲故事。我们听后都哈哈笑了,说他没有念出"真经",是故意隐瞒。他和神谷惠子结婚后,开始过得很幸福,我们经常碰见他俩相依着在街边、公园散步,看见他俩手拉手逛商店、买东西。就是因为他的榜样作用,我后来也找了个日本妻子,有了定居日本的打算。没想到此后不久日本军队占领了我们的沈阳,中日两国的关系发生了变化。我妻子一家这时因做生意需要,要迁居香港,我也愿意同时迁居。临行前我去找振翼兄告别,发现他眉头紧锁,一副心事重重的样子。我问他遇到了什么烦心的事,他摇摇头不答。我俩喝着惠子泡的茶,有一搭没一搭地闲聊着。我发现他不时答非所问,心不在焉,估计他有不便启齿的事。他和惠子送我到门外,惠子还是那样周到殷勤,执意要我把她做的精美料理带给我妻子尝尝。我走出几百米的时候,振翼兄忽然追上来小声说:柴修,我很担心我将来会疯,如果我日后真的疯了,你不要吃惊。我当时在他肩上捶了一下笑道:真是说疯话了! 他后来又交代我,要是你由香港回河南的话,顺便到我家里看看。我急忙点头答应。没料到我到了香港后先是因为家事和生意,后是因为中日之间的战争,一直没能回来。我听到振翼兄的死讯时也是在香港,没想到他那样聪明的人,最后竟真的会因疯癫而死。我不知道他后来究竟遇见了什么事……

奶奶说,那是她第一次听人谈我三爷爷在日本的详细情况,她说她听完柴修的话后,对三爷爷给柴修说的那番话发生了兴趣:一个人怎么可能预先知道自己会疯?

一九七七年冬天

也许是心理作用,尽管连续落了两场雪,我们全家人都觉得这个冬天异常温暖。由于"文化大革命"的结束,再没有人来抄家,来拉父母和奶奶出去批斗。我们全家人面对着风和雪,都觉得轻松、舒服了许多。我和姐姐开始露出笑脸了。就是在这个时候,我们家接到了街道上的通知,让去领当初抄家时抄走的东西。

我们领到一个大纸箱。我和姐姐开始翻看纸箱里退还给我们的东西:一尊木刻的孔子像;两个饰有龙纹盛粉状中药的药罐;刻有一个半裸女子像的笔筒;几幅绘有古人鞣制皮革场景的画;十几本纸页发黄的制皮的书籍;一捆线装书;几件旧旗袍;再就是一包家信。那些家信中有几封盖着日文邮戳、贴着日本邮票,它们当然引起了我和姐姐的兴趣。

（1）

父母大人膝前:

二十七日大札恭悉,二老息怒。儿深知二老爱之深厚,然婚姻事吾依旧想自己做主。请万勿与开粮行之乔家再议亲事,吾决然不会与乔女成亲。吾对神谷惠子已爱之深矣,决心非她莫娶,再次祈请二老恩准此事。日本国西风已炽,男女讲究自己相恋,儿既沐西风,知自由爱恋之益处,断不会再听媒妁之言,娶陌生女子为妻。今随信寄上一帧惠子小照,二老可对惠子有一大略认识,由小照上可看出,其眉眼和善,脸庞秀美,其真人比小照更美矣。吾想日后若有机会,定当领她回南阳一趟,让全家亲识其可爱之处。

哥、嫂并大侄处转致问候。

二老保重身体。

敬请福安！

儿：振翼叩上

民国十九年十月十三日

我们没有在信内发现照片。

(2)

父母大人尊鉴：

十一日信捧读。"民族不同"之忧不必有矣。惠子虽属大和民族，与吾等汉族人生活习性有所不同，然从大处看，两个民族不过是两个不同的大家庭而已，两个大家庭结亲，属正常矣。"国别不同"也不足虑也，日本国与中国在上天眼里，不过是两个不同的地域而已。两个不同地域的男女结好，上符天理，下合人意，实无什么不好。二老足可放心，吾与惠子成婚之后，会互敬互爱、白头到老的。吾内心已有准备，日后时机成熟，会带惠子回咱南阳生活，惠子对此也已同意，她说她会随我到天南海北。当然，婚后最初几年，我们不会离开日本，因为惠子父母年事已高，我们亦该尽尽孝道。在未回国之前这几年里，吾会每半年寄款一次，略表孝心。

祈二老身体康健。

儿：振翼叩上

民国十九年十月十四日

(3)

大哥惠鉴：

我走之后，家中诸事都压在你身上，每每想起，便觉不安。只有待我日后回国，再替你分挑家务重担了。今有一事相烦，就是关涉我与神谷惠子成婚事，父母一时似难想通，恳请你多在二老面前替我解劝通融。实在不瞒哥哥，我已偷偷与惠子同过床了，她的全部美妙之处我已领略，我可以对你说，她是我见到的世界上最好最可爱的女人。身为男人，我此生有她，足矣。你是过来人，想必能理解我此时的心境，现在我确实是离不开她了。我日后一定要领她回家。你见后必不会抱怨我之选择。我过去不知男女之情为何物，现在懂了，那是一种凭什么都不想换的东西，是一种极甜极甜吃下去全身舒畅的东西，是一种让人心魂不定坐立不安的东西。大哥，我不知该怎么向你说明我心中的感受，我只能再次恳求你说通父母，让他们允准我和惠子结婚吧。

万里之外，小弟向你表示深深谢意了。

问候嫂子和宝侄好！

小弟：振翼上

民国十九年十二月十五日

(4)

大哥大鉴：

我已等不及家中明示，和惠子正式成婚了。她的父亲亦反对我们这样做,但我和惠子心意已决,先斩后奏,迫使神谷先生接受了既成事实。现在我和惠子沉浸在幸福之中。大哥,为我俩祝福吧。

问候全家人。

弟:振翼上

民国二十年一月九日

我和姐姐读得面红耳赤,竟没注意到天将黑了。后来是姐姐拍了一下我的肩膀,我才站起身子。到家后,因爷爷在"文革"后期已去世,我们便把那些信交给了奶奶。奶奶见信后吃了一惊道:我过去怎没见过它们? 少顷,她叹口气说:你们邹家的规矩,有些东西不让当媳妇的知道,这些信定是你爷爷亲自保管的,要不是又发还回来,我也不知道还有它们哩……

一九八〇年秋天

在辛苦了将近八十年之后,我们邹家当年做店铺的老屋,终于显出了老相,摇摇欲坠了。于是父亲决定拆掉重盖。就是在拆老屋的时候,我从阁楼上的小壁龛里发现了一个木匣,木匣里装了半张日文报纸和一小叠写满毛笔字的纸。报纸出版的日子是昭和七年五月八日,也就是1932年5月8日。我觉着新奇,就拿去让奶奶看。奶奶一见就笑了,说这是民国三十四年老日投降后不久,由日本寄来的。当时这半张报纸装在一个信封里寄到咱们家,除了报纸外没有任何东西,既没有寄报人的名字,也没有寄报的原因。全家人都觉得奇怪,你们的三爷爷在日本已死了十多年,同神谷家也已多年不通消息,谁又会寄来这半张旧报纸呢?是神谷惠子寄的?那当初给她去信她为何不作回复?她还没有再嫁?还对这个异国婆家怀有感情?是神谷夫妇寄的?他们还活着?他们寄这张旧报的用意何在?爷爷最后断定,谜底可能就在报纸上。于是就赶紧拿上钱去找人翻译,读完译文又全都泄了气,上边没有一篇文章与我们家、与你们的三爷爷、与神谷一郎先生家有关系。奶奶指着那叠写满毛笔字的纸说:这就是找人翻译出来的那半张纸上的文章,当时全家人看了觉着没用,认为是什么人寄错了地方。可能是你爷爷随手塞进了木匣子扔到了壁龛里……我没再理会奶奶的絮叨,转而去看那些翻译过来的文字——

▲遇难渔船61870号船员昨晚获救(载《京都晚报》第三版)

前天在串本附近失事失踪的两名船员秀田崎尾与本丰三郎,昨晚奇迹般地出现在纪伊水道上,被0371号渔船发现并救助上岸,两人现正在医院接受治疗,医生说他们不日可以出院……

▲京都樱花又添新品种(载《京都晚报》第三版)

川崎老人经数年努力,终于又培育出新的樱花品种,前往参观者无不啧啧称奇……

▲津川大佐昨日去世(载《京都晚报》第三版)

津川大佐因胸部手术失败,昨天在京都去世,军部英次将军等官员前往吊唁。津川大佐战功赫然,为天皇南征北战,他的去世,乃军界一个损失……

▲本市新顺町发生火灾(载《京都晚报》第三版)

本市新顺町昨日因一住户煮饭点火,不慎燃着灶台旁边的废纸,引燃大火,结果连带烧掉邻近家店铺,幸无人员伤亡……

▲关于肥皂的广告……

▲关于做和服布料的广告……

▲关于牙粉的广告……

这些内容的确与三爷爷、与我们邹家、与神谷一郎先生家无任何关系。

可那个匿名邮寄者为何要把这半张报纸寄给我爷爷?吃饱了撑的还是真的寄错了?

一九九八年夏天

这个夏天距离一九二九年三爷爷东渡日本的那个春天,已经六十九年了。南阳城里没有谁包括我们这些邹家的后人会再去想起三爷爷死在日本的事。可没料到故事竟然还没有结束——一个细雨飘洒的正午,邮局忽然给我家送来了一个国际特快专递邮包,邮包是由日本舞鹤的一家精神病院寄来的,收件人写的是我去世的爷爷的名字,内中还夹了一封用中文写的短信:我们是日本舞鹤精神病院的两名护士,我们的病人神谷惠子去世时留下了这个包裹,上边已预先写好了地址,我们遵照病人生前清醒时留下的嘱咐,在她死后把这个包裹寄出——她已于昨天去世……

我们全家人惊诧地望着那个挺大的包裹,这么说神谷惠子活到了八十七岁?奶奶说她和三爷爷民国二十年结婚时是二十岁。这么说她死前是个精神病人——疯子?这么说她还一直记着她的中国婆家人?

奶奶哆嗦着双手拆包裹,但她老了,拆了好久也没拆开,后来是妈妈上前帮她拆开的。最先从包裹里露出来的是一件旧的青色长衫。奶奶看见后就叫了一声:是的,这是他离家那天穿的衣服,是你们三爷爷离家去日本那天穿的长衫。天哪,竟然还保存着!振翼小弟,我看见你的衣衫了,这么说你是回来了,回来了!接下来是一些用物:枕巾、鞋子、礼帽、牙粉盒、牙刷、领带、一身西服。这些陈旧变朽的散发着霉味的东西,显然是三爷爷当年的用物。我们吃惊地看着奶奶把它们一样一样拿开,在包裹的最里层,是几个本子和一些信封。大都是一些日文信件和记了日文的本子,内中有一个写着汉字的本子,是三爷爷留下的东西——

私立医校和私家医务所能达此等规模的确让人羡慕。神谷先生乃我楷模也。日后学成回国,当力效神谷先生,办一医校和医院造福乡梓。他的手术室尤其令我开眼界。

民国十八年七月六日

在商贸学校读书之宁波景元兄告知,目下在京都之中国留学人数,约二百三十,颇吃惊。看来,国力强盛,乃吸引学人之因由也。

民国十八年八月十一日

神谷先生讲人体组成,分运动系统、皮肤、神经系统、感觉器官、内分泌系统、血液系统、循环系统、呼吸系统、代谢与体温、泌尿系统和生殖系统等十二个部分,如拆机器。这与中国中医讲人体有很大不同,中医讲阴阳五行,讲藏象,讲经络,讲气、血和津液。中、西医区别大矣。

民国十八年八月二十二日

今天和洛阳柴修弟一起逛街。据说京都是模仿八世纪中国唐代的长安和洛阳设计建筑的。所以京都简称洛。其街道也像中国象棋的盘,横一条竖一条,全都方方正正。我们后来从宜秋门进入御所参观,听说这旧皇宫总共有九十九万平方米,真是大得惊人。在紫宸殿前,有一个日本人要为我俩画像,柴修说:为了留个纪念,画吧!他遂同那人讲定了价钱。那日本人画技不错,不大时辰,就把一帧画像递到了我们手上,画上的我和柴修站在宫殿前,倒也有模有样。心中甚喜欢,日后带回家让父母他们看看。

民国十八年八月二十五日

神谷先生今日请吃晚饭。日人烹调之法与国人相差不大,我吃着颇觉可口,尤其喜欢他们的清酒,不辣,清淡中含一股香味。神谷夫人亲手做菜,他们的女儿——听说是独女——惠子负斟酒、端菜之责。惠子长得很入眼,日本姑娘多偏矮,唯惠子身材纤长柔美。她笑起来尤显可爱,眼直看着你,眉稍稍扬起,一副天真无邪态。

民国十八年八月二十八日

神谷先生领我去看他让药工种植的草药,有薄荷、荆棘、杜仲、红花等。神谷先生说他曾在中国的吉林省住过两年,知道中国人用草药疗病颇有效,遂在日本引种草药。他说这些草药在中国谓之"中药",在日本就要称"日药"了。我一笑。

民国十八年八月三十日

今天随神谷先生进手术室看他做胆囊切除术,看完出门时惠子迎上来说,希望我能教她中文。我问她为何想学中文,她说,中国有秦始皇,有汨罗江,有李白,她想有朝一日到中国看看。我点头应允,她对中国也算有一点了解。

民国十八年九月二日

惠子姑娘极聪慧,每日所教之字、词,均能准确记其音、义。教这样的学生,倒也是一桩惬意事。而且,频繁与其对话,也促使自己的日语发音有所长进,可谓一举两得了。惠子的嗓音极好听,原以为自己用河南话教她,会使她的口语也带河南音,未料经她嗓音的奇妙改造,她的中国话竟是十分好听。

民国十八年十二月二十日

同学们相聚,说到国内的普及白话,都觉是一桩功德无量的事,并相约若在日本教日人汉语,当教白话而废止文言。从此之后自己无论说或写,该以白话为主才是。猛然做此改变,可能会有一个别扭的过程。

民国十九年四月一日

今天向神谷先生请教人疯癫之类别与诊疗办法。这是当初父亲特意交代要弄清的大事。神谷先生说,人们常说的疯癫,是指处在躁狂期的躁狂抑郁类精神病人。这种病人突出的症状是强烈而持久的喜悦和兴奋,病人眉飞色舞,手舞足蹈,欢乐之情溢于言表,以至周围的人们也能受其"感染"而感到轻松愉快。若稍不如意,也可能大吵大闹,暴跳如雷。情绪高涨常导致自我估价过高,病人夸耀自己有过人的体力、学问和本领。动作极为增多,指手画脚,一刻不停,整天忙忙碌碌,常常惹是生非,影响四邻,产生破坏行为。这类病人有明显遗传倾向,据目下的生化研究显示,本病可能有中枢神经递质的代谢紊乱。

神谷先生所说的情况和二哥的病象颇吻合。二哥不是也常常说他是世界之王,他要统率一百万大军杀尽所有敢同他作对的人吗?

民国十九年六月五日

今天休息，神谷先生让用人菊治老伯带我去见识茶道。我以为和中国人到茶馆喝茶差不多，未料这竟是与日常生活完全隔绝的特殊场所，在特定的时间内举行的艺术仪式，必须通过极其烦琐的手续，使用特定的手法才能完成的事情。我们参加的是正午茶会，我在菊治老伯的带领下，照他的样子做了该做的动作，吃了该吃的东西，喝了该喝的浓茶和薄茶，整个过程给人一种庄重、优雅和美的感觉。据说这茶道流派很多，其中的千家流派是一个叫千利休的人创立的。能把从中国传入的饮茶风习吸收、消化、改造成这样一种艺术，足见日本人的高明。

民国十九年八月一日

神谷先生要我随惠子一起去一家养殖场买解剖和实验用的白鼠、白兔各二十只。惠子办好购买手续，我遂将鼠、兔各放入一只铁笼，挑担上肩。惠子极喜爱这些动物，边走边和笼中的鼠、兔逗乐，憨态可掬。也是乐极生悲，她只顾逗兔，未及看路，结果脚绊上一块石头，摔倒在地。这一摔可是不轻，待我放下担子跑过去时，她还躺在地上连声哎哟。我急忙把她抱扶怀里，她捋起裤腿，但见白嫩的两个膝盖都已磕破了皮，有些微血珠渗出。我轻拍她的后背连声宽慰，她伏在我的怀里低声呻吟。那温软馨香的肉体突然让我的心莫名地一悸。这是我第一次将一个姑娘揽在怀里，我体验到了一种东西。

民国十九年八月五日

惠子学的专业是麻醉,她每周在医校里上三个半天的课。她告诉我,待她学成之后,就在父亲开办的医务所里担任麻醉师。我想象着她站在手术台前为病人麻醉的样子,担心她看见手术刀划开病人的胸腹鲜血涌流时她会惊叫起来的。

民国十九年八月八日

昨天后晌开始头疼,浑身发冷,四肢没有一点力气,晚饭没吃就上床睡下。昏昏沉沉中想起了故乡老家,想起了父母,心想要是在家父亲会立刻为我煎一服汤药,母亲会为我做一碗放了姜末的面叶扶我吃下……这样想着时,觉着一个人走近了床边,我极力睁开眼想看清来人是谁,却终只是感到来人把一个汤勺放到了我的唇边,我喝到了甜甜的水。半夜高烧退去醒过来时,才看清是惠子坐在床边。她告诉我她原本是来请我继续讲中文课的,进屋才发现我在高烧,于是急忙叫来了她父亲为我确诊,并喂我吃了药。她拒绝她父亲要派护士的主意,执意自己守护我。我感动地看着满脸困乏的她。她俯过身在我的额头上轻轻一吻说:你刚才吓坏了我。

民国十九年八月十一日

从书上查到,碳酸锂对躁狂性精神病有较好疗效,并有预防复发作用。这种药在日本的药店也很少供应,估计国内还没有,故今日去买了一些寄回国内,但愿它对治疗二哥的病会有效。这种药的治疗剂量与中毒剂量较接近,故特意在寄药时附信嘱大哥大嫂掌握给二哥的用量,告诉他们要从小剂量开始,于一周内逐渐加至治疗量——每日0.6至2.0克,症状改善后逐渐减至每日0.5至1.0克。这种药副作用大,有头昏和胃肠道反应,愿二哥能坚持住。

民国十九年八月二十一日

惠子说她去新宫市看过徐福墓,那碑文她至今还能记得开头几句:后之视古,其犹月夜望远耶;视其有物,不能审其形。以为人,则人矣;以为石,则石矣。我说,我的东渡,也算是步徐福后尘了。中日两国间交往,太久矣。记得当年在塾馆读书,背过义楚在《六帖》中写的:

日本国,亦名倭国,东海中。秦时,徐福将五百童男,五百童女止此国也。今人物一如长安。

亦背过朱元璋的诗:

熊野峰前血食祠,松根琥珀亦应肥;

当年徐福求仙药,直到如今更不归。

还背过吴莱的诗:

大瀛海岸古纪州,山石万仞插海流;

徐福求仙乃得死,紫芝老尽令人愁。

今日自己竟真的生活在日本国了。

民国十九年八月三十日

今天上午见神谷先生有闲暇,遂向他请教一些家族不同断出现疯癫者之因由。先生说：原因可能有五，一是前辈中有近亲连续结婚现象；二是家族教育子女的传统中有损伤子女精神健康的内容；三是家族内大事频发，家族地位沉浮不定，有对族中人的精神不断进行强刺激的环境；四是以家族为圆心，向周围寻找婚姻伴侣的距离半径过小；五是家族住地的水质、地磁等方面可能异常。先生这些话似有道理，日后回家当循着这五个方面去做些调查，或许会弄清缘由。唉，不知二哥现在的病状怎样了。

民国十九年九月三日

后晌去美术学校看望新近由开封来留学之陈沂西君，听他谈了近来国内情况。返回时途经一专卖女子饰物的小店，见店内有女士在竞相选购一种用红绒布和铁丝做成的蝶形发卡，十二元一个，不贵，戴在头上亦甚好看，遂决定为惠子买一个，算是对她在自己有病时悉心照护表示一点谢意。晚上惠子来请我批改她的中文作业时，我拿出了那个发卡，她很高兴，立刻把头伸过来，要我为她戴上。她的头发真好，摸上去柔软光滑。我为她戴好发卡后，她走到镜前，左看看右看看，满脸都是笑意，最后跑到我面前问：我可以用汉语叫你一声"哥哥"吗？我当时不知从哪儿来的勇气，竟开玩笑道：在中国，如果一个姑娘想对一个男子叫哥哥，她就必须允许那男的吻她一下。我原以为这会吓住她，未料她立刻仰起脸努起唇说：来呀！她那红润小巧的双唇离我这样近，我的心先是忽悠一下提起,随后便感到有火苗从身上蹿跳开来,我不顾一切地俯下了身子。在一阵近乎眩晕的感觉中尝到了她舌尖的甜味,我不知道我是什么时候把她紧抱在怀里的,直到听见她呻吟了一声:我喘不过气了——我才发现我早把她抱离了地面……

民国十九年九月五日

今天一天没干成事情。上午读书,所有的书页上都有惠子的面孔;下午做手术方案,稿纸上都是惠子那红润的双唇。而且坐卧不宁,在房间里踱步,好像门外就响着惠子的笑声;到院子里散步,又分明听见惠子在屋里走动。糟糕,我八成是爱上她了。爱上一个日本姑娘,父母会同意吗?中国同学会怎样看自己?她父母知道了会是什么态度?

民国十九年九月六日

晚饭后我没能抑制住自己,径直向惠子家走去。到了门口我才想起神谷先生今天去东京拜会朋友,我没有堂皇的理由来老师家里,所幸刚好是惠子来开门,我什么话也没说,只是向她使了个眼色,她就低眉红脸跟我走了。在她家屋后的树丛里,我把她拉进怀里,她是那样顺从,没有半点抗拒的意思,见我俯下头,她忙微合了眼将双唇迎了上来。天哪,那是我此生所经历过的时间最长的吻了。我们两个的身子都因这一吻而颤抖起来。我俯在她的耳边说:我想看看。她睁眼用目光不解地探问:看什么?我指了指她的胸脯,她双颊涌血,急忙又合上双眼,低低说了一句:带子的结扣在后边。我听了这话心狂跳起来,惊慌伸手去她的背后解开衣带结扣,啊,掀开了,看见了,一座花园哪,那莹白如雪的肌肤,那挺拔的乳峰,那颤颤巍巍的乳头,那深深浅浅的乳沟,那芬芳的香味,上帝创造的美景全在眼前了。我感到自己的头有些晕,血好像涌到了眼里,我不顾一切地向那片景致俯下了身子,在我紧紧扑伏在那其中的一座乳丘上时,我感觉到她的身子剧烈地悸动了一下……

民国十九年九月十日

我给父母写了封信,向他们说了自己和惠子相爱的事,但愿他们能够同意。男人应该和自己最爱的女人结婚。我无法给他们写清惠子的全部好处,有些好处是只有我一个人才能体会到的啊!上帝只规定了"男女相爱",上帝并没有规定"异国男女不能相爱"。

民国十九年九月十二日

惠子说,她也想把我俩相爱的事告诉她的父母,我点头说应该。这件事他们早晚会知道,他们也应该知道。惠子是他们的独生女,他们对她的婚事会抱什么期望?他们同意惠子和我相爱吗?我期待着他们能早日表态。神谷先生是一个走南闯北的人,他对这事应该能够理解。

民国十九年九月十五日

今天,京都中国留学生相聚于泊来饭馆,内中有一位叫程代千的带了夫人来,那夫人穿着和服,一望而知是日本人,众人都觉新奇,啧啧议论。有人问代千君与日本女人结婚有什么体会,代千君笑道:日本女人有三大优点,一曰顺从温柔,她们从不会也不敢与男人发生口角争执;二曰侍夫有方,能把男人侍候得无微不至,包括每日给男人洗脚擦澡;三曰愿意多生孩子,你让她生几个都可以,绝不会有一句怨言。众人听后都呵呵大笑。代千君虽是戏言,但也说出了部分真实,我的惠子的确是一个极端温柔可人的女子。代千君娶日籍妻子,也算为自己做出了榜样。

民国十九年九月十八日

与宁波之景元兄长谈,向他说及惠子,他沉吟良久道:与异国女子成婚,须逾六道高墙。一是家庭父母是否愿意,兄妹是否赞同,关系到日后家庭的融洽;二是族人是否接纳,关系到后代在宗族中的地位;三是两方所属民族从历史上延续下来的信任和情感状况怎样,若好还罢,若不好以后恐会有麻烦;四是男方所属国家与女方所属国家相处是否友好,友好还罢,若不友好,以后恐有烦心之事;五是生活习惯文化背景相差太大,沟通会有困难;六是宗教信仰不同或所属教派间有嫌隙,也会给家庭带来不尽烦恼。故此种婚姻应先思而后行。我听后心中一沉,不过随后又觉得他太多虑了,什么高墙?男女间只要真心相爱,啥样的墙也会被拆掉。

  民国十九年九月二十三日

  担心还是被证实了,今天收到家信,父母果然不准我娶惠子为妻,且在信中告知说已在南阳为我选定了一个姑娘。唉,我的妻子能是你们来选定的吗?我匆匆给父母和兄嫂写信,但愿兄、嫂能代我说服父母回心转意。昨晚见惠子,未敢说明父母反对。我现在是一天不见惠子就不行了,恨不得一天到晚把她拥在怀里才好。如今和惠子见面,已没时间教她汉语了,两人的唇总是吻在一起,哪还有学汉语的机会。

  民国十九年十一月二十日

  惠子今天带我到街上吃寿司。寿司是日本人喜爱的食物。做法是在白色的米饭块上放着宽度大小相等的去了皮的生鲑鱼片、鳗鱼片、秋刀鱼片或者新鲜的去皮壳的生海虾、河虾等,看上去黑白、黄白、红白相间,十分好看。吃时方知道米饭里拌有少量的食醋和盐。惠子吃得很开心,我担心自己胃肠不一定能适应那些生鱼、生虾片,不敢放开吃。惠子见我吃得小心翼翼的样子,咯咯地笑了,故意把鱼片往我的嘴里塞,而且附在我的耳边悄声说:既然想娶日本姑娘,不敢吃生鱼片怎么能行?

  是的,我只要娶了惠子,我就要准备接受日本的许多东西,包括他们的生活习惯、思维方式和道德规范。接受一个异族、异国的女人的确不是一件简单的事。

民国十九年十一月二十四日

今天去手术室协助神谷先生做一例结肠病变部位切除,先生一改往日慈和,十分冷淡,我在手术过程中做错了一个动作,竟遭其厉言呵斥,这是过去从没有发生过的事。我先是诧异,后猜可能是惠子向他说了与我相爱之事,他心上反对且迁怒于我了。手术结束我刚回到住处,惠子就双眼红肿,扑到我的怀里哭开了。我心疼地把她紧抱在怀,用双唇吸去她脸上的泪珠。她哽咽着说了她父亲的暴怒,我劝她不要着急和害怕,决定亲自找她父亲谈谈。

民国十九年十一月二十七日

早上一起床,我正琢磨着如何说服神谷先生同意我娶惠子,忽见神谷家的老仆菊治老伯慌慌推门进来,说神谷先生要立刻见我。我一路上想了不少说服的话,未料进门神谷先生就劈头盖脸叫道:我已决定不再收你为学生了,请立即搬走留在我家医务所里和医校里的一切用物,另择他处就学。而且我的家门,也永不准你再进了。我一时被砸蒙,许久说不出一句话来……

我该咋办?真的就此罢休?与自己如此喜欢的惠子从此分开,另找一处学医?我舍不得!

民国十九年十一月三十日

过起了完全自由的生活。不去上课,不做实验,不进手术室,不见病人,就一个人仰躺在床上苦思苦想胡思乱想前思后想。柴修后晌来小坐,听我说罢情况之后哈哈一笑道:书呆子!此事有何难处?既是你爱她她爱你,你为何不先把生米做成熟饭,而后逼神谷先生就范?日本当爹的男人和中国当爹的男人有一点相似,谁第一个睡了他的女儿,他就愿把谁收为女婿……柴修话说得我心动,难道我也能这样干?是不是有点太卑鄙?

民国十九年十二月二日

惠子昨晚来了,进屋就扑到我的怀里说:我只能停很短时间,父亲一直让母亲看住我。我既为惠子的真情感动,又对神谷先生生了恨意。也罢,既是你刻意阻挠,我就不和你讲君子之道,我今晚就把事情做了,看你能怎么着!我随即抽掉床单往胳膊下一夹,拉上惠子就往屋外走。惠子诧异道:你拿床单做什么?我不回答,只管拉了她走。天上有月,我在月下拉着惠子走到一里外的小山坡上,把被单在地上展开铺好,而后把惠子一把抱起,往被单上放。惠子似乎明白了什么,有点惊慌地在我耳畔问:你想干什么?我没理她,只管去解她的衣服,待我的手去扯她的腰带时,她抓住我的手颤了声问:父亲还没同意,我们这样——我停下手冷眼望定她,压低了声音说:我们只有这样做了才能迫使你父亲同意我们做夫妻。假若你不想做我的妻子,你现在就可以走!我把她的上衣扔到她的身上。她两眼直直地看了我一霎,随后慢慢抬手去解自己的腰带。我没动,就那样半跪在那儿,看着她一件一件把自己全部脱光,雪白的身子横躺在银色的月光下,我第一次看见她一丝不挂,第一次看见她美丽的下体。我把她在被单上翻转了两次,直到看遍看仔细了之后才动作。我虽没有经验,但我有的是力气,我最后成功了。我是怀着欣喜、激动还有对神谷先生的气恨完成的。事情过去之后惠子哭了,我问她是不是后悔了,她在我的怀里摇了摇头说:是因为痛得厉害。我心疼地把她搂紧在怀里,轻轻拍着她的后背直到她入睡。离开山坡时,我给惠子穿好衣服,按照商定的计划,抱着她径直向她家走去。惠子母亲来开的门,神谷先生显然正为女儿迟归着急,现在看见我横抱着惠子进院大吃一惊,我不待他开口就先说道:惠子在我那儿喝了点酒,有点头晕,就在我那儿睡下了,怕你们着急,现在把她送回来。我看见了神谷先生气急败坏的脸,我不给他说话的机会,抱着惠子径直进了她的屋子,我把她放到床上后转身就走。我听见院门在身后"哐"一响,我听见"嗷"地有人吼了一声,可我没回头。我一直不紧不慢地往回走。我估计惠子能应付那局面,我给她做过叮嘱。

　　　　　　　　　　民国十九年十二月四日

　　十天了。十天里没有一点神谷家的信息。惠子没有来。菊治老伯没有来,大安医校和神谷家医务所里的熟人没有来,神谷先生也没有骂上门来,我的自信心开始动摇:计谋失败了？真要考虑另找就学的地方了？惠子，我会真的失去你吗？

民国十九年十二月十四日

菊治老伯是天黑时分敲门的。响声不大，却把我惊得一跳，那一刻我才意识到，我是一直在盼着敲门声的。菊治老伯说：神谷先生要见你。我仔细看了一下菊治老伯的脸，想从他的脸上看出吉凶。可他的脸上全是皱纹，把所有的表情都湮没净尽。我忐忑不安地随他往惠子家走。菊治老伯推开惠子家门时，我的心霍然一轻：惠子的母亲满脸笑容地站在门内向我招呼，快请进，振翼君。这声亲切客气的招呼让我立刻意识到事情在向好处变了。果然，坐在客厅里的神谷先生面色虽然冷峻，但声音还颇平和，他抬手示意我坐下之后说：我和惠子的母亲经过反复考虑，同意惠子接受你的求婚。但是，我有两个要求：第一，结婚的一应事务都按我们日本国的风俗办；第二，你们要定居日本，你可以在以后的适当时机带惠子回中国探亲，但探亲后仍要回日本住，始终把家安在日本。我徐徐嘘一口气，第一个回合我胜了，我将真的合法拥有惠子了。至于说在日本定居的事，就暂且答应你，待惠子成了我的妻子后再说，这事最终得由惠子和我定，而不是你神谷先生！

民国十九年十二月十五日

今天按神谷先生的要求，照日本的传统做法，给神谷家送了彩礼。我和菊治老伯一起去了百货店，在菊治老伯的参谋下,买了"七品"彩礼。这七品是:末广(白扇)、友志良贺(白麻线)、子生妇(海带)、松惠节(鲣鱼干)、寿留米(干鱿鱼)、家内喜多留(柳樽)、金包(彩礼钱)。送彩礼前,我悄悄问过惠子在金包里装多少钱合适,惠子从衣袋里掏出预先备好的一沓钱塞到我手里说:把这些装进去就行了。嗨,我是把惠子攒的贴己钱送给她父母了。

惠子的父母接过彩礼眉开眼笑,神谷先生当即说:请决定结婚的日子吧。

民国十九年十二月二十日

我和惠子的婚礼,按神谷先生的意见,要举行佛前婚,就是在佛前举行仪式。我和惠子的脖子上都挂上了佛珠,对拜后又到神谷家的祖先灵位前烧了香,祈求庇护。仪式后举行了披露宴。来的人总有二百多人吧?有神谷先生在医界的同行和学生,有神谷先生治好的病人,有神谷家的亲戚和神谷先生平日结交的各界朋友。还有我的中国同学们。令我意外的是来了七八个军人,为首的是一个叫津川的中年男子。没想到神谷先生一个行医的还有和军界交往的兴趣。那津川先生过去来过,只是过去来时都穿便装,惠子总是喊他叔叔,我以为是他们家的一个亲戚,未料是个大佐。

宴中,惠子照规矩先后换过三次服装,头一次是白色,第二次是翠色,第三次是粉色,每一身衣服都极其合体,使她显得像仙女一样美丽,我看得心都要醉了,要不是人多,我真想立刻就把她抱到怀里。

民国二十年一月八日

如今的每个晚上在我都是节日,能在灯光下细细欣赏惠子的胴体。感谢上天造出惠子这样美丽精巧的女人,并给了我认识和拥有她的机遇。如今再不用躲躲藏藏担惊受怕,我可以从从容容地为她脱衣、洗涤、擦身;我可以一寸一寸地吻遍她身子的每一个角落,从发梢到脚跟;我可以随心所欲地触摸她身子的任何一个部位,对她做我想做的一切,包括让她欢笑和呻吟。我现在才真正懂得了什么叫愉悦什么叫兴奋,我现在才真正体验到了幸福的滋味。我满足了,我有了惠子就心满意足了。我如今更加庆幸我来了日本留学,如果不来日本,惠子不就便宜了别的男人?!

民国二十年一月十一日

今早起床太晚了。我和惠子都睡过了头,直到惠子的母亲吃过饭来敲门时,我们才迷迷糊糊睁开眼睛。昨夜我们玩的次数太多,也太过兴奋太劳累了。惠子在洗漱时,我听见她母亲小声劝告她:不要由着他的性子,该限制就限制,这也是为了顾惜他的身子,要是把他的身子掏空了落下病,以后受罪的还是你。你们又不是一天两天就要分开,是要过一辈子……我羞得有点不好意思出卧室了。这几夜是做得过分了,白日听课实习一直哈欠连连。昨日在手术台前神谷先生见我眼半睁不睁的,皱皱眉头对我说:你去帮我把那篇教案抄一遍。其实他哪里需要抄教案,他是为了给我一个歇息的机会。

我得有所抑制了!

民国二十年一月二十二日

惠子的母亲今天带上我和惠子拜访周围的邻居,惠子带了些糖果和小块花布,每到一家,就送人家一些。惠子告诉我,这是一项规矩,每对新婚的夫妇都要这样做,目的是求邻居们以后给予关照。在其中一家小坐告别时,女主人含笑将三颗小石子儿放到了惠子的手里,惠子接过时双颊已红了个透。我觉得奇怪,出门后问这三颗小石子儿是干啥用的,惠子先是脸红着不说,后来才把嘴贴了我耳边说:这是从海边捡来的,用于孩子出生一百天御初食时摆放在小饭桌上用的,用意是祝愿孩子像石头一样健壮坚强。我们会用上它们的!我刚说完这句,惠子就羞得急忙捂上了我的嘴。

民国二十年一月二十四日

今天津川先生来做客,他在吃饭时说:振翼君,你既是做了日本女婿,就要尽快加入日本籍,做一个正式的日本国民。做日本国民可是一件值得骄傲的事。想想你当中国人有什么面子?中国还像个国家吗?德国在天津、汉口划定了租界,英国强占了九龙,法国在你们国内划定了势力范围,我们在杭州、苏州、天津、汉口、沙市、厦门、福州有了租界,八个国家在你们的十二个地方拥有驻兵权,这个国家还会有活头?它早晚要被掐死!它将来的最好下场是被分为几块,分别归属几个强国!也许要不了多久,世界版图上就不会有中国这两个字了……

我一直低头吃饭,没有理会津川,我过去从没想过入籍的事,我只想娶我爱的惠子为妻。

民国二十年二月五日

惠子昨晚带我去市内看歌舞伎表演。这种表演是多种艺术的混合,既包括舞蹈,也包括音乐及话剧的成分,剧情虽不能全部看懂,但的确很吸引人。演员的化妆方法称"隈取"。通过脸谱的勾画,观众大致可以了解剧中人物的好坏,和中国戏剧中的脸谱有点相似。看着剧中人入场、退场和道白的动作,我忽然想起家乡的豫剧。很久没有看到豫剧了。在回来的路上我告诉惠子,豫剧的唱、念、做、打也十分好看,以后带她回南阳老家时,一定请她看豫剧,她高兴得像孩子一样地蹦跳着问:真的?

民国二十年二月十一日

神谷先生在今天的晚饭桌上,也提出了要我写请求书加入日本国籍的事,我没表态。我南阳老家的父母当初就是怕我忘了故土,才反对我在日本娶媳妇的,如果再入了日本籍,父母可要骂我数典忘祖了。晚饭后我问惠子:你是不是也坚持要我加入日本籍？惠子笑了:我才不管这些闲事,我只管你爱不爱我,你只要爱我,你做哪国人都成,我只要你这个人!

民国二十年二月十八日

今天留日同学聚会,我把惠子也带了去,同学们都露出了惊羡之色。同德兄惊呼:振翼老弟好眼力,把京都城最漂亮的姑娘娶到手了!同学中也有两位把日本媳妇带了来,但那两位少妇和惠子一比,早没了颜色。我心里生了一股真正的满足,人生得一秀外慧中之妻足矣!

民国二十年三月一日

今天津川先生来,送给神谷先生一帧条幅,上边是他的手书:开拓万里波涛,布国威于四方。见我看着条幅上的字,津川解释道:这是明治天皇当年发表的御笔信中的话,我录下来与神谷君共勉。我们日本军人的任务,就是要落实它,把我们大日本国的国威布撒到朝鲜、中国、苏联、新加坡、印度尼西亚、马来西亚、菲律宾等国家,要让世界都知道,大日本国是不可战胜的!也许有一天,我们的疆域会扩大到中亚、西亚和南亚,整个亚洲人都会变成日本国民!

我有些愕然。惠子大约发现了我的惊愕,拉我出门去了药房。

民国二十年四月七日

神谷先生这些天忽然对地图产生了兴趣,专门让惠子去书店买来了日本、朝鲜和中国的地图。他伏在地图上看,我从一旁走过,他叫住我眉飞色舞地说:我们日本国土就要扩大了!我不知他这话是什么意思,他怎么对这种事发生了兴趣?

民国二十年六月十八日

津川君今天又来做客,神谷先生破例推迟了手术时间,和津川君在书房进行了长谈。中午吃饭时神谷先生举起酒杯对津川说:为你即将开始的中国之行干杯!祝你们一切顺利!我和惠子不由得对视了一眼。津川大概看见了我的意外神色,说:振翼君,我已奉命到我们驻中国东北的军队中任职。

我点头表示明白。他走前送惠子一个买菜的提篮,送我一个巡诊用的药箱,都做得很精致。他的心倒细。

民国二十年七月二十四日

每天早晨给惠子穿衣服是我的一大乐趣,把睡眼蒙眬的她抱放在怀里,从三角裤、小背心穿起,一件一件穿下去,免不了要出错,出错时听到她的嗔怪也是一种享受。今早给她穿袜子时穿反了脚,惹得惠子笑得前仰后合,使得我们到餐厅的时间也晚了些,没能在饭前看到晨报。我刚接过惠子递来的饭碗,神谷先生就兴高采烈地把晨报摊到了我的眼前:快看!我军今晨已顺利占领中国沈阳北大营,中国军队正在败退中。

我身子倏然一冷。
民国二十年九月十八日

报纸上每天都有日军的胜利消息。

我军顺利占领中国之辽阳、营口、开原、海城……
我军神速战胜吉林中国守军,攻下长春……
我军势如破竹,中国黑龙江省城齐齐哈尔即将在我掌中……
我空军十二架飞机昨天轰炸锦州,给中国守军以重创……

日本要干什么?全面占领中国东北?
惠子很少看报纸,她对这类事不感兴趣。
民国二十年十一月一日

惠子今晚问我为什么不高兴,我没有说,说了她也不会懂。我突然发现,我和神谷一家其实是有距离的,我们虽然是一家人,但我们的心却相离挺远,包括惠子。
民国二十年十一月五日

神谷午饭时破例让惠子往饭桌上摆酒,说要庆贺日军在中国东北的胜利。惠子把斟满酒的酒杯放到我面前时,我故意不小心用衣袖撞翻,使酒杯"当啷"一声落地摔得粉碎。

我去庆贺什么?

民国二十年十二月二十日

家在宁波的景元兄今天来辞别,说他要回国了。我拉他进一家小酒馆喝酒,我们一边喝酒一边默望着窗外走过的庆贺日军占领中国东北的人群。分别时他问我什么时候回国,我叹了一口气。我回吗?我回去了惠子怎么办?带她一起走吗?神谷先生会允许我此时带了他女儿回中国?

民国二十一年一月七日

神谷先生今天去参加了一个庆祝占领中国东北的集会,回来时还高兴得有点手舞足蹈。我不明白这么大年纪的一个人怎么会变成这样。我发现他原先给我的那种庄重和威严感没有了,剩下的只是一种滑稽感。

民国二十一年二月八日

同学们都回国了,连娶了日本女人的赵远言和廖括也回去了,柴修去了香港。我怎么办?晚上我问惠子愿不愿意随我去中国走走,她没有半点犹豫,行啊,你去哪里我就跟到哪里,我早就想去你的家乡看看,拜见我的公公婆婆哩。这么说,我也可以做回国的准备了。可我担心神谷先生的阻拦。

悄悄进行？

民国二十一年二月十九日

后响从市内回来，方知道津川大佐住进了医院。他是在中国战场上负伤后回来的。神谷先生告诉我，有两颗子弹还在津川的胸部，其中一颗离心脏很近，需要动一个难度很大的手术才能取出来。听说津川特意提出要来神谷家的医务所，请神谷先生为他动手术，他信任他的老朋友的医术。我走进病房时，津川的精神还好，正在同照料他的惠子说话。他看见我，带了笑意和自豪说：振翼君，我们又见面了，只是别为我伤心，我虽中了两颗子弹，可我指挥我的部属杀了四千三百敌人，我值了！

我打了个哆嗦。

他让卫兵送我一套手术器械。他每次送礼倒都送得合人心意。

民国二十一年三月十五日

津川休养一段才能动手术。神谷先生要我帮他制定手术方案，说军部的人要审查这个方案。——津川君是日本的英雄，是中国战场上的优秀指挥官，我们必须保证手术万无一失！神谷先生郑重交代。

民国二十一年三月十八日

看来我得暂停暗中所做的回国准备了。

神谷先生要我和他一起完成津川的胸部手术,他说他毕竟年纪大了,让我做他的助手他最放心。

民国二十一年三月二十五日

今天走进津川的病房为他取血查血,气色已经转好的他大声对我说:振翼君,请告诉神谷先生,就说我希望早一点做手术,我想尽快重返战场,杀敌立功,为天皇尽忠。凭我的本领,指挥部属再杀他几千人易如反掌!我希望能亲手把大日本国的国旗插上南京城头!

我打了个冷战。南京城头?!

我们要征服整个中国,迁都大陆,让天皇进驻北京!津川满脸兴奋地挥舞着手臂……

民国二十一年四月七日

下午随神谷先生一起去病房为津川检查心肺功能,津川忽然开口道:神谷君,你做医学研究需要搞活人解剖吗?神谷先生显然有些意外,说:有活的人体解剖当然好,可哪里找活人解剖,哪个活人会让你去解剖?我们现在搞尸体解剖都很难,一般人都不愿自己死去的亲属的尸体再被解剖。津川听罢笑道:你要想搞活人解剖,跟我去中国就行!我可以随时让部下给你捉些中国人来,男的女的成人孩子都保证供应,保证让你解剖研究个够!神谷先生吃惊了,叫道:那怎么可以?那不等于杀人吗？津川笑道：他们能被解剖能为我们大日本国的医学研究做点贡献是他们的荣幸！再说，中国人虽然愚蠢，但繁衍能力极强，杀他们一些人也算为他们减轻一点人口压力，用中国话说，这叫作剔剔苗，是为他们做好事！我早就认为，对世界上的一些愚蠢民族，应该采取坚决措施，减少人口，免得他们浪费地球上的资源！怎么样，愿去吗？神谷先生笑了笑说：我们先不谈这个，先把你胸内的子弹取出来再说。津川摇摇头笑道：你呀，学医学得胆量小了，其实，就算你不去中国搞活体解剖，他们好多人也得死！不过是被军刀砍死子弹打死而已。

他说得满脸兴奋。

我自始至终看着津川的嘴，我第一次发现他的门牙尖得出奇。

民国二十一年四月九日

昨夜做了一梦，只模糊记得梦中有一张床，一个人从床上起身，提刀便向几个老人追去，那几个老人慌慌向一座写有"南阳"二字的城门逃，但在门外被提刀人追上，全被砍翻在地。提刀人边擦刀上的血迹边扭脸大笑，我倏然一惊：那提刀人竟有一点像津川。

被吓醒后再无睡意。

民国二十一年四月十二日

惠子告诉我,她这个月的月经至今没来,已经过去了十二天,她高兴地说她有把握断定是怀上了。我听罢心却一沉,许久没有出声。

这是个喜信,我为何没有兴奋?

邹振翼,你在想什么?你可不能胡想啊!

民国二十一年四月十三日

今天早饭后神谷先生递给我一张"加入日本国籍登记表"。我特意托人为你要来的,请填好后直接交给警察所的智庆正方君。神谷先生一脸肃穆地交代。我久久地看着那张表格。

我在那张表格上看见了徐福的脸,他正在奋力摇一只船,他的身后,是坐在船上的五百童男和童女。大海波涌浪翻……

民国二十一年四月十五日

今早惠子说她浑身无力,想多睡一会儿。我替惠子去给津川送饭,进病房时,津川正坐在床上擦拭他的战刀,他的卫兵捧着刀鞘恭立床侧。见我进去,津川一边插刀入鞘一边说:我的刀和我一样,已经耐不住病房的寂寞了,我们都渴望重返战场。我这刀可是一把好刀,我曾用它一气砍杀十七个中国人它都未卷刃。我盯了那刀一眼,耳畔随即响起"咔"的一声,好像它已经落到了又一个中国人的脖颈上。

我的心怵然一提。

喏,你来看看战地记者给我和我的部队拍的照片!你岳父告诉我,你马上就要入日本籍了,你作为一个日本人,看见这些照片只会感到兴奋!他从枕下抽出一本影集,掀开让我看。

看见了吗?这是我在沈阳郊区战斗中的情景,这个中国人的块头多大,但我一刀劈掉了他半个膀子,我没想到记者会拍下这个珍贵镜头!

看见了吗?这是我们联队把吉林一所大学的二百多名男生逼进一个水塘,必须把他们淹死,要不然他们就会拿起枪来与我们对抗。

看见了吧?这是中国三个十几岁的男孩,他们三个头天晚上用开水烫伤了我的一个士兵,我命令把他们吊起来作为刺杀的靶子,必须让他们知道,任何反抗都会招来惩罚!——看见了吧?这些尸体就是我们联队的战绩,总有四百多具!这是我们在长春西郊战斗中的战果。这几条军犬是在掏吃中国人的内脏,这两个我方士兵是在用刺刀给一个中国伤兵剖胸,据说这个伤兵在受伤的情况下仍顽抗不投降,我让我的士兵看看此人究竟有一颗怎样的心脏……

看见了吧,这是在九顶山露天煤矿。这个矿上的中国人打死了我们两个监工,我命令把该矿两千多人全部集中到这个露天矿坑里,用六挺机枪把他们全部射杀,让一千个中国人的命来换我一个监工的命,还可以吧?!看见这些孩子了么?

他们正从死尸堆里往外爬,爬也没有用,谁也别想活。我们必须用这种坚决的措施告诉中国人,反抗只会招来更多的死亡……

我不知道我后来是怎样走出那间病房的,我的脸一定十分苍白,因为津川问了一句你是不是不舒服?

民国二十一年四月十六日

我的脑子怎会向这个方向琢磨?这是不是疯癫者的思维方式?我们家可是常出疯子的,莫不是我的脑子里也潜藏着疯癫的因子,现在它们发作了?

民国二十一年四月十八日

我无法制止自己不这样思索,我一想到这件事就亢奋,就有一种模糊的快感从心里生出,手就会因为冲动而哆嗦。我这是怎么了?世界上会有这样的医生?

民国二十一年四月二十日

津川今天送我一张他们全家的合影,照片上的一家人都穿着和服,他的两个儿子身上有一股英武之气,小女儿有十一二岁的样子,长得好清秀。我对着照片看了许久……

后晌,津川的妻子来看津川,顺便送给惠子一身婴儿的衣服,她大约是从惠子的母亲嘴里听说惠子怀孕的事。惠子红着脸说:还早哪。津川笑着接口:这种事早准备了好,祝贺你们也要当父母了。

民国二十一年四月二十一日

刚吃完午饭,津川的一个卫士领一青年军官进屋,这是军医少佐本村,他在中国利用活体解剖研究医学问题很有建树,津川先生让他来给神谷君讲解有关情况。神谷先生让座后,那位本村少佐说:如今的中国,是研究医学的最好场所。我们随时可以找来中国人进行解剖和试验。我本人为研究中国人的骨骼,先后解剖一百八十七名活人,写出了《中国男人骨盆之形态》和《中国女人骨盆之形态》,发表后获得博士学位。我还先后剥整张人皮十七张,研究了中国人的指纹和皮纹。我听津川君说,神谷君也有进行活体研究之心愿,如果你决心去中国,我随时可以提供帮助,我是津川君的下属,将尽全力协助你。

神谷先生沉吟许久没有说话……

民国二十一年四月二十五日

昨天去了一趟清水寺院,我问一个僧人:这世上能不能消除疯子?他愣了一霎答:怕是不能,没有疯子不成世界。

这么说这个世界是要不断出疯子的。

民国二十一年四月二十八日

昨夜噩梦连连,一群赤身的疯子在旷野里跑,我也夹杂在其中。身后有人边追边叫:抓住疯子!我不顾一切地跑,忽听得身后响了一枪,"啪!"吓醒了。

民国二十一年四月三十日

人疯了就不再受世间任何律条的限制,他实际上也就获得了彻底的行动自由。

一个疯子很多的世界会出现什么样的结果?

民国二十一年五月二日

昨晚在惠子熟睡后的轻微呼吸声里睁眼躺了一夜。

民国二十一年五月三日

神谷先生告诉我,明天上午为津川先生动手术。

民国二十一年五月六日

一九九八年秋天

那些写着日文的信件和本子,我们送理工大学请人翻译,两个月之后——这时已是凉爽的秋天了,我们才读到译文……

尊敬的佛祖:

我恳求你能让我每天脑子清醒的时间长一些,让我把过去的事回忆清楚,让我把全部的经过都给振翼的家里人说明白。我的脑子又开始昏了,我又看见了那一群蚊子,那群蚊子真是讨厌,总是不停地叫,叫得我什么事也干不成。佛祖,求你让我写下去,让我想想过去,求求你把这群蚊子赶走。

把它们赶走!

赶走!

赶走呀!

惠子

二月寄出

尊敬的公公、婆婆和大哥、大嫂:

我是日本京都的神谷惠子,是振翼的媳妇,是你们没有见过面的亲人。他们说我患了精神病,硬把我送到这个精神病院里。可我觉着我没有病,我现在能给你们写信,更证明了我没病,我就是觉着有一群蚊子在不断地追着我,老在我脑子里响。只要蚊子不叫不响,我就能给你们写信。振翼死了。我想把事情的真相全部告诉你们,告诉你们所有的过程,可是蚊子又来了,又在脑子里叫了,该死的蚊子,我的头疼了,今天就写到这里。成群的蚊子。

惠子

尊敬的公公、婆婆和大哥、大嫂:

我第一次见到振翼是在父亲开办的大安医校里,他长得比一般日本人高,眉毛出奇的长。蚊子开始叫了。他的神情中有一种倔强的东西吸引了我。蚊子的叫声是这世界上最讨厌的声音。他那天和我父亲说话时用的是汉语,父亲在贵国的东北生活过几年。世界上什么时候能够消灭蚊子?把它们全部消灭,一个不留!父亲的汉语水平很高,能够和中国人自由自在地交谈。世界上应该有一半医生从事消灭蚊子,你说蚊子有什么用处?它们除了烦人还是烦人,一点用处都没有。振翼给我留下了一个不错的印象。护士给我送饭来了,我最近特别讨厌吃饭,我害怕连蚊子也一起吃进肚子里。

惠子

尊敬的公公、婆婆:

振翼后来经常到我家在我父亲的指导下解剖小白鼠和小白兔,有时也做手术。那一次他休息时,我走过去提出要他教我汉语,他很痛快地答应说行。蚊子来了,蚊子的叫声又起来了。我不知道你们南阳有没有蚊子,我可很怕蚊子。我将来如果出院了,一定要去一趟南阳,我要把所有的内情都给你们说说。可我害怕蚊子,害怕蚊子,该死的蚊子!

惠子

尊敬的公公、婆婆和大哥、大嫂:

最近的蚊子很多,蚊子的叫声接连不断,我恐怕写不完我想写的信了。都怨这些该死的蚊子,好在我有本子,我有记事的习惯,凡是我认为重要的事,我都记下来,我会把本子给你们,你们看了本子就知道发生的事情。蚊子,蚊子的叫声太大,太大了——

尊敬的中国公公、婆婆和大哥、大嫂:

我在嗡嗡的蚊子声里看见了振翼,我看见他浑身是血,仰倒在手术室里,他的胸口一起一伏。有两只蚊子落在了他的胸口上,我看见他抓住一只蚊子的腿,慢慢地站了起来,而后一点一点地向屋顶升去,蚊子要带着他走了。振翼,你不能走,你走了我怎么办? 我怎么——

尊敬的中国公公、婆婆和大哥、大嫂:

蚊子是很多,可我还是夺过了枪,夺过了那人手中的枪,那一刻我非常仇恨,我把枪口对准了他们和父亲。我非常想扣扳机,是的,非常想,可就在那时一大群蚊子飞过来了,那么多那么大的蚊子,它们竟然把我撞倒了,我听见枪响了,我想肯定有几只蚊子被我打死了。被我打死了,父亲,我不饶恕你,不饶恕你,也不饶恕那些蚊子——

尊敬的中国公公、婆婆、大哥、大嫂:

蚊子搅得我整夜睡不着觉,睡不着也好,这样我就能看见过去。其实有一个人是该死的,一个不把别人当人的人,为什么我要把他当人? 杀呀! 蚊子! 杀呀! 蚊子。我也早就很生气了! 炫耀,炫耀,这世界上竟然有炫耀自己会杀人的人! 呵呵,他到底也流出血了,流出来了,流出来了……

尊敬的中国公公婆婆——

我现在就是记不起我把我的孩子生到哪里了,都怨这些该死的蚊子吵的,我想呀想的,就是想不起来。我再有一个月就要生了,生了,我听见了孩子的哭声,是的,我听见了,可他们不让我见孩子。我的孩子,是男是女?孩子,蚊子,孩子,蚊子,我想你——

尊敬的中国公婆——

天暗下来了,暗下来了。我让他快跑,让振翼快跑,可是他不跑,他说:反正我已经把事情做了。就在这时门开了,我没有办法,我不知道枪是什么时候响的,不知道。父亲是疯了,疯了,疯了——

尊敬的中国——

我想骑上一群蚊子去见你们,把孩子也带上,到白河里游泳,到独山去看玉石。顺便我可以把事情给你们说清,说清,说不清——

尊敬的中——

我想看见太阳,月亮也行,看见鸟,不要这些蚊子,不要,谁也别想碰我的东西,不准碰,不准碰,我要寄到中国,寄到南——

月经今晨来了,量好大,把床单也弄脏了。妈妈看见埋怨道:你啥时候才能照顾好自己？我现在才有点明白,凡心情无故烦躁,情绪低沉,便是月经要来的前兆。

它一来,腰部的不适便也消去。

昭和四年三月七日

今天知道飞鸟锅料理的做法:将嫩鸡块、烧豆腐、松茸、菊菜、粉丝、魔芋糕、圆黏糕、枫叶面和牛奶、鸡骨汤在一起煮,然后蘸姜汁和辣椒酱食用。飞鸟锅源于奈良。

昭和四年四月五日

父亲又收了三名学生,两名朝鲜人,一叫朴成英,一叫金顺达;一名中国人,叫邹振翼。早就想学中国汉语,也许可以请邹振翼君教？

昭和四年七月十日

今日在寅次太郎家的店里购得友禅染几尺,上印重棣棠图案,十分喜欢。这料子够做一件和服,想日后穿上身,必定好看。

妈妈看见,也赞我:还有点眼光。

昭和四年七月十八日

邹振翼君教我汉语极耐心,汉语听上去抑扬顿挫,十分好听。我相信我会很快学会。邹振翼君也夸我进步快,只是不知他是真心称赞,还是礼节性的奉承。

我喜欢汉语。

昭和四年九月十一日

今天开始和妈妈一起清扫屋里屋外,准备迎接年神。妈妈嘱我把自己卧室里的一切不洁之物统统去掉,以免年神不来家中——神是不到任何不洁之处的。门板和年绳都已买到。

昭和四年十二月十三日

父亲告诉我,在三个留学生中,中国的邹振翼君学习最用功,进步也最快。这和我的感觉一样,邹振翼君最聪明。他的日语已说得很好,我快要挑不出毛病了。

邹振翼君称我的汉语学习进展神速,我的确已可以和他用汉语对话了。

昭和五年一月十七日

今天去参加雅子的婚礼。新郎挺英俊,只是太胖了点(可不能让雅子知道我嫌她丈夫胖的事)。看见他俩手拉手的样子,我真有些羡慕。唉,雅子幸福了。

昭和五年三月八日

下午去书店,购得一本中文《游中原》,介绍洛阳白马寺、龙门石窟、开封相国寺,也说到了南阳武侯祠。书上说南阳是中国汉代七大都市之一,没想到邹振翼君的故乡是个有名的地方。

昭和五年三月十九日

汉语是一门奇妙的语言。我现在方明白日语中的不少字是从汉语中借来的。感谢邹振翼君教会了我汉语。我真庆幸我认识了他,从而使我掌握了一门重要的语言。汉语很难学,但学会了又兴味无穷。我昨晚用汉语和父亲讨论麻醉学上的一些问题,他很惊异我在汉语学习上的进步,我有点自豪了。雅子也很羡慕我。

昭和五年七月一日

我用汉语写完了《开胸手术中的麻醉》一文,傍晚拿给邹振翼君,他看完用红笔在上边批了个"优"字。我高兴得忘了形,竟在他的左肩头上亲了一下。他的脸立刻红了,我的脸也一阵发热。我闻到他身上有一股好闻的汗味。

昭和五年七月二十日

晚饭后去雅子家送绣和服图案的绣线回来,经过邹振翼君的窗口时,看见他正坐在桌前读书,便悄步站在窗外看了一阵,他的侧影很好看。他脸上没有一般日本男人脸上的那种自以为是或过分的谦卑,我喜欢这样的男人。

昭和五年七月二十四日

今天和妈妈一起去看巫女神乐。那表演的妙龄巫女腰身极是好看,她手持铃儿踩着鼓点,舞姿十分优美。妈妈说巫女神乐实际上是古时遗留下来的神灵附身的形式,后来逐渐转变为现在的祈祷舞。我对妈妈说:我也去当巫女吧。妈妈生气地拧了一下我的耳朵。

昭和五年七月二十八日

邹振翼君今天说,我对你们日本人能同时接受几种信仰感到惊奇,同是一个人可以在神社举行婚礼,又可用儒家的道德规范指导日常生活,还可在死后葬在佛教寺院内的墓地里,也可同时信仰基督教。

的确是这样的,我惊奇他的观察之细。

昭和五年七月二十九日

今天邹振翼君几个中国留学生要去岚山游览,我遂自告奋勇为他们带路。到了山顶,他们看着美丽的大井川和对面的龟山、小仓山,几个人一齐惊呼:仙境,仙境!我告诉他们,报纸上说过中国的作家鲁迅和郁达夫都来过岚山,这是作画、咏诗的地方,你们要作一首诗才算不虚此行。他们于是就推举邹振翼君作,振翼君想了一刹那,吟道:薄雾轻绕岚山,九天仙境一般。惠子若着长裙,颇似仙女下凡。我听罢脸热心跳起来,他倒会奉承人哪!

昭和五年八月一日

邻家掘地造屋,从土里挖出一些中国宋代铜钱。邹振翼君听说后,急忙跑去看,我也去了。那些铸有"宋"字的铜钱总共有十几枚,邹振翼君看得满脸兴奋。他告诉我,这些铜钱说明宋代中日间交往已很深。我打趣道:你今天留学日本,说明两国间的交往更深了。他大笑。

昭和五年八月三日

邹振翼君说他佩服《解体新书》的翻译者杉田玄白,一百多年前就知道向西方医学家学习。我说我也佩服,翻译《解体新书》是杉田玄白一生大业绩,这部译著也是日本文化史上的"金字塔",西文近代医学的精髓通过此书传到了日本,揭开了关于人体内部构造的千古之谜。看来我和振翼君有共同语言。

昭和五年八月五日

天阴得厉害,像要下大雨,可家里做饭的木柴还没挑回来。用人菊治老伯病了,不能去柴场。早饭后开始飘起小雨来,我和父亲都有些着急,恰好这时邹振翼君来家听父亲讲课,他见我们面有愁色,当即拿了菊治老伯挑柴的担子就向两里外的柴场走去。他共挑了十担,一千多斤,走了几十里地,累得衣裤全都湿透了。最后一担柴放下,我跑过去把毛巾递到他手上,要不是父亲站在一边,我真想替他把满脸的汗珠擦去。听他喘吁吁呼气,我心里第一次对一个男人心疼了。振翼,没把你累坏吧?

昭和五年八月八日

今天是耻辱的一天。上午为一个手术病人做全身麻醉时出了意外,病人突然血压下降,心跳停止,幸亏父亲和振翼迅速采取了抢救措施,没有造成病人死亡。事后父亲严厉地训斥了我,说早在一百多年前华岗青州就使用自制的全身麻醉剂施行乳瘤手术成功,实现了安全麻醉手术,而你到今天还没掌握这门技术。我很伤心。父亲下班走后,我伏在办公室的桌上抽泣起来,振翼过来轻声安慰我,帮我分析麻醉失败原因,又扶我站起拿毛巾替我擦泪水,我当时一下子扑到他怀里放声哭了。他轻轻拍着我的后背,让我慢慢平静下来,我把脸埋在他的怀里一动不动。我不知道我们什么时候开始亲吻起来,长长的吻让我浑身战栗,我真想永远伏在他的怀里,就那样一动不动地永远待下去。

昭和五年九月八日

振翼今天来听父亲讲课,中间歇息,父亲去院中练剑强身时,我俩相拥到一起,我又在亲吻中体验到了迷醉痴狂的感觉,那一刻我真想变成一只小鸟,紧偎在他的胸口上。我已经迷醉到听不见父亲向屋门走来的脚步声了,幸亏振翼猛地把我推开,不然父亲会看见我的舌头尖还在振翼嘴里哪!我这样爱上一个外国人,对吗?父亲会反对吗?

昭和五年九月九日

我今天和秀子去药店采买麻醉药品时,看见一个店员指着对面的一栋房子对两个小学生说:中国诗人郭沫若和他的妻子安娜曾在那儿住过。我的心不由得一震:安娜可以爱上一个中国人,我为什么不可以?

昭和五年九月十日

今天傍晚父亲去拜会津川叔叔,母亲在忙家务,我悄悄去到振翼的住处见他。我们长久地拥吻之后,他试探地想解开我的上衣,我知道我该拒绝他,可我没有力气抬手。天哪,他解开后是那样的高兴,他贪馋至极地噙住了它们,在他接连的吮吸声里我的身子也飘飘然像离了地,那种感觉真是美妙极了,我想我快要成仙了,我快要飞到天上了……

昭和五年九月十一日

父亲今天看我的眼神有些不对,他不会是发现我和振翼相爱的事了吧?晚饭后,我以请振翼修改用汉语写的论文为借口,又到了振翼的住处。他可真急呀,我刚进门,气还没喘一口,他已经把我抱离了地面。我愿意他这样,我愿意看见他那副急切的样子。在长久的狂吻之后,他用手和目光向我提出了那个要求,我是非常愿意给他的,可这件事太重大了,我有点害怕,我拒绝了他。看见他那副沮丧的样子,我的心又软了,我最后答应他:只许看看不许动。他欢喜至极地点头同意,噢,他动手解我衣带时因为快活手都打起了颤。他看见了,他是那样的惊奇和惊喜,他一连声地叫着:太美了,太好了,太美了,太好了。我急忙闭上眼睛,我不敢再看他那双跳动着火苗的眼睛,我担心我会失去对自己的控制。佛祖呀,我多愿失去控制啊……

昭和五年九月十二日

振翼今天正式提出要娶我为妻。我当然高兴。我说我要向父亲禀报这件事,并请他也向他的父母征得同意。他说他早已向家里发过信了。他说他相信他们会同意的。我在想我应该在什么时候向父亲提出这事,最好是在他心情高兴的时候。他不会拒绝吧?我是他唯一的女儿,他会为我的幸福考虑的!

昭和五年十一月二十三日

没想到父亲会发那样大的火。我刚说完要和振翼结婚的事,父亲就把他手中的茶壶摔到了地上。他几乎是吼着说:我没想到这个中国人如此大胆,竟算计到我的头上了,我马上就叫他滚!滚回中国去!我好心教他治病的本领,他竟来勾引我的女儿,这个东西!我哭着请求父亲别用"勾引"这种可怕的词,我说不是振翼有意来引诱我,而是我自愿地爱上了他。我的话显然令父亲吃了一惊,他怔怔地看了我一霎,没有再说话。母亲来把我拉走了。我不知道接下来会发生什么。

昭和五年十一月二十八日

今天一大早,父亲就差菊治老伯把振翼叫了来。振翼进院时有些不安地看了我一眼,低声问:什么事这样急?我轻声说可能是为咱俩的事,你别怕! 他点点头进了客厅,我急忙站到隔壁去听。我听见父亲咳嗽了一声,说:邹振翼君,你知道自己的身份吧? 振翼迟疑了一下说:知道,我是中国的汉族人,现在是留日学生。父亲说:既然知道自己的身份为何还做非分之想,想娶我的女儿? 我们是日本国民是大和民族人,和你根本不是同国同族人! 我听见振翼清了一下嗓子说:这个世界上好像没有谁规定,只有同国同族的男女才能相爱,不同国不同族的男女就不能相爱。民族是人类根据自己繁衍情况和生活习惯、习俗划定的类别,国家是人类根据人们居住的历史状况而做的地域之分,这些都是人为的,也就是人类自己的行为,不是上天的规定,上天只规定了男女应该相爱、结合并繁衍后代。我们只要不违背上天的规定,不违背生命的本能,就不是大逆不道,就不应该受到责难。父亲听后恼怒地拍了一下椅子扶手,叫道:我今天叫你来不是要听你讲歪理,而是要告诉你,你在我这儿的学习已经结束,可以另找老师,也可以回国。我给你三天时间办理。我听到这儿头皮一麻,猛地拉开门走了进去,我本想朝父亲喊叫的,可因为又惊又气,竟一句话也没有说出来。父亲没有理会我,径自回了他的屋子……

昭和五年十一月三十日

我一天没有去上班,还没到吃晚饭时分,我就跑到了振翼的住处。他也正呆坐在屋里,双手托了腮一动不动,看见我进去,他拿了条床单拉上我就向外边走。我含了泪问他:咋办?咱俩咋办?他停步道:只有两条路,一条退缩,我搬到另一个城市,另找一个导师学习,咱俩从此不见面,彼此慢慢把对方忘掉,你另找一个日本男人做丈夫,我回国后找一个中国女人做妻子。这也是我父母的主张,我没有告诉你,他们也反对我俩结婚。他刚说完我就叫:我不走这条路!告诉我另一条路。他说:另一条路是一条决绝的路,只有很少的人才敢走,走那条路需要很大的勇气。我急了,究竟是啥路,快说!他说,我们中国人有句话叫"生米做成熟饭"不知道你能不能懂?我一时没有理解"生米"与"熟饭"这两个词的含义,用眼瞪住他,他只得又解释了一句:就是我们先做夫妻,然后再告诉——我一下明白了。我的心霍然跳起,但随后我想清了,只有这条路能让我获得终生幸福。既然看准了,就做吧,做吧,做吧。

我什么也没再说,只是双眼看定振翼,义无反顾地抬手解自己的衣服纽扣,我要自己来解,我要用这个举动表示我的决心。这是我的初次,我没有任何快感,有的只是一种把事情做了的愿望。我们做了,疼痛,疼痛,疼痛。我咬着牙承受,每当他冲撞一下把疼痛带给我的时候,我都在心里想,他这是在打破界限,他当然要用力,国家的界限,民族的界限,宗族的界限,家的界限,都被我们打破了,现在我们就要走到那个地方了,走到那个只有人的地方,只有男人和女人的地方,只有幸福和快乐的地方。

昭和五年十二月四日

早饭后进了父亲的书房,我是拉着母亲一起进去的。父亲正埋头看书。我咳了一声,引得他抬起头来,我鼓足了勇气说:我有一件事要告诉你。他放下笔,等着我说。我迟疑了一霎,毕竟这是对爱我的父亲说话,而且是我第一次对父亲施加压力。不过我很快坚定了说下去的信心,这关乎我和振翼的幸福,我要照计划进行。我说:我要跟邹振翼君走了。什么?父亲闻言霍地站了起来。我已经是振翼的妻子了,既然你要撵他走,我只好跟他走了。你敢说你是他的妻子?父亲气急地瞪住我,我什么时候允许你和他结婚了?你是没有允许,可我事实上已经是他的妻子了!噢,这个中国杂种!他竟敢来糟蹋我的女儿!他边叫边扭身取下挂在墙上的一把军刀,那军刀是他的军界朋友津川叔叔送的,父亲不仅喜欢手术刀,还喜欢真正可以杀人的寒光闪闪的军刀。我要杀了这个邹振翼,要杀了他!他拿着刀疾步向门口走去,母亲去拉他,我则往门口一站,拦住父亲看着他的眼睛说:你最好先把我杀了!你只要敢去碰一碰他,我就立马死给你看!我把预先握在手中的一把锋利无比的手术刀亮到他的眼前。父亲被我的决绝和手术刀吓得倒退一步。他不认识我似的瞪住我,把手中的军刀扔到了地上,转而一步一步走回书桌前,颓然坐到了椅子上。我知道眼下不能再说什么,便也退了出来,去了雅子的家里。终于,父亲妥协了,让菊治老伯给我送来了一个纸条:回家来吧。

昭和五年十二月八日

我和振翼是行的佛前婚。就是在结婚仪式上,我方知道我们神谷家的宗亲这么多,来了足有上百人。也就是在这个仪式上,我看出神谷这个宗族里的人对我找一个中国人做丈夫都感到意外,一些老人甚至故意对振翼表示冷淡,对我表示不快。我和振翼不时对视一眼,用目光鼓励对方。我们终于把仪式熬过去了,我们相拥着走进了经家庭、宗亲和社会允准设立的新房。只剩下我们两个人时,我们长久地拥吻在一起。这一夜是值得我永远记住的一夜,我在这一夜体验了人间最美丽最美好最诱人的快乐……

昭和六年一月八日

全家四口人第一次围坐在一起吃饭。我看出父亲的神态有些不自然,目光总是在振翼身上一触而过。让父亲从内心接纳这个异国女婿可能还需要一段时间。会好的,一切都会慢慢好起来的。母亲体贴我,父亲不在的时候,悄悄塞给我一卷钞票,要我给振翼添置两件好衣服。

昭和六年一月九日

父亲今天走出手术室时对振翼说:今后凡找我就诊的病人你都有权接待。你既是娶了惠子,就要做好长期在日本生活的准备,我就惠子一个女儿,我不希望你们离开我。振翼点头表示应允。

昭和六年一月十九日

振翼早晨起床看到父亲正在门前练习劈刀,有些诧异:你这么大年纪,还练这个干啥?父亲说:身为大和民族的男人,年纪再大,都要争取保持强健的体魄和拥有制服敌人的本领,以便随时为国效力。你也该很快学会日本男人的做派,按大和民族男人的传统和习惯做事。再过一段时间,你可以放弃中国国籍,申请加入日本国籍。振翼听了没说别的,我不知道振翼的心里怎么想。我希望他们两个平安相处,他们是我在世界上最爱的两个男人。

昭和六年二月二十日

振翼这些天找来了不少关于防治精神分裂症的书,不知他为何又忽然对这种疾病的防治产生了兴趣。父亲是希望振翼在外科上有所造就的,希望他成为全日本有名的外科医生。医学是一个无边的大海,每个从医的人都只能游过其中的一片海域。

我把这个看法给振翼说了,他只是笑笑,但愿他听明白了。

昭和六年六月十八日

今天医务所来了个乱喊乱叫的病人,由其母亲陪着。父亲诊断为青春型急性精神障碍。我也看出他的思维破裂,想象荒诞离奇,情感不贴切,行为愚蠢幼稚。振翼对这个病人十分关注,几次放下手中的事过来找那位母亲询问平日症状,并做了记录。振翼后来对我说,此人幻觉生动,妄想片断,对其实施昏迷治疗也许会有好处。我默然看着振翼,他这种执着好学的精神令我钦佩。

昭和六年六月二十一日

在军部做事的津川叔叔下午来拜会父亲。他穿着军装,挂着军刀、手枪猛地出现在门口时吓了我一跳。他是父亲的老朋友,过去经常来家和父亲交谈,这一阵子说到外国办事,所以一直没有见他。他今天可能有什么高兴事,一进客厅就朝父亲叫:神谷君,快拿酒来!从他和父亲的交谈中知道他要去中国的东北,到驻在那里的军队任职。振翼由外面回来,我领他进客厅拜见了津川叔叔。津川叔叔对振翼说:你要赶紧加入日本籍,现在中国的东北已有许多人愿当日本的国民。中国是一个贫弱已极的国家,必须由外人帮助治理,我马上也要去,我们会按日本的标准把中国治理好的!我看见振翼的面孔阴沉下来,担心津川叔叔的话中有不妥的地方,急忙拉振翼告辞。振翼问津川叔叔在军队的职务,我告诉他是军界中相当于联队长的官。但愿他没有生津川叔叔的气。

昭和六年七月二十日

父亲那天吃早饭的时候,意外地对着振翼说:你们中国就要发生大事了!言语中透着一股兴奋。振翼茫然地问:什么大事?父亲摇摇头答:你等着看报纸吧。我心里暗暗猜着:中国会发生什么样的令父亲高兴的大事呢?有人发明了新的外科手术器械?有人创造了新的外科手术方法?一个中国的大人物生病痊愈了?早饭后振翼临去病房前,语调不安地问我:你估计中国会发生什么大事?我吻了他一下,拍拍他的后背安慰道:不会是什么坏事的,你看父亲那样兴奋……

那几天我特别注意看报纸,三天后的《晨报》上果然用大字刊载着一条消息:中国军队袭击我驻沈阳部队,关东军奋勇反击,一夜之间占领沈阳全城。我吃了一惊,这不是中日之间开战了吗?振翼看后,脸立时阴沉下来。父亲那当儿说:振翼,你们沈阳完了,归我们日本管了。振翼没有应声,只是把报纸紧紧地攥到了手里。这,就是父亲当初说的"大事"?一周后,报纸上又出现了大字标题:中国的辽宁、吉林两省悉被我占。

振翼看报纸时,面色发青。奇怪的是,父亲倒越发高兴起来。

昭和六年九月二十八日

这些天,报纸上几乎全是中国东北战事的消息。父亲今天看完报纸后对振翼说:我们打过去的目的,是帮助你们繁荣。振翼没有说话,只是立刻起身走了出去。

昭和六年十一月十六日

父亲晚饭后去参加一个聚会,他显然在聚会时喝多了酒,回来时身子有点摇摇晃晃,进屋还在说:庆祝齐齐哈尔大捷,庆祝齐齐哈尔大捷。振翼穿着睡衣出来,默默看着有些醉意的父亲。

昭和六年十一月十九日

振翼这些天一上床就闭眼睡去,不亲吻不抚摸更不做爱,而过去的那些晚上,他总是迫不及待地把我抱到床上,火急火燎地解我的衣服,如狼似虎地扑到我的身上忙碌。我不知这是怎么了,是我的魅力减退了?是他厌倦了?或者是他身体不好?昨晚一上床后,我十分渴望,在他耳边说:我想早点怀上孩子。可他依然只是拍拍我的肩膀就睡去了。是不是男人做这事有个间歇期?

昭和七年一月八日

今天的《每周新闻》说,中国的东北全境已被我关东军攻占。还说城里今晚要举行庆祝晚会。父亲晚饭时说他希望我和振翼随他一起去参加庆祝晚会,振翼说他身子不适不能去,我就也留下了。父亲是由母亲陪着去的。站在家门口,能够看见城里升起的五彩烟花,我不知是该高兴还是不该高兴,是该为日本高兴还是该为中国悲哀。两个国家要是不打仗该多好啊!

昭和七年二月六日

振翼昨天后晌出去了,回来时满嘴酒气,而且神情有点反常,进屋就"呀"了一声,猛把我抱扔到床上。我以为他是要同我玩闹,就随他去尽兴,没想到他竟一边撕我的衣服一边使劲拧我胳膊上的肉,疼得我忍不住叫了起来,惹得父亲急走到我们的卧室门外问:怎么回事?我不敢再叫喊。那阵子天还没黑,晚饭还没做,可振翼硬是要做那事,粗暴至极地刺进我的身子,以可怕的狠劲撞我,砸我,我不知他这是怎么了?过去他可不是这样的,他过去做这事时一向温柔,即使冲撞,也总是要问我感觉如何。他今天怎么了?

昭和七年二月九日

后晌突然来了两个穿军服的军官,说是请父亲随他们去附近的军营一趟,父亲很高兴地随他们走了。父亲被汽车送回来时已近半夜,他走到我们的卧房门口,喊醒我和振翼交代:明天起床后把那间大病房收拾干净,要有重要病人来住。早晨起床后我依父亲的叮嘱去收拾大病房,振翼也来帮忙。他的眼里有红丝,显然没有睡好,我抱怨他不该起这么早,应该再睡一会儿。他温柔地吻了我。我们有好些天没有这样长久地接吻了。

昭和七年三月十四日

病人是用军队的轿车送来的,病人下车时我才发现原来是津川叔叔。父亲跑上去同几个军人一起把津川叔叔抬进病房的床上。津川叔叔的精神很好,他看见我笑着说:我来麻烦你们了,我的胸部中了两颗子弹,得请你父亲取出来,别的医院我都不想去,我最相信你父亲的本领。父亲给津川叔叔检查了一遍身体后说:我不能马上给你动手术,原因是眼下你的身子太弱,很难承受大手术,你得住上一段时间,先把身子养养再说,两颗子弹晚取几天并无妨碍。津川叔叔听罢笑道:既来到了你这里,就一切听你安排。

昭和七年三月十五日

父亲亲自制订了手术方案。父亲对津川叔叔说:一颗子弹离心脏很近,手术难度比较大。津川叔叔笑着说:你放心去做,我在中国军队的枪炮面前都不怕,还怕你的手术刀吗?告诉你,我虽然挨了两枪,可我指挥部队杀了四千多敌人,我现在就是死了,也值了。父亲说:你是咱们日本的英雄,你让中国人知道了日本人的厉害!津川叔叔接口道:要想征服中国,你必须让中国人对日本感到恐惧,恐惧是臣服的重要前提。我们打开长春城的时候,我亲自指挥把五百多个中国伤兵和一些有抵抗行为的男女活埋了,这一下就把城里还想反抗的人吓住了,只得老老实实地听我们招呼!听见津川叔叔这话,我打了一个寒噤,回头看了一眼振翼,振翼正面无表情地站在那里。但愿他没有生气。我不知津川叔叔这是怎么了,说起活埋几百人的事来还那么轻松,活埋的中国人也是人哪!

昭和七年四月十八日

早饭后,振翼给津川叔叔量血压,我收拾房间,听见津川叔叔对父亲说:你只要一把我治好,我就重返中国战场,我保证能指挥部队再杀敌三千,报效天皇陛下……津川叔叔的话未说完,振翼手中的听诊器"当啷"一声掉到地上。

还好,听诊器没有摔坏,我起身把听诊器往他手中递时,看见他脸孔乌青。是不舒服?我急忙扶他出了房门。振翼在床上躺了一个上午。我问他是不是头晕,他不说话。

昭和七年四月二十四日

振翼可能是真病了,今天一天只吃了半碗饭,也不说话,就躺在床上瞪着天花板。我有点担心,晚上睡觉时把他搂到怀里,一觉醒来时觉得胸前有些湿,摸一下他的脸,也是湿的,我问他怎么了?你不是在哭吧?他说哭什么?被你胸脯捂出了汗。

昭和七年四月二十五日

振翼昨晚忽然问我想没想过人会变成疯子的事,我说没有。他说应该想到,疯子是会带来灾难的。我问他怎么突然想到了这事,他说因为他已经听到了疯子的声音。我在他额上拍了一巴掌笑道:你说疯话呀?!

他也笑了,边笑边把我紧紧搂在怀里。

昭和七年四月二十八日

振翼后晌告诉我,他们家每一代都要出疯子。不知他说这话是什么意思,是开玩笑?可他的神情又一本正经。他最近总说这种没头没脑的话。

我有点担心他是不是太累了,夜里那事看来不能太频繁,我得控制他。

昭和七年五月一日

父亲今天说,两天后为津川叔叔动手术,要我和振翼准备好,我仔细开列了一个手术用品单,让振翼看还有没有什么遗漏的。振翼看后说:很全。振翼今天的食欲转好,开始大碗吃饭。我的心轻松了不少。

昭和七年五月四日

明天上午为津川叔叔做手术。父亲专门挑了两个护士来帮忙,要振翼在手术中当副手,要我负责麻醉。一直在这里警卫津川叔叔的军曹告诉父亲,明天做手术时军部还要来人守候结果。那位军曹还特意交代：津川君是英雄,手术一定要万无一失。父亲说：津川君不仅是英雄,还是我的好朋友,我会尽全力把手术做好。

晚饭后,振翼拉我出去散步。自从津川叔叔来家后,因为忙着照顾他,我和振翼几乎没有时间出来散步。我们两个在月光下慢慢走着,静静听着小路两边草丛里的虫鸣。我心里非常快活,可走着走着,振翼突然指了一下月亮说：你看,月亮上有血！我先是一愣,随后拍他一掌：你说什么疯话呀?！

昭和七年五月六日

一九三二年五月七日(昭和七年五月七日)

两个人的记叙都终止在一九三二年五月六日,而津川又是在五月七日死的,那就可以肯定,五月七日为津川做手术时出了事情。

出了什么事情?

没有人说得清楚。

现在能够判断的,是我的三爷爷邹振翼大约在这一天做出了疯癫之举,而且他的疯癫之举很可能和神谷先生此后的销声匿迹,和神谷惠子此后的被送进精神病院,和津川大佐当天的死有密切联系。

三爷爷,你那天究竟做了什么?

大安医校那天究竟发生了什么?

一九九九年夏天

有一个判断逐渐被全家人接受:三爷爷在日本留有后代。那后代是男是女,是死是活,今在日本何处,成为我们不时议论的话题。还有就是三爷爷的遗骨,他究竟埋在京都的什么地方?因为有这两个问题,当一个东赴日本进行商务谈判的机会从我身边走过时,我立刻抓住了它。

我是在一个正午飞到日本京都的。

京都给我的印象和它当年给我三爷爷的印象一样:古老美丽且充满生机。

商务谈判只进行了三天就顺利结束,同行的同事们都去旅游,我则开始寻找当年神谷家办的那个大安医校和医务所。

六十多年过去了,能记得神谷家的人已极少极少,我用了几乎一天,才寻到了当年的大安医校和神谷医务所的所在地——它如今已是一个人群熙攘的小广场了。我站在广场边努力去想象这里曾立着学校,有着庭院,飘着炊烟,响着三爷爷和三奶奶嬉戏的笑声。一切都改变了。

我向一个中年人打听过去神谷家开的大安医校和医务所的情况,他摇摇头说不知道,他说这里好多年前就是广场了,没有听谁说这里有过医校和医务所。我没有再说什么,我知道对于这个中年人来说,三爷爷和惠子奶奶从来就没有存在过。再过一百年,那时的人也不会知道我曾在世上存在过。我们都是过客。

有一阵整齐的吼声传进耳里,循声看去,才见广场中心有几十个头上勒着头巾的日本小伙,正挥舞着军刀在练刀术。我走上前去,看见那些年轻人一律的武士打扮,眼露冷光,在整齐的号令下练着劈杀。在那队伍的后边竖着两面旗,一面旗上写着:扬我大日本国武威;另一面旗上写着:让战刀去开拓疆域。

唰!

唰!

唰!

军刀劈过时带着瘆人的啸声。

我的身子怵然一阵哆嗦。找不到了解大安医校的人,自然也找不到三爷爷的遗骨。我后来去了舞鹤,到了那家曾经给我们寄过惠子奶奶遗物的精神病院。那里的医护人员能够告诉我的,只是惠子奶奶的墓地,至于后代的事,他们根本说不清楚,他们说惠子奶奶即使生下过孩子,那也是在她被送到精神病院之前的事。连惠子奶奶究竟是哪一年入的精神病院他们也不清楚——他们太年轻了。

我这时已经明白,此行是找不到三爷爷的后代了。

我是在太阳西沉时分站到惠子奶奶墓前的。这是一家民营墓地里的一个小小的单人墓,位于两个"比翼墓"的中间,墓前立着一个不大的石碑,碑上刻着神谷惠子的名字,名字下边刻有一个图案:

囗

我问那个带我到墓地的精神病院的护士,这图案是什么含义,那护士说:他们担心疯子死后在公墓里会干扰其他死者,就让人刻下这个图案,用意嘛,大约是要圈镇住疯子的魂灵。哦,多么富有想象力的发明!

我久久地望着墓碑上的那个图案,你真的能圈镇住那些疯癫的魂灵?

附录

我的儿子一向是我作品的第一读者,他在读完这部新作之后,竟提笔写了他对一九三二年五月七日那天在日本大安医校发生的事的一种猜测让我看。现将他写的那点东西附录于后。这只是一个高中学生的猜测,离真相可能相差十万八千里。我把它附录在此的目的,只是为了引起大家的兴趣。我期望着有人能帮我做出更逼近真相的判断。

那天的早饭神谷一家都吃得有点匆忙,一放下碗筷,神谷先生就领着他的女儿、女婿向手术室走去。——这天给津川大佐做的手术太重大,军部又亲自来了长官守候,他们的早饭不可能像往日那样吃得不慌不忙、不紧不慢。

当神谷先生领着女婿邹振翼和女儿神谷惠子走进手术室时,护士们刚刚把津川胸部那长长的胸毛剃去并消了毒——放心吧,津川君,手术很快就会结束的!隔着六十七年的距离,我仿佛听见了神谷一郎的朗声宽慰。

仰躺着的津川微微一笑道:由你主刀,我充满了信心。

手术开始,惠子首先对津川实施全身麻醉。然后神谷先生操起了手术刀,利索地剖开了津川的胸部,并探查出了两颗子弹所在的位置:其中一颗离心脏只有一点点距离。当神谷先生低头去剥离那颗子弹的时候,所有在场的人都能看见津川的心脏在一下一下地搏动。三位护士和惠子都全神贯注在神谷先生的手上,没有谁注意到邹振翼这时伸手去护士手上的器械盘里拿起了一把手术刀——其实即使有人注意到了也不会诧异,他作为神谷先生的助手是这场手术的参与者之一,他有权拿起任何一种手术器械。

当邹振翼朝津川那打开的胸腔俯下身子的时候,所有的人包括神谷先生都以为他是发现了什么问题需要仔细察看,谁也没想到他有另外的目的。邹振翼就是在这种情况下将手术刀伸向津川大佐的心脏的,那是极快的一个动作,当神谷先生和惠子及几个护士惊骇地注意到邹振翼的举动时,津川大佐的心脏已经在邹振翼的手上了——他是一个外科医生,他用锋利的手术刀切断津川大佐的心脏与肉体的联系不需要太长的时间。那是极端令人震惊的一刻,所有的人都惊得没能叫出声来,直到邹振翼呵呵疯笑道:我很想看看你的心脏是不是长得十分特别!到这时,护士们才发出了凄厉的喊叫,神谷先生才扔下手术刀向邹振翼冲过去。手术室的门也就是在这时被守护在门外的军官和士兵们撞开了。军人们一时没有弄清室内发生了什么,他们先是跑到手术台前查看,看清他们的大佐已经死亡之后才又向扭在一起的神谷一郎和邹振翼扑来。他们是最后才看见掉在地上的那颗心脏的,那时候那颗心脏不仅不再搏动,而且沾满了灰尘。枪声此时理所当然地应该响起,疯子邹振翼也许还有神谷一郎于是张臂倒地……

铁　　锅

　　他说,他现在做的一切都开始于那个中午。那是利物浦深秋时节一个少有的好天气。那天中午他在罗森罗尔饭店为小女儿郝文举行十八岁生日宴会,宴会将要结束时,他发现了这个饭店的厨房部经理列尔从宴会厅走过,因为列尔曾去他的厂里谈过生意,彼此相熟,他便起身招呼。两人开头的几句问候过后,他不由自主地询问到了列尔对他的东方锅厂的看法,列尔就含笑向他说:"你可以去我的厨间看看,用的全是您的产品!"于是他便扶扶眼镜,饶有兴趣地拄杖随列尔走进饭店一楼宽大明亮的厨间,在几长溜镀铬的或镶了瓷砖的灶架上,放着的都是他的东方锅厂的锅:平底铝煎锅、合金高压锅、不锈钢炒锅、铝合金大汤锅、电蒸锅、电烤锅、电炒锅、电饭锅……几十个厨师正在锅前忙碌。他用刚才看女儿郝文那样的慈祥目光把那些锅看完一遍,又转向列尔问:"厨师们对锅满意吗?"列尔伸出大拇指晃晃,同时去一张玻璃茶几上拿过一沓东方锅厂随产品发的意见卡,他接过,缓步向隔壁的休息室走去,他要翻翻!

　　作为在利物浦这座英国滨海城市唯一的一家大型锅厂的董事长,他本来是不必这样亲自过问用户意见的。他手下负责销售的那些英籍和华侨职员,每隔半月就会把用户的意见和看法汇总放在他的办公桌上。但他已经养成了这种大事躬亲的习惯——他一向把用户的意见当作大事,他要亲眼看看!他慢慢地翻看着那些卡片,从爱尔兰海面晃来的饱含水汽的微风,越进窗子,把他的满头白发拂得一动一动。

他说他正看那些卡片时,列尔去旁边的经理室拿来一张印制精美的传单一样的纸片递到他手上,问:"郝先生,这是我刚收到的,你看过吗?"

那是世界卫生组织用英、法、中、俄四种文字印制的一份忠告:"请使用最好的炊具——中国式铁锅。"他说他的眼睛一触到这个题目浑身的血就骤然一热,他再一次扶扶眼镜,飞快地朝下读:中国是世界上应用铁制品最早的国家之一,用铁做锅在中国已有悠久的历史。中国的大多数人目前正使用铁锅做饭做菜,中国式铁锅正受到世界上越来越多的人欢迎,因为用它做出的饭菜能向人体提供一种必不可少的元素——铁。本组织专家认为,用铝锅、铝合金锅、不锈钢锅等新材料锅做饭,会产生某些有害人体的元素;而铁锅的铁是无机铁,当人吃进去后,在胃的酸性环境中能变成铁离子被人体吸收利用;用铁锅炒菜时勺铲频频与铁锅碰撞摩擦,有些铁屑便脱落混入菜肴之中,炒制酸性菜肴时,也有一部分铁溶解在菜汤里,可给人体提供更多含铁的营养……

他说他没看完身子就开始因激动而哆嗦起来:到底有人知道铁锅的价值了!他说,故国黄河南岸南阳盆地的那个故乡小镇就在那一刻又在脑海里浮现,镇上当年自己亲手建起的化铁炉和那些造锅模子霎时开始在眼前翻腾,跟着这些同时出现的,还有一个姑娘的面影……

他说当时列尔看了他的神情笑问:"怎么,感受到威胁了?你是中国人,自然也懂中国式铁锅的造法了?"

他说,就是在那一阵,回故国故乡再办一个铁锅厂的意念在脑中一晃,当然,当时这还不是决定。

他说,他那天走出罗森罗尔饭店大门时,听到从不远处那座巨大而悠久的港口传来几声闷重的轮船汽笛,那呜呜的笛声使他隔着汽车的挡风玻璃,分明看见三十九年前他迈进利物浦港口时那副不知所措的模样……

大约是三天后,他的智囊组便在他的办公桌上放了一条建议:立即筹建制作中国式铁锅的分厂!建议后附着的便是世界卫生组织的那份忠告,他说他看完那条建议后立刻就在上边批了一个字:"好"!但他同时又写了一句:"这个分厂的厂址在中国"!

这是他的最终决定!

他说这个决定的做出固然是考虑到了"中国式铁锅在中国造将使产品在世界上更具有竞争力",考虑到了"应该占领中国这个巨大的用锅市场",但更重要的是,他要实现父亲和自己几十年前就有但终未实现的愿望——在麻山镇建一个造铁锅的大厂!他也要借此机会,回去见见那位始终立在他心里的姑娘!

他说他很快就向中国驻英使馆提出申请,答复来得圆满而迅速:欢迎您回国投资办厂,随时可以起程!

他说两个月后,他便带女儿郝文和一位英籍工程师,由英国经北京飞回了郑州,然后由政府里一位官员陪同,坐汽车南行回到了阔别四十年的麻山镇,进镇的时候是黄昏!

他说,他们家世代都做锅。从哪一辈开始的他说不清楚,最初怎么做起来的也不明白,也许是因为祖辈们看中这个行当挣钱保险——不管什么朝代不论什么家庭总得要锅做饭;也许是因为镇北的朱沙河里铁砂多,用木炭熔炼方便——干这活只用力气不要太多本钱。不过那时的规模不大,他小时就是爷爷领着父亲和奶奶、姑姑、妈妈他们几个人干,每天出锅最多出到十二口。那时候做出的铁锅不过是供本镇人和邻村人来买,买主来买时或是拿现钱或是拉一袋苞谷赶一只山羊来用实物交换。家里那阵并不富裕,他常看见奶奶和娘把蒸好的红薯面窝头里夹两根咸萝卜,送给在河滩里拉铁砂的爷爷和父亲吃。

他说他从十岁起开始跟爷爷跟父亲学习做锅。上来先学习炼铁,每天到镇北的朱沙河里挖那种赤红色的铁砂,挑回家倒在不大的炼铁炉上炼,学会看火、加料、去渣。接着开始学习做铁锅模子,一种型号的锅做一种模子,那时常做的有几种型号:一丈、三丈、四丈、六丈、八丈、十丈,锅口直径一市尺多一寸为一丈(一种古代传下来的计算锅口直径的尺寸,丈不是本义)。这几种型号的锅模子全会做后,就开始学舀铁水浇做锅坯。最后再学精修。这一道道工序学完之后,他已经是十四岁半。他从那时开始,就可以独自做出光滑细腻、厚薄均匀、传热快、不生锈的地道麻山锅了!

他十五岁那年爷爷去世,父亲开始把他当作一个主要的帮手,大哥、二哥都没他学的手艺好,爹常常在一天的劳累之后把他叫到身边说:"祖宛,好好干,早晚有一天我们要建成一个大锅厂,让方圆百里家家的锅上都打咱麻山郝家的印戳,让创咱们这门手艺的老辈们脸上也光彩光彩、荣耀荣耀!"

他说他从十五岁开始跟爹苦干了三年,使造锅的事儿有了很大发展,那时已可以日产各种型号的锅一百一十口,麻山铁锅的声名在四方震响,开始有陕西和湖北的商贩牵马拉驴地来买锅。家里的日子开始好转,盖了新房,给大哥、二哥娶了媳妇,锅里也常蒸白馍煮白米,隔几天饭锅里也总要有几片羊肉、猪肉。

随着郝家锅的出名,郝家老三郝祖宛的名字开始让媒婆们产生了兴趣,于是不断有媒人领着姑娘上门,但他早已爱上了邻居的姑娘秋芊。他说,如今年纪大了,说这些事儿已经不再脸红,也不必再遮遮掩掩了。秋芊那姑娘当时人长得匀匀称称,有模有样,那双眼睛乌溜溜水灵灵特让人喜欢,眸子一掠一转都像是有好多柔柔的话说了出来,朝你身上一看,心里就不能不舒服得一颤一颤;她的声音特好听,圆润柔软,她要叫一声祖宛哥,能让人心里甜半天。秋芊的父亲靠去北边的伏牛山里砍柴出来卖钱养活一家,家里很穷,她又是长女,要替妈妈操心照顾弟妹,不然说不定也早订了婚嫁出门去。也亏着是这样,否则我们俩也不会发展到那一步。我们俩从小在一起玩,小时候常一同去镇边的田里捉蝈蝈,一块儿在我们家造锅的场子上玩沙子,一起捡一些破锅片敲着叮当唱:麻山锅,锅铁薄,能煮米,可烙馍,下饺子,省柴火……后来我稍大了学炼铁拉大风箱烧火,她便常拿了红薯让我放在炉边烤熟喂她的弟弟妹妹,我爹见了,常笑着说:"芊儿,来跟我一家吧,学做锅,保险不缺吃、不缺喝。"秋芊就答:"行呀,你去跟我爹说好了,我明儿就来!"她爹有时进山砍柴会捉了小兔、逮了小鸟、捡了鸟蛋,她爹只要回来一交给她,她便喊我过去:"祖宛哥,给你!"她的弟弟妹妹们哭着要她也不给,弄得我也不好意思。有天吃了晚饭我已经准备睡了,她在窗外悄声喊我出来,我刚走到她身边,她便从怀里摸出一截东西塞到我的手中,说:"快吃了,我爹说这是人参,他今天砍柴时挖到的。娘讲这东西人吃了有力气,我想你拉风箱炼铁,吃了这会有劲,就偷偷给你掰了半截来。"我听了就那样嚼着吃了。那是我第一次见人参吃人参,吃得差点要呕,但心里舒服极了。第二天早上一起来,就听见秋芋爹在隔壁院子里气疯了地骂,谁把我的人参偷走一半?天呀,这要少卖多少钱哪!接下来就听见她爹轮流打他们姐弟几个,不过到底她爹也没问出什么,吓得我在这边心惊胆战地拉风箱。那天中午,我的鼻子忽然无缘无故地流起血来,周身也觉着热得难受,父亲问我吃什么不对头的东西没有,我先说没有,后来被逼不过说了真情,父亲笑得站立不住地叫:"你们这对小冤孽呀!人参是那么吃的吗?"从那次以后我才知道人参这东西是热物,火力很大!父亲那天拉着秋芋的手笑问:"芋儿,你愿做我的儿媳妇吗?"秋芋一本正经地点头说:"愿!"父亲又笑着讲:"做我的儿媳有一个条件,就是得把这做锅的事儿传下去!"秋芋又点头说:"行!"惹得父亲哈哈大笑。

  他说他十四岁半学徒出师能单独做锅后,做的第一口锅就给了秋芋家。秋芋家原有一口八丈锅,因为使用年代太久,锅半腰裂了一道缝。虽然离我家只隔一道墙,但因她家太穷,她爹一直舍不得换新锅,每顿秋芋做饭,总要照娘教她的经验,先把锅烧热用一点面糊把那道缝粘住,再添水烧开。我学徒出师,父亲告诉我明天我可以单独干的那天晚上,我喊秋芋把她家的那口破锅拎了过来,我擦洗干净扔进化铁炉一化,就用那铁水不大工夫便给她家铸了一口新锅。父亲听见场院里有响动过来,看见我正在秋芋的注视下为她家做锅,噙着烟袋笑着说:"芋儿,你既是愿跟我们一家,晚点也学学做锅,省得我以后死了,你和祖宛把这份祖业丢了。"秋芋当时脸红红地说:"你放心吧,郝伯!"她十六岁的那年冬天,有个晚上她来放锅的库房里给我送她悄悄为我织的手套,那晚因为天黑,库房里又只有我一个人,我就放了胆,抱住她亲了她的脸,她当时只是一惊,并没有挣,任凭我贪婪地把她的脸颊吸得吱溜溜响,她偎到我怀里一动不动,小猫一样,让我在那里亲得随心所欲。那阵子我要干什么她可能都会答应,但我别的什么也没做,我只是亲她的脸,连嘴也没敢亲,我那天晚饭时吃有辣椒,我总怕我嘴唇上还沾有辣东西辣了她的唇。不知过了多久,她才轻轻说一声,祖宛哥,我可以走了吗?我一听,就放了她。

他说,那阵子因为造锅的事儿兴旺,加上又有了秋芋,他心里高兴得整日想唱,他已经做好准备,待一个冬天做的锅全卖出之后,他要跟父母正式提出娶秋芋,他估摸父母能欢欢喜喜答应。

他整日为这个希望高兴,根本没料到灾难正在向他的家庭逼近。

灾难到时是一个早晨!

其实前一天的后响,镇公所的人曾敲了锣满街吆喝过:县上说了,小日本可能明儿打咱这镇上过,男女老少快进山躲起!一则因为过去也有类似的通知却终没见日本兵来;二则因为当时已做出的五千多口锅全堆在库房和当院,走了放心不下,祖宛爹听了,只让家里其他人进山躲,留下三儿祖宛和自己在家中。想万一有事,两人无累赘也能跑开,如果没事,第二天父子两个也可以照样开炉做活。

那天晚上因为大多数人都已进山,整个镇子很静。他说,晚饭后他在场院里收拾零碎东西时,忽然听到隔壁秋芋家有人的呻吟声,一愣,就跑过去看,一看才知道秋芋和她爹也没进山。原来秋芋爹当天上山砍柴时不小心摔下断崖,把一条腿摔坏,拄棍走回来已肿得好粗,此刻已不能动。她爹听到那进山躲老日的吆喝时,曾催秋芋和她娘领了弟妹们走,秋芋担心爹一人在家吃喝拉撒无人照顾,就执意留了下来。他进去时秋芋正费力地想把爹搀进过去为躲土匪而垒的一个夹墙里,父女俩估计万一第二天日兵来,躲在那里边不会出事。他见状急忙上前把老人抱进夹墙里安置好,这才又对跟出来的秋芋说:"现在我送你进山,大伯由我来照料。"秋芋摇头说:"不用,倘是老日不来,你明儿个还要做锅,干那活不能分心,再说有这夹墙躲,来了也不怕。还有,你和两个老人都留在这里,我走了也不放心。"说罢,就偎到了他怀里。他说他当时也没有再坚持自己的意见,一来是估摸老日不会真来;二来也真有点舍不得让她走,就把她拥到怀里。先是亲了一阵,后来因为心里火烧火燎,加上镇里太静,身上的血就快流起来,就伸手去解她的上衣纽扣。她穿的是大襟棉袄,袄扣是用布做的,他去解时她倒没动,他因为心里激动手指直哆嗦,半天才解开一个扣子,谁知他把这个扣子解开去摸下一个时,她已经无声地把刚解开的那个扣子又扣上了。后来他心里有些急躁,就没有再去解扣子,而是撩起她的棉袄下摆,从那里把手伸了进去,她的胸口太暖和,显出他的手凉得厉害,手刚触到她的胸口时她身子哆嗦了一下,随后就又不动,直让胸口把他的手也暖得热乎乎的。

他说他是鸡叫二遍时醒的,醒来后爹已经在炉子前忙活,他便急忙起身去帮着生火。他说他临点火前还问了一句:"爹,这会儿就点?"爹侧耳朝四周听了一阵,镇子仍然很静,而后又爬上院墙朝黑沉沉的远处看了一霎,才说:"点吧,看样子不会来了。"

炉子点着之后他拉起了风箱,风箱呼嗒呼嗒,院子里全是这一种声音,铁块在这声音中慢慢在炉子里熔化。他说,要不是风箱响,他和爹也许会早听到了那马蹄声,那样,他和爹也许就跑开了,无奈风箱太响,等到他和爹听到马蹄声扭脸看时,两个骑马的日本兵的刀尖已在院墙外晃动,那阵子天已经蒙蒙亮,刺刀上青光闪烁。他和爹在那一刹那惊呆了,都站在原地没动,这当儿已有四个持枪的日本兵冲进了院内,对着他和父亲把枪举起。他说那会儿风箱已停,院子里除了马的喷鼻声就是炉子上铁水的沸动。他说,那是他第一次看见日本人,日本兵显然也是第一次看见这个土制铁炉,不知它为何物,眼盯着铁炉直往后退,直到有个中国翻译走进院子,看一阵后说这是一个做饭锅的作坊,不必害怕,那几个日本兵才敢走到炉子跟前左看右看。这时候镇子里已开始起火,好多人家的房子已被点着,火光把就要全亮的天空映得血红,一股股烧着柴草、衣物、粮食的煳味、焦味、臭味在空气里弥漫。就在这火光中,几个日本兵发现了堆在院子里和库房里的那些铁锅,他们先是拎起来颇有意思地看,随后便往地上一摔,"啪!"锅便裂成几瓣。摔碎一个他们便笑上一阵。他说,爹心疼得嘴都扭歪了,我抓紧他的手唯恐他上前阻拦。不大时辰,又进来一个领头模样的矮壮汉子,他走进库房看见一房的铁锅,用中国话说:"统统地砸烂,让中国人没锅做饭,饿死他们!"有这命令,兵们摔得更凶,一人同时拎起两口锅,两锅一悠一碰,"嚯",便都碎了。一时间满院子都是碎锅铁。嚯、啪、乓、哐,声音不断地响。爹气得脸色煞白,身子乱抖。

他们大约摔有两袋烟工夫,从镇街那边又走来一小队日本人,为首的骑着一匹大白马,听到摔锅的声音,那骑马的下马进院,正摔锅的几个兵见他进来,都"嗨"的一声停手立正。那骑马的先是看一眼化铁炉,又拎起一口锅端详了一阵,然后对翻译说了一气日本话,翻译便扭头对爹说:"老头,太君问你会不会造行军锅?如果你能造出九口行军锅,你现有的锅将不被摔碎,房子也不烧,你和你儿子的命也能保住!"我紧张地看着爹,不知道爹会怎样回答,我知道镇公所的人早有通知,谁替日本人做事谁就是汉奸,当汉奸早晚要被政府惩治。倘是爹答应了,就是替日本人做事;倘爹不答应,今天怕也要出事。爹沉默了一阵后说:"行,我什么样的锅都会做,你只要拿来个模型就中。"我看了爹一眼,知道他是心疼这份家产。

不一会儿,一个日本兵背来一口行军锅,锅底上有几个大洞,估计是被枪打坏的。爹仔细地审视了一阵那锅,锅口直径有十一丈左右,大肚,挺深,锅沿外撇,很平,不带尖棱,可以人背马驮,与我们平日做的铁锅不大一样。爹看一阵后便对我说:"拉风箱烧火!"然后他便在院中清出一片场地,用沙土做锅模子。那日本兵头儿见状,便挥手让几个摔锅的出去,他自己和翻译还有两个护兵,站那里看爹的手艺。

在我拉风箱化铁水的当儿,我看见几个日本兵从镇中押来几个老头老太太,显然也是没有进山躲的人。那个矮壮的汉子上前同他们说了没几句话,便抽出腰中的刀把他们砍了,刀上的血都溅到了我的脸上,我被骇得停了风箱,爹扭头瞪我一眼,我才又急忙去拉。

爹把第一个锅模子做好,铁水浇完时,我忽然听到隔墙响起秋芋的一声喊叫,我惊得心都停了跳:她被发现了!刚才因为日本兵还没有烧我家和秋芋家的房子,一直沉在紧张中的我差不多把秋芋忘了。爹显然也听到了秋芋的喊叫,一愣,意外地看定我,我昨晚未把秋芋和她爹没走的事告诉他。不大工夫,两个日本兵便各扯了秋芋的一只胳膊把她拉到了我们院里,院里院外的日本兵见捉了一个女的,呼啦一下都围了上去。

事后我才知道,秋芋是为了保护她爹主动从夹墙里跑出来的。这伙日本兵从华北过来,知道夹墙藏人的秘密。他们进了秋芋家搜查时,看出了那墙有些毛病,便用枪托砸那墙壁,秋芋知道再待下去两人都要遭殃,便趁他们歇息喝水的当儿,悄悄爬出夹墙从里间窗户跳到院里,边跑边喊叫了一声,把砸墙的兵引到了自己身上。

原来站那里看爹做锅的日军头儿见秋芋被扯进来,只扭头看了一眼,没动。最先走上前的仍是那个矮胖汉子,只见他用手中的刀朝秋芋的棉袄扣子上一挑,几个扣子便都开了。我知道秋芋和我们这里的大多数穷家姑娘一样,冬天舍不得再在棉袄里套衣裳,就穿着空筒棉袄,那几个扣子一开,秋芋急忙去掩袄襟,但手又被那矮胖汉子的刀拨开,于是衣襟一敞,秋芋那雪白的胸脯就露了出来。"轰"的一声,血扑上了我头顶,我一下子抓紧了舀铁水的勺把。这时那些日本兵都笑了,那矮胖汉子在笑声中仍用刀尖拨弄着秋芋的衣襟。我那阵心中的怕已全被怒挤走,拼!打死这些杂种!我开始飞快地盘算着怎么干才能多拼掉几个,就在这时,我忽听"嗵"的一响,扭头一看,见爹用铁锤把刚浇好冷却的那口行军锅的锅底敲了个大洞。"你的要干什么?"那个一直站在一旁看做锅的官儿叫。爹慢腾腾地说:"这锅我不能做了!""为什么?"那翻译瞪起眼睛喝道。爹仍慢腾腾地说:"我有个条件,答应了才做!""什么条件?"翻译凶恶地吼。爹说:"你们必须让这个姑娘和我儿子走远我才干!"这时站在秋芋面前的矮胖汉子嗷地叫了一声,扭身提刀便向爹扑来,爹闭上眼睛说:"你可以把我们三个人都杀了,但你们得不到行军锅!"就在矮胖子要举刀时,那官儿"哼"了一声,使矮胖住了手,然后他亲自用抓钩把爹刚做好的那口已破了的行军锅抓过来抓过去地审视,大约他是很满意,随即便朝爹点了一下头说:"我答应你的条件!"

爹这时朝我扭过脸说:"你拉上秋芋,顺这条往北的小路直走!"我知道爹的意思,这条小路走三里之后就被一道深沟拦住,骑兵没法过沟,只要过了深沟进入沟那边的柏树林子,就可以安全地跑上山了！而且这三里平地全在爹的视线之内。爹看出我有些迟疑，剜我一眼，我便上前拉住被吓得半呆的秋芋，向外边走，到院门外，秋芋回了一下头，我听见爹说："走吧，你以后要记着学做锅！"这是爹说的最后一句话。走出一百米后，我听见爹开始拉风箱，呼嗒呼嗒，我小声告诉秋芋："快跑！"两人就一齐跑起来。我们的背后始终无人追也始终没有响枪。半个小时后，我们就钻进了那片柏树林，一个小时后，我们跑进了伏牛山里那条又长又宽草深树密的母羊谷，直到进谷口之前我们还没有听到一声枪响。

以后的事是侥幸活下来的秋芋爹告诉我的。他所躲的夹墙的后边就是我们院子，他通过一道细细的墙缝把院里的情况看得一清二楚。我和秋芋走开之后，爹先拉了一阵风箱，把铁水再度化开，然后又开始整理模子。他整理得很慢，九个模子足足整理有一顿饭工夫，那阵子大约我们已进了柏树林。接下来他开始浇铸，他浇得很仔细，九口行军锅全浇完之后，他坐下来抽一阵子烟，那时候日本兵们也在休息，有的在吃，有的在睡，有的在说笑，那个当官的还过来催问他两回："怎么样，完了吗？"而且接连看手表。随后不久，开始淬火，精修，爹把最后一口锅精修好时，对那当官的叫："好了！"那家伙逐一看了那些行军锅，而后在脸上浮一丝笑，说："不错！"接着一挥手，两个兵便扑上来扭住了爹，爹没有吃惊也没有喊叫。这时那当官的换了狞笑，对翻译咕噜了一阵，翻译转对我爹说："太君讲，你做的锅和做锅的手艺都不错，但你库房里的那些锅和你自己不应再在世上存下去，因为你们中国人不配用锅做饭吃，只配吃草！"爹说："不配用锅做饭吃的怕不是我们中国人而是你们日本兵,不信你试试,我给我们中国人做的锅,你用力摔才能摔破,可我给你们做的锅,你手一提就要破,这是老天爷的旨意!"翻译把话译过去,那当官的就一愣,急忙上前去提那些摆放在地上的铁锅,刚刚还完好的锅,这会儿手一提,锅底便"啪"的一声裂掉了。秋芋爹说他当时也惊呆了,只有我知道,爹那是在铁水里放了地上的硬土,并且把淬火的时机提前了,经过这样处置的锅铁极脆,过一会儿手一提,锅就会碎,爹曾当面给我做过试验,教我记住这是两戒。秋芋爹说那当官的见九口锅都在他的手提之下变碎,气得"嗷"一声抽出刀向爹砍去。随后他们用炸弹炸了库房里的锅和院子里的化铁炉,把房子全点上了火。……

他说,我和秋芋第二天早上回到家时,家已是一片平地,看到的只是碎锅片子和瓦砾,被劈去半边膀子的爹,手里还攥了一块锅铁。秋芋当时在我爹的尸首旁哭得死去活来,直说这结局全是因为她才造成的,要不是救她,日本兵说不定不会下这毒手。我那时心都碎了,辛辛苦苦积攒起来的一点家业化为乌有,几辈子从事的制锅业完了!

他说,这是一九四五年三月。

直到抗战胜利之后,他说他才从县里发布的战报上知道,那次来毁麻山镇的是日军第一一〇师团的一支部队,那个领头的官儿叫平林岛二,分管后勤,他们在午阳、方城地区遇到国民党第六十八军一部分官兵的坚决抵抗,战斗中,其装有行军锅等后勤物资的车辆被击毁,他们迫切需要补充做饭的锅。

他说他那天带着女儿和英籍工程师在省府一位官员的陪同下

走进麻山镇时,没有让车先进镇政府大院,而是径直去了老宅。那阵子天已黄昏,在田里做活的和在镇上做工的人正在往家走,那些人从他身边过时没一个认出他来,都只是好奇地朝他们三人看,娃娃们围来一群。他们更感兴趣的是那位英国工程师,不断地议论着他的高鼻子。他让女儿郝文拿出糖来散给娃娃们,娃娃们扭扭捏捏地接了后便快活地跑到远处去吃去笑。老宅上已经盖满了房屋,有草房有瓦房挤得很紧,已经很难分清哪儿是当初爷爷和爹爹垒化铁炉的地方,哪儿是当初堆放铁锅的空场。不过街道的方向和宽窄都还没变,他还能辨出他和秋芋当初是从哪儿走出街向北山跑的,还能辨出爹爹被日本兵砍死后身子躺的地方。

他说就在他站在老宅前回忆旧事时,他听到了呼嗒呼嗒的风箱响,他说那响声虽然已经几十年不听了,但一听就知道那是化铁的风箱,这种风箱不像做饭烧火的风箱,声轻而柔,化铁的风箱响起来带有一股呼呼的重力,声粗而浑。他说他一听到那风箱响心中喜得一阵急跳:看来郝家的祖业还没有中断!他估计是大哥或二哥的后代们在干,便循了声急步找去。他走进一个不大的院子,院中立一个化铁炉,炉前正有一个穿着背心的小伙忙活,他看见他们进去先是愣了一下,随即问:"是买锅的?喏,都在那里放着,要多大的你们自己去挑!"说罢,便又弯腰去舀铁水浇铸,他说他一看到这不大的炉子和小伙子的举动,就想起了当年的自己。

他说从一九四五年夏天起,他在秋芋的支持下,又开始造锅,想一个人重振郝家的祖业。

他说那时他原本不准备再去干这个的,当时全家最急迫的是糊口,哪有钱再去置办做锅的那套工具?当然我内心里是时时没忘造锅这桩事的,那是我从小就干的活儿,干那活儿在我已经成了习惯。重要的是,爹已在平时不知不觉培养了我对这个行当的热爱,这个行当已作为一种应该世代传承的东西印入我的脑海,我忘不了它!我总觉得让这份祖业就此中断会使死去的爹爹九泉不安。因而每天傍晚,当我出外给人打短工回来,就总要站在被炸毁的旧化铁炉前发一阵呆。每当这时,隔壁的秋芋会无言地走到我身边,陪我在那里默站。有天傍晚,我俩在那里站了一阵,要分开时,她忽然抓了我的胳膊含着泪说:"祖宛哥,我知道你因为断了祖业心里难受,你们家这份祖业传了多少代,不能就这样断了。日本兵当初下这毒手,也多是因为郝大伯救了我的缘故,我心里也一直不安,这样吧,我们俩来一起想法子再干起来。"我当时苦笑了:"再干?咋着干?哪有钱再干?"她颤着声说:"我倒想了一个法子,县城边上不是有个大铁匠铺子吗?他们打镰刀、铁、铁锨、铁犁这类农具,肯定会收废铁,咱们把这满地的铁锅片捡捡,挑下去卖,说不定就能挣回买化铁炉的钱!"我一听心里一跳,觉得这倒是一个办法,便拍了一下她的肩头高兴地叫:"好!这个法子可以试试!"见我高兴,她也噙泪笑了。

我立刻把这个主意讲给两个哥哥,未料两个哥哥说:"这年头兵荒马乱的,多一事不如少一事,万一日本兵再来,那可怎么得了?"我那时已被秋芋鼓起了劲头,心想你们不干我干!便利用外出打短工中间的歇息时间,捡那些被日本兵砸碎、摔碎的铁锅片,秋芋一有空便过来帮忙捡拾。三天后的一个凌晨,我就挑了一担锅片向县城走,走出二里远时,后边传来秋芋的喊声,她背了背篓赶了来,走近了我才看出,她的背篓里也放了半篓碎锅铁片,锅铁片上放着她爹在山里挖的一些草药桔梗、杜仲,她是借口卖中药进城帮我忙的,后来我知道她爹其实晓得女儿是想干啥,老人也有心帮我,便佯装不知随她去做。

锅铁片这东西不比别的,太重,挑上不多远,就累得我大喘不止。秋芋背篓里装的不比我挑的轻多少,她的喘息粗得让我不忍心听下去。我扭头看她,见她额上和鬓边的头发全被汗水粘到一起,我要她把背篓里的铁片往我担子上再匀一些,她不,执拗地背着走,腰弯得如弓,那阵我才知道她原来还有一股倔劲儿。到了县城铁匠铺子里一称,方知我挑的是一百六十斤,她背的是一百二十斤。铺子管收废铁的伙计听说秋芋背着一百二十斤走了十三里地,有些吃惊,都望着软坐在地的秋芋说:"了不起!"秋芋只笑笑,便起身和我一起去柜台上找老板领钱。老板是个四十来岁的男人,奇瘦,但竟还有邪心,双眼直勾勾盯着秋芋看,而且还嬉皮笑脸地说:"哟,这么漂亮的姑娘来卖废铁?不能想个别的法儿?"我生气地瞪他一眼,他倒不生气,依旧嘻嘻笑说:"这位小老弟,我这话说错了吗?你瞧瞧这位姑娘有多漂亮!比咱们县国宏豫剧团的红角方秀荣还要耐看,可你竟让她来卖废铁,你说得过去吗?"这一下噎得我讲不出话,倒是秋芋拿上钱拉了我就走:"别理他!"

那天回家时已是午后,因为用废铁换了十几张票子,秋芋显得很高兴,一路上说说笑笑。我侧眼看她,许是那铁匠铺老板的话起了提示作用,我发现她那天确实显得格外漂亮,两个脸蛋因为走路和快乐,晕红得十分鲜艳,高隆的胸脯随着双脚的起落,一颤一颤极是惹眼,显小的旧裤把她的双腿和后臀绷得紧紧的凸凹都见。我的心渐渐地有些发痒,于是在过一条干涸的河沟时,我说秋芊咱们歇歇,她说行,于是我俩便在向阳的那一面沟坡上坐了下来。坐下不久,我便把手伸了过去,秋芊害羞地笑笑,闭上眼睛任我把她拉到怀里。我开始第一次亲她的嘴,她没有躲闪,而是把娇小的舌头伸出来,让我轻轻地咬,这种亲热持续了不久,我便忍耐不住地伸手去摸她的裤带,她按住了我的手,极轻极轻地说了一句:"等买来化铁炉了再……"接着就飞快地站起身,用手去捋被我弄乱了的头发。我红着脸起身,随在她身后走。

三天后的一个早上,我们又第二次去卖,未料到的是,这次那老板突然把废铁压价一半,我和秋芊找他理论时,他说废铁收得已经太多,你们不愿卖可以挑回去!我不敢强争,怕把这唯一的财路切断,只得忍痛作罢。临走时,那老板竟嬉皮笑脸地盯住秋芊说:"其实,你们有的是挣钱办法!"我瞪他一眼,真想把唾沫吐到他的脸上,秋芊只默默拉我出了铺子。

第三次去卖时,那老板竟在第二次的价上又压一多半,可怜我和秋芊辛辛苦苦捡好挑去背去的二百多斤废铁,卖的钱只够买几个萝卜。我气得险些把扁担折断,秋芊也双唇哆嗦地盯着老板的脸说:"你太黑心了!"那老板倒不生气,仍旧笑嘻嘻地看定秋芊讲:"不愿卖,就挑回去好了,依我说,你们别再卖这废铁,还是想个别的办法挣钱!"

那天回家时,我俩一路无话,那时我已完全灰心,罢了,不再受这欺负,也别再希图买炉子做锅了,安心给富人家打短工混口饭吧!我边走边伤心喃喃说道:"爹,孩子实在没有办法再恢复祖业了,你不要生气……"秋芋扭头看我一眼,颤了声说:"祖宛哥,你别伤心坏了身子,让我再想想办法。"我没再应声,只默默走路。快到家时,只见她猛地踢飞了路上的一颗石子,莫名其妙地说道:"老天爷有眼!"我当时不知她的话意,也没理会。

当天晚上,我睡得很早。早先的房屋全被鬼子烧毁,这时家里搭了四个草棚,娘一个,大哥大嫂一个,二哥二嫂一个,我自己一个,我这个棚子最小,就搭在早先的化铁炉旁边。因为接连地捡铁片卖铁片,身子乏极,我睡得很死,根本不知道秋芋什么时候把草棚门弄开,什么时候进来的。当我脸上滴了她的泪水惊醒时,她正坐在我的床头俯身看我,我吃了一惊,翻身坐起慌慌问她:"出啥事了?"她哑声说:"没有。"我说:"没事你哭啥?"她顿了一霎才说:"刚才做了个梦,梦见老天爷让我俩永世不得相见,把我吓的。"我当时扑哧一笑,根本没去想她的话是真是假,就揽过她宽慰地说:"谁能挡得住我们相见?快把心放下!"她的身子贴紧我,瑟瑟乱抖,而且破天荒地主动地没命地亲我,好像以后就真的再见不了面似的。我的身子被她的亲吻弄得有些冲动,我去解她的衣服时未遇任何反对,相反她还主动地帮我褪去短裤。有一阵我被她的这种反常主动弄得有些发愣,但不久我就忘掉一切。我的心全被狂喜涨满,没有给思索留下任何空间。根本不知道这个夜晚对我意味着什么。

我欢乐了几乎一夜。

黎明时她走了。临走前我最后一次亲她的脸时,感觉到她脸上又淌满了泪,我以为她这是因为害羞,依旧没去想别的。

第二天上午我去给人打短工。中午回来时听小妹说,秋芋又进了城,我略略一愣:她进城干啥?便问小妹看见她带了铁锅片没有,小妹说没有,她只拎了个竹篮。我估计她是又去卖她爹在山上挖到的药材,便没再去想别的。

这此后一个来月,再没见秋芋过来一次,我起初以为她是为那晚的事害羞,不好意思再来见我。后来时间实在太长,我想她想得厉害,就在一个中午借故跑过去找她,未料秋芋不在家,她爹跟我说:"秋芋讲上次她去城里卖桔梗时碰到一个好心的中药铺掌柜,人家愿雇一个晒药的女工,三四天去一次,一次干一天,工钱给得还不少,今日又是晒药的日子,她去了。"我听了倒也高兴,她家的日子很苦,是该想办法开个钱路。

又过了几天的一个晚饭后,我正坐在自己的草棚里琢磨着第二天去谁家打短工挣钱,忽听秋芋在棚外低声喊:"祖宛哥!"我闻声高兴地跳出棚外刚要开口招呼,她已把一个布包猛塞到了我的怀里,说:"拿住!"我以为是给我带来好吃的东西,打开一看,吃了一惊:原来全是票子!"哪来这么多钱?"我惊异极了。"在城里给人做活挣的,你用它买做铁锅的东西吧!"她说罢转身就走。多日不见所引起的思念,使我胆大地上前想把她再抱进草棚,但她坚决地挣脱了我的胳膊,说了一句:"快想做锅的事儿吧!"就跑走了。

那晚我就着油灯数了数那一包钱,欢喜得跳了起来,根据当时的价钱,这包票子买一套做锅的用具是完全够了!我一方面佩服秋芋能有法子挣这么多钱,一方面为她把这些钱全给我而感动不已。我当时想,待做出锅卖了钱,一定要先给秋芋买两件可心的东西,要接济秋芋家的生活,要尽早把秋芋娶过来做一家人!

第二天,我就开始去四下里采买东西:耐火砖、大风箱、铁炉、舀勺、木炭、模具等,我没有把这事先告诉娘和两个哥哥,我想让他们猛然高兴一回。过去跟爹做锅时,知道那些东西哪里可以买到,不过十来天工夫,便都已购置齐毕,这才去喊两个哥哥过来帮忙垒、装。两个哥哥看见那些东西,自然是一番吃惊和高兴,就问钱是哪里来的,我因当时还不愿把同秋芋的关系公开出来,就谎说是自己打短工挣的,许久以后我才知道,我这个回答埋下了祸根!

炉子装好之后,我和大哥、二哥从院子四周捡来当初日本兵砸烂的那些碎锅片,开始化铁水铸锅,第一口锅做出来,我专门在锅上打了麻山郝记四字。第一批锅总共做了十四口,当我在傍晚把十四口锅全摆放在院中时,我瞥见秋芋站在她家山墙旁向这边望,脸上仿佛有泪光,我激动地喊了一声:"秋芋!"原想她会高兴地跑过来,不料她却扭身进了屋。我默默站在那些锅前在心里说:爹,咱郝家的锅总算又造出来了!这份祖业没断,你放心吧!这一切全赖秋芋的帮助,我一定要把她娶来做你的儿媳妇!

尽管当时日本兵还没败,湖北那边还在打仗,但人总要吃饭,一家人再穷,房子可以没有,锅总要有一口。所以郝家的铁锅造出来,来买的人还是有。第一批锅卖出,我便急急去镇上的郑家绸布庄给秋芋扯了一块花布。也是不巧,那天傍晚我把秋芋喊到屋后,从怀里掏出花布往她手上递时,刚好二嫂从不远处的茅厕里出来,她盯了那花布一眼,我多少有些尴尬,估计她过后可能要说点儿什么。果然,当日吃晚饭时,我听二嫂在那里不冷不热地讲:"哟,咱这郝家铁锅刚刚卖出几口,可就买花布送人了,要是再卖多了钱,还不要给人家盖房起屋了?"我一听就恼了,也没解释别的,只气冲冲地叫:"我愿送给谁就送给谁,你管得了吗?"二嫂就眼看大嫂说:"那是呀,我们这些做媳妇的,能管得了谁?可郝家到底也是弟兄三个呀!"大嫂听了,便用鼻子朝我"哼"了一声。我气煞,指望大哥、二哥出来说话,可他们两个只吃饭不抬头。我当时心想,也是,我干脆把秋芋娶过来,看你们还有啥话说!

第二天中午,我一个人在后院加班做锅模子时,秋芋过来,默默帮忙给我铲沙递工具。我瞅这个机会说:"秋芋,我打算这两天就跟娘说,把你娶过来,你说行吗?你也可跟你爹妈说说。"她一听这话,身子一震,只说了一句:"俺不愿意。"就匆匆走了。我当时笑笑,以为她是脸嫩说不出口那个"行"字。当晚,我就跟娘讲了,原以为娘听后会立刻赞同,不想娘沉吟了许久不开口,我怕她是担心眼下手中无钱办婚事,就说:"秋芋是明白人,我们办婚事不会花啥钱的!"娘低低开口讲:"我倒不是担心钱,你二嫂告诉我,说镇上现在对秋芋有些议论。""啥子议论?"我的气来了,八成又是二嫂在其中胡捣乱。我三脚并做两步跑到二嫂门前怒问:"你说,你在造秋芋的什么谣?"二嫂倒很镇静,说:"我造她什么谣?我听别人说的,有人在城里亲眼看见,她大摇大摆从人家的睡屋里出来,出来时衣服都没扣好——""啪!"我没容她把话说完,就狠狠将巴掌抡到她的脸上,我不容许任何人污辱我的秋芋!也许是我的暴怒神态吓住了二嫂,挨了打的她并不敢哭闹,只喃喃地在那里揉着脸说:"我听别人讲的,听别人讲的……"

也是老天爷的安排,这事儿没有过去两天,真相竟让我知道了。那是一个中午,上午这炉铁水刚刚浇完,大哥、二哥都回前院准备吃饭,我一个人在后院的炉子前吸烟歇息,忽然听到一个仿佛耳熟的男人声音在秋芋家的屋后喊秋芋,我一愣,就移步过去隔了院墙伸头看,这一看让我吃了一惊,原来那男子是县城铁匠铺子里的那个瘦子老板!这家伙来这里喊秋芋干啥?为什么不在院前喊而站在屋后叫?这时我听见了秋芋的脚步响,便在院墙后隐了身子,想听听那瘦老板找秋芋要说什么。先是秋芋冷冷的声音:"你来这里干啥?"接着是那瘦子老板笑嘻嘻的低音:"嘿嘿,想你了!你怎么好长时间不去?你让我等得好着急!"这话如棍子一样击得我身子一晃,这个杂种!他竟敢如此同秋芋说话!这时又听到秋芋冷厉地说:"你快走开!我永远不想再见到你!"那瘦老板依旧笑嘻嘻地:"怎么?不想挣钱了?告诉你,以后我每次给你价钱加倍!……"哦——我的身子骤然一颤,我知道我听到了什么,血猛然冲上我的头顶又一下子退到脚跟,我强忍没有立刻跳过墙去揍那张瘦脸,在那一刹那我明白了秋芋给我那些钱的来历,明白了我用来做锅的本钱的出处。哦,老天!

我在麻山通县城的必经之路旁的一块苞谷地里等到了那个瘦老板!当我猛然从玉米地里跳到他面前时,他那张略露沮丧的脸上还很镇静,他说:"哎,这位老弟是想劫路?可惜我今日是到麻山找个熟人没有带钱!""老子不要你的臭钱!"我用拳头把他的第二句话打回到了肚里,当他满脸是血时他才想起我是谁。他说:"哦,是你?!"我说:"你认出爷来就明白了爷打你的缘由!"我双眼血红拳脚并用,没有几下,他便趴在了地下。他哭着求饶,说那不怨我,是秋芊找上门的,我今日是来镇上办事顺便去看看她,并不是想来强迫……我的全部愤恨都通过拳头发泄了出来。他在地上滚得浑身是血,倘不是怕闹上人命惹出官司,我真想用砖头照他的头上和裆里都砸几下。最后我放他趔趔趄趄往远处跑时我自己也仰倒在了地上,我望着天上的云彩没命地去打自己的耳光……

我整整在草棚里待了两天两夜,经过两天两夜在草铺上的翻滚苦想,我明白我绝不能因此抛弃秋芊!秋芊是为我,为郝家的铁锅业才这样做的!我要不娶她我这辈子的良心会永远不得安生!

但婚事显然不能立刻就办,我得让我心上的伤处稍稍见轻再说。这当儿发生了一桩大事,小日本投降了!伴随着抗战的胜利,人们开始相对安宁地生活。此时社会上对铁锅的需求开始增大,我家的生意日渐兴隆,院里的铁炉中整日铁水沸腾,日产铁锅量已开始上升到八十多口。赚得的钱也不断增多,又新添了一座炼铁炉,雇了几个长工。每当鄂北、川北的铁锅贩子拉车来买铁锅时,我常瞥见秋芊站在院墙那边,无言而欣喜地朝这里看。

他说,第二年秋初,我决定办婚事!当时我掌握着全家的钱柜,为了防止大嫂、二嫂说三道四,我预先把钱柜钥匙交到娘手里,让娘把赚得的钱分成四份,娘、大哥、二哥和我各一份,大哥、二哥因为娶了媳妇,娘给他们分得多一些,我没说什么,只拿了自己的那份钱进城,从衣服、鞋袜到被子、床单、箱子、柜子,给秋芊买了满满一牛车东西,我要用这个办法让秋芋高兴!

因为预先没跟娘和秋芋以及秋芋的爹妈说,当我雇的牛车拉着满满一车东西径直到了秋芋家门前时,娘、秋芋和她爹妈见了都很吃惊。我喊秋芋:"来,卸车!这些都是我们结婚用的东西!"秋芋一听这话,扭身就又跑进了房里。当秋芋爹妈帮我一起卸下东西我进屋去看秋芋时,她正站在门后双手捂脸流泪。我尽力笑着说:"哭什么?我们一两天内就结婚,你都要做新娘了,还哭?"她说:"不!"我说:"你什么都不要讲,一切按我的安排做就行!"她仍旧哭着说:"不!"我说:"你是这世上最对得起我们郝家的女人,我就要娶你!"她哭着说:"你不知道!"我说:"我什么都知道!"她抬起满是泪水的脸惊问:"你知道什么?"我轻轻拿起她的手抚着说:"秋芋,你只要今后看出我郝祖宛有一点点嫌弃你,你都可以用剪刀扎死我!"听了这话,她一下子扑到我怀里哭开了,为了把哭声抑低,她咬住了我的肩头,直咬得渗出血水,我许久才把她的哽咽抚去,告诉她做做准备,后天就结婚。她最后无言地点点头,依到我怀里任我亲了一阵。

我把买来的那些东西一一搬进秋芋家,告诉秋芋的爹妈:"这既是我送的聘礼,也算你们给秋芋的陪嫁。从后天开始,你们就把我当女婿,该咋使唤就咋使唤,你们家的苦日子,我也要操一份心。"两个穷了大半辈子的老人,高兴得直流眼泪。

我从秋芋家回到自家院子,原想去收拾一下自己的那间睡屋,未料迎接我的竟是一顿吵闹。我一进院,就听二嫂正在对大嫂撇了嘴说:"哟,娶一个破鞋都要送一车东西,要是娶一个黄花闺女,那不得把郝家的钱柜连化铁炉全送过去？他一个人过去管着钱柜，送多送少还不都是咱们大伙的……"

我一听这话头皮都炸了，冲上去就要打她的耳光，大嫂见状想帮二嫂，就来扯住我叫："反了你了！为一个烂破鞋敢来打你的嫂嫂！"正在化铁炉前忙活的大哥二哥闻声跑过来，不由分说就抡起了拳头，我被打倒在地。二嫂这时站在一边撒开了泼："好哇！你郝祖宛为了娶一个烂破鞋进家，想霸占全家财产，就要把我们统统都打死！好嘛！你来打呀！打呀！……"她声音高得全镇都能听见，估计秋芋在那边听到一定会撕心裂肝，我气得真恨不能上前吞了她！无奈两个哥哥都站在她一边，我只有嘶声喊娘，原指望娘出来能训斥两个嫂子哥哥，未想娘过来会狠着声说："告诉你，只要我不死，你休想把那个名声不好的秋芋娶过来，我们郝家老门老户，不能娶这样一个媳妇辱没门庭！"我定定地看着娘，原来她竟也这样绝情！我就在那一刻对这个家生出了切齿大恨！

那天傍晚，秋芋她爹妈低着头，默默把我送去的东西都又送了过来，临走，秋芋爹对我娘低低说了句，我们不敢高攀！我望着那堆东西，感觉到我要再不干点什么出出气我的胸脯就要被气憋炸，我摸起一柄铁锤向化铁炉奔去，你们不让我娶秋芋，我也绝不会让你们再用这炉子去发财！正在炉前忙活的大哥二哥见我的架势急忙迎上来扯住我，原本站在一旁嗑瓜子的二嫂见状竟惊惊乍乍地跑到街上把保长喊了来，跟在保长身后来的还有一个挂枪的黑汉，事后我才知道那黑汉原来是县上民团的一个队长。当保长训斥我不该赌气胡闹时，那黑汉子绕化铁炉看了一遍，然后说："不错，这个炉子刚好大有用处,最近上边让我们民团大造地雷以准备配合国军同共军打仗,这个炉子刚好可以做地雷的外壳!反正你们有的是铁!"两个哥哥听得目瞪口呆,我却哈哈一笑,在心里叫:滚你妈的蛋!这炉子既不做锅也不做地雷外壳,老子要让它变成一堆废土废铁!

当天晚上,我拎着两口新锅去猎户老江那里换来了几包他平日用来炸野物的炸药,我要炸了所有的做锅用具!

半夜时分,正当我做着炸的准备时,一个黑影闪进了草棚,我一愣,直到黑影扑进了我的怀里我才知道是秋芋!一阵长久的哽咽抽泣之后,她告诉我,她爹妈已决定把她嫁给镇子西街钉鞋的拐子成五,两个月后过门成亲。我嗷地叫了一声,用手去捶自己的头,她慌忙把我的头抱在胸口护住,哭着说:"你别折磨自己,你只要好好做锅过日子,把你爹挂念的这份祖业承住,我这心也就安了!我也对得起喜欢我、救我命的郝大伯了!……"

那晚,秋芋没走,我们把一辈子夫妻间的种种关心、体贴、恩爱集中到了一夜,都想让对方心中舒展身子满足。天亮时分她走后,我便起身悄悄把所有造铁锅的用具全集中到了化铁炉旁边,然后把炸药放好,把随身要带的东西整理齐毕,我面向铁炉磕了一个头,在心里叫:爹,原谅儿子不能承继祖业了!随即我便点着了炸药捻。我站在院墙外看药捻燃尽,看那些做铁锅的用具在一声轰响中化作一堆废物,这才转身向镇外走。那时候天已开始亮,满镇子的鸡都在叫。我先走到东边的信阳,从信阳扒火车去了广州,从广州流浪到香港,又从香港扒货轮去了泰国,在泰国靠做锅的手艺赚了点钱,然后坐船去了利物浦……

他说,这是麻山镇制锅业的第二次中断!

他说,我在那个做锅的穿背心的小伙子身后站了许久,那小伙子做铁锅的办法原始而拙朴,和四十多年前我家做锅的法子一模一样。我原以为他是我大哥二哥的后代,问了之后才知道他姓成叫成业。我问他爹是谁,一个中年汉子从屋里出来说他就是成业爹。我问成业做铁锅赚钱多不多,他说不多,说如今使用铝锅、钢精锅、不锈钢锅的风潮已由省城、州城、县城向乡下蔓延,买铁锅的人家正日渐减少,加上做铁锅的原料涨价,自己做得又慢,每口锅只能赚很少一点钱。我说赚钱不多你为啥还要干这个?他说一来他喜欢这个行当,二来他正在琢磨着吸收钢精锅的优点,增加铁锅的型号,改进铁锅的外形尺寸和厚度,想把铁锅做得看着美观,拿着方便,用着快当,节省燃料,让城乡人都喜欢,把失去的市场再夺回来,让历史上有名的麻山铁锅再度吃香,那时赚钱就会多一点!我觉出我喜欢上了这个小伙,我告诉他我就要在麻山建一个现代化的铁锅制造厂,他的这些愿望将很快就可以在我厂里实现,我愿届时聘请他到厂里工作。他听后扭头惊疑地问:"真的?"我颔首,我很想同他长谈,可惜天已黑了,我们要去镇政府接头,只得匆匆同他告辞。

他说,第二天我就开始同县、镇两级政府的领导正式谈判建厂事宜,谈判中间休息时,我问镇政府一个姓顾的老干部现今全镇做铁锅的共有几家,他说只有一家,是个年轻小伙儿,叫成业。我说我已经见过他并看了他的操作,他说那是一个有志气的孩子,可能是受了他奶奶秋芋的影响,对做铁锅很有兴趣,可惜他本钱太少干不了大的。我当时吃了一惊,他是秋芋的孙子?但我不敢循这个问题问下去,怕触到自己的疼处,就又问他在成业之前还有没有做铁锅的?他说有,解放初期镇上成立了一个铁业联合社,他说当时报名参加的只有三个男的两个女的,男的是郝大宛、郝二宛和他自己,他是从九金乡抽来的土改骨干,铁业社当时就由他负责;女的是一个叫秋芋的媳妇和一个叫棠花的姑娘,当时正宣扬妇女解放,秋芋和棠花报名参加铁业社的事还上了专区的报纸。再次听到秋芋这个名字令我身子不由一颤,往事倏然回到眼前,我当时一定有些失态,以致他问我是不是身子有些不舒服。我急忙摇头,幸亏他不是本镇人,不知道过去的那些事。他说他们一开始干得很顺利,在镇政府的帮助下建了炼铁炉、化铁炉,购买了全套做锅用具,又招了十几个工人。他们很快就做出了第一批锅,一开始能独立操作的只有大宛、二宛,后来秋芋和棠花也学得可以单独干,铁业社最盛时每天可以出锅一百二十四口,每月的盈利比木业社高几倍,经常受到镇政府的表扬。他说,那时因为国家急需干部,哪个单位成绩大哪个单位出的干部就多,镇上不久就把大宛调到镇政府当财贸助理,把二宛调到税务所当所长,把棠花调到镇里当妇女主任,本来要调秋芋去供销社当副经理,可她就是不愿,执意要留下做锅。大宛、二宛和棠花走后,做锅的大师傅就只剩下了秋芋,她那时身体也壮,经常领着她几岁的儿子来上班,让儿子在院子里玩,自己在炉前干。做锅这活路哪一项都要体力,可她不怯,一个班下来汗水常把衣服湿透,我不知她哪来的这股劲儿!她常对我说:"老顾,咱们一定要把铁业社办成一个大锅厂,让中国人都知道这麻山锅!"不久我调到镇政府管工业,她便当了铁业社的社长,后来这铁业社改名叫东方红铁锅厂,她又当了厂长。她的责任心真强,经常吃住在厂里,以致她那个拐子丈夫老不能同她睡觉熬不住跑到厂里同她闹。有人亲耳听到拐子在办公室喝问秋芋:"你到底要锅还是要我?你五十天不上我的床这算什么老婆?"据说那拐子急得当时插了办公室的门,就在地上要秋芋和他办了那事,事后人们注意到秋芋头发和衣领上都沾了土。当然这都只能当笑话听,不过秋芋对做铁锅的事操心着迷确实令人惊奇,女人家喜欢这个行当真是叫人不解。她把东方红铁锅厂治理得井井有条,最高时日产量达到五百六十口,质量上也远远超过了"河路锅",除远销两广、云贵等省份外,经省外贸介绍,已准备向越、老、柬等国家出口。那时秋芋整日笑盈盈的,常拉着儿子、女儿的手在厂里那排成一列一列的新做出的铁锅中间踱步,她本人也被选为县里的劳动模范,出席了省里的劳模大会,但万万没料到,后来会出了那事!

他说老顾讲,你们住在外国的中国人可能不知道,一九五八年,我们国家开始了大炼钢铁和吃食堂。大炼钢铁就是全民动员到处砌炉炼钢炼铁,把炼好的铁块、钢锭交给国家以增加国家的钢铁产量,从而使我们的钢铁产量跃进到世界前列;吃食堂就是按共产主义要求一个村一条街的人在一个锅里吃饭,一个食堂最少一千人。这两项活动都与秋芋的铁锅厂有关,所以她最先接到通知:停止生产目前供家庭使用的各种型号的铁锅,立即转产供千人吃饭用的大锅。同时要把从各家各户收缴上来的饭锅砸碎回炉炼铁炼钢,每天要争取炼铁两吨,钢一吨!秋芋看完这个通知目瞪口呆,她火急忙慌地找到镇长说这是胡闹,问是不是发通知的写错了。镇长瞪她一眼喝令她立即回去落实并告诉她这是上级的指示!她怏怏地走回工厂。转产做大锅这一项还好落实,不过是把锅模子做大就行。她带几个老工人干,第一口大锅做直径十八丈,她本以为已经够大,可镇长来看后不停地摇头说不行,这至多够一百个人吃饭用,千人食堂要这锅有何用处?秋芋只好亲自重做锅模子,最后做出的锅能盛十担水,人坐进锅里在远处都看不见头,但因为是第一次做这种大锅,厚薄掌握不好,结果锅铁太薄承受不住水的重量,试用那天,十担水盛上不久,锅底压裂了,十担水全从灶口涌了出来,把烧火的炊事员淹得呼天叫地。但大锅最后总算试做成功,看着一口口大锅被四乡的大食堂主任用马车拉走,秋芋脸上还能露一丝笑意。但做第二项工作时她便再无了笑脸。那阵子从镇上和各村收上来的家用饭锅摆满了厂院,这些饭锅都是出自早先的郝家作坊和如今的东方红厂,这一口口使用得锃明瓦亮的饭锅都要摔碎回炉成铁块,眼见得自己当初的劳动心血被如此折腾,秋芋的心里能好受?那天她砸锅砸到第七口时心中的气终于没憋住,"嗵"一下扔了铁锤叫:"娘的!这纯粹是劳民伤财!老子不干了!"并真的当时就回了家。这一下不得了了,有人立即向上告发,镇上当即认定这是反对大炼钢铁、反对大跃进的反革命行为,当晚就组织了千人批斗会。秋芋头上被扣了一个小饭锅拉上讲台,脖子上挂一个大纸牌,纸牌上写着一行大字:不愿摔锅反对炼铁的反革命分子!人们发言声讨批判后,又拉了秋芋游街,把镇上的几条街全走了一趟,游到南街口时,几个平日里流气的酒鬼拥上来,硬把秋芋胸口的衣服撕开,在她胸上用糨糊贴了四个字:不愿摔锅。秋芋脸色煞白牙咬下唇一声不吭任凭他们折腾,可怜秋芋气郁在心,当晚回家就病倒了,一直躺在床上几个月。秋芋被开除出锅厂之后,锅厂开始土法炼钢,满镇的人没一个懂得炼钢,学别乡的样子把炼钢炉修好之后就匆忙上马,结果不知是炉子质量不行还是冶炼时掺加的成分不对,炼到正热闹时炉子发生了大爆炸,秋芋辛辛苦苦领人盖起来的厂房全被炸毁,人当场死了十二个,化铁炉、炼铁炉也都被炸成一堆烂东西。至此,东方红铁锅厂算彻底完蛋,镇上造锅的事第一次宣告中断,这一断就断了二十年,直到一九七九年秋芋的孙子成业又单人砌炉再干。这二十年间,人们或是买铝锅用,或是远去湖北河口镇买铁锅……

他说,他当时望着老顾的那张忧戚的脸在心里叫:这不是第一次中断,麻山镇中断做锅这实际上已是第三次!不过以后可能就不会再中断了,我要在这里建立全世界最大的铁锅制造厂,我要让这里产的铁锅成为世界上最抢手的炊具!

他说他那天在和老顾交谈时装作很随意地问问秋芋的近况和住处,知道她身体多病,如今和女儿住在一起。他说要不是参加谈判真想立刻就去看她,他说他边谈判边在心中喊:秋芋,你还认识我吗?还叫我祖宛哥吗?我回来了,我有钱了,要建造铁锅的大厂了,你需要什么都可以跟我说……

他说,由于双方都有诚意,合同的主要内容很快便谈成了!我负责提供全部资金设备和技术力量,县政府和镇政府负责提供地皮、原料和水、电、劳力保证。晚饭后,我留下女儿郝文和总工程师同政府官员继续商谈具体问题,自己便匆匆照老顾的说明向秋芋的住处走,街路已变得十分陌生,我边磕磕绊绊走边激动地想象着这即将到来的会见是什么情景。据老顾说她的丈夫早已去世,这样妨碍我们说话的人已不存在,她也许会哭着扑到我的怀里。哭吧,秋芋,我知道你心里的委屈!四十多年前我走的那天早晨,我牵挂的只有你一个人,这些年我不论是在广州流浪还是在香港做工,不论是在泰国做锅还是在利物浦办厂,你的身影一直保存在我的心里。尽管后来我又找了一个比我小许多的华侨妻子,但她并没把你在我心中原来的那个位置占有!我相信你也会想着我,你会的,别人不理解你解放后为什么执意要在铁锅厂做锅,我明白!你还在记着当年我爹的嘱咐,你不想让麻山锅在世上绝了……

我敲门后出来开院门的是一个中年妇人,黑暗中我看不清她的面孔,我估计她就是秋芋的女儿。一听说我要找她妈,她说:"进来吧。"我随在她的身后向堂屋里走,一个不大的昏黄的电灯泡悬在屋里。我一开始没看清屋里有人,直到她女儿喊了一声:"妈,这位大叔从镇政府来看你。"墙角有人"嗯"了一声,我这才注意到屋角的一个矮木椅上,坐着一个干瘦的小老太婆,她怀中正抱着一只小猫在那里打盹儿。我根本不相信她就是当年那个脸红齿白身子丰腴胸脯高耸抱在怀里弹性十足的秋芋,我以为我找错了人家。在我的想象中,她此刻应是一个身体健壮至多有些白发的老太太,她比我还小一岁,在英国的华侨圈里,像她这样年纪的妇女还可以自己开车去四处旅游。我当时试探地问了一句:"你是秋芋吧?"她的女儿马上代为回答:"是的,我妈年轻时的名字是叫秋芋,后来年纪大了,就按镇上的习惯喊她老成家的。""噢!"我的心中一酸,她是秋芋!时间已经把她变成了这样!我当时激动地问:"秋芋,你能认出我是谁吗?"边问边把脸凑向前让她辨认。她抬起眼,左眼显然有毛病,差不多已经睁不开了。她用右眼漠然地看我一下,慢慢地摇了下头。"我是祖宛!郝祖宛呀!"我冲动地叫出口,她认不出我了,但我相信她会记得我的名字。我叫出自己的名字后原以为她会惊喜地抬起头,但她竟如刚才那样漠然地垂首坐着,一声不吭。倒是她的女儿听到我说出自己名字后,高兴地扭脸望定我说:"噢,你就是祖宛叔呀!昨天就听成业说你回来了,成业是我侄子,他说你看了他做锅,我知道后正想约我哥一块去看你哩!哥和我小的时候,妈常跟我们说起你,说你做铁锅做得可好了!"说罢又转向她妈妈叫:"妈,你不记得了?他就是你过去常说的祖宛叔,刚从外国回来,来看看你!"秋芋依旧面无表情地坐在那里,只是不停地用手抚着猫。没有人知道我心中当时多么难受,她,我心爱的女人秋芋,竟把我彻底忘了!忘了!看见我失望的神色,她女儿急忙带着歉疚说:"我妈的脑子不好使了,常忘事,真对不起!"我苦笑笑,再次问秋芋:"你还记得咱们躲老日的事吗?"她仍是不语,无动于衷地看着怀中的猫,半晌,才低低地说了一句:"我想睡了。"我凄然地站起身子,早先那个漂亮聪颖的秋芋,竟已变得如此糊涂。连同她诉诉离情的机会也已失去。我同她女儿又说了几句话,便把来时拎的一包礼物放在了桌上预备告辞。那包礼物里有我专门去利物浦最大商场为秋芋买的旗袍和布料,那些布料是我根据记忆中秋芋喜爱的颜色买的。我刚把那包礼物放到桌上,不想那只原本卧在秋芋怀中的猫会突然蹿上桌子,飞快地把那包礼物拨拉到地上。猫的这种行为令我有些难堪,秋芋的女儿便急忙呵斥那猫,又向我说了一阵感谢话。我出门时最后望了一眼仍枯坐在墙角的秋芋,她还在机械地抚着那只重卧在她怀中的猫。我止不住地流了泪,盼了几十年的会见竟如此结束,时间这个东西真可怕,竟会把人变成这个样子!……

他说,那晚从秋芋家出来,他又去大哥、二哥家看望,娘和大哥、大嫂、二哥、二嫂都已去世,两家的侄儿侄女们都记不得世上还有他这个叔叔,谈话拘谨而不带什么感情。没谈多久,他把带来的礼物给侄儿侄女们分分,便怅怅地回到了镇招待所。他说,他原本还一直担心见了娘和大哥、大嫂、二哥、二嫂没法解释他当年出走的行为,没想到时间已极轻易地把这场会面取消掉。

他说,厂址定下之后我领着工程师和女儿以及政府里的人察看那天,专门把成业那小伙子叫来,让他和我们一块察看并就厂区的规划发表意见。我喜欢这位全镇唯一一个至今还对做铁锅有兴趣的人,又因为他是秋芋的孙子,我对他的喜爱更增加了几分,他是我亲爱的女人的骨血,我应该爱护和提携,我要把此生欠下秋芋的那些情分,施到他的身上,还还我心上的债!成业这小伙很聪明。他很快看懂了工程师吉里画的那张厂区规划图,并根据他自己平日的设想提了一些有益的建议。他还让我看了一张他自己设计的成套铁锅的图纸,从煮奶锅、小炒锅、平底煎锅、方形蒸糕锅到饭锅、分格火锅、多层汤锅,令我耳目一新。我告诉他这些设计晚点可以经过我的设计室进一步论证完善,争取投产。我看出这是个有才气的小伙,他只是因为居住在这个偏僻的小镇而无法显露才华,我当时想,我一定要把他培养成一个像样的企业管理人才。那天勘察将要结束时发生了一件小事,那小事使我萌发了一个重大的念头,正是这个念头,才又使我了解了我从未想到的令我激动万分的一桩事情!

他说,那时天已近正午,我们一行人勘察到了厂区的北沿,再往前,就是一条深沟,深沟那边,便是苍苍翠翠的北山了,当年,我和秋芋就是由这条深沟跑进山里躲鬼子的。正当我站在沟边回忆旧事时,女儿郝文喊我:"阿爸,我们照几张相吧,拿回去让妈妈看看,让她知道我们的工厂背倚青山!"我扭头笑笑,说:"好的!"郝文立刻打开相机先给我拍了一张,接着又为全体勘察人员拍了一张,最后把相机交给我,说:"阿爸,你来给我拍!"一张拍完,她笑着对成业招手叫:"成先生,来,我俩合拍一张,做个纪念!"郝文是个热情开朗的孩子,到哪里都爱说爱笑,在刚才这群勘察的人中,只有成业年轻,她便把他选作了谈话对象。我注意到他俩刚才谈得还投机,只是郝文偶尔会挑出成业的土话来咯咯笑一阵。成业显然没料到郝文要单独同他合影,脸有些红,扭捏地捯着脚。我笑了笑说:"成业,来吧!"成业就不好意思地走上前,和郝文站在一起,我把相机举起来,镜头中一片青山,青山前一对年轻人并肩相站,女儿娟秀娇小,一脸喜笑,成业魁梧精壮,满面纯朴,就在我的手指去按快门的瞬间,一个意念不经意地一闪:这多像一对佳偶!

佳偶!这意念猛地停住,在我的脑子里迅速清楚起来,是的!

首先我因此就有理由不让女儿再在英国定居,而可以让她回到故乡来,我既是已经下决心把骨灰葬在故土,女儿留下来,自己死后不就可以坟前有靠了?还有,假若他们真的成婚了,我在这儿建的这个大型铁锅厂就可以交给这个有志气的成业掌管。我只有一儿一女,儿子在利物浦经营那座大规模的新材料锅厂,他不可能再有精力来中国管理这个厂。我自己年岁已大,厂子建起来还能亲自管理多久?交到郝文手里?她的脾性只适宜做产品销售宣传工作,不可能把艰苦的组织工作和麻烦的事务性工作做好,何况这是一个主要使用中国职员、工人的工厂,没有对本国人心理、情绪的深切了解,是很难驾驭这些员工的!再有,把这样一个耗费自己巨大财力建起的企业,交给一个与自己毫无血缘联系的人去经营,也会令人不敢放心,若交给像成业这样的女婿,当属最好!自然,要他管理这个大厂,他的学识和能力目前都差很远,但这是可以培养的!我可以把他送到英国那个东方锅厂去见习,让儿子带一带他,还可以专门请老师给他讲课!还有!倘若他俩结合,我和秋芊的血总算汇到了一块,他们的后代,就是我和秋芊的后代!当然,郝文是我女儿,成业是秋芊的孙子,这有点不当,但这在优生学上并无不好,我和秋芊不是一姓近亲,错一代的人成婚能有什么妨碍?只是将来的叫法有些麻烦,不过那可以各按各叫,他俩管秋芊叫奶,管我叫爸罢了。

这念头就这样固定了下来,但没跟人说。后来这边开始施工我回英国准备设备时,顺便同妻子做了商量,郝文妈虽是在英国长大的人,但恪守的还是中国妇女的一套家规。听我说了对郝文婚事的想法后,她说依你的办,我没意见,只是别硬着捏合,要让文儿对他产生感情才好。我第二次来中国后,就正式把成业招聘为雇员,让他和郝文、吉里一起,检查督促基建施工情况,由于两个人整日在一处,成业常很虚心地向郝文求教英语和工厂推销宣传知识,郝文不断地向成业询问乡俗乡风和国内情况,两个人慢慢变得熟悉起来。我在看出郝文对成业有好感之后,便正式和她谈了我的想法,郝文听后脸只红了一下,便爽快地答:"阿爸,我对他是有好感,但这事还从来没想过,我们两个的生活背景相差太远,你给我两个月时间让我再想一想。"我点头说行,但那两个月里我确实有些紧张,我真担心郝文想后拒绝我的这个提议,使我的让女婿经营工厂的计划落空。还好,两个来月后的一个晚上,郝文到我房里含着羞说:"阿爸,那事就依你的想法办吧!"我当时高兴地拿起女儿的手说:"文儿,为了你这个答复,你将来获得的遗产将会比你哥哥多二百万英镑!"

半个月后的一个傍晚,就在这门前,我叫住正要下工的成业,告诉他晚饭后叫上他爹一块来,我有事情商量。那时这片高级职员住宅区已经修好,那片厂房正在安装设备,整个建筑安装工程比我预想的要快几倍,这要感谢中国建筑工人和县、镇两级政府的全力支持。

晚饭后,成业领上他爹来到我屋里,这是我第二次见到成业爹。第一次就是头回刚到镇上那晚在成业的化铁炉旁见的,那晚看不甚清楚。这次看清了,这是一个老实巴交的中年汉子,一脸的憨厚,衣履破旧,见了我很是惶恐拘束,连连弯腰点头说谢谢你招成业来厂做工。当我说了愿把女儿嫁给成业时,父子俩都吃了一惊,好像不能理解似的,愣愣地望着我,最后是做父亲的先开口讷讷说:"我们家太穷,成业不配。"我说:"如今都快要换一个世纪了,门不当户不对这话太旧,别说了,只要成业愿意就行!"我望着成业,我看出成业对郝文早有好感,果然,他满脸通红地在地上搓了半天脚后,终于怯怯地低声说:"要是郝文愿意,我也……"

第二天晚上,就在这间客厅里,我为成业和郝文举行订婚宴会,我请了我从英国带来的几个工程师和县、镇政府的几个人作陪,成业和郝文坐在一起,我和成业爹坐在一起,那晚是我回国后最高兴的一个晚上。就在我要举杯宣布为成业和郝文订婚干杯时,我从英国带来的一个华侨厨子在门口朝我打了一个让我出去的手势。我请众人稍候,就走出了客厅,在客厅门口我问他什么事,他说有一个老太太站在大门外,她执意要你一个人立刻出去见她,说有急事相告。我有些意外,什么急事需要由一个老太太来告知?我疑疑惑惑地向大门外走,大门外的路灯不太亮,最初我只看见有一个老太婆站在灯影里,等到我走近认出是谁时我真正吃了一惊:"是你?秋芋?!"她没吭声,只用右眼盯了我一下,和那晚我去看她时不同,我立刻感觉到了她目光中的力量,她的身子虽然仍像那晚那样瘦削,但腰杆挺得很直。更使我感到吃惊的是她的声音,和那晚完全不同,虽然带点喘息但异常平静、清晰,她说的第一句话是:"他们认为我老了,不同我商量。我是刚刚知道这事的!"

我明白她指的是什么,急忙向她解释:"本想——"但她没让我讲下去,立刻截断我的话说:"这事不行!"

"为什么?"我意识到我那晚去见她时她是有意怠慢,她其实早就认出了我是谁,我极力让自己平静下来,含了笑问,"是担心门不当户不对?"

"不!"她干脆地答,右眼直盯着我。

"是觉得将来称呼难喊,他们要向我叫爸向你叫奶?"

"不!"她把手中的拐杖在地上一顿。

"是担心将来会让他出国走了,离你太远?"

"不!"

"那你跟我说一下是为什么,我实在是愿意他们——"

"因为——"她低哑地说了这两个字,又猛地顿住,吃力地咽了口唾沫。

"因为什么?"我仍旧含了笑问。

"成业是你的孙子!"她极快地说完这一句,身子像是一下用完了力气似的软下去,向前弯着全倚在了拐杖上。

最初那一霎我没能理解这句话的含意,我以为她是指成业按辈数也该向我叫爷爷。我就要开口解释时,脑子中有一部分最敏感的神经突然一动,让我陡然对她的话意有了另一种判断。几乎在那判断清晰的同时,我的身子倏然一震,我猛地上前抓住她的一只胳膊摇着问:"你说这话什么意思?"

"孙子! 成业是你的孙子!"她的声音哑得厉害,"你临走的前一晚……你忘了……这件事只有我一个人知道,你既是没死,这么些年,你竟连一个让我告诉你的机会都不给……"

当时,我只来得及叫一声"天啊",就晕了过去……